Danya Kukafka

*Notizen zu einer Hinrichtung*

AF196766

atb aufbau taschenbuch

**Danya Kukafka** studierte an der New York University Creative Writing unter Colson Whitehead. Mit ihrem Debüt »Girl in Snow« gelang ihr auf Anhieb ein Bestseller, der in mehreren Sprachen erschienen ist. Danya Kukafka lebt heute in New York, wo sie als Literaturagentin arbeitet.

**Andrea O'Brien** übersetzt seit fast 20 Jahren zeitgenössische Literatur aus dem Englischen. Für ihre Übersetzungen wurde sie mehrfach ausgezeichnet, zuletzt mit dem Übersetzerstipendium des Freistaat Bayern und dem Literaturstipendium der Stadt München.

Ansel Packer weiß ganz genau, was er verbrochen hat, und wartet nun auf seine Hinrichtung – das gleiche grausame Schicksal, das er vor Jahren seinen Opfern auferlegt hat. Doch er will nicht sterben. Er will anerkannt und verstanden werden.

Durch ein Kaleidoskop von Frauen – eine Mutter, eine Schwester, eine Kommissarin der Mordkommission – erfahren wir die Geschichte von Ansels Leben. Atemberaubend spannend und mit erstaunlichem Einfühlungsvermögen zeigt Danya Kukafka in diesem virtuos erzählten Thriller nicht nur das Narrativ des Serienmörders in neuem Licht, sie zeichnet auch ein mitreißendes Porträt von Weiblichkeit.

# DANYA KUKAFKA

# NOTIZEN
## ZU EINER
# HINRICHTUNG

### ROMAN

*Aus dem Amerikanischen
von Andrea O'Brien*

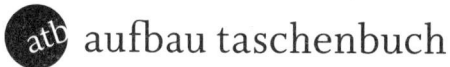 aufbau taschenbuch

Die Originalausgabe unter dem Titel
*Notes on an Execution*
erschien 2022 bei HarperCollins Publishers, New York.

MIX
Papier | Fördert
gute Waldnutzung
FSC® C083411

ISBN 978-3-7466-4227-7

Aufbau Taschenbuch ist eine Marke der Aufbau Verlage GmbH & Co. KG

2. Auflage 2025
Vollständige Taschenbuchausgabe
© Aufbau Verlage GmbH & Co. KG, Berlin 2024
www.aufbau-verlage.de
10969 Berlin, Prinzenstraße 85
Die deutsche Erstausgabe erschien 2024 bei Blumenbar,
einer Marke der Aufbau Verlage GmbH & Co. KG
© 2022 by Danya Kukafka
Der Verlag behält sich das Text- und Data-Mining nach § 44b UrhG vor,
was hiermit Dritten ohne Zustimmung des Verlages untersagt ist.
Bei Fragen zur Sicherheit unserer Produkte wenden Sie sich bitte an
produktsicherheit@aufbau-verlage.de.
Satz LVD GmbH, Berlin
Umschlaggestaltung zero-media.net, München nach einem Design von
© Arneaux / Orion Books unter Verwendung
eines Motivs von © Shutterstock
Druck und Binden CPI books GmbH, Leck, Germany

Printed in Germany

»Wach bin ich dort, wo Frauen sterben.«
*Jenny Holzer (1993)*

# 12 STUNDEN

Du bist ein Fingerabdruck.

Als du an deinem letzten Lebenstag die Augen aufschlägst, siehst du deinen Daumen. Im gallegelben Knastlicht sind die Wirbel deiner Daumenkuppe ein trockenes Flussbett, Sand, vom Wasser zu einem schwieligen Muster geformt, einst gewesen, nun verschwunden.

Der Nagel ist zu lang. Du erinnerst dich an das Ammenmärchen aus deiner Kindheit: Wenn du tot bist, wachsen deine Nägel immer weiter und wickeln sich um deine Knochen.

.

Name und Nummer, Häftling!

Ansel Packer, rufst du. 999631.

Du drehst dich auf der Koje um. Die Decke hat das gewohnte Muster aus Wasserflecken. Wenn du den Kopf auf bestimmte Weise drehst, erkennst du in der feuchten Stelle in der Ecke einen Elefanten. Heute ist der Tag gekommen, sagst du in Gedanken zur feucht verfärbten Stelle, die den Rüssel bildet. Heute ist der Tag. Der Elefant grinst, als wäre er eingeweiht in dein schrecklichstes Geheimnis. Du hast schon viele Stunden damit verbracht, genau diesen Ausdruck nachzuahmen, wie der Elefant an der Decke zu grinsen – doch heute kommt er ganz von selbst. Du und der Elefant, ihr lächelt euch an, bis die Tatsache dieses Morgens zu einem aufregenden Pakt wird, bis ihr beide ausseht wie Wahnsinnige.

Du schwingst die Beine über die Pritschenkante, hievst dich von der Matratze. Schlüpfst in die Gefängnislatschen, schwarz, so groß, dass deine Füße darin herumrutschen. Lässt Wasser aus dem Metallhahn auf deine Zahnbürste laufen, drückst einen körnigen Haufen Putzpulver darauf, dann befeuchtest du dein Haar vor dem kleinen Spiegel – kein echtes Glas, nur pockennarbiges Aluminium, das bei einem Schlag nicht zerbrechen würde. Über dem Waschbecken nagst du dir jeden einzelnen Fingernagel zurecht, einen nach dem anderen, reißt vorsichtig das Weiße ab, gleichmäßig, bis alle gezackt, aber kurz sind.

Die letzten Stunden sind oft der schwierigste Teil, hat der Gefängnisseelsorger dir bei seinem Besuch gestern Abend erzählt. Eigentlich magst du ihn, den kahlköpfigen Mann, der gebeugt geht, als trüge er schwer unter der Last seines schlechten Gewissens. Der Seelsorger ist noch neu in der Polunski Unit – er hat ein weiches Gesicht, weit offen, als könnte man direkt hineingreifen. Der Seelsorger hat von Vergebung gesprochen, Befreiung von einer Last, akzeptieren, was wir nicht ändern können. Dann, die Frage.

Ihre Zeugin, sagte der Seelsorger durchs Besucherfenster. Kommt sie?

Du hast den Brief auf dem Regal in deiner engen Zelle vor Augen gehabt. Den cremefarbenen Umschlag, die Verheißung darin. Der Seelsorger hat dich mit unverhohlenem Mitleid angesehen – für dich war Mitleid schon immer die größte Beleidigung gewesen. Mitleid ist Zerstörung in der Maske des Mitgefühls. Mitleid macht dich nackt. Mitleid lässt dich schrumpfen.

Sie kommt, sagtest du. Dann: Sie haben da was zwischen den Zähnen. Du hast zugesehen, wie der Mann hektisch die Hand an den Mund hob.

In Wahrheit hast du dir über den heutigen Abend kaum Gedanken gemacht. Zu abstrakt, zu unberechenbar. Es lohnt sich nie, auf die Gerüchte in Gebäude 12 zu hören – ein Todeskandidat war zurückgekehrt – man hatte ihn knapp zehn Minuten vor der Hinrichtung begnadigt, schon auf der Pritsche festgeschnallt – und dann gemeint, man habe ihn stundenlang gefoltert, ihm wie in einem Actionfilm Bambusstäbe unter die Fingernägel geschoben. Ein anderer Insasse behauptete, er hätte Donuts gekriegt. Du denkst lieber nicht weiter darüber nach. Es ist okay, sich zu fürchten, hat der Seelsorger gesagt. Aber du fürchtest dich nicht. Nein, du staunst, findest es so faszinierend, dass es dir im Magen ganz flau wird davon – seit Neuestem träumst du, du würdest durch den klaren blauen Himmel fliegen, weit oben schweben über riesigen Kornkreisen. Deine Ohren ploppen beim Aufsteigen.

Die Armbanduhr, die dir in Trakt C vermacht wurde, ist fünf Minuten vorgestellt. Du bist gern vorbereitet. Sie behauptet, dir blieben noch elf Stunden und dreiundzwanzig Minuten.

Sie haben versprochen, dass es nicht wehtut. Sie haben versprochen, dass du gar nichts spürst. Da war mal diese Psychiaterin, die saß in piekfeinem Kostüm und teurer Brille vor dir im Besucherraum. Sie hat dir Dinge erzählt, die du schon immer geahnt hast und nun nie mehr vergessen kannst, Dinge, die du am liebsten nie gehört hättest. Eigentlich hätte dir ihr Gesicht mehr verraten müssen, normalerweise kannst du das erforderliche Maß Traurigkeit oder Bedauern gut abschätzen. Aber die Miene der Psychiaterin war blank, mit Absicht, und dafür hast du sie gehasst. Was fühlen Sie?, fragte sie. Völlig sinnlos, diese Frage. Gefühle haben keinen Gegenwert. Also hast du die Achseln gezuckt und die Wahrheit gesagt: Keine Ahnung. Nichts.

■

Um sechs Uhr legst du deine Utensilien zurecht.

Die Farben hast du schon am Abend zuvor gemischt, wie, das hat dir Froggy beigebracht, damals im Trakt C. Mit dem Buchrücken eines dicken Wälzers hast du ein paar Buntstifte zerstoßen und das Pulver mit Vaseline aus dem Gefängnisladen vermengt. Du hast drei Stiele in Wasser eingeweicht, von Eislutschern aufgespart, die du dir gegen Dutzende Ramen-Fertigsuppen teuer ertauschen musstest, und das Holz bearbeitet, bis es wie bei einem Pinsel zu aufgefächerten Borsten zerfaserte.

Jetzt breitest du alles auf dem Boden deiner Zelle aus. Mit großer Sorgfalt, die Kante deines Kartons direkt im Lichtstrahl, der vom Gang hereinfällt. Das Tablett mit dem Frühstück auf dem Boden ignorierst du, hast es nicht angerührt, seit man es dir um drei Uhr in der Früh reingeschoben hat, die Soße hat schon einen Film, im Konservenobst wimmeln unzählige Riesenameisen. Es ist April, doch es fühlt sich an wie Juli, die Heizung läuft oft auch im Sommer, das Stückchen Butter ist bereits zu einer Fettsuppe geschmolzen.

Ein einziges elektronisches Gerät darfst du in der Zelle haben – du hast das Radio gewählt. Du berührst den Knopf, spitzes statisches Rauschen. Die Männer in den umliegende Zellen brüllen gelegentlich ihre Wünsche über den Gang, R&B oder Classic Rock, aber sie wissen, was heute geschehen wird. Sie protestieren nicht, als du deinen Lieblingssender wählst. Klassik. Die Symphonie bricht plötzlich in die Stille, erschreckend, füllt jeden Winkel der Betonzelle. Symphonie in F-Dur. Du gewöhnst dich an das Laute, lässt es herein.

Was malst du?, hat Shawna mal gefragt, als sie dir das Tablett mit dem Mittagessen durch die Türklappe schob. Sie neigte den Kopf, um das Bild zu erkennen.

Einen See, sagtest du. Ein früherer Lieblingsort.

Damals war sie noch nicht Shawna gewesen, sondern Officer Billings mit dem streng zu einem Nackenknoten zusammengezurrten

Haar, deren Uniformhose an der ausladenden Hüfte Falten schlägt. Erst sechs Wochen später wurde sie zu Shawna, als sie die flache Hand gegen dein Fenster drückte. Den Ausdruck in Shawnas Augen kennst du von anderen Mädchen in einem anderen Leben. Ein Aufmerken. Sie erinnerte dich an Jenny – da war etwas in ihrem Begehren, so verletzlich und ungezähmt. Verraten Sie mir Ihren Vornamen, Officer?, hast du sie gebeten, woraufhin sie knallrot wurde. *Shawna.* Du hast ihn wiederholt, ihren Namen, andächtig wie ein Gebet. Du stelltest dir vor, wie ihr Puls einen nervösen Satz tat, ein Flattern der bläulichen Vene unter der bleichen Haut ihres dürren Halses, und spürtest, wie du größer wurdest, ein anderer Mensch wuchs über dich hinaus, verdeckte bereits dein Gesicht. Shawna lächelte, entblößte die Lücke zwischen ihren Zähnen. Verschämt, klaffend.

Als Shawna gegangen war, hatte Jackson zwei Zellen weiter dir grölend applaudiert, dich streitlustig provoziert. Du hast die ausgefransten Fäden deines Bettlakens zusammengebunden, ein Snickers daran befestigt und es ihm über den Flur hinweg hingeworfen, damit er die Klappe hielt.

Für Shawna hast du dich an einem anderen Motiv versucht. Du hast ein Foto von einer Rose gefunden, es in ein von dir in der Gefängnisbücherei bestelltes Philosophiebuch geschoben. Die Farben hattest du perfekt angemischt, aber die Blütenblätter waren falsch angeordnet. Die Rose hatte ein wirres Blutrot und die Umrisse waren schief, du hast das Bild weggeworfen, bevor Shawna es zu Gesicht bekam. Als Shawna dich das nächste Mal durch den langen grauen Gang entlang zum Duschraum führte, war es, als hätte sie es gewusst – ihre Hand glitt hinab zum Metall deiner Handschellen, sie drückte den Daumen gegen die Innenseite deines Handgelenks, ein Test. Der Wärter an deiner anderen Seite schnaufte behäbig durch die Nase, ahnungslos, während du schaudertest. Es war schon so lange her gewesen, dass du etwas anderes gespürt hattest als ruppige Arme, die dich aus dem Käfig zerrten, die kühlen Zinken einer

Plastikgabel, die langweiligen Bespaßungsbewegungen deiner eigenen Hand in der Dunkelheit. Shawnas Berührung war elektrisierend.

Seitdem habt ihr euren Austausch perfektioniert.

Nachrichten, unters Tablett geschoben. Augenblicke, heimlich erhascht zwischen Zelle und Hofgang-Käfig. Erst vergangene Woche hat Shawna dir durch die Türklappe einen kleinen Schatz zugeschoben: eine kleine schwarze Haarklammer, eine von denen, die ihren festen schwarzen Haarknoten durchsetzen.

Jetzt tauchst du den Holzstiel in die blaue Masse und lauschst auf ihre Schritte. Dein Karton harrt geduldig an der Türkante, perfekt ausgerichtet. Heute wird Shawna eine Antwort haben. Ja oder Nein. Nach der gestrigen Unterhaltung ist der Ausgang offen. Du bist gut darin, Zweifel auszublenden und dich stattdessen auf die Erwartung zu konzentrieren, die wie ein Tier auf deinem Schoß sitzt. Eine neue Symphonie erklingt, erst leise, dann steigen Spannung und Tiefe – du verweilst beim hastenden Cello, denkst daran, wie alles nach Beschleunigung drängt, sich aufbaut und immer auf ein spektakuläres Crescendo hinausläuft.

■

Beim Malen betrachtest du die Form. Inventar eines Straftäters. Egal, wie Shawnas Antwort ausfällt, du wirst deine Sachen packen müssen. Drei rote Netzbeutel liegen am Fußende deiner Koje – sie werden deine allernötigsten persönlichen Gegenstände zur Walls Unit bringen, wo du noch ein paar Stunden mit deinen weltlichen Besitztümern verbringen darfst, bis sie dir auch diese wegnehmen. Gedankenlos stopfst du alles hinein, was du in den letzten sieben Jahren in der Polunski Unit gehamstert hast: tütenweise Zwiebelringe, scharfe Soßen und Zahnpastatuben. Jetzt ist alles wertlos. Du wirst es an Froggy in Trakt C vermachen – der einzige Insasse, der dich je beim Schach geschlagen hat.

Die *Theorie* wirst du hier zurücklassen. Alle fünf Notizblöcke. Was mit der *Theorie* geschieht, hängt von Shawnas Antwort ab.

Und da ist immer noch die Sache mit dem Brief. Da ist die Sache mit dem Foto.

Du hast dir geschworen, ihn nie wieder zu lesen. Das Meiste kennst du ohnehin auswendig. Aber Shawna ist spät dran. Deswegen prüfst du, ob deine Hände auch wirklich sauber und trocken sind, rappelst dich auf, streckst dich zum obersten Regal und ziehst den Umschlag herunter.

Blue Harrisons Brief ist kurz, knapp. Ein einziges liniertes Blatt. Sie hat deine Adresse mit schrägen Lettern geschrieben: Ansel Packer, P. U., Geb. 12, Trakt A, Death Row. Ein langes Seufzen. Du legst den Umschlag sanft auf dein Kissen, bevor du den Stapel Bücher zur Seite schiebst, um das Foto hervorzuholen, das du im Versteck zwischen Regal und Wand festgeklebt hast.

Dies ist deine Lieblingsstelle in der Zelle, nicht nur, weil sie nie durchsucht wird, sondern auch wegen der Graffitis. Du sitzt in dieser Zelle im Trakt A, seit man dir deinen Termin mitgeteilt hat, aber dein Vorgänger hat vor einiger Zeit mit viel Mühe klare Worte in den Beton geritzt: Wir sind fuchsteufelswild. Jedes Mal, wenn du das liest, musst du lächeln – es ist so bizarr, so unsinnig, so anders als alle anderen Knastgraffitis (überwiegend Bibelzitate und Genitalien). Darin steckt eine stille Wahrheit, die du angesichts der Umstände als nahezu lächerlich bezeichnen würdest.

Vorsichtig ziehst du den Klebestreifen von der Ecke des Fotos, damit es nicht reißt. Du sitzt auf der Pritsche, das Foto und den Brief im Schoß, Ja, denkst du. Wir sind fuchsteufelswild.

■

Bevor Blue Harrisons Brief eintraf, vor ein paar Wochen, war das Foto dein einziger heimlicher Schatz gewesen. Damals vor der Urteilsverkündung – deine Anwältin glaubte noch an die Verteidigungsstrategie mit dem angeblich erzwungenen Geständnis – hat sie angeboten, dir einen Gefallen zu tun. Sie musste ein bisschen herumtelefonieren, aber schließlich kam das Foto in einer E-Mail vom Büro des Sheriffs in Tupper Lake.

Auf dem Bild wirkt Blue House klein. Schäbig. Es ist so aufgenommen, dass die Fensterläden auf der linken Seite nicht zu sehen sind, aber du erinnerst dich an die prächtigen Hortensienbüsche davor. Es wäre leicht, auf dem Foto nur das Haus zu sehen, knallblaue Farbe, die bereits abblättert. Es ist nicht auf Anhieb ersichtlich, dass es sich um ein Restaurant handelt. Auf der Terrasse flattert eine kleine Fahne: OPEN. Die Kiesauffahrt wurde verbreitert, um einen vorübergehenden Parkplatz für Gäste zu schaffen. Von außen wirken die weißen Vorhänge unauffällig, doch du weißt, dass sie innen ein rotes Karomuster haben. Du erinnerst dich an den Geruch. Pommes, Lysol, Apfelkuchen. Wie die Küchentüren klapperten. Dampf, Geschepper. Am Tag, als das Foto entstand, war der Himmel regenschwer. Wenn du es jetzt betrachtest, riechst du förmlich den scharfen Schwefelgestank.

Das Fenster im ersten Stock ist dir am liebsten. Der Vorhang ist nur leicht geöffnet, und wenn du ganz genau hinsiehst, erkennst du den Schatten eines Arms, von der Schulter bis zum Ellbogen. Der nackte Arm eines jungen Mädchens. Du stellst dir gern vor, was sie getan haben mochte im Moment der Aufnahme – sie muss sehr nah an ihrer Zimmertür gestanden, mit jemandem gesprochen oder sich im Spiegel betrachtet haben.

Den Brief hat sie mit »Blue« unterschrieben. Eigentlich heißt sie Beatrice, aber so hast du sie nie genannt, niemand hat sie damals so genannt. Sie war immer schon Blue: Blue mit ihrem geflochtenen Zopf, über eine Schulter geworfen. Blue, in diesem Sweatshirt mit der Aufschrift *Tupper Lake Track and Field*, die Ärmel verschämt über die Hände gezogen. Wenn du an Blue Harrison denkst, an deine Zeit in Blue House, erinnerst du dich daran, dass sie nie an einem Fenster vorbeiging, ohne einen nervösen Blick auf ihr Spiegelbild zu werfen.

Du weißt nicht, was das für ein Gefühl ist, das in dir aufsteigt, wenn du das Foto betrachtest. Liebe kann es nicht sein, man hat dich getestet, du lachst nicht an den richtigen Stellen, zuckst an den falschen zusammen. Es gibt Statistiken. Irgendwas über Emotionserkennung, Mitgefühl, Schmerz. Liebe, wie du sie aus Büchern kennst, verstehst du nicht, und Filme magst du nur, weil du sie studieren kannst, die Kunst, Gesichter zu verziehen und andere Mienen aufzusetzen. Jedenfalls ist es egal, welche Fähigkeiten sie dir attestieren, wenn du das Foto ansiehst, bist du wieder dort, in Blue House. An dem Ort, wo die schrillen Schreie verstummen. Die Stille ist eine köstliche Erleichterung.

■

Endlich hallt es im langen Gang. Vertrautes Schluffen, Shawnas Schritte.

Du bückst dich rasch, greifst die gekünstelte Pinselbewegung wieder auf: tüpfelst winzige, blutrote Blumen aufs Gras. Du zwingst dich zur Konzentration auf die spitzen Borsten, den Wachsgeruch der zerstoßenen Buntstifte.

Name und Nummer, Häftling!

Shawnas Stimme klingt immer so, als würde sie gleich brechen. Heute wird alle Viertelstunde ein Wärter nach dir sehen, um zu kontrollieren, ob du noch atmest. Du wagst nicht, von deinem Bild aufzuschauen, obwohl du weißt, dass sie dieselbe unverstellte Miene tragen wird, ihr Begehren entblößt, unverhohlen, jetzt aufgeregt oder vielleicht auch traurig, je nachdem, wie ihre Antwort lautet.

Es gibt Dinge, die Shawna an dir liebt, aber nichts davon hat viel mit dir zu tun. Eigentlich ist es deine Situation, die sie in den Bann zieht, deine Macht in Fesseln gelegt, und nur sie hat den Schlüssel dazu, im wahrsten Sinne des Wortes. Shawna ist eine Frau, die sich strikt an Regeln hält. Sie wendet sich pflichtbewusst ab, wenn die Wärter Leibesvisitationen durchführen, vor jedem Dusch- und Hofgang. Du verbringst zweiundzwanzig Stunden in dieser winzigen Zelle, sechs mal neun Quadratmeter, ohne jeglichen körperlichen Kontakt zu einem anderen Menschen, und Shawna weiß das ganz genau. Sie ist eine Frau, die Liebesromane liest, solche mit muskulösen Typen auf dem Cover. Du riechst ihr Waschmittel, das Eiersalat-Sandwich, das sie sich zum Mittagessen von zu Hause mitbringt. Shawna liebt dich, weil du ihr nicht zu nahe kommen kannst, weil zwischen euch eine Stahltür ist, die schmachtende Leidenschaft und Sicherheit verspricht. Unter diesem Aspekt betrachtet ist sie ganz und gar nicht wie Jenny. Jenny hat stets nachgebohrt, immer wollte sie sehen, was drinsteckt. Was fühlst du gerade?, fragte sie ständig. Gib mir alles von dir. Aber Shawna ergötzt sich an der Distanz, am berauschenden Unbekannten, das stets zwischen zwei Menschen existiert. Und jetzt lungert sie vor dem Türschlitz herum. Es kostet dich viel Selbstbeherrschung, nicht aufzuschauen, um deine Vermutung zu bestätigen. Shawna gehört dir.

Ansel Packer, wiederholst du ruhig. 999631.

Shawnas Uniform knirscht, als sie sich bückt, um sich den Schuh zu binden. Die Kamera in der Ecke deiner Zelle deckt den Gang nicht ab, und dein Bild ist perfekt positioniert. Es taucht nur als winziger weißer Lichtfleck auf, fast, als wäre es gar nicht da: nur ein kurzes Aufblitzen, als Shawnas Nachricht unter dem Türschlitz durchgleitet und problemlos unter dem Karton verschwindet.

■

Shawna glaubt an deine Unschuld.

So was könntest du niemals tun, hat sie mal geflüstert, als sie während einer langen Nachtschicht vor deiner Zelle stehen geblieben war, ihr Gesicht von Schatten durchschnitten. Nie und nimmer.

■

Natürlich weiß sie, wie sie dich in Gebäude 12 nennen.

Der Mädchenkiller.

Der Zeitungsartikel hat alle Details enthüllt: Nach deiner ersten Revision hat sich dein Spitzname hier wie ein Lauffeuer verbreitet. Der Schmierfink von der Presse hat sie alle in einen Topf geworfen, als hättest du sie absichtlich auserwählt, als hätten sie was gemeinsam. Die *Mädchen*. Im Artikel wurde dieses Wort verwendet, dieses verhasste Wort. Serienmörder sind was anderes – die Bezeichnung trifft auf Männer zu, die anders sind als du.

So was könntest du niemals tun. Shawna ist sicher, obwohl du es nie behauptet hast. Es ist dir nur recht, wenn sie sich ständig wiederholt, im Kreis dreht, sich von der Wut verleiten lässt. Es ist so viel einfacher als die Fragen. Fühlst du dich deswegen schlecht? Tut es dir leid? Was das heißen soll, weißt du nie so genau. Klar fühlst du dich schlecht. Logisch, denn du wärst lieber nicht hier. Du kannst nicht verstehen, wem Schuldgefühle nutzen sollen, doch seit Jahren hat diese Frage immer wieder im Raum gestanden, während der Verhandlung und der vielen fruchtlosen Revisionen. Bist du dazu fähig?, fragen sie. Bist du in der Lage, Empathie zu empfinden?

Du schiebst dir Shawnas Nachricht in den Hosenbund und blickst hinauf zum Elefanten an der Decke. Der Elefant mit dem Psychopatenlächeln, mal ist er echt, mal Phantasie. Allein die Frage ist absurd, geradezu irrwitzig – es gibt keine Grenze, die du überschreitest, keinen Alarm, der losgeht, kein Pendel, das ausschlägt. Bei der Frage, das hast du schließlich entschlüsselt, geht es gar nicht darum, ob du Empathie empfinden kannst. Die Frage lautet, wie es überhaupt möglich sein kann, dass du ein Mensch bist.

Und dennoch. Du hebst den Daumen ans Licht, untersuchst ihn

genau. In diesem Fingerabdruck ist es zu sehen, unbestreitbar: das schwache, mausartige Zucken deines Pulses.

■

Es gibt da eine Geschichte über dich, die du kennst. Die jeder kennt. Als du Shawnas Nachricht aus deinem Hosenbund ziehst, fragst du dich, warum die Geschichte so verdreht wurde – wie kann es sein, dass nur noch deine schwächsten Momente gelten, wie konnten sie sich so ausbreiten, dass sie alles andere getilgt haben?

Du beugst dich über den Zettel, damit die Kamera in der Ecke deiner Zelle nichts mitkriegt. Da, in Shawnas zittriger Handschrift. Drei Worte.

*Ich hab's getan.*

Hoffnung blitzt auf, ein grelles weißes Licht. Es dringt in jede Faser deines Körpers, reißt dich auf, lässt dich bluten. Du hast noch elf Stunden und sechzehn Minuten oder vielleicht, dank Shawnas Versprechen, ein ganzes Leben vor dir.

■

Da muss es eine Zeit gegeben haben, hatte der Reporter zu dir gesagt. Eine Zeit, als Sie noch nicht so waren.

Sollte es sie je gegeben haben, würdest du dich gern daran erinnern.

# LAVENDER
## 1973

Wenn es ein Davor gegeben hat, dann begann es mit Lavender.

Mit ihren siebzehn Jahren wusste sie bereits, was es heißt, ein Leben auf die Welt zu bringen. Wusste um die Bedeutsamkeit dieses Ereignisses. Wusste, dass Liebe einen Menschen fest umhüllen, ihm aber auch Verletzungen zufügen konnte. Doch erst als es so weit war, verstand Lavender, was es bedeutete, zu verlassen, was im eigenen Körper herangewachsen war.

∎

»Erzähl mir eine Geschichte«, stieß Lavender zwischen den Wehen hervor.

Sie lag breitbeinig in der Scheune, auf einer Decke, an einen Heuballen gelehnt. Johnny beugte sich mit einer Laterne über sie, sein Atem kräuselte sich weiß in der eisigen Novemberluft.

»Das Baby«, sagte Lavender, »erzähl mir vom Baby.«

Es wurde zunehmend klar, dass das Baby sie tatsächlich umbringen könnte. Jede Wehe führte ihnen vor Augen, wie entsetzlich unvorbereitet sie waren – obwohl Johnny so groß getönt hatte und ständig Passagen aus den ihm von seinem Großvater vermachten Medizinbüchern zitiert hatte, war sich keiner von ihnen im Klaren gewesen, was eine Geburt mit sich bringen würde. Davon hatte in den Büchern nichts gestanden. Von der apokalyptischen Blutung. Den Schmerzen, weißglühend und schweißgetränkt.

»Der wird Präsident, wenn er groß ist«, sagte Johnny. »Der wird König.«

Lavender stöhnte. Sie spürte, wie der Kopf des Kindes ihre Haut zerriss, eine Grapefruit, halb draußen.

»Du weißt doch gar nicht, ob's ein Junge wird«, stieß sie keuchend hervor. »Außerdem gibt's keine Könige mehr.«

Sie presste, bis die Wände der Scheune blutrot aussahen. Es fühlte sich an, als wäre ihr Körper voller Glasscherben, ein zackenscharfes, inneres Wringen. Lavender ließ sich in die nächste Wehe fallen, aus ihrer Kehle brach ein gutturaler Schrei hervor.

»Er wird toll«, sagte Johnny. »Er wird mutig, klug und mächtig. Ich sehe seinen Kopf, Lav, du musst weiterpressen.«

Blackout. Ihr ganzes Sein eine einzige berstende Wunde. Dann kam der Schrei, ein Wimmern. Johnny war bis zu den Ellbogen mit Schleim und Blut bedeckt, und Lavender sah zu, wie er die zuvor mit Alkohol sterilisierte Gartenschere nahm und damit die Nabelschnur durchtrennte. Sekunden später hielt Lavender es im Arm. Ihr Kind. Schleimverschmiert von der Nachgeburt, schaumgekrönt, ein Wirrwarr aus wutzappelnden Gliedern. Im Schein der Laterne wirkten seine Augen fast schwarz. Er sah nicht aus wie ein Baby, dachte Lavender. Ein kleiner purpurfarbener Außerirdischer.

Johnny ließ sich keuchend neben ihr ins Heu fallen.

»Schau«, krächzte er. »Schau, was wir geschaffen haben, mein Mädchen.«

Das Gefühl erfüllte sie gerade rechtzeitig: eine Liebe, so allumfassend, dass es sich wie Panik anfühlte. Und sofort danach überrollte sie eine Übelkeit erregende Welle der Schuld. Denn in dem Moment, als sie ihr Baby sah, wusste Lavender, dass sie diese Liebe nicht wollte. Zu viel. Zu hungrig. Aber dieses Leben war über Monate in ihr herangewachsen, und jetzt hatte es Finger, Zehen. Es schnappte nach Luft.

Johnny wischte das Neugeborene mit einem Handtuch ab und legte es fest an Lavenders Brustwarze. Als sie hinabspähte auf das zerdrückte, schuppige Bündel, war sie froh um die Dunkelheit in der Scheune und um ihr schweißnasses Gesicht – Johnny hasste es, wenn sie weinte. Als Lavender den Kopf des Neugeborenen umschloss, wurden ihre anfänglichen verräterischen Gedanken bereits von Bedauern besiedelt. Sie ertränkte das Gefühl mit Versprechungen, in die glitschige Haut des Kindes gemurmelt. *Ich werde dich lieben wie der Ozean den Sand.*

Sie nannten das Kind Ansel, nach Johnnys Großvater.

■

Hier ist die Liste von Johnnys Versprechungen:

Stille. Offener Himmel. Ein ganzes Haus nur für sie beide, ein eigener Garten für Lavender. Keine Schule, keine enttäuschten Lehrer. Überhaupt keine Regeln. Ein Leben ohne Beobachter, im Farmhaus waren sie allein, ganz allein, der nächste Nachbar zehn Meilen entfernt. Manchmal, wenn Johnny auf die Jagd ging, stand Lavender hinten auf der Veranda und schrie, so laut sie konnte, schrie, bis sie heiser war, denn sie wollte wissen, ob jemand herbeigerannt käme. Keiner kam. Nie.

Ein Jahr zuvor war Lavender noch eine ganz normale Sechzehnjährige gewesen. Es war 1972, ihre Tage bestanden aus Schlafen im Matheunterricht, in Geschichte und in Englisch, mit ihrer Freundin Julie hinter der Turnhalle kichern, während sie heimlich geklaute Zigaretten rauchten. Johnny Packer lernte sie in der Kneipe kennen, sie und Julie hatten sich eines Freitags reingeschlichen. Er war älter, attraktiv. *Wie ein junger John Wayne*, hatte Julie kichernd bemerkt, als Johnny zum ersten Mal vor der Schule auftauchte, in seinem Pick-up.

Lavender liebte Johnnys Zottelhaar, die wechselnden Frotteehemden, seine schweren Arbeitsstiefel. Johnnys Hände waren immer schmutzig von der Arbeit auf der Farm, aber Lavender liebte ihren Geruch. Nach Schmiere und Sonnenschein.

Als Lavender ihre Mutter das letzte Mal sah, hing sie zusammengesackt über dem Klapptisch, eine Kippe im Mundwinkel. Ihre Mutter hatte sich an einer Beehive-Frisur versucht – sie war plattgelegen, schief wie ein schlaffer Luftballon.

*Hau ruhig ab*, hatte Lavenders Mutter gesagt. *Schmeiß die Schule hin, und zieh auf die dreckige Farm.*

Ein feistes, zufriedenes Grinsen.

*Warts nur ab, Schätzchen. Männer sind Wölfe, und manche Wölfe haben viel Geduld.*

Lavender hatte sich auf dem Weg nach draußen noch das Amulett ihrer Mutter von der Flurkommode gemopst. Rund, aus rostigem Metall, mit einem leeren Fach darin. Seit sie denken konnte, hatte es in der Mitte ihrer kaputten Schmuckschatulle gethront – der einzige Beweis, dass Lavenders Mutter zu Wertschätzung fähig war.

Es stimmte, das Leben auf der Farm fiel nicht ganz so aus, wie Lavender es sich vorgestellt hatte. Sechs Monate nach ihrem Kennenlernen zog sie zu Johnny ins Haus, zuvor hatte er dort allein mit seinem Großvater gelebt. Johnnys Mutter sei gestorben, sein Vater habe sie verlassen und dann totgeschwiegen. Old Ansel war ein Kriegsveteran mit knarziger Stimme, der Johnny als Kind für jede Mahlzeit irgendwelche Arbeiten im Haus abverlangt hatte. Old Ansel hustete und hustete, bis er starb, ein paar Wochen vor Lavenders Ankunft. Sie begruben ihn im Hof unter der Fichte; Lavender machte stets einen Bogen um den kleinen Erdhügel. Sie lernte die Ziege melken, den Hühnern vor dem Rupfen und Ausnehmen die Hälse umdrehen. Sie kümmerte sich um den Garten, der zehnmal größer war als das Fleckchen Erde hinter dem Trailer ihrer Mutter – immer drohte er ihr über den Kopf zu wachsen. Regelmäßig duschen gab sie schnell auf, es war zu umständlich unter dem Wasserhahn draußen, und ihr Haar wurde wirr.

Johnny übernahm das Jagen. Er reinigte das Wasser. Reparierte das Haus. Manchmal rief er Lavender nach einem langen Tag auf dem Hof zu sich ins Haus – dort stand er schon in der Tür, den Hosenstall offen, prall und erwartungsvoll, ein Feixen im Gesicht. An diesen Abenden stieß er sie gegen die Wand. Wenn sich ihre Wange fest in das abgesplitterte Eichenholz drückte und Johnny ihr seine Wut in den Nacken knurrte, ergab sie sich der Essenz dieses Augenblicks. Seiner stoßenden Bedürftigkeit. Diesen schwieligen Händen, die sie priesen. *Mein Mädchen, mein Mädchen.* Lavender wusste nicht, ob sie sich über Johnnys Härte freuen sollte oder darüber, dass sie sie besänftigen konnte.

■

Weil sie keine Windeln hatten, wickelte Lavender Ansel nach der Geburt in einen sauberen Lumpen und verknotete ihn an den Beinchen. Dann hüllte sie das Neugeborene fest in eine Decke aus der Scheune und rappelte sich auf, um Johnny hinterherzuhumpeln.

Sie schlappte barfuß zurück zum Haus. Schwindelig. Sie hatte solche Schmerzen gehabt, dass sie nicht mehr wusste, wie sie überhaupt in die Scheune gekommen war, nur, dass Johnny sie getragen hatte, doch jetzt hatte sie keine Schuhe mehr – die Novemberluft war klirrend kalt, und Lavender hielt den spuckenden Ansel an die Brust. Sie schätzte, dass es schon fast Mitternacht war.

Das Farmhaus stand auf einem Hügel. Sogar in der Dunkelheit wirkte es windschief, es hatte links gefährliche Schlagseite. Das Haus war nie fertig, immer gab es was zu reparieren. Johnnys Großvater hatte ihnen gebrochene Rohre hinterlassen, ein undichtes Dach, fehlende Fensterscheiben. Normalerweise störte sich Lavender nicht daran. Die Momente, die sie allein auf der Veranda stehen und die unendliche Weite der Weiden betrachten konnte, machten das allemal wett. Im Morgenlicht glänzte das rauschende Gras silbern, am Abend leuchtete es orangefarben, und dort, wo das Weideland endete, konnte sie die gneisigen Gipfel der Adirondack Mountains ausmachen. Die Farm lag am Ortsrand von Essex, New York, Kanada war nur eine Stunde Autofahrt entfernt. An klaren Tagen spähte sie gern ins Grelle und malte sich eine unsichtbare Linie aus, wo die Ferne in ein ganz anderes Land überging. Die Vorstellung war wundersam, bezaubernd. Lavender war nie aus New York State herausgekommen.

»Machst du Feuer?«, fragte sie, als sie das Haus erreicht hatte. Ihr war eiskalt, die kalte Asche der vergangenen Nacht lag staubig im Holzofen.

»Ist schon spät«, sagte Johnny. »Bist du nicht müde?«

Es lohnte sich nicht, darüber zu streiten. Lavender quälte sich die Treppe hoch, wischte sich mit einem Lappen das Blut von den Beinen und zog sich um. Ihre alten Kleider passten ihr nicht mehr: die Schlaghose aus Cord, mit Julie beim Secondhandladen erstanden, lag zusammen mit ihren besten Blusen in einem Karton, alles war zu eng geworden für ihren geschwollenen Bauch. Als sie endlich zu Johnny ins Bett kroch, in seinem alten T-Shirt, schlief er bereits, und Ansel, ein kleines Bündel, greinte auf ihrem Kissen. Lavender dämmerte aufrecht sitzend vor sich hin, das Kind in ihren Armen, ihre Haut war im Nacken starr von getrocknetem Schweiß und sie zu besorgt, um einzuschlafen.

Am frühen Morgen bemerkte sie, dass Ansels Lumpen nass war, Durchfall lief ihr glitschig über den erschlafften Bauch. Als Johnny beim Erwachen den Gestank roch, fuhr er hoch, woraufhin Ansel zu weinen begann, schrill und aufgebracht.

Johnny stand auf, tastete nach einem alten T-Shirt, das er aufs Bett warf, allerdings zu weit weg für Lavender.

»Wenn du ihn kurz halten könntest …«, sagte sie.

Dieser Blick in seinen Augen. Diese Erbitterung gehörte nicht in sein Gesicht – so eine Hässlichkeit konnte nur von Lavender selbst stammen. *Es tut mir leid*, wollte sie sagen, doch was genau ihr leidtat, wusste sie nicht. Als sie Johnnys Schritte auf der knarzenden Treppe hörte, drückte Lavender die Lippen auf den Kopf des schreienden Kindes. So lief es doch immer. All diese Frauen, die ihr vorausgegangen waren, in Höhlen und Zelten und Planwagen. Erstaunlich, dass sie dieser uralten, zeitlosen Tatsache nie Beachtung geschenkt hatte. Mutter sein, das machte frau allein, so war es von der Natur vorbestimmt.

∎

Hier ist die Liste der Dinge, die Johnny einst geliebt hatte: den Leberfleck in Lavenders Nacken, den er vor dem Einschlafen gern küsste. Ihre Fingerknochen, so zart und fein, er schwor, er könne jeden einzelnen ertasten. Ihren Überbiss. *Krummzahn*, nannte er sie scherzhaft.

Ihre Zähne sah Johnny jetzt nicht mehr. Stattdessen waren da Kratzer in ihrem Gesicht, von Ansels winzigen Nägeln verursacht.

»Herrgott noch mal!«, rief er, wenn Ansel schrie. »Sorg dafür, dass er still ist.«

Johnny saß am narbigen Holztisch und führte Ansels fettes Fingerchen durch den Soßenrest auf seinem Teller, um Tiere zu malen. *Hund*, erklärte Johnny, und seine Stimme brach vor Zärtlichkeit. *Huhn*. Ansels Gesicht war plump, unverständig – wenn der Kleine dann wie immer anfing, zu weinen, reichte Johnny ihn an Lavender weiter und ging raus, seine abendliche Zigarre rauchen. Wieder allein, während Ansel mit seinen Fettfingern ihr Hemd einschmierte, bemühte sich Lavender, diese Szene gut im Gedächtnis zu bewahren. Wie Johnny seinen Sohn angesehen hatte, in diesem kurzen, perfekten Augenblick, als wollte er einen Teil von sich an sein Kind weitergeben. Als wäre DNA nicht genug. Mit dem Baby auf dem Schoß, säuselnd und liebevoll, sah Johnny wie der Mann aus, den Lavender vor so langer Zeit in der Kneipe kennengelernt hatte. Sie konnte Julies Stimme förmlich hören, nuschelnd und biersauer.

*Ich wette, der hat einen weichen Kern,* hatte ihre Freundin geflüstert. *Ich wette, der ist zum Reinbeißen weich.*

.

Als Ansel schon allein sitzen konnte, war Lavenders Erinnerung an Julies Gesicht bereits verblasst – nur noch ihre Wimpern und ihr verschlagenes Grinsen blieben ihr im Gedächtnis. Ausgefranste Jeans und enge Halskette, Nikotin und selbstgemachter Lippenbalsam. Julies Stimme, wenn sie bei den *Supremes* mitsummte. *Was ist mit Kalifornien?*, hatte Julie gekränkt gefragt, als Lavender ihr eröffnet hatte, dass sie ins Farmhaus ziehen würde. *Was ist mit den Protesten? Ohne dich ist es nicht dasselbe.* Lavender erinnerte sich an Julies Silhouette im Fenster eines abfahrenden Busses, ein selbstgemaltes Protestschild irgendwo zu ihren Füßen. *Stoppt den Vietnamkrieg!* Julie hatte gewinkt, als der Greyhound davongerattert war, und Lavender hatte sich nicht gefragt – hatte keinen Gedanken daran verschwendet –, ob Lebensentscheidungen einen Menschen zerstören konnten.

.

*Liebe Julie.*

Lavender formulierte Briefe im Kopf, weil sie keine Adresse hatte und auch keine Möglichkeit, auf ein Postamt zu gehen. Sie konnte nicht Auto fahren, und Johnny benutzte den Pick-up nur einmal im Monat, wenn er allein zum Einkaufen fuhr. Die Farm erforderte so viel Arbeit, sagte er – was wollte sie in der Stadt? Johnny war mürrisch, wenn er die Essenskonserven entlud, murmelte mit der Stimme seines Großvaters. Teuer, euch beide durchzufüttern.

.

*Liebe Julie.*

*Erzähl mir von Kalifornien.*

*Ich denke oft an dich, stelle mir vor, wie du irgendwo an einem
Strand liegst und dich sonnst. Hier ist alles gut. Ansel ist schon
fünf Monate alt. Er hat so einen seltsamen Blick, als würde er
direkt durch dich hindurchsehen. Jedenfalls hoffe ich, dass es
wärmer ist, dort, wo du bist. Irgendwann, wenn Ansel alt genug
ist, kommen wir zu dir. Er ist ein gutes Kind, du wirst ihn
mögen. Dann sitzen wir alle im Sand.*

■

*Liebe Julie, Ansel wird heute acht Monate alt. Er ist so ein
Wonneproppen, an den Beinchen hat er Speckrollen, die
aussehen wie Brotteig. Er hat auch schon zwei Zähne, unten,
mit einer Lücken dazwischen, wie einzelne kleine Knochen
ragen sie hervor.*

*Ich denke immer an den Sommer, als wir ans Ende unseres
Grundstücks gewandert sind, wo Himbeeren wachsen. Johnny
hat sie Ansel vom Strauch direkt in den Mund geschoben, und
seine kleinen Hände waren vom Saft ganz rot. Sie sahen aus
wie eine Bilderbuchfamilie, ich stand ganz neben mir, als ich
ihnen beim Spielen zuschaute. Eine Fremde. Wie ein Vogel
auf einem fernen Zweig. Oder eines von Johnnys Kaninchen,
an den Hinterläufen aufgeknüpft.*

■

*Liebe Julie, ich weiß, ich weiß. Schon wieder Frühling. Ansel
kann laufen, steckt überall die Nase rein. Er hat sich an
irgendeinem Gerät im Hof den Arm aufgeschlitzt, und natürlich hat sich die Wunde entzündet. Er hatte Fieber, aber*

*Johnny wollte nichts ins Krankenhaus. Du weißt, ich glaube nicht an Gott oder so was, aber damals habe ich fast gebetet. Bald kommt der Winter – du kennst das ja. Ich kann mich nicht mal mehr an die letzten Wochen erinnern. Es kommt mir vor, als hätte ich sie glatt verschlafen.*

■

*Liebe Julie, hast du je Auto fahren gelernt? Ich weiß, wir haben uns geschworen, es zusammen zu lernen. Hätten wir es nur getan, als wir die Gelegenheit hatten. Seit Ansel auf der Welt ist, habe ich den Hof kein einziges Mal verlassen – er ist jetzt fast zwei Jahre alt, kannst du dir das vorstellen?*
*Gestern hat Johnny Ansel zum Jagen in den Wald mitgenommen. Ich habe ihm gesagt, dass Ansel noch zu jung dafür ist. Als sie zurückkamen, hatte Ansel lauter blaue Flecken an den Armen.*
*Die solltest du mal sehen, Julie. Sie haben die Form von Fingern.*

■

So klein hat es angefangen. Harmlos, leicht zu ignorieren. Ein Brummen, eine wütend zugeschlagene Tür – ein gepacktes Handgelenk, ein gekniffenes Ohr. Eine Hand, die spielerische Ohrfeigen verteilt.

■

Als Lavender das nächste Mal aufschaute, war Ansel drei Jahre alt. Ihre Tage und Nächte waren eine lange, immergleiche Kette, Zeit wurde von der einsamen Leere im Farmhaus verschluckt.

Es war Hochsommer, ein verschwitzter Nachmittag, als Ansel in den Wald lief. Lavender kniete im Garten. Als sie sich von den verblühten Dahlien aufrichtete, war der Hof leer, und die Sonne stand hoch am Himmel. Sie hatte keine Ahnung, wie lange Ansel schon weg war.

Ansel war kein hübsches Kind, nicht mal niedlich war er. Seine Stirn war zu groß und seine Augen glupschig. Seit einiger Zeit spielte er Lavender Streiche. Versteckte den Pfannenwender, wenn sie kochte, füllte ihr Trinkglas mit Wasser aus der Toilette. Aber das hier war anders. Noch nie war er allein bis ans Ende der Weide gegangen.

Die Panik überrollte sie wie eine Welle. Lavender stand am Waldrand und rief Ansels Namen, bis sie heiser war.

Johnny hielt oben im Haus seinen Mittagsschlaf. Er murrte, als Lavender ihn wachrüttelte.

»Was?«

»Ansel«, stieß sie hervor. »Er ist in den Wald gelaufen. Du musst ihn suchen, Johnny!«

»Krieg dich wieder ein.« Johnnys Atem stank sauer.

»Er ist erst drei!« Lavender verachtete sich für ihre hysterische Stimme, wie schrill sie klang. »Er ist ganz allein im Wald.«

»Warum suchst du nicht selbst?«

Johnnys Erektion ragte aus dem Schlitz seiner Unterhose. Eine Warnung.

»Du kennst dich aus im Wald. Und du bist schneller.«

»Was gibst du mir dafür?«, fragte er.

Ein Scherz, dachte sie zuerst. Doch er grinste verschlagen. Seine Hand rutschte nach unten, unters Gummiband seiner Unterhose.

»Das ist nicht witzig, Johnny. Überhaupt nicht.«

»Siehst du mich lachen?«

Er befingerte sich, rhythmisch, feixend. Lavender konnte sich nicht beherrschen, die Tränen saßen ihr in der Kehle, dick und schmerzhaft. Als sie weinte, blieb Johnnys Hand stehen. Sein Lächeln gerann zu einer Grimasse.

»Na gut«, sagte Lavender. »Aber du versprichst mir, dass du ihn danach suchst?«

Sie setzte sich rittlings auf ihn. Tränen liefen ihr salzig in den Mund, während sie ihre Leinenunterhose abstreifte. Als sie Johnny in sich hineinschob, sah sie ihr Baby vor sich, wie es erschreckt in einen Bach stürzte. Sie stellte sich vor, wie Wasser seine winzige Lunge füllte. Sah einen Geier, der über ihm seine Kreise zog. Eine steile Schlucht. Lavender bewegte sich mechanisch, wie betäubt – und als Johnny endlich in ihr erschlaffte, hatte ihn das spöttische Grinsen im Gesicht völlig verwandelt.

*Ich glaube, du kannst einen Menschen nie ganz kennen*, hatte Julie einmal gesagt. Als Johnny sie wegstieß, faltig und zornig, erkannte Lavender seine Geringschätzung. Sein Mondgesicht, die Krater auf der Rückseite entblößt.

■

Der Nachmittag floss in den Abend; Lavender marschierte völlig hysterisch im Hof auf und ab. Johnny war aus dem Haus gestürmt – um seinen Sohn zu suchen, hoffte sie –, und sie hatte auf der untersten Stufe der Veranda gesessen, die Knie umschlungen und sich rastlos gewiegt. Als Lavender endlich ein Rascheln im Wald hörte, war es bereits Nacht, und ihre Sorge hatte sich zu einem scharfen, verzweifelten Schrecken verhärtet.

»Mama?«

Es war Ansel, er kauerte im Dämmerlicht am Waldrand. Seine Füße waren völlig verdreckt, seine Lippen schmutzverkrustet. Lavender eilte zu ihm, sah nun genauer hin: Sein Körper war tiefrot besudelt und stank nach Rost. Blut. Panisch tastete sie ihn ab, kontrollierte jeden seiner kindlichen Knochen.

Wie sich herausstellte, kam das Blut von seiner Hand. In Ansels Faust steckte ein Streifenhörnchen, der Kopf fehlte. Im Schatten sah es aus wie ein verstümmeltes Stofftier, eine enthauptete Puppe. Es schien ihn nicht weiter zu kümmern – nur ein vergessenes Spielzeug.

In Lavenders Kehle schwoll ein Schrei, doch sie war zu erschöpft, um ihn hervorzustoßen. Stattdessen verfrachtete sie Ansel auf ihre Hüfte, kehrte mit ihm zum Haus zurück und schob ihn draußen unter die Dusche. Unter der von einer Insektenwolke umschwirrten nackten Glühbirne wischte Lavender mit dem stockfleckigen Schwamm über Ansels Zehen, jeden einzelnen bedachte sie mit einem Kuss, als Entschuldigung für das schmerzhaft kalte Wasser.

»Komm«, flüsterte sie beim Abtrocknen. »Wir machen dir was zu essen.«

Als sie das Küchenlicht anknipste, fühlte sie sich wie ein Trichter, die Erleichterung lief ihr langsam aus den Gliedern und versickerte.

Im Haus war es still. Johnny war weg. Doch während Lavender das Grundstück abgelaufen war, hatte er dem Schuppen einen Besuch abgestattet. Die verstaubten alten Schlösser seines Großvaters hervorgeholt und sie an die Tür zur Vorratskammer geschraubt. Johnny hatte sämtliche Konserven weggesperrt, den Kühlschrank abgeschlossen, ein Loch in den Schrank über der Spüle gebohrt, um auch die Nudeln und die Erdnussbutter hinter Schloss und Riegel zu bringen.

Lavender hörte seine Worte, wie ein Ohrwurm liefen sie auf Dauerschleife in ihrem Hirn: *Du und dieser Junge, ihr müsst lernen, euren Unterhalt zu verdienen.* Egal, wie viele Nachmittage sie im Garten ackerte, damit die Tomatenpflanzen endlich Früchte trugen. Egal, wie viele Vormittage sie mit Ansel über dem ledergebundenen Wörterbuch saß, egal, wie viele Abende sie damit zubrachte, Dreck aus Johnnys alten Jagdstiefeln zu kratzen. Johnny hatte sich klar ausgedrückt. Er hatte die Aufgabe, für ihren Unterhalt zu sorgen. Lavender konnte nicht ganz erraten, welche Aufgabe ihr zugedacht war, doch offensichtlich erfüllte sie sie nicht.

Okay, dachte sie, als sie die verschlossene Kammer sah. Im Kopf purzelte alles durcheinander. Okay. Dann essen wir eben erst Morgen.

In dieser Nacht wagte sie es nicht, in ihrem Bett zu schlafen. Sie wollte ihn nicht sehen, wollte nicht wissen, was oder wen sie vorfinden würde. Stattdessen legte sie sich auf den harten Boden in Ansels Zimmer und kuschelte sich mit ihm unter eine alte Decke aus der Scheune. *Hunger*, murmelte Ansel in die Nacht, während Johnny donnernden Schritts die Treppe hinaufstieg. Als Ansel dann begann, mit den Zähnen zu klappern, streifte Lavender den nach der Dusche übergeworfenen Bademantel ab und wickelte ihn darin ein. Nackt auf dem Boden, die entblößten Brüste zum Fenster gedreht, fiel Lavenders Blick auf das Amulett ihrer Mutter, das in der Dunkelheit glänzte – das Einzige, was sie je besessen hatte. Sanft löste sie den Verschluss und hängte es Ansel um den Hals.

»Das gehört jetzt dir«, sagte sie. »Es wird dich immer beschützen.«

Ihre Stimme zitterte, aber die Worte schienen den Jungen in den Schlaf zu lullen.

Lavender wartete, bis im Haus völlige Stille herrschte, bevor sie sich nach unten schlich und eine Jacke von Johnny aus dem Schrank zog. Bis zu diesem Moment hatte sie ihre Sorge noch kleinreden können. So etwas hatte Johnny nie zuvor getan – er hatte sie lediglich unnötig grob am Handgelenk gepackt und sie auf dem Weg nach oben zur Seite gestoßen. Die verschlossenen Schränke waren ein Versprechen und eine Drohung, weil sie nicht mal das Einfachste hinbekam: Mutter sein.

Am Rand der Weide ragte der Pick-up auf. Lavender watete barfuß durchs hohe, feuchte Gras. Die Nacht war so finster. Kein Mondlicht. Sie fühlte sich schwach, verschrumpelt. Seit dem Frühstück hatte sie nichts mehr gegessen. Der Schlüssel glitt ins Schloss, quietschend öffnete sich die Tür.

Lavender rutschte auf den Fahrersitz.

Es war so verlockend: Fast. Fast hätte sie den Schlüssel in die Zündung gesteckt. Fast wäre sie in die Nacht hinausgefahren, bis ans Meer. Doch mit dem Anblick des Schaltknüppels überrumpelte sie die Erkenntnis, umso verheerender, weil sie es bis hierher geschafft hatte. Sie konnte nicht Auto fahren. Sie wusste nicht, ob der Tank voll war, und es war auch egal, denn sie wusste nicht, wie man ihn füllte. Sie trug nicht mal ein Hemd und konnte sich auch keins besorgen, denn dazu müsste sie ins Schlafzimmer gehen, wo Johnny lag. Die Situation war ausweglos. Sie würde es nie schaffen.

Lavender krümmte sich übers Steuer und gab sich ihren Tränen hin. Sie weinte um Ansel, um das Streifenhörnchen, um ihren knurrenden Magen. Sie weinte um alles, was sie je gewollt hatte und sich nun nicht mal mehr vorstellen konnte. Es war, als hätte sie ihre Wünsche so lange in der Hand gehalten, bis sie zu Tand verkommen waren, bedeutungslos, sinnlos, reine Platzverschwendung.

■

Als sie am nächsten Morgen erwachte, duftete es nach gebratenem Speck.

Lavender lag allein auf dem Boden in Ansels Zimmer, die verwickelte Decke zu ihren Füßen, die Sonne schien mit grellem, teigbleichen Licht zum Fenster herein. Sie schlüpfte in ihren Bademantel, der in einem Haufen auf dem Boden gelegen hatte, und tappte nach unten.

Johnny stand wie immer am Herd. Sein massiger Körper, vertraut. Lavender kannte seinen Körper so gut, es war, als wäre er ein Teil von ihr, und jetzt kamen ihr die nächtlichen Gedanken an den Highway lächerlich vor. Johnny reichte ihr einen Teller. Dampfendes Rührei und zwei knusprige Streifen von dem Speck, den sie für besondere Gelegenheiten eingefroren hatten. Ein rascher Blick sagte ihr: Die Schränke waren wieder abgesperrt, die restlichen Lebensmittel weggeräumt und dahinter verstaut.

Ansel saß zufrieden am Tisch und trank seine Milch.

»Bitte«, sagte Johnny. Ganz weich war er jetzt. »Iss doch, Liebes.«

Lavender erkannte Johnnys versöhnlichen Ton. Sie ließ es zu, dass er ihr Haar auf seine Finger zwirbelte. Sie ließ es zu, dass er den Rand ihrer Oberlippe küsste. Sie ließ es zu, dass er *es tut mir leid, es tut mir leid* flüsterte, bis es klang, als stammten die Worte aus einer fremden Sprache.

Während Johnny ein Schläfchen hielt, saß Lavender mit Ansel im Schaukelstuhl. Die Kette hatte grün auf seinen Hals abgefärbt, und ihre Angst steigerte sich zur Panik, weil es aussah, als wäre er verletzt.

Sie zogen Bücher vom Regal – technische Handbücher und Karten von den Philippinen, Japan, Vietnam –, bis sie sie gefunden hatten. Eine topographische Karte der Adirondacks. Lavender rückte Ansel auf ihrem Schoß zurecht und breitete die Karte auf ihren Beinen aus.

»Wir sind hier«, flüsterte Lavender. Sie nahm Ansels Hand und zeichnete den Highway nach. Von der Farm zur Stadt bis zum Rand der Karte.

▪

Es war ein besonderer Akt der Gewalt, das Weiß ihrer Unterhose. Vier Wochen überfällig, dann sechs: Lavender betete um einen Blutstropfen. Ihr Körper betrog sie jeden Morgen, verwandelte sich ohne ihren Willen. Sie erbrach sich in die verkrustete Toilettenschüssel, das Entsetzen hob sich mitsamt ihren Eingeweiden – ein Tideschwellen, furchterfüllt.

▪

*Liebe Julie,*

*erinnerst du dich daran, wie sehr wir die Manson Girls bewunderten? Wie wir die Gerichtsverhandlung verfolgten, als wäre sie eine Fernsehshow? Ich frage mich, ob Susan Atkins sich je so*

*gefühlt hat. Ob es in der Finsternis ihres Verstands eine leise*
*Stimme gegeben hat, die flüsterte: Geh.*
*Es wächst, Julie. Ich kann es nicht aufhalten.*

．

Lavender fand in der Scheune einen Jutesack. Sie legte eine armselige Dose Mais hinein, gestohlen, als Johnny mal nicht aufgepasst hatte, eine Beule unter ihrem Hemd, ihr wagemutiges Herz wie wild schlagend. Sie stopfte einen alten Wintermantel in den Sack, der zu klein war, Ansel aber zur Not warmhalten würde. Zum Schluss schob sie noch ein rostiges Messer dazu, das hinter die Spüle gefallen war. Den Sack schob sie in den äußersten Winkel des Kleiderschranks in Ansels Zimmer, wo Johnny nie nachsehen würde.

In jener Nacht schnarchte Johnny wie immer, und Lavender legte eine Hand auf ihren Bauch, der sich angeschwollen und fremd anfühlte. Sie dachte an den Sack im Schrank, seine strahlende Verheißung. Als sie Johnny von dem Baby erzählt hatte, auf seinen Wutausbruch gefasst, hatte er nur gelächelt. *Unsere kleine Familie.* Ihr stieg die Galle hoch, hing ihr verräterisch in der Kehle.

Lavender wurde dicker. Mit ihrem dicken Bauch bezog sie Stellung im Schaukelstuhl an der Hintertür – jeden Morgen ließ sie sich darauf nieder und erhob sich nur, um auf die Toilette zu gehen. Ihr Hirn war wie ein Sieb, gehörte ihr nicht mehr. Das neue Kind fraß ihre Gedanken, sobald sie aufstiegen, während Lavender nur eine Hülle war, eine Untote, ein Behältnis.

Ansel hockte permanent zu Lavenders Füßen. Er zerdrückte Insekten zwischen seinen Fingern und präsentierte sie ihr wie Gaben. Mit seinen Milchzähnen zerbiss er Eicheln und gab ihr die zersplitterten Hälften. Johnny verschwand tagelang, und Ansel holte Lavender die von seinem Vater auf dem Tresen bereitgestellten Suppendosen. Ihre Ration. Abwechselnd löffelten sie die kalte Brühe. Bei seiner

Rückkehr war Johnny reizbar wie ein Raubtier – Lavender dachte an den Sack im Schrank, die Jacke, das Messer. Sie war zu dick, um die Treppe hochzukommen.

■

*Liebe Julie,*
*ich stelle mir die Frage nach unseren Lebensentscheidungen.*
*Wie sie uns erzürnen, wir sie bedauern – während wir ihnen*
*beim Wachsen zusehen.*

■

Die Wehen kamen früh. Ein sengender Schmerz an einem kaltbleichen Morgen. Lavender flehte: Kein Schuppen. Lass uns hierbleiben.

Johnny breitete die Decke neben dem Schaukelstuhl aus. Er und Ansel standen über Lavender, während sie kreischte und blutete und presste. Diesmal war es anders – als wäre sie nicht in ihrem Körper, als hätte der Schmerz sie verzehrt und sie wäre lediglich Zuschauerin dieses Dramas. Irgendwann warf sich Ansel auf sie, drückte ihr besorgt die klebrige Hand auf die Stirn, und da spürte Lavender das urzeitliche Reißen, dass sie kurz wieder zurückkehren ließ in ihren Körper: So mächtig war das Schwellen ihrer Liebe, so unausweichlich zum Scheitern verurteilt, dass sie nicht wusste, wie sie es überleben sollte.

Danach herrschte Ruhe.

Lavender wünschte, der Boden würde sich unter ihr auftun und sie in ein anderes Leben fallen lassen. Sie war sicher, dass gemeinsam mit dem Kopf, den Fingern und den Zehen des Kindes auch ihre Seele ihren Körper verlassen hatte. Als Johnny Ansel das Bündel reichte und versuchte, sie zum Aufstehen zu bewegen, kam Lavender die Erkenntnis, dass Wiedergeburt tatsächlich der letzte Ausweg war: Es gab anderes Leben auf dieser einen Welt. Kalifornien. Sie bewegte das Wort in ihrem Herzen, ein Bonbon, das ihr auf der Zunge zerging.

Sie konnte keines ihrer kränkelnden, rotznäsigen Kinder ansehen. Ansel mit seinem seltsamen Monstergesicht. Das Neugeborene, ein Bündel aus warmer Haut. Es war ihr unerträglich, das Kind zu berühren, aus Angst, sie könnte sich eine Krankheit holen. Welche, wusste sie nicht. Aber sie würde sie hier gefangen halten.

Lavender versank im harten Holzboden. Sie wünschte, sie wäre ein Staubteilchen an der Decke.

·

Wochen vergingen, und das Neugeborene hatte noch immer keinen Namen. Ein Monat zerfloss zu zwei. Baby Packer, sang Ansel, während er mit dem Bündel auf dem Boden am Kamin spielte. Ein Liedchen, das er erfunden hatte, schief und ohne Melodie. *Baby Packer iss, Baby Packer schlaf. Bruder liebt dich, Baby Packer. Bruder liebt dich.*

·

Johnny hatte gelegentlich Anfälle von Zärtlichkeit, halbherzige Versuche, sie wieder zum Leben zu erwecken. Übers Matratzenende gebeugt massierte er Lavender die Füße. Er reinigte ihre Wunden mit einem Schwamm, zerrte ihr eine Bürste durchs verfilzte Haar. Sie vergrub sich im Bett, wenn Johnny das Baby zum Stillen brachte – den Rest der Zeit strampelte Baby Packer unter dem wachsamen Auge des vierjährigen Ansel vor sich hin.

Während der paar Minuten, die Lavender das Kind täglich in Armen hielt, fragte sie sich, wie es auf die Welt gekommen war, ob dieses süße, nuckelnde Wesen überhaupt ihr gehörte. Bei Ansel war es ihr genauso gegangen, aber damals war ihre Liebe so frisch gewesen, so intensiv. Jetzt fürchtete sie, dass sie schon aufgebraucht war.

»Nimm ihn«, sagte sie monoton, wenn das Baby satt war. »Ich will ihn nicht bei mir.«

Johnnys Frustpegel stieg. Lavender spürte es, wie Lava brodelte es in seiner Brust. Das Entsetzen machte sie nur noch kränker. Taub. Eine Dose Mais oder Bohnen pro Tag, mehr bekam sie nicht, der nagende Hunger war ein statisches Hintergrundrauschen. *Mehr, wenn du wieder mithilfst,* sagte Johnny lieblos, mit angewiderter, frustrierter Stimme wiederholte er das Mantra seiner Obsession: *Du musst lernen, deinen Unterhalt zu verdienen.*

So kam es, dass Lavender an jenem Tag, als Johnny voller Zorn über ihrem Bett aufragte, zu schwach und denkmüde war, um ihm etwas entgegenzusetzen. Lavender blickte auf zu diesem wutschnaubenden, aufgebrachten Berg von einem Mann und versuchte, sich stattdessen ihren Johnny vorzustellen, damals, mit den Himbeeren auf der Weide. Es war nicht so, dass ein furchterregender Fremder plötzlich an seine Stelle getreten wäre, nein, es war eher eine Verwandlung gewesen. Er war zu seinem eigenen Schatten geworden.

»Steh auf«, sagte er.

»Kann ich nicht«, sagte Lavender.

»Steh auf, verdammt!« Seine Stimme zuckte, gerann. »Du stehst jetzt sofort auf.«

»Kann ich nicht«, wiederholte sie.

Lavender hatte das Gefühl, sie hätte ihn aus freien Stücken um das gebeten, was als Nächstes geschah. Als wäre die Geschichte bereits für sie geschrieben, und sie musste sie nur noch ausleben. Ihr wurde klar, dass sie schon seit Monaten darauf gewartet hatte. Das weggeschlossene Essen, die kleinen blauen Flecken – Warnungen, die sie wahrgenommen, aber nicht beherzigt hatte.

Bevor Johnny auf sie losging, erwartete sie, in ihm eine alptraumhafte Kreatur zu erkennen, jemanden, den sie noch nie zuvor gesehen hatte. Aber nein. In dem Sekundenbruchteil vor dem ersten Schlag erblickte Lavender denselben ungeschlachten Mann, den sie schon immer gekannt hatte, und der Gedanke erfasste sie mit einer an Mitleid grenzender Klarheit: *Du hättest alles werden können, Johnny. Warum ausgerechnet das?*

■

Ein Büschel Haare, ausgerissen. Ein Schrei, flehend, als Lavenders Knochen schmerzhaft auf harten Boden trafen. Die Wunde zwischen ihren Beinen, offen, brennend. Johnnys metallverstärkte Stiefelspitze nahm Anlauf wie ein Pferd vor dem Sprung und landete mit voller Wucht in ihrem Bauch. Der Schock, ein glitzerndes Rot.

Als von der Tür her ein Laut ertönte, sah Lavender doppelt: Ansels verzerrte Silhouette. Er hielt das Baby, wie Lavender es ihm beigebracht hatte, einen Arm unter dem Köpfchen. So verwischt wirkte er zu jung – ohne Hose, magere Beine –, um einen Säugling im Arm zu halten. Ansel und das Baby weinten verstört, aber als Lavender die Hände nach ihnen ausstreckte, schmerzte ihr gesamter Körper, eine Reihe von Wunden, die sie noch nicht registriert hatte, im Mund blutsandiger Sabber.

»Ansel«, stieß sie hervor, doch es kam kein Laut aus ihrer Kehle. »Lauf.«

Die Zeit verlangsamte sich.

»Nein«, versuchte sie, zu schreien. »Johnny, bitte …«

Es ging zu schnell. Zu gedankenlos. Mit einer Riesenpranke packte Johnny Ansel am Kopf und knallte ihn so heftig gegen den Türpfosten, dass es krachte.

Danach, Stille.

Sie schrillte ihr in den Ohren, dazwischen hörte sie Johnnys angestrengtes Keuchen. Selbst das Baby war vor Schreck verstummt. Es war unwirklich still im Zimmer. Lavender sah wie betäubt vom Boden aus zu, wie Johnny verstand, was er getan hatte. Sein massiger Körper zitterte, als er verstört den Rückzug antrat. Sie hörte seine raschen Schritte auf der Treppe und kurz darauf das Zuschlagen der hinteren Fliegengittertür. Ansel zwinkerte langsam, verwirrt.

Lavender robbte sich über den Dielenboden. Schleppend, knarzend. Als sie endlich ihre Kinder erreicht hatte, schloss sie sie in die Arme und weinte.

In dieser Nacht kehrte Johnny nicht zurück. Lavender hatte sich mit den Jungen im Bett verschanzt und wartete, in Habachtstellung. Nachdem sie das Baby in den Schlaf gestillt hatte, jammerte Ansel vor Hunger. Lavender schüttelte bedauernd den Kopf. Nicht genug Milch. Als Ansel unter seinen zarten, feuchten Wimpern hervor zu ihr aufblickte, sah er mit seinen eingefallenen Augenhöhlen aus wie ein erschreckter kleiner Geist.

■

Im ersten Morgenlicht glitt Lavender aus dem Bett. An Bauch und Beinen bildeten sich bereits blaue Flecken – beide Jungs schliefen auf der alten Matratze, ihr Atem ging regelmäßig. Die Beule an Ansels Kopf war zur Größe eines Golfballs angeschwollen.

Lavender schob das Fenster auf, streckte ihr Gesicht hinaus in den Morgen. Die Brise war wie ein Seufzer auf ihren Wangen, die taufeuchte Luft ein frisches Versprechen. In der Ferne leuchteten morgengelb die Weiden. In der Ferne, der Ferne. Fern von diesem Zimmer, fern von diesem Haus, gab es Mütter, die ihren Kindern einen Braten bereiteten. Es gab kleine Jungen, die sonntagmorgens Zeichentrickfilme schauten, unschuldig, angstfrei. Popcorn mit Butter im Kino, Cornflakes im Karton, echte Zahncreme. Es gab Fernseher und Zeitungen und Radios, Schulen und Bars und Cafés. Vor ihrem Umzug ins Farmhaus war ein Mann auf dem Mond gelandet – es könnte mittlerweile eine ganze Stadt dort stehen, sie würde es nicht wissen.

Johnny blieb bis Mittag weg. Zweige im Haar. Er hatte im Wald geschlafen. Dieser Ausdruck auf seinem Gesicht ließ ihn so viel kleiner wirken, wie ein völlig anderer Johnny, gebeugt und verschämt. Sein Körper war ein einziges Flehen, ein gewundenes, verzweifeltes Heischen um Vergebung.

Nichts lag Lavender ferner als Vergebung. Aber diese eine Sache würde sie tun – des blauen Sonnenaufgangs, dieser verlockenden Ferne willen. Wegen der Welt da draußen, die ihre Kinder womöglich nie zu Gesicht bekommen würden.

»Bitte«, sagte Lavender. Sie öffnete die Lippen, damit Johnny den abgesplitterten Vorderzahn sah, sein Werk. »Fahr ein bisschen mit mir herum.«

∎

Zum ersten Mal seit Monaten zog Lavender richtige Kleider an. Sie kämmte sich das Haar, spritzte sich Wasser auf die geschwollenen Wangen, band sich einen Pullover um die Hüfte, den weichen, den sie den ganzen Winter über gestrickt hatte.

»Gehen wir in die Scheune?«, fragte Ansel, als Lavender ihre besten Schuhe überstreifte, Pennyloafer, seit ihrer Schulzeit unbenutzt. Johnny wartete bereits im Wagen. Er hatte sich überraschend leicht überzeugen lassen: ein vielsagender Blick auf ihre geschundenen Oberschenkel und die Versicherung, dass die Jungs ein, zwei Stunden lang gut ohne sie auskämen. Lavender hatte keinen Plan. Sie sah keinen Weg, der nicht in eine Sackgasse führte.

»Daddy und ich machen einen Ausflug«, sagte sie. »Wir sind bald wieder zurück.«

Ansel streckte die Arme aus. Er wurde langsam zu groß, um auf ihrer Hüfte getragen zu werden, doch die Last war ihr vertraut, als hätte sie sie schon ewig mit sich herumgeschleppt. Die Beule an seinem Hinterkopf wölbte sich wie eine Faust; Lavender musste an sich halten, sie nicht zu berühren. Stattdessen küsste sie sein Haar, dann ging sie vor dem Baby in die Hocke. Eingewickelt in eine Jacke von Johnny strampelte und brabbelte Baby Packer vor dem Kamin herum; die Jungen hatten mit ein paar alten Löffeln gespielt, und seine verkrampften Finger waren vom Metall ganz schwarz. Lavender drückte die Nase gegen sein Köpfchen und atmete seinen süßsauren Duft ein.

»Ansel«, sagte sie, sein Gesicht fest umschlossen. »Kann ich dir vertrauen, dass du gut auf dein Brüderchen aufpasst?«

Ansel nickte.

»Wenn er weint, wohin gehen wir mit ihm?«

»Zum Schaukelstuhl.«

»Gut«, sagte Lavender mit erstickter Stimme. »Kluger Junge.«

Es war Zeit. Lavenders Entscheidungen fühlten sich nicht wie Entscheidungen an – eher wie Aschepartikel, die ihr auf die Schultern fielen. Es war nicht an ihr, den Moment zu wählen. Der Truck tuckerte bereits am Rand der Weide, Johnnys dräuende Präsenz, eine ständige Drohung.

Keinen weiteren Blick konnte Lavender ertragen. Irgendwo tief in ihr drin, heftig verleugnet, wusste sie, dass sie ihre Kinder bereits zum letzten Mal gesehen hatte – sie könnte ihren fragenden Blicken nicht widerstehen, ihren kleinen Mündern, den winzigen Fingernägeln, die sie aus dem Nichts erschaffen hatte. Deshalb warf sie keinen Blick zurück. Sie kehrte ihnen den Rücken zu und trat hinaus in den Tag.

»Seid brav«, sagte sie und schloss die Haustür.

.

Seit fünf Jahren hatte Lavender das Land rund ums Farmhaus nicht verlassen. Zuerst hatte sie die Isolation wie ein Geschenk empfunden, die wilde Natur wie ein Gegengift zum chemischen Elend im Trailer ihrer Mutter. Den Wendepunkt konnte sie nicht festmachen, den Moment, als das Farmhaus für sie zur Falle geworden war.

Jetzt entfaltete sich das Universum vor ihr in der Windschutzscheibe, wohlvertraut und doch so fremd, Tankstellen, an denen reger Betrieb herrschte, Fast-Food-Restaurants, aus denen betörend der Duft von gegrilltem Rindfleisch drang. Als Lavender den Arm aus dem Fenster hängen ließ und der Wind ihr in den Ohren wummerte, vergaß sie fast ihr ruiniertes Leben. Ihre einundzwanzig Jahre musste sie an den Fingern abzählen – ihre Schulfreundinnen arbeiteten bereits, hatten Ehemänner und Kinder. Lavender stellte fest, dass sie nicht mal wusste, wer gerade Präsident war, die Wahl von 1976 hatte sie komplett verpasst. Sie fuhren knapp über dem erlaubten Tempo, und Lavender war hungrig. Aber auch frei. Sie war fort von ihren Kindern, es war ein berauschendes Gefühl, so leicht, geradezu schwindelerregend.

»Nach Süden«, hatte Lavender auf Johnnys Frage nach dem Wohin geantwortet. Er verströmte Scham und sprach beim Fahren kein Wort. Das Steuer wirkte so trivial, so klein in Johnnys Händen – sie fuhren mindestens achtzig Meilen die Stunde. Wie leicht hätte sie es tun können, das Steuer umreißen, direkt in den Gegenverkehr lenken, oder in den Graben am Rand des Highways. Das war ungefähr ihr Plan gewesen. Doch die Luft duftete so frisch, das Radio summte, und Lavender stellte überrascht fest, dass sie nicht sterben wollte.

Kurz hinter Albany hielten sie zum Tanken, zwei Stunden von zu Hause entfernt und auf halbem Weg nach New York State. Als Johnny den Truck an die Zapfsäule lenkte, lächelte Lavender beim Gedanken, dass zwischen ihr und den Jungen Hunderte von Meilen lagen.

»Was ist so lustig?«, fragte Johnny, immer noch kleinlaut.

»Nichts«, sagte Lavender. »Toilette.«

Johnny öffnete die Tür mit einem Klicken, sie betrachtete die Haare, die von seinem Rücken den Nacken hochwuchsen. Den Knoten seiner Wirbelsäule, die breiten Schultern, die Mulde der Zärtlichkeit zwischen Ohr und Schädel. So klein, dachte Lavender, ist der Unterschied. Ein Fleck verletzliche Haut. Sie wünschte, ganz Johnny wäre dieser Fleck – wie viel einfacher, wenn er einfach ein guter Mensch wäre.

Während Johnny tankte, sammelte Lavender das Kleingeld vom Armaturenbrett. Mit wild klopfendem Herzen ging sie in den Laden. Als bei ihrem Eintreten die Türglocke schrillte, stellte Lavender fest, dass sie seit ihrem sechzehnten Lebensjahr nicht mal mehr so allein gewesen war wie jetzt hier, auf dem Weg zur Tankstellentoilette.

Die Kassiererin, ein ältere Frau, beäugte Lavender misstrauisch. Die Regale an den Wänden waren voller bunter Snacks. Ganz hinten im Laden, zwischen Wasserspender und Eiscremetruhe, befand sich ein Münztelefon.

Jetzt oder nie. Lavender spürte ihren Puls in den Schläfen.

Ihre Chance.

Sie wünschte, sie hätte mehr Zeit. Sie wollte sich hinsetzen und alles gut durchdenken, sich klarmachen, was sie aufgab. Als sie durchs verschmierte Fenster sah, wie Johnny am Zapfhahn rüttelte, spürte sie förmlich Ansels Beule unter den Fingern, groß wie ein Ei, ein pochendes Phantom. Sie gehörte ihr nicht, die Zeit. Nichts gehörte ihr.

»Notrufzentrale. Was ist passiert?«

Lavender konzentrierte sich auf eine Chipstüte, während sie die Adresse der Farm durchgab.

»Ma'am, Sie müssen lauter sprechen.«

»Ein Vierjähriger und ein Säugling. Sie müssen hinfahren, bevor Johnny zurückkommt. Er hat ihnen wehgetan. Wir sind zwei Stunden Fahrt entfernt. Bitte, bevor er zurückkommt.«

Sie weinte jetzt, Tränen tropften aufs Plastik. Sie wiederholte die Adresse, zweimal, um sicherzugehen.

»Es ist schon jemand unterwegs, Ma'am. Bleiben Sie am Apparat. Sind Sie die Mutter? Wir brauchen noch …«

Draußen vor dem Fenster reckte Johnny den Hals. Lavender bekam Angst und legte auf.

Die Kassiererin am Tresen beobachtete sie scharf. Sie war vielleicht sechzig, mit krausem grauen Haar, einem fleckigen Polohemd, die abgekauten Nägel nur noch rote Halbmonde. Ihr Blick wanderte von Johnny zu Lavender zum Telefonhörer, nutzlos an seiner Schnur. Dann hob sie die Hand und zeigte zu einer Tür neben der Toilette, die mit einem Keil offen gehalten wurde.

Lavender nickte dankbar. Sie rannte hinein.

In der Abstellkammer gab es kein Licht. Nur ein schmaler heller Streifen drang durch die Türritze und beleuchtete die Regale voller Reinigungsmittel, die turmhoch über ihr aufragten. Lavender lehnte sich ans Metall, atemlos vor Schreck über das, was sie getan hatte – draußen verbarrikadierte die Frau die Tür, Lavender saß in der Kammer fest. Angst durchfuhr sie, raste, schlug Alarm. Diese Angst, schon so lange ein Teil von ihr, ballte sich nun zu einer völlig neuen Kraft zusammen. Sie pulsierte, ätzend, elektrisierend.

Lavender drückte den Kopf an die Tür und lauschte. Sie war zu dick, es drang nichts durch. Sie zwang sich zur Ruhe und versuchte, sich die Stimme am Telefon ins Gedächtnis zu rufen.

Der Mann von der Leitstelle hatte so beherrscht geklungen. So souverän. Sie stellte sich vor, wie Männer in Anzügen vor dem Farmhaus ausschwärmten, erwachsene Profis, die mit ernster Stimme kommunizierten. Sie würden Ansel und das Baby finden, beide in große warme Decken wickeln. Sie würden sie mit Nahrung versorgen, nicht nur Bohnen aus der Dose. Sie malte sich aus, wie eine Frau in Polizeiuniform, das Haar zu einem strengen Knoten gebunden, das Baby hochnahm, viel stärker und lebenstüchtiger, als Lavender es je sein würde.

In der pochenden, angespannten Finsternis atmete Lavender Bleiche, Staub und Essig. In einem Karton auf dem untersten Regalfach stieß sie auf ein Dutzend Schokokuchen, quadratisch, industriell gefertigte und in Plastik verpackte Schnitten, wie sie sie seit ihrer Kindheit nicht mehr gesehen hatte. Trotz allem knurrte ihr der Magen. Schluchzend wickelte sie ein Küchlein aus, dann ein zweites, schob sie sich in den Mund – der Teig matschig, so angenehm in ihrem Schlund, als sie die Schnittchen systematisch hinunterwürgte. Umgeben von knisterndem Plastik, die Finger von den Resten klebrig, fragte Lavender sich, ob sie gerade den größten Fehler ihres Lebens begangen hatte. Möglich. Aber zwischen den Zweifeln schien etwas anderes durch, ein Rest Stabilität, an dem sie sich festhalten konnte. Wie oft hatte sie gehört, Mutterliebe sei die mächtigste Kraft der Welt. Daran glaubte sie, zum ersten Mal, seit sie Mutter geworden war.

.

Als die Frau die Tür zur Abstellkammer aufsperrte, strömte grelles Licht herein. Sie heiße Minnie, sagte sie, während sie Lavender vom Boden half. Lavender blinzelte in die Regale voller Süßwaren, Kaugummi, Zigaretten.

Minnie reichte ihr eine Tasse Kaffee. »Hab ihm gesagt, dass Sie die Cops gerufen haben.« Zu den leeren Kuchenverpackungen und Lavenders schokoladenverschmierter Wange sagte sie nichts. Es war Nacht geworden, Motten umschwirrten die Lampen über den verwaisten Zapfsäulen. »Hab ihn nicht mal reingelassen. Der hat ewig da draußen rumgetobt, gebrüllt und so. Wie ein Wilder auf seinen Wagen eingetreten hat er auch. Aber irgendwann ist er abgehauen.«

»In welche Richtung ist er gefahren?«, fragte Lavender. Ihr dröhnte der Schädel, aber der erste Schluck Kaffee schmeckte fantastisch, bitter auf ihrer Zunge.

Minnie zeigte nach Süden. Downstate, weg von zu Hause.

Später sollte Lavender die Nummer des Jugendamts ausfindig machen, wieder und wieder dort anrufen, bis die Frau am anderen Ende der Leitung schließlich Mitleid mit ihr hatte und sie informierte: Die Jungen waren in staatlicher Obhut. Der Vater hatte sich nie wieder gemeldet.

.

In jener Nacht schlief Lavender in der Abstellkammer, im Sitzen, einen eisernen Papierhandtuchhalter wie eine Waffe umklammert.

Als sie nach ihrem Pullover griff, ertastete sie eine kalte, flache Form in ihrer Brusttasche. Es war das Amulett, das sie Ansel umgehängt hatte, zusammengerollt, bedauernswert. Vor seinem letzten Bad hatte sie es ihm abgenommen und achtlos in ihre Tasche gesteckt. *Es wird dich immer beschützen*, hatte sie damals zu ihm gesagt. Es erschien ihr unnötig grausam, ihm ein solches Versprechen zu geben und es aus Versehen zu brechen. In der Dunkelheit der Kammer dehnte sich die Wahrheit aus. Nichts garantierte Schutz – kein Amulett und auch die Liebe nicht, egal wie stark.

◾

Am Morgen setzte Minnie Lavender mit einem dampfenden Eiersandwich und einem Zwanzig-Dollar-Schein an der Bushaltestelle ab.

»Geh los, Schätzchen«, sagte sie, als Lavender aus dem Wagen stieg. »Geh, so weit du kannst.«

Zusammengekauert auf der Wartebank fragte sie sich, wo Ansel wohl gerade war. Sie hoffte, jemand hatte ihm richtige Kleidung gegeben – sein ganzes Leben war er in Männerunterhosen herumgewatschelt, an der Hüfte mit Sicherheitsnadeln zusammengehalten. Sie sah ihn vor sich, im frischen Schlafanzug, vor einem Teller voll mit saftigem Fleisch. Sie hatte vergessen, der Polizei von der kleinen Tasche zu erzählen, die sie für ihn gepackt hatte, mit dem Mais und dem Messer und dem Wintermantel. Jetzt war sie froh darüber. Wie lächerlich, so viel Hoffnung auf diese nichtigen Dinge zu setzen.

*Liebe Julie*, dachte Lavender, als sie den ersten von unzähligen Bussen bestieg. Die bebende Furcht in ihrer Brust hatte nun eine neue Qualität. Sie spürte es, ein Pulsieren, unter ihren Zähnen. Freiheit war es nicht – zu viel lag in Schutt und Asche –, aber nah dran.

*Liebe Julie.*

*Warte, ich komme zu dir.*

◾

Als Lavender endlich den Ozean erreichte, duftete er genau so, wie sie es sich erhofft hatte.

Wochen hatte es gedauert, nach San Diego zu kommen. Sie war getrampt, hatte Geldbörsen geklaut, sich an Straßenecken das Busgeld erbettelt. Als sie am Stadtrand von Minneapolis ein Jagdmesser fand, das irgendwer im Rinnstein verloren hatte, erinnerte sie sich daran, wie Johnny einen Hirsch ausgeweidet hatte, ihn aufgeschlitzt, vom Anus bis zum Zwerchfell. Vier Tage hatte sie auf dem Beifahrersitz eines Bierlasters gesessen und den Griff dieses Messers umklammert, das sie sich in den Bund ihrer Jeans geschoben hatte.

Jetzt streifte Lavender ihre Schuhe ab und genoss das Gefühl des warmen Holzstegs unter ihren von Blasen gezeichneten Füßen. Es duftete nach Hotdogs, Seetang, Autoabgasen. Der Strand war voller Familien, die sich sonnten oder spielten, durch die Brandung rannten. Lavender ließ die Plastiktüte mit ihren Habseligkeiten fallen (Zahnbürste, Kamm, Zigaretten) und stolperte durch den glühend heißen Sand.

Das Wasser war eiskalt, köstlich. Lavender spritzte es sich ins Gesicht, schmeckte das salzige Kühl. Sie zog sich aus, dort am Strand, bis auf BH und Unterhose, und stand knöcheltief im Wasser.

Das Schuldgefühl war immer da. Bisweilen raubte es ihr den Atem, wie ein Kissen nachts aufs Gesicht gedrückt, oder es durchzuckte sie wie ein Stich. Seit Wochen hatte sie denselben Alptraum: Ansel grub unter der Fichte herum, dort, wo sie Johnnys Großvater beerdigt hatten, doch was zum Vorschein kam, war gar nicht der alte Mann. Es war Lavender selbst: *Schau, Mama,* rief Ansel dann, als er ihre starre graue Hand aus der Erde zog. *Schau, was ich gefunden habe!*

Wenn Lavender wach war, köchelte ihre Schuld vor sich hin, immer kurz vor dem Siedepunkt, ein permanentes Unbehagen. Ihre Brüste erinnerten sie ständig daran, denn sie waren immer noch milchprall und schwer. Doch sie konnte sie nicht verhehlen, die Erleichterung, rein und befreiend wie ein frischer Atemzug. Das Glück, nur mit sich allein zu sein, diese langen Stunden trug sie still in ihrer Brust. Die Furcht verebbte mit jedem Tag.

Lavender hatte keine Ahnung, wohin sie als Nächstes gehen würde. Es spielte keine Rolle. Sie verschloss die Augen vor der Sonne, als das Wasser ihre Knie verschluckte, Schenkel, Hüfte, Brustkorb, dann holte sie tief Luft. Bevor sie sich dem eisigen Sog ergab, dachte Lavender an ihre Kinder.

Sie hatte zwei lebendige Wesen erschaffen. Sie würden zu Personen heranwachsen. Lavender hoffte, dass ihnen ihre noch schleierhafte Zukunft zumindest das bescheren würde: körnigen Sand, Gänsehaut an den Armen, Wellen, die sich über ihren sommersprossigen Armen brachen. Sie erinnerte sich ans Schlafzimmerfenster im Farmhaus, das neckende Kitzeln eines Lufthauchs. Das hatten sie nun. Wenn Lavender ihnen auch sonst nichts hatte schenken können, hatte sie ihnen doch zumindest Möglichkeiten eröffnet. Ihre Jungen würden die weite Welt mit Händen greifen.

Eines Tages, so hoffte Lavender, würden die Kinder in den Ozean waten. Und dann würden sie sie schmecken.

Lavenders Liebe, in einem Schluck Salz.

# 10 STUNDEN

Seen und Flüsse hast du oft gesehen, doch den Ozean nur ein einziges Mal.

Die Küste von Massachusetts, vor vielen Jahren. Du warst auf dem Weg zu einem Besuch bei Jennys Großeltern, und sie hatte darauf gedrängt, die paar Meilen weiterzufahren – damals warst du fünfundzwanzig und noch nicht verheiratet.

Unglaublich, dass du noch nie das Meer gesehen hast, sagte sie und hüpfte auf ihrem Sitz herum. Du bogst auf die erste Zufahrt ab, kaum dass du den Ozean sahst, und sie überredete dich, bis zu den Knien in die Wellen zu waten. Ihr Haar peitschte im Wind. Ihr Mund öffnete sich weit zu einem klaffenden Lachen, ein obszönes rotes Gähnen bis zum Schlund, das die Kronen auf ihren Backenzähnen entblößte.

Wenn du dich jetzt fest konzentrierst, kannst du statt der Betonmauer deiner Zelle fast das weite, tosende Blau sehen. Möwen kreischen, der Motor brummt, der Sand verschiebt sich unter deinen nackten Füßen. Trotz allem bist du für die Erinnerung dankbar – für den Anblick des in der Ferne wogenden Meeres.

Es ist möglich, sich beim Anblick des Ozeans vorzustellen, dass er unendlich ist.

■

Die Nachricht von Shawna steckt vorn in deinem Schuh, von deinem großen Zeh zerdrückt. Ein Druck, der dich leicht humpeln lässt. Eine wunderbare Bombe, die alles aufsprengt.

．

Du wäschst deine Pinsel im Waschbecken aus, als zwei Wärter erscheinen. Sie deuten auf deine Hände, die du durch den Schlitz in der Tür schiebst. Damit sie dir die Handschellen anlegen können, musst du der Tür den Rücken zukehren, dich praktisch zusammenfalten und mit nach hinten verdrehten Armen auf die Knie sinken. Jedes Mal unterziehen sie dich einer Leibesvisitation, ausnahmslos.

Ein Besucher, sagen sie.

Der Besucherbereich besteht aus einer Reihe weißer Betonzellen. Beim Hinsetzen reibst du dir die Handgelenke. Deine Anwältin, auf der anderen Seite der Scheibe, sieht so aus wie immer.

Tina Nakamura sitzt da, die Hände über einer hellbraunen Aktenmappe verschränkt. Normalerweise dürfen Häftlinge ihren Rechtsbeistand an diesem Tag nicht mehr sehen, aber der Anstaltsleiter hat dich immer schon gemocht. Sondergenehmigung. Tinas violetter Lippenstift ist sorgfältig aufgetragen, der Strich streng um ihre schmalen Lippen gezogen, ihre Wimpern sind geschmackvoll verlängert, es soll offenbar alles so aussehen, als trüge sie keinerlei Make-up. Dich täuscht sie damit nicht. Tina ist vermutlich ungefähr so alt wie du, Mitte vierzig, ihr seidiges Haar ist wie immer zu einem adretten Pferdeschwanz zusammengebunden, weit oben am Hinterkopf. Heute ist ihr Anzug blau, die maßgefertigte, glatte Hose sitzt tipptopp. Wenn sie geht, wirst du einen Blick auf ihre Schuhe erhaschen. Tinas Schuhe verraten sie; offenbar hat sie Knieprobleme oder vielleicht einen Hallux, weil sie nicht wie zu erwarten Absatzschuhe trägt, sondern weich gepolsterte, flache Schuhe mit ergonomischem Fußbett für ältere Kellnerinnen.

Mein Team hat heute Morgen erneut Berufung eingelegt, sagt Tina. Jetzt können wir nur noch auf den Anruf warten. Spätestens heute Nachmittag sollten wir wissen, ob das Gericht dem stattgibt.

Tina hat nie Angst gehabt, dir direkt in die Augen zu sehen. Ihr Blick ist fest und streng. Dieser Ausdruck ihrer Stärke löst bei dir normalerweise eine unerklärliche Wut aus, aber heute ist Tina klein. Sie ist bedeutungslos. Du drückst mit dem Zeh gegen Shawnas zerknitterte Nachricht, die Erinnerung an euer brennendes Geheimnis.

Der Anstaltsleiter sagt, Sie hätten einen Zeugen eingeladen.

Einen Zeugen?, fragst du, obwohl du genau Bescheid weißt.

Zur Hinrichtung, sagt Tina.

Die Hinrichtung, wiederholst du.

Es gefällt dir, wie sie zusammenzuckt. Wie ihr Nasenflügel beim Aussprechen des Wortes bebt.

Nie wirst du Tinas Gesicht vergessen, als sie sah, was du angerichtet hattest. Sie traf dich im Gefängnis von Houston, vor der Verhandlung und Verurteilung. Einer ihrer Gehilfen reichte ihr die Akte mit den Opferfotos. Sie wurde leichenblass, ihre Augen wurden feucht vor entsetztem Mitgefühl. Seitdem hast du dich an diese Reaktion gewöhnt. Beim Richter. Bei den Geschworenen. Bei den Anwesenden im Gerichtssaal, als die Staatsanwaltschaft die Fotos groß auf die Leinwand warf, die Details zehnfach vergrößert.

Du magst die Fotos nicht ansehen, sie sind anders, als du es in Erinnerung hast.

Werden Sie auch da sein?, fragst du.

Du sagst es mit deiner netten Stimme, bei der die Leute weich werden. Doch Tina sieht dich nur mit diesem vertrauten Ausdruck an. Manchmal stehst du vor dem Metallspiegel in deiner düsteren kahlen Zelle und setzt dieselbe Miene auf, zur Übung, ziehst die Stirn kraus, ringst dir einen traurigen, tränenfeuchten Blick ab. Es ist die Miene des Entsetzens. Verstörung. Die schlimmste Form des Mitleids, Mitleid, für das man sich verachtet.

Ich werde da sein, sagt Tina, und du kannst dein Grinsen nicht unterdrücken.

In ein paar Stunden bist du schon auf der Flucht. Dir werden die Beine brennen, du wirst nach Luft japsen. Rasch setzt du wieder die Miene auf, die von dir erwartet wird (aufrichtige Demut), doch vor Freude über dein Geheimnis zerspringt dir fast die Brust, so ekstatisch ist sie, dass du schier daran erstickst. Als du dein sprudelndes Lachen herunterschluckst, brennt es dir in der Kehle wie heißer Rauch.

.

Mittags wird es passieren, wenn du im Transporter sitzt.

Was, wenn sie mich sehen?, hatte Shawna gefragt, als sie spät in der Nacht klammheimlich vor deiner Zelle stehen blieb. Du hattest den Plan über drei Tage lang auf Zetteln notiert und sie ihr unter dem Essenstablett zugeschoben – Shawna hielt einen davon in der geballten Hand und nagte an den Nägeln der anderen. Ängstliches, nervendes Gemurmel.

Mit deiner besten Imitation einer gekränkten Miene hast du sie angesehen.

Shawna, meine Geliebte. Vertraust du mir etwa nicht?

.

Es wäre nicht das erste Mal. In den siebziger Jahren gab es schon mal eine Geiselnahme: Zwei Häftlinge entkamen aus der Walls Unit, indem sie den Gefängnisbibliothekaren eine Waffe an die Schläfe hielten. Erst vor zwei Jahren waren drei Männer beim Hofgang aus der Polunsky Unit ausgebrochen. Man hatte auf sie geschossen und sie zurückbefördert. Ein Gerücht besagt, dass einer seine weiße Gefängniskluft mit einem grünen Textmarker eingefärbt habe und unbehelligt aus dem Gefängnis marschiert sei, weil man ihn für einen Arzt gehalten habe.

Wenn du könntest, würdest du's wie Ted Bundy machen und durch einen Lüftungsschacht kriechen, aber du hast keinen in der Zelle. Stattdessen hast du Shawna und eine Dreiviertelstunde im Transporter, der dich von der Polunsky Unit zur Walls Unit bringen soll.

Wieder zurück in deiner Zelle schaust du hinab auf den Stapel Notizblöcke und die roten Netzbeutel, die wie eine Provokation ausgebreitet am Fußende deiner Koje liegen.

Fünf Notizblöcke – sieben Jahre Haft, sieben Jahre Denken und Schreiben, festgehalten auf liniertem gelbem Papier. Der Stapel auf deiner Koje sieht aus wie ein Packen vollgeschriebener Zettel, dass sich dahinter ein Meisterwerk verbirgt, weißt nur du. Du hast dir immer vorgestellt, wie du signierte Exemplare per Post verschickst, Fanpost erhältst, Rezensionen in Zeitungen liest. Für den Schutzumschlag würden sie das Foto vom Gerichtssaal verwenden, dein Blick so nüchtern, in Schwarz-Weiß.

Die *Theorie* wirst du hier zurücklassen. Shawna weiß, dass sie unter der Koje liegt. Wenn sie nach dir suchen – wenn die Panik ausbricht und die Suchtrupps ausschwärmen, die Helikopter mit ihren Suchscheinwerfern die Ebene ausleuchten –, wird sie sie darauf aufmerksam machen.

Ach, so was wie ein Manifest?, hatte sie nach deiner groben Erklärung gefragt. Du hast vor Zorn gebebt. Shawna wusste, dass sie was Dummes gesagt hatte, sie lief vor Scham puterrot an. Manifeste sind was für Wahnsinnige, erklärtest du ihr langsam. Manifeste sind wirr, sie werden von Terroristen hastig hingekritzelt, bevor sie sinnlose Attentate verüben. Deine *Theorie* ist eine tiefgehende Auseinandersetzung mit der ureigensten menschlichen Wahrheit: Niemand ist nur böse. Niemand ist nur gut. Wir alle leben unter Gleichen in der Grauzone dazwischen.

■

Hier ist eine Liste deiner Erinnerungen an deine Mutter.

Sie ist groß, besteht fast nur aus Haaren. Sie bückt sich im Garten, faulenzt im Schaukelstuhl, versinkt in einer rostigen Wanne mit Klauenfüßen. Manchmal ist sie mit Wasser gefüllt, und das lange nasse Kleid deiner Mutter wabert darin wie eine Qualle auf und ab. Manchmal ist deine Mutter trocken – sie hält dir eine Strähne ihres Haars hin, ein Geschenk, glänzendes Orange. An deinen Vater hast du keinerlei Erinnerungen. Keinen Laut, keinen Geruch. Dein Vater ist eine undeutliche Präsenz, die irgendwo in der Ferne aufragt, er ist ein unerklärlicher Schmerz an deinem Hinterkopf. Du weißt nicht, warum sie dich verlassen haben, wohin sie gegangen sind oder warum deine Mutter in deiner Erinnerung immer allein existiert. Da gab es eine rostige Kette in der Vertiefung deiner Kehle, und da war dieses Gefühl, das du beim Tragen hattest, als könnte dir nichts und niemand etwas anhaben.

Deine Mutter ist der Teil der *Theorie*, den du noch nicht ganz durchdrungen hast. Wir sind alle böse, und wir sind alle gut, man sollte uns nicht dazu verdammen, nur eines davon zu sein. Aber wenn Gut verdorben werden kann durch das Böse, durch das, was danach kommt, wo soll man es dann verorten? Wie soll man es messen? Was ist es tatsächlich wert?

In den meisten deiner Erinnerungen ist deine Mutter weg. Und noch bevor sie weg ist, ist sie schon im Aufbruch begriffen.

·

Deine Erinnerung beschwört es herauf.

Du versuchst, dich aufs Körperliche zu konzentrieren. Das Vertraute: scheppernde Stahltüren, der Geruch von Dosenfleisch. Staub, Urin. Fettige Haare. Du lässt dich zu Boden gleiten, presst den Rücken in den Beton.

Es kommt trotzdem.

In den Tiefen deines Unterbewusstseins beginnt Baby Packer zu heulen. Wenn du den Soundtrack deines Lebens spielen würdest, wäre dieses Heulen der lauteste Ton, das endlose jammernde Elend eines Säuglings. Die Stille deiner Hilflosigkeit. Der langsame Übergang vom Kreischen zum langsamen, erbärmlichen Wimmern.

•

Es gibt nur einen Ort, der dieses Geschrei bannt. Dort kamst du eines Samstags an, vor sieben Jahren.

Ein strahlender Sommermorgen. 2012. Du bist vor Sonnenaufgang aufgewacht, zu angespannt, um im leeren Bett liegen zu bleiben – Monate, nachdem Jenny gegangen war, schmerzte ihre Abwesenheit immer noch wie eine frisch geschlagene Wunde. Du bist langsam gefahren und hingst deinen Erinnerungen nach. Es war Ende Juni, der Morgen saftig blau, mit Fichtenduft parfümiert, noch feucht vom Regen der vergangenen, langen Nacht. Tupper Lake, New York, hatte eine verfallende Kirche, eine kleine Bibliothek, eine Tankstelle. Ein paar versprengte Häuser an einem nebelverhangenen See. Die Wolken wallten wie Dampf über dem Wasser, kräuselten sich sanft gen Himmel. Deine Erinnerung legt den Filter des Schicksals über diese Fahrt, diesen Morgen, feucht und dicht. Obwohl du nur diese kurzen Wochen in Tupper Lake verbrachtest, hat der Weg dorthin dein ganzes Leben gedauert. Alles lief auf diesen Punkt hinaus.

An der Tankstelle kratzte eine Jugendliche geschmolzene Käsereste von der Pizzaauslage.

Ja?, frage sie, ohne aufzuschauen.

Ich suche ein Restaurant.

Es gibt nur eins, sagte sie, während sie etwas verbrannten Käse vom Spachtel abzog und ihn sich in den Mund schob. Du wolltest, dass sie den Namen sagte. The Blue House.

•

Als das Säuglingsgeschrei erklingt – dein sinnloser Versuch, dir die Ohren zuzuhalten –, legst du das Gelübde ab.

Hier werde ich nicht enden.

Als du das erste Mal jemandem Schmerz zufügtest, warst du elf Jahre alt und konntest nicht unterscheiden zwischen Qual und Sehnsucht. Du wohntest mit neun anderen Kindern in einem großen, halb verfallenen Haus: Es begann mit einem Augenzwinkern, fast zufällig, du wolltest austesten, wie süß du warst. Als das Mädchen auf der anderen Seite des Esszimmers unter deiner Aufmerksamkeit errötete, spürtest du deine Macht, ein berauschendes Gefühl, das süchtig machte. Damals konntest du nicht ahnen, dass dich diese winzige Entscheidung dort auf dem Betonboden in die Zukunft katapultieren würde. Dass deine Taten eine Kette formen würden, an der du unaufhaltsam auf deine Gegenwart zumarschieren würdest.

Wenn du frei bist, wirst du die Texaswüste durchqueren. Du wirst auf Güterzüge springen, dir in eiskalten Seen das Gesicht waschen. Irgendwann wirst du Blue House erreichen.

Du wirst es nicht mehr tun. Davon bist du überzeugt. Du wirst nie wieder einen Menschen verletzen.

# SAFFY
## 1984

Saffron Singh konnte die Dinge, die sie liebte, genau auflisten, es waren vier.

Eins: Die Geräusche von Miss Gemmas Haus spät in der Nacht. Wenn sie im zweiten Stock im Zimmer lag, das sie sich mit anderen teilte, hörte sie alles. Nies, stöhn, jammer. In der Nacht offenbarten sich die Geheimnisse des Hauses. Saffy kuschelte sich unter ihre kratzige rosa Decke und genoss es, endlich allein zu sein, während sich das Haus streckte und seufzte.

Zwei: Der Bilderrahmen, den sie von der Kommode ihrer Großmutter genommen hatte, bevor die Sozialarbeiter kamen und sie zu Miss Gemma brachten. Hinter dem Glas befand sich ein Stück liniertes Papier, darauf standen zwei Worte, hastig hingekritzelt, in der Handschrift ihrer Mutter: *Felix culpa*. Saffy wusste nicht, was sie bedeuteten, aber ihre Mutter hatte sie geschrieben, deswegen liebte sie sie. Sie schlief mit dem Bild unter ihrem Kopfkissen.

Drei: Ihr Fläschchen mit Nagellack im Farbton Teenie Bikini, ein helles Violett, cremig und tröstend. Saffron verwendete ihn sparsam, trug ihn immer nur einmal auf. Das Fläschchen selbst war ihr nicht so wichtig, es ging ihr um das Gefühl, das es bei ihr auslöste, als wäre sie elegant und erwachsen, ein Mädchen mit sauberen, lackierten Fingernägeln.

Vier: Der Junge aus dem ersten Stock. Er schlief im Zimmer direkt unter ihrem. Wenn sie wach lag, stellte Saffy sich vor, wie Luft aus ihrer Lunge und Nase durch den Gang die Treppe hinunter in seinen offenen Mund strömte.

Und in jener Nacht war alles anders. Besonders. In jener Nacht hatte Ansel Packer ihr am Esstisch zugezwinkert.

■

»Quatsch!«, hatte Kristen vorher gesagt, als Saffy die Treppe hochgeschlenkert kam. Kristen, am Boden, widmete sich den Übungen, die sie auf dem VHS-Video mit Jane Fonda gesehen hatte. »Ansel könnte jedes Mädchen im Haus haben. Der hat sicher Bailey gemeint.«

Bailey war die Hübscheste im Haus, vielleicht sogar das hübscheste Mädchen, das Saffy je gesehen hatte. Bailey war vierzehn – Ansel elf – und hatte Haare wie flüssiger Karamell. Kristen und Lila übten sich ständig darin, Baileys Hüftschwung nachzumachen, die Augen so wie sie zu verdrehen, auf den Nägeln zu kauen wie sie. Kristen hatte mal Baileys BH gestohlen, 70C, und sie alle hatten ihn nacheinander im Bad anprobiert, an den Häkchen hinten rumgefummelt und ihre T-Shirts runtergezogen, um zu sehen, wie er ihnen stand. Aber Bailey hatte beim Essen zwei Plätze weiter neben Ansel gesessen. Um ihr zuzuzwinkern, hätte er den Kopf zur Seite drehen müssen.

Und damit blieb nur noch die Möglichkeit, dass Ansel Saffy absichtlich zugezwinkert hatte.

Der Gedanke fuhr ihr in Magen und Beine. Glühend heiß, aufregend. Immer wieder ließ Saffy den Moment vor ihrem geistigen Augen ablaufen, so oft, dass sie am Ende nicht mehr wusste, was er getragen, welche Form sein Augen beim Zwinkern gehabt hatten, ja, wie überhaupt Ansels Gesicht aussah. Tatsache war aber: Er hatte dieses Gefühl ausgelöst. Sie lag stocksteif auf der Matratze. Elektrisiert, sehnsüchtig. Sie wagte es nicht, sich zu bewegen, aus Angst, das Schmelzen könnte – wie alles – einfach verschwinden und sie würde allein zurückbleiben.

■

Der Garten hinter Miss Gemmas Haus war eigentlich ein abschüssiger breiter Hang, eine Weide, die zu einem Bach hinunterführte. Nach dem Frühstück breitete Saffy ihre kratzige rosa Decke auf dem taufeuchten Gras aus; die Decke hatte sie von einem mittlerweile erwachsenen Mädchen namens Carol geerbt, das mit nur einem Arm geboren worden war. Miss Gemmas Stückchen Land, nahe den Adirondack Mountains, war im Sommer die wahre Pracht, ein feuchtes, jubilierendes Grün, und mittendrin hatte Saffy die spillerigen Beine von sich gestreckt und ihre Notizen auf dem Schoß ausgebreitet. Sie pflückte eine Blattlaus von ihren gepunkteten Lieblingsleggings und spähte angestrengt aufs Papier.

Saffy löste einen rätselhaften Fall.

Angefangen hatte alles mit der Maus. Ohne Kopf. Nur ein kleiner rosa Körper auf dem Küchenboden. Lila hatte sie gefunden und gekreischt, bis alle herbeigerannt waren. Saffy und Kristen halfen ihr, sie im Garten zu begraben. Sie trugen Schwarz und rezitierten traurige Gedichte, während Lila schluchzte.

Dann kam das Eichhörnchen. Unters Gebüsch geschoben, neben der Auffahrt. Saffy hatte gesehen, wie Miss Gemma es mit der Schaufel zur Mülltonne trug, das Gesicht angewidert verzogen. *Kojoten*, sagte sie, während sie den Haufen Knochen in die Tonne gleiten ließ. Ein zweites Eichhörnchen, an derselben Stelle abgelegt. Miss Gemma wies einen der älteren Jungen an, es zu entsorgen, stand im Morgenmantel im Garten und sah ihm dabei zu. *Hab ich dir nicht gesagt, du sollst im Haus bleiben?*, herrschte Miss Gemma Saffy an, als sie neugierig den Kopf zur Tür herausstreckte.

Einen rätselhaften Fall erkannte Saffy auf den ersten Blick, schließlich hatte sie alle Nancy-Drew-Bücher gelesen, eins nach dem anderen. Jeden Tag verbrachte sie im Freien, suchte jeden Winkel ab, auf Indizienjagd. Wonach genau sie suchte, wusste sie nicht, aber sie wollte das Verbrechen unbedingt aufklären. Bis jetzt hatte sie nur notiert, an welchen Tagen die Morde passiert waren und wie genau die Leichen ausgesehen hatten (entsetzlich!). Sie wünschte, sie hätte jemanden wie George oder Bess an der Seite, die ihr bei der Ausarbeitung des vermutlichen Tatablaufs helfen könnte, aber Kristen und Lila ließen sich lieber von Kristens oberer Koje baumeln und lästerten über Susan Deys Frisur.

Sie hoffte, dass Ansel vielleicht helfen wollte.

Ansel verbrachte den Sommer damit, allein durch den sumpfigen Bach am Ende des Grundstücks zu stromern. Saffy beobachtete ihn gern von ihrer Decke aus, wie er die Grenzen der Weide abschritt und sich auf dem gelben Block Notizen machte, den er unterm Arm mit sich herumtrug. Sie hatte die Bücher gesehen, die er auslieh, sie stammten aus der Abteilung für Erwachsene, Enzyklopädien und Fachbücher für Biologie. Es hieß, Ansel sei so schlau, dass er die erste Klasse übersprungen hatte. Sie hoffte, durch akribische Beobachtung jede seiner Bewegungen in ihrer Erinnerung zu verankern: wie er die Schultern rundete, wenn er etwas zwischen den Rohrkolben pflückte, den Stift hinters Ohr geklemmt. Saffy fragte sich, ob sie so die Einzelheiten erkennen könnte, sie ablesen von der Beugung seines Nackens.

Sie hatte seine Geschichte gehört.

Alle anderen auch.

Lila hatte sie mit fieberhaftem Flüstern weitergetratscht, in der Nacht, kurz nach Saffys Ankunft bei Miss Gemma, sie war förmlich geplatzt vor Aufregung. Einer der älteren Jungs hatte sämtliche Akten aus Miss Gemmas Kammer gestohlen, und während sich die Einzelheiten im ganzen Haus verbreiteten, nahmen sie die abenteuerlichsten Formen an. Ansel sei im Alter von vier Jahren von seinen Eltern verlassen worden, erzählte Lila. Sie lebten auf einer Farm oder vielleicht war's auch eine Ranch. Als die Polizei Ansel fand, war er halb verhungert. Aber das Schlimmste war – hier traten Lila beim Weitertratschen fast die Augen aus den Höhlen, als wäre dies zwar der schlimmste Teil, aber vielleicht auch der beste –, da war auch ein Baby gewesen. Gerade mal zwei Monate alt. Als die Polizei eintraf, hatte Ansel schon den ganzen Tag versucht, den Säugling irgendwie zu füttern. Aber es war zu spät.

Das Baby war gestorben.

Dieses Bild würde Saffy nie vergessen. Ein echtes Baby, nicht größer als eine Puppe. Seitdem hatte sie ein halbes Dutzend Versionen gehört: Das Baby sei in ein anderes Heim gebracht worden, Ansel habe das Baby absichtlich umgebracht, das Baby habe nie existiert. Doch das erste Bild blieb, verankerte sich als die Wahrheit. Ein winziger, schlaffer Hals. Saffy hatte noch nie einen toten Menschen gesehen, nicht mal ihre Mutter, und erst recht kein Kind.

Als sie Ansel zuschaute, wie er das Dornengebüsch durchsuchte, so wissbegierig und methodisch, kam ihr der Gedanke, dass eine einzige schlimme Begebenheit einen Menschen zu einer Geschichte machen konnte, eine Sensation, die man im Flüsterton weitertratschte. Tragödien geschehen zufällig und sind völlig unfair. Das verstand Saffy nur zu gut.

．

Bei jenem Abendessen beobachtete Saffy ihn ganz genau. Immer nur ein paar Sekunden lang, damit niemand dachte, sie würde ihn anstarren. Falls Ansel ihr ein weiteres Mal zugezwinkert hatte, war es ihr nicht aufgefallen, so konzentriert hatte sie auf ihr Kartoffelpüree gestarrt und die Sekunden bis zum nächsten Aufschauen runtergezählt.

Als sich um acht alle vor dem Fernseher versammelten, um die nächste Folge von *Familienbande* zu schauen, schlich sich Saffy in den Keller. Vor Enttäuschung war ihr das Herz schwer, da schien ihr der

Keller genau richtig, nackter Beton und lauter Spinnen und zufällig verstreute Teppichreste. Hier unten hatte Miss Gemma einen verstaubten Plattenspieler abgestellt, daneben einen Karton mit Platten. Saffy mochte es, darin herumzustöbern, die Cover zu betrachten, Joni Mitchell hatte so einen einladenden Blick – wie oft hatte Saffy schon vor dem Spiegel versucht, ihn nachzuahmen, aber es hatte immer anders ausgesehen.

»Hey.«

Es war Ansel.

Er stand am Fuß der Treppe, halb im Schatten. Die Hände hatte er in den Taschen seiner Cordhose vergraben, die Schultern unsicher gebeugt.

»Kann ich mitschauen?«, fragte er.

Dann war Ansel auf einmal neben ihr, durchsuchte die Plattensammlung. Saffy betrachtete seine Finger, während sie an ABBA, Elton John, Simon and Garfunkel vorbeiflogen. Ansels Hände waren zu groß für seinen Körper, die Hände eines Jungen, der viel älter war als elf, wie ein Welpe, der noch nicht auf die Größe seiner Pfoten gewachsen war.

Er zog eine Platte heraus. »Hast du die schon gehört?«, fragte er. Nina Simone. Saffy stieß einen dümmlichen, peinlichen Laut aus und schüttelte den Kopf.

Ansel zeigte auf einen Stapel Teppichreste. »Komm, wir setzen uns da hin«, sagte er. Als er lächelte, überlief Saffy ein kalter Schauer. Einmal hatte Ansel Miss Gemma mit demselben Lächeln angesehen, sie war darauf krebsrot angelaufen und hatte ihren Bademantel enger zusammengehalten – die Mädchen hatten sich tagelang über Miss Gemma lustig gemacht.

Als die Musik einsetzte, überkam Saffy ein seltsames Gefühl. Sie war sicher, diesen Moment schon einmal erlebt zu haben, in einem anderen Leben, das Lied berührte sie in ihrem tiefsten Inneren, an einer Stelle, die sie irgendwie vergessen hatte. Ansel legte sich neben sie auf den Rücken. Seine Schulter war ganz nah an Saffys, aber erst, als sie Sterne sah, bemerkte sie, dass sie die ganze Zeit über die Luft angehalten hatte. Die Musik schwoll an, *I put a spell on you*, sang Nina Simone mit rauchiger Stimme, und Saffy wünschte, sie könnte die Zeit anhalten, hier und jetzt, diesen Moment festhalten und speichern, nur um sich hinterher beweisen zu können, dass er wirklich geschehen war.

Dann war alles vorbei. Der letzte Ton verklang, danach kam nur die Stille vor dem nächsten Stück. Ansel rührte sich nicht, Saffy auch nicht. Sie blieben so liegen, bis die Platte zu Ende war, bis Saffy auf dem kalten, harten Boden der Rücken wehtat und die Hausglocke sie zu Bett rief, die Schritte der anderen Kinder über ihnen entlangpolterten. Das alles nahm sie nicht wahr, denn sie besaß nun etwas Neues. Es war magisch. Vielleicht war es sogar Liebe. Saffy wusste, Liebe rührte die Menschen an, veränderte sie, eine geheimnisvolle Kraft, die verwandelte, besser machte, wärmend und heilend. Ein köstlicher Geruch. Vertraut, unergründlich. Sie bekam Hunger.

■

Vor ihrem Tod hatte Saffys Mutter gern über die Liebe gesprochen.

Als sie klein war, saß Saffy gern im Schneidersitz im Kleiderschrank ihrer Mutter, befingerte ihre blumigen Hippieröcke aus ihrer Zeit in Reno und wählte den dazu passenden, klobigen Modeschmuck. *Du wirst schon sehen, Saffy Girl*, sagte ihre Mutter oft. *Wahre Liebe ist wie Feuer.*

*Hast du Dad so geliebt?*, fragte Saffy vorsichtig. *Wie Feuer?*

*Ich zeig dir was*, hatte ihre Mutter gesagt, während sie einen Schuhkarton vom obersten Regal zog.

Saffy fragte sich oft, wie ihr Vater gewesen sein mochte. Er hatte sie vor ihrer Geburt verlassen, ihr war nichts geblieben außer seinem Nachnamen – Singh, ein Name, mit dem die Kinder auf dem Spielplatz sie aufzogen, ihn mit einem Akzent aussprachen, den sie von Taxifahrern aus dem Fernsehen aufgeschnappt hatten. Wenn sie einkaufen gingen, starrten die Leute sie an, als könnte sie unmöglich die leibliche Tochter ihrer blonden Mutter sein. Ihr Dad stammte aus einer Stadt namens Jaipur, wo er jetzt noch lebte, und das band sie jedem auf die Nase, den sie traf, bis sie die wahre Bedeutung dieser Tatsache verstand: Er hatte sie nicht genug geliebt, um zu bleiben.

Im staubigen Schuhkarton lag ein Foto. Ihr einziger Beweis dafür, dass ihr Vater tatsächlich existierte. Er saß in einer Bibliothek, auf dem Tisch vor ihm lagen lauter Bücher. Er lächelte, das Haar stolz von einem dunkelblauen Turban bedeckt, der, wie ihre Mutter erklärte, Ausdruck seiner Religion sei. In seinem Blick erkannte sich Saffy zum ersten Mal wieder, es war, als spähte sie erstaunt in einen Spiegel.

*Warum ist er gegangen?*, fragte Saffy behutsam, als wäre ihre Mutter ein Vogel, der vom Ast fallen könnte.

*Seine Familie wollte, dass er zurückkehrt, sie brauchten ihn.*

*Aber was ist mit uns?*

Als ihre Mutter seufzte, wusste Saffy, dass sie zu weit gegangen war. *Weißt du, warum ich dich Saffron genannt habe?*

*Das ist der Name einer Blume.*

*Die seltenste und wertvollste Blume, die es gibt. Eine Blume, die einen Krieg auslösen kann.*

Mit diesen Worten legte ihre Mutter das Foto zurück in den Karton, mit ihren grünen Augen sah sie in die Ferne – dort, wohin ihre Gedanken wanderten, wollte auch Saffy sein. Sie wollte diesen Ort berühren. *Du wirst das Gefühl erkennen, wenn es so weit ist*, hatte ihre Mutter dann gesagt. *Die richtige Liebe wird dich bei lebendigem Leib verzehren.*

■

Ansel streckte beide Hände aus, um Saffy vom Kellerboden aufzuhelfen. Seine Handflächen waren feucht, die Daumen tintenschwarz – den ganzen Tag machte er sich Notizen auf seinem gelben Block –, und als er ihr die Treppe hinauf folgte, spürte Saffy regelrecht, wie er sich hinter ihr bewegte. Sie war aufregend, Ansels Nähe, fast schon beängstigend. Der Wunsch, ihm nahe zu sein, löste bei ihr dieselbe furchtsame Erregung aus wie der Wunsch, einen Horrorfilm zu sehen. Sie wollte den Schrecken, die Gänsehaut. Den unerwarteten Biss.

Als Saffy endlich auf Lilas untere Koje sank, raubte ihr das Geschehene fast den Atem, in der Erinnerung war es so viel aufregender. Sie lasen eifrig in Kristens geklauter Ausgabe der Zeitschrift *Teen,* eng zusammengekauert, eine Taschenlampe an der Matratze über ihnen befestigt, damit Miss Gemma sie nicht anschrie, dass schon längst Schlafenszeit sei. Sie kannten die Ausgabe praktisch auswendig, blätterten sie aber dennoch Seite für Seite durch, diesmal allerdings schenkten sie dem Interview mit ihrem Lieblingsschauspieler John Stamos weniger Aufmerksamkeit als sonst, denn nun endlich war der wichtigste Beitrag im Heft relevant für sie: *Du hast dir den perfekten Typen geangelt: So bleibt er für immer bei dir.*

»Du solltest wie in Punkt drei vorgehen«, lispelte Lila durch ihre Zahnspange. Die hatte sie bekommen, bevor sie bei Miss Gemma eingezogen war, aber ihre Zähne hatten sich seither verschoben, so dass um den Kunststoff herum jetzt mehrere Lücken entstanden waren. Lilas Finger waren immer feucht, sie hatte sie ständig im Mund. Am Mittelfinger trug sie einen riesigen alten Ring, woher der kam, hatte Saffy sich noch nie getraut, zu fragen – er war zu groß für Lilas Finger, und sie hatte ihn mehrere Male mit Tesafilm umwickelt, damit er einigermaßen fest saß. Der Ring war aus Gold und mit einem lilafarbenen Klunker verziert. Saffy vermutete, es könnte sich um einen Amethyst handeln, aber sie hatte einmal mitbekommen, dass Lila behauptete, es sei ein Saphir. Jedenfalls war der Stein immer speichelfeucht, weil Lila permanent daran herumnuckelte. So hatte sie ihn auch jetzt im Mund, ein Speichelfaden hing ihr vom Finger. Saffy verzog das Gesicht.

»Nummer drei«, sagte Kristen. »Zeig ihm, wie wichtig er dir ist.«

Es war beschlossen. Lila ließ sich aufs Kissen fallen, schon halb im Schlaf, doch Saffy war noch nie so hellwach gewesen.

Am nächsten Morgen holte sich Saffy einen Stapel Millimeterpapier aus dem Bastelkasten im Keller und breitete es auf dem Boden ihres Zimmers aus. Ihre Kunstlehrerin in der Sechsten hatte ihr ein *Talent fürs Visuelle* bescheinigt, noch heute fühlte sich Saffy bei der Erinnerung an dieses Lob gleich um einen Kopf größer.

Stunden später war es so weit. Das Ergebnis halb Gedicht, halb Comic: Sie und Ansel waren kleine Strichmännchen, der Plattenspieler, in realistischen Einzelheiten gezeichnet, stand zwischen ihnen. Sie nannte es: *Put a Spell on You.* Auf dem nächsten Bild standen sie Händchen haltend am Fluss, in der anderen Hand hielt Saffy eine Lupe, im Hintergrund applaudierte die Menge. *Fall gelöst* nannte sie dieses Werk. Ein Kojote hing im Netz, darunter tanzten ein paar glückliche Eichhörnchen im Kreis. Saffy malte ein Herz zwischen die beiden Strichmännchenköpfe, radierte es aber rasch wieder aus und malte stattdessen ein fette, schwarze Note.

Als sie fertig war, faltete Saffy das Papier sorgfältig zusammen und schrieb *Für Ansel* darauf, so ordentlich sie konnte. Beim Gedanken daran, wie es in der Tasche seiner Cordhose knittern würde, lief sie knallrot an.

■

Die Sonne des späten Nachmittags stach Saffy im Nacken, als sie im Garten den Hügel hinablief. Sie hatte ihr Lieblingskleid angezogen – von Bailey geerbt, aus gelber Baumwolle mit Puffärmeln, bisweilen duftete es immer noch nach ihrem Deospray. Als sie das hohe Schilf am Bachufer erreichte, strich sie sich die abstehenden Strähnen ihres geflochtenen Zopfes glatt.

Ansel kauerte am Ufer und kritzelte etwas auf seinen gelben Block. Saffy fiel auf, dass er sein Haar gekämmt hatte, die Locken waren noch feucht. Während sie hinter ihm stand, wurde das zusammengerollte Millimeterpapier in ihrer schweißnassen Hand zunehmend feuchter.

Es geschah in einem einzigen Augenblick der Verstörung, des Entsetzens.

Saffy tippte Ansel auf die Schulter.

Ansel fuhr überrascht herum. Er versuchte, sie mit seinem Körper zu bedecken, doch es war zu spät. Sie stand direkt über ihnen, die Sohlen ihrer glitzernden Lieblingssandalen nur wenige Zentimeter entfernt.

Sie lagen ausgestreckt vor ihren Füßen im Gras. Eine, zwei, drei von ihnen. Die Vorderpfoten über den Köpfen erhoben, als wollten sie sich ergeben, zu systematisch für einen tragischen Unfall. Da waren zwei Eichhörnchen mit offenen Augen, die Zungen hingen ihnen aus den Mäulchen, dazwischen ein Fuchs. Der war größer und schon länger tot. In seinem Schädel klafften zwei Löcher, wo seine Augen herausgepickt worden waren, und seine Eingeweide lagen verschlungen im Gras – der Fuchs war ein Haufen Knochen, teilweise noch mit orangefarbenen Fellbüscheln bedeckt, von menschlicher Hand auf perverse Weise zurechtgelegt, um die ursprüngliche Form wiederherzustellen.

»Nicht …«, knurrte Ansel.

Das Schlimmste daran waren nicht mal die Tiere. Nicht die entblößten Zähne, die Geleeaugen oder dass sie wie Püppchen in Betten akkurat nebeneinander angeordnet worden waren.

Das Schlimmste war Ansels Gesichtsausdruck. Auf eine Weise verzerrt, wie es Saffy bei ihm noch nie gesehen hatte, eine Grimasse der Überraschung und Wut. Ansel hatte sich den Notizblock fest gegen die Brust gedrückt, schützend, die Zähne gebleckt. Ein völlig anderer Mensch.

Saffys Körper reagierte vor ihrem Verstand: Sie rannte los. Bevor Ansel etwas sagen konnte, war sie bereits panisch den Hügel hinaufgestolpert, den Comic auf dem Millimeterpapier hatte sie irgendwo im Gras verloren. Ein Insekt flog ihr in den offenen Mund, eine große schwarze Fliege, und Saffy fing an, zu weinen, keuchte und spuckte, doch die wächsernen Flügel klebten ihr fest an der Zunge. Das hasste sie so am Leben: Es sorgte dafür, dass sich das Schlechte im Inneren der Menschen einnistete. Egal, wer man war, ob man es wollte oder nicht. Das Schlechte ging einem in Fleisch und Blut über, wurde zum festen Bestandteil des Körpers und zog die Schrecken dieser Welt an wie ein Magnet.

■

Mit dem Morbiden hatte Saffy Singh bereits Erfahrung.

In den Wochen nach dem Tod ihrer Mutter hatte sie sich verschiedenste beängstigende Szenarien ausgemalt. Ihre Mutter, enthauptet am Straßenrand. Die Beine ihrer Mutter, unter ihrem brennenden Volvo. Ihre Mutter, aufgespießt von einem Stoppschild. Obwohl sie zum Zeitpunkt des Unfalls erst neun Jahre alt gewesen war, wusste Saffy genau, dass die Polizei zu ihrem Schutz lügen würde. Kopfverletzung, erzählten sie ihr. Schnell und schmerzlos. Nein, hieß es, als Saffy fragte, ob ihre Mutter viel Blut verloren habe. Also hatte sie sich ihre Mutter als einen leblosen Haufen vorstellt, mitten auf der Straße, zerknüllt wie ein weggeworfenes Taschentuch.

■

Saffy knallte die Hintertür so heftig zu, dass sie im Rahmen bebte.

Kristen und Lila saßen am Boden, das Fläschchen Teeny Bikini geöffnet. Als Saffy reinrauschte, sprangen sie erschreckt auf – normalerweise wäre sie stinkwütend, dass die beiden einfach ihren Nagellack benutzten –, aber ihr Anblick ließ die beiden Mädchen erstarren. Saffys Haare, völlig verfilzt, standen nach allen Seiten ab. Sie zogen Saffy auf den Boden nebens Hochbett. Was war passiert?, wollten sie wissen, als sie sich so dicht an sie drängten, dass ihr der Nagellackgeruch die Sinne verwirrte. Was Schlimmes? Wo war

Ansel? Saffy verachtete sie für ihre sensationslüsterne Neugier, vor allem, da es diesmal um ihr persönliches Drama ging. Sie hatte keine Ahnung, wie sie darüber sprechen sollte. Doch der Fall war gelöst, und *sie* hatte ihn aufgeklärt.

Als es an der Tür klopfte, wagte sich Kristen auf Zehenspitzen vor. Sie spähte durch die Ritze. »Es ist Ansel«, sagte sie tonlos. Saffys erschreckte Miene und ihr heftiges Kopfschütteln hielten sie allerdings nicht davon ab, den Kopf zur Tür hinauszustrecken. Saffy und Lila warteten angespannt im Zimmer und versuchten, zu verstehen, was die beiden einander zuflüsterten.

»Was willst du?«, fragte Kristen. Der Rest war nicht mehr auszumachen, weil sie Stück für Stück auf den Gang hinausgetreten war.

Als Kristen zurückkehrte, sah sie aus wie vor den Kopf geschlagen.

»Was? Was hat er gesagt?«, fragte Lila atemlos.

Kristen streckte die Handflächen aus. Darin lagen zwei Haferkekse mit Rosinen, wie sie Miss Gemma für Geburtstage vorrätig hatte, billiges Gebäck aus der Plastikdose vom Supermarkt. Sie waren am Rand bereits weißlich angelaufen – es schien, als hätte Ansel sie für einen Anlass wie diesen aufbewahrt. Die zuckrigen Teile klebten Kristen an der schweißfeuchten Haut, ein bizarres, unpassendes Geschenk.

Es herrschte unangenehme Stille.

»Ähm«, sagte Kristen kleinlaut. »Keine Ahnung, was passiert ist, aber Ansel meinte, du sollst es niemandem verraten.«

Saffy nahm sich den Mülleimer, neben dem Bett und voller nachts vollgerotzter Taschentücher, und würgte.

Zögerlich begann Lila, zu lachen. Kristen stimmte ein, ein nervöses Kichern. Saffy hielt den Mülleimer immer noch fest, doch bei Lilas albernem Grunzen musste sie schließlich erleichtert mitlachen. Diese krümeligen alten Kekse waren das Absurdeste, was sie je gesehen hatte.

■

Saffy war fürs Abendessen zuständig. Es gab Thunfischauflauf, und vom Gestank der leeren Fischkonserven in der Spüle wurde ihr speiübel.

»Alles okay, Saff?«, erkundigte sich Bailey, die wie immer wunderschön aussah, sie hatte sich die Wimpern getuscht, und das Haar fiel ihr wie ein seidiges Tuch auf die Schultern. Kristen und Lila standen auf Stühlen vor dem alten Herd und stritten sich über einen Topf Nudeln, als Bailey Saffy die kühle Hand auf die Stirn drückte. »Du siehst irgendwie blass aus. Leg dich am besten hin. Wir machen den Auflauf.«

Baileys Zuwendung hätte Saffy fast zum Weinen gebracht.

Oben im Zimmer genoss sie das Alleinsein. So wertvoll, so selten. Saffy stieg über die Leiter zu ihrer Koje hoch, bereit, sich einfach reinfallen zu lassen und alles zu vergessen. Den Gestank nahm sie zuerst gar nicht wahr. Er war nicht besonders aufdringlich, nur ein leichter, süßlicher Fäulnisgeruch. Erst als sie fast oben war, hielt sie inne und schnupperte. Sie schlug die Decke zurück.

Der Fuchs.

In all seinen Einzelteilen hatte man ihn hergetragen und auf ihrem geblümten Laken ausgelegt. Der Fuchs bestand nur noch aus glibberigen Knochen und halb verwestem Gewebe, er sah nicht mal mehr wie ein Tier aus, um seine Kieferknochen mit den spitzen Zähnen schwirrten schwarze Fliegen. Beim Anblick dieses matschigen, geronnenen Etwas auf Carols rosafarbener Decke wurde es Saffy ganz schummrig. Doch sie wusste es besser, schreien würde nicht helfen.

Stattdessen hielt sie die Luft an. Ließ den Schrecken zu einem kleinen Ball zusammenschrumpfen. Hielt ihn in sich fest, und die aufsteigenden Tränen auch, bis alles eine Größe hatte, die sie kontrollieren konnte. In Gedanken beschwor Saffy die strengste Stimme ihrer Mutter herauf. *Denk dran, du hast schon viel Schlimmeres ausgehalten.* So war es. Also atmete Saffy ganz langsam aus, hob das Laken an allen vier Ecken an und wickelte den Fuchs darin ein. Ansel hatte ihn offenbar hier ausgelegt, als sie mit den anderen in der Küche war, weil die

Leichenflüssigkeiten nur ganz leicht zu ihrer Matratze durchgesickert waren.

Das Bündel so weit wie möglich von sich gestreckt schlich sich Saffy nach unten und warf den Kadaver in die Mülltonne.

*Wir kommen schon allein klar*, hatte ihre Mutter immer gesagt. So gefiel ihr ihre Mutter am besten: Vorgerecktes Kinn. Harter Blick. *Du und ich, Saffy Girl*, sagte ihre Mutter. *Wir sind Kriegerinnen.*

Beim Abendessen sprach Saffy wie immer das Tischgebet. Als Miss Gemma sie bat, die Fanta herumzureichen, gehorchte sie.

Auf der anderen Seite der Mahagonitafel häufte sich Ansel seelenruhig Auflauf auf den Teller. Saffy spürte ihn eher, als dass sie ihn sah, doch im Augenwinkel nahm sie jede seiner Bewegungen wahr. Als er sich erhob, um das Geschirr abzuräumen, zuckte Saffy so heftig zusammen, dass sie Lilas Wasserglas umstieß. Während sie beobachtete, wie sich die Flüssigkeit auf der Tischfläche ausbreitete, stellte sie fest, dass Liebe gar nicht so toll war, wie ihre Mutter immer behauptet hatte.

■

An jenem Abend rührte Saffy ihr Essen nicht an. Auch am nächsten Tag aß sie weder Frühstück noch Mittagessen. Nach einer Woche hatte sie fast fünf Kilo abgenommen. Kristen und Lila brachten ihr Fruchtsaft ans Sofa – Saffy weigerte sich, in ihrem Zimmer zu schlafen. Es roch tatsächlich ein bisschen eklig, fand Kristen, doch den Grund dafür verriet ihr Saffy nie.

Miss Gemma machte sich Sorgen. Als sie sich aufs Sofa setzte, stieg Saffy der Geruch von muffigem Polster in die Nase und vermischte sich mit Miss Gemmas künstlichem Parfümduft.

»Saffron, Süße«, sagte Miss Gemma, »du musst uns sagen, was los ist.«

Miss Gemma sah so lächerlich aus, mit ihrem blauen Lidschatten und den Plüschpantoffeln an den Füßen. Saffy sagte nichts. Es ging nicht. Zwei weitere Tage lang besuchte Miss Gemma sie auf dem Sofa, schaffte es aber nicht mal, ihr einen zittrigen Löffel Suppe einzuflößen.

Schließlich kamen zwei Sozialarbeiter vom Jugendamt. Sie unterhielten sich gedämpft mit Miss Gemma in der Küche, dann setzten sie sich mit im Schoß verschränkten Händen und ernstem Gesicht vor Saffy hin. Es ist schwieriger für Kinder aus gemischter Herkunft, sagten sie aufrichtig. Ihr war immer klar gewesen, dass sie anders war, in vielerlei Hinsicht. Man würde sie zu anderen Pflegeeltern schicken, oft helfe schon ein Tapetenwechsel, sagten sie. Als Saffy in Tränen ausbrach, wusste sie selbst nicht, ob sie traurig war oder erleichtert.

Kristen und Lila lungerten im Zimmer herum, während Saffy packte. Kristen schenkte ihr zum Abschied eine Tube Lipgloss, die sie Bailey vom Nachttisch gemopst hatten, Maybelline Kissing Gloss, ihr wertvollster Schatz.

»Sicher?«, fragte Saffy, von ihrer Großzügigkeit wiederum zu Tränen gerührt. Sie musste neuerdings ständig weinen, konnte nicht an sich halten, sie fühlte sich so schwach und dumm, weil sie nichts essen konnte, nicht stark genug war, die Sache durchzustehen, wie ihre Mutter es von ihr erwartet hätte, weil Lila sie auf diese Weise ansah, voller Mitleid und Neugier, während sie mit ihren aufgesprungenen Lippen den lilafarbenen Ring abnuckelte.

»Sie gehört dir«, sagte Kristen und drückte ihr die Tube in die Hand.

■

Saffy packte ihre letzten Kleider in den Koffer, als Ansel kam, um sich zu verabschieden.

Kristen und Lila machten sich unten über die von den Sozialarbeitern mitgebrachten Donuts her. Saffy war allein. Zuerst nahm sie nur seinen Geruch wahr: Waschpulver, Sommerschweiß, leicht bitter, genau wie damals, als er im T-Shirt neben ihr auf dem Kellerboden gelegen hatte. Der Geruch, der ihr damals die Sinne betört hatte, jagte ihr jetzt einen Angstschauer über den Rücken. Irgendwie fand sie diese Angst verlockend, sie wollte ihr nachgehen.

»Kann ich reinkommen?«, fragte Ansel.

Ärgerlicherweise wirkte er völlig normal. Saffy hatte in den letzten Tagen demonstrativ weggesehen, wenn er in ihrer Nähe gewesen war. Jetzt kam er hier hereingeschlendert, als wäre nichts passiert. Sah so gut aus wie immer, wenn auch ein bisschen zerknirscht, was Saffy nur noch wütender machte.

»Was willst du?«, fragte sie.

»Saff«, sagte er. So hatte er sie noch nie genannt. In seinen Augen stand eine neue, aufgesetzte Traurigkeit. »Es tut mir echt leid.«

»Der Fuchs«, sagte Saffy. »Warum hast du das getan?«

»Ich hab doch gesagt, dass es mir leidtut.«

»Aber warum?«, fragte sie.

»Ich hab dich lachen gehört. Mit den anderen. Ich mag es nicht, wenn andere über mich lachen.«

»Wir haben nicht über dich gelacht«, sagte Saffy. Ihre Worte klangen hölzern, unaufrichtig.

»Ich hätte das nicht tun dürfen«, sagte er. »Manchmal mache ich Sachen, die ich nicht erklären kann.«

»Du kannst es nicht erklären?«

Er zuckte die Achseln. »Du weißt schon, was ich meine. Das kennst du doch auch, das Gefühl, von allen verlassen zu werden. Allein, wie das klingt! Es macht dich so wütend, dass du andere verletzen willst.«

»Mich hat keiner verlassen, ich bin nicht allein«, sagte Saffy mit zu viel Nachdruck.

Ansel schwieg, seine Zweifel offensichtlich.

»Es tut mir leid, okay?« Seine Stimme war weich, es schwang alles darin mit, was sie sich so gewünscht hatte.

»Zu spät«, sagte sie, nicht mehr ganz so überzeugt. »Ich ziehe aus.«

Sie hasste Ansel für die Art, wie er sich auf die Unterlippe biss. Die Sehnsucht, die sie damals erfasst hatte, war wieder erwacht, reckte die steifen Glieder. Dieses Gefühl war fremd und unerträglich. Eine Kraft, die Saffy nicht in eine kontrollierbare Form pressen konnte. Sie wagte es nicht, ihm in die Augen zu sehen.

»Komm schon, Saff!« Ansel trat näher. »Bevor du gehst, verzeih mir, bitte?«

So nah vor ihr wirkte sein Gesicht freudig, aufgeschlossen, tragisch und liebenswert. Ansel streckte die Hand aus und drückte den Finger gegen Saffys Schlüsselbein. Sie dachte an das Baby, tot in diesem Farmhaus, winzige Zehen und Lippen und Augen und Finger. Was es hieß, um etwas beraubt zu werden.

Sie nickte zögerlich. »Ja, okay. Vergeben.«

Ansel schloss Saffy in die Arme. Es fühlte sich ganz anders an als erwartet, sein warmer Körper fest an ihren gedrückt. Sie war wie betäubt. Doch als er sie berührte, war da so ein Prickeln. Zum ersten Mal in ihrem Leben hasste Saffy sich selbst, nicht wie ein Kind, sondern mit dem Bewusstsein einer erwachsenen Frau: wütender, verzweifelter, schambesetzter Hass, der im Schatten lauerte, die Zähne fletschte, der hässlichste Teil von ihr. Sie umarmte ihn, wiegte ihn, hieß ihn willkommen.

# 8 STUNDEN

Untergangsgeschrei. Vernichtungsgeschrei. Geschrei wie eine Flut – wenn es losgeht, kommt man nicht mehr weg, man muss ausharren, in den Ruinen. Das Baby brüllt, von einem Schmerz gequält, den du nicht lindern kannst, und die Zeit steht still, der Terror bemalt dir die Schädeldecke. Lebenslängliche Erfahrung in dieser Zelle hat dich gelehrt, dass niemand sonst das Geschrei hört, es ist allein für dich gedacht.

Baby Packer hat dir was zu sagen, doch für Worte ist er noch zu klein.

■

Du rollst dich zusammen wie ein Embryo. Aus deinen Eingeweiden dringt ein gequältes Stöhnen.

Bei deiner Ankunft in der Polunsky Unit mussten sie erst mal einen Arzt rufen. Der maß dir Puls und Blutdruck, dann hörte er dein Herz ab. Alles bestens, meinte er und verschwand auf Nimmerwiedersehen. Die Wärter gingen an dir vorbei, als wärst du gar nicht da, würdest dich nicht auf dem nackten Betonboden winden, den Kopf zwischen den Händen vergraben wie ein bockiges Kind.

Die Exekutionswache schaut jede Viertelstunde nach dir – dir sind sie mittlerweile ein Gräuel, diese Zeugen deines Elends. Du weißt, wie es aussieht. Die Wut wetzt sich an deiner Schwäche.

Shawna hat dich einmal so erwischt. Ein einziges Mal. Sie war genau in dem Moment aufgetaucht, als dich das Geschrei übermannte und dein Essenstablett ergriff, ihr besorgtes Gesicht nur ein verschwommener Fleck an der Tür. Unmöglich, bei dem schrillen Lärm etwas zu sagen. Sie blieb stehen, doch ihre Anwesenheit war eine einzige Demütigung.

Als Shawna am nächsten Tag zurückkehrte, waren ihre Züge so weich wie nie zuvor. Es war so absurd, dass du in schallendes Gelächter ausbrachst: Deine Schwäche hatte sie erweicht. Sie war wie gebannt, erregt von deiner Verletzlichkeit.

Wie praktisch.

Du weißt, wie du sie gefügig machst – wenn du ihr sagst, ihre Augen hätten die Farbe der Kiefern in den Adirondacks, strahlt sie vor Freude übers ganze Gesicht. Jenny war auch so, sie schauderte wohlig, wenn du ihr übers Nasenbein strichst. Als du dasselbe bei Shawna versuchtest, kicherte sie spitz, nervig wie ein Kleinkind, aber du hast dir ein zärtliches Lächeln in die Mundwinkel gezwängt. Eigentlich verstehst du die Frauen – oft besser als sie sich selbst.

Aber manchmal liegst du falsch. Völlig falsch.

∎

Erwischt und überführt hat dich tatsächlich eine Frau, eine Polizistin. Die größte Ironie deines Schicksals.

Sie hatte dunkles Haar, das ihr wellig über den Rücken fiel. Schwere Lider, weiblich-weiche Haut. Sie sprach ruhig, führte dir die Tatsachen vor Augen, bis du einknicktest. Du hast nur ein paar Stunden im Verhörzimmer gesessen, aber am Ende hast du dich gefühlt, als hätte sie dir einen Eispickel ins Hirn getrieben. Bevor sie deine Geschichte aus dir herauskitzelte – bevor sie dir verriet, dass sie dich ausgetrickst hatte –, war der Gedanke an diese *Mädchen* schon ewig weit weg gewesen. Sie stammten aus einem anderen Leben. Aus einer anderen Welt. Du hattest dich schon lange von ihnen befreit.

Was haben Sie gedacht?, hatte die Polizistin hinterher gefragt. Du warst so erschöpft, dir liefen die Tränen über die Wangen, eine verspätete, rein körperliche Reaktion.

Ich bin neugierig, Ansel. Du warst damals noch jung, erst siebzehn Jahre alt. Was ist dir durch den Kopf gegangen, als du die *Mädchen* umgebracht hast?

Du wolltest ihr klar machen, dass es nicht so war. Kein rationaler Denkprozess, keine Entwicklung, die man irgendwie nachverfolgen könnte. Du wolltest ihr von dem Geschrei erzählen, deinem dringenden Bedürfnis nach Ruhe. Hilflos hast du dich gefühlt, wie ein Kind, das alles gestehen will: Manchmal mache ich Sachen, die ich nicht erklären kann. Da ist so ein bohrendes, beharrliches Bedürfnis. Dass die Tat falsch war? Egal, nur ein unwichtiges Detail.

Warum diese drei? Warum in jenem Sommer?, fragte die Polizistin. Warum hast du einfach aufgehört – bis Houston?

■

Du kriechst zum Tablett mit dem kalten Frühstück in der Ecke und ziehst die Gabel unter dem ameisenwimmelnden Eierhaufen hervor. Unter deinem Schuh zersplittert sie, du suchst den schärfsten Zinken aus, treibst ihn dir ins Handgelenk, aber die Haut will nicht aufreißen, nichts kann den Strom deiner Erinnerung aufhalten.

Was ist dir durch den Kopf gegangen? Auf diese Frage weißt du wirklich keine Antwort. Wenn du könntest, würdest du's erklären. Haben Sie je solchen Schmerz empfunden? Solche furchtbaren Qualen gelitten, dass jede letzte Spur von Ihnen getilgt wurde?

■

Das erste *Mädchen* war eine Fremde.

Mit siebzehn lebtest du allein. Du warst das einzige Pflegekind einer siebzigjährigen Frau und wohntest mit ihr in einem kleinen Haus in Plattsburgh. Nach dem Abschluss der Highschool stellte sie dir für fünfzig Dollar im Monat einen Wohnwagen am Waldrand zur Verfügung. Du hattest einen Sommerjob bei Dairy Queen am Highway und ein Auto, mit einem knittrigen Bündel Geldscheinen bezahlt. Plötzlich warst du dein eigener Herr. Auf sich gestellt zu sein, ganz allein, das war ein echter Schock. Es erwischte dich eiskalt.

Siebzehn, und die Welt hatte neue Kanten. Grausam, zu scharf. Stundenlang lagst du auf dem modrigen Sofa in diesem Wohnwagen, auf Expedition in deinem eigenen Sumpf. Es war seltsam gewesen, in der Schule, wo die Mädchen lachten und kreischten und die Jungen rumprahlten. Aber noch seltsamer war es hier, allein in der Hitze. Nach mehreren Stunden des Grübelns, als das Geschrei fordernd wurde, brutaler, fast ohrenbetäubend, hättest du schwören können, dass du durchs Fenster da draußen am Waldrand kurz deine Mutter gesehen hast. Immer verschwand sie schneller wieder, als sie gekommen war.

Es geschah Mitte Juni. Den ganzen Sommer lang hattest du es bei deiner Kollegin bei Dairy Queen versucht, eine Schulabbrecherin mit gefärbten Strähnen und Haarschuppen auf den Schultern. Du hast ihr Komplimente gemacht. Du hast sie geneckt, wie du es dir bei den anderen Jungen in der Schule abgeguckt hattest. Irgendwann kam sie tatsächlich mit in den Wohnwagen, legte sich aufs Sofa und öffnete den Verschluss ihres BHs. Du bebtest bis ins letzte Glied, da hat es dich überfallen: das Geschrei. Das endlose Babygeschrei, so laut, dass dir Hören und Sehen verging. Dein Penis erschlaffte. Der Frust machte es nur noch schlimmer – sie stand auf und lachte. Dieses Geräusch, und dazu das Babygeschrei. Bis zum nächsten Morgen saßt du bei angeschaltetem Licht im Wohnwagen, das Echo deiner Qual schrillte dir immer noch in den Ohren.

Auf der Arbeit am nächsten Morgen würdigte sie dich keines Blicks. Als die Schicht vorbei war, du den Müll rausgebracht und alles abgeschlossen hattest, warst du völlig in dir versunken. Der Highway pulsierte, in deinem klapprigen VW bist du gefahren wie betrunken, quer über die Fahrbahn ausgeschert, der Wind hat dir einen Rhythmus in die Ohren gebimst, dieses Geschrei, unerträglich.

Auf einmal stand es da, im Licht deiner Scheinwerfer.

Im Mondlicht war dieses erste *Mädchen* nur Schatten gewesen, wehendes Haar, am Ende der langen Zufahrt. Es blinzelte ins grelle Licht – ihr Gesicht war das eines wilden Tieres, verletzbar und verwirrt.

Du hast gebremst. Die Tür geöffnet. Du bist ausgestiegen, auf den Kiesweg getreten.

◼

Jetzt verschwimmt die Zeit. Du hörst das Kratzen eines Stifts auf Papier, der Wärter trägt die Zeit des letzten Kontrollgangs ein. Plumpe Schritte entfernen sich, verstummen. Sinnlos. Du versinkst im Schlamm, in die wilde, furiose Finsternis, die Zelle dehnt sich und schrumpft, bis du kein Mensch mehr bist, sondern nur noch ein kleiner Ball. Du presst die Stirn gegen den Beton, flehst das Baby an. Bitte, hör auf, zu schreien.

Wenn Jenny jetzt hier wäre, wüsste sie, dass sie dich einsammeln muss. Sie würde dich fest umarmen, dir tröstende Worte zuflüstern – es geht vorüber, würde Jenny sagen, im Singsang, ihre Haut wie reifes Obst. Wie jedes Mal.

Jenny kommt, wenn du am schwächsten bist. Wenn du nur noch vergessen willst.

Ihr Haar, ausgebreitet auf dem ausgebleichten Kissenbezug.

Ihre Fußspuren nach dem Duschen, tropfnass, quer über den Badezimmerboden.

# HAZEL
## 1990

Hazels erste Erinnerung an sich selbst ist auch eine Erinnerung an ihre Schwester.

Sie war fest in ihrem Gedächtnis verankert, saß ihr förmlich in den Knochen. Immer, wenn ihr Puls schneller ging, stieg sie vor ihr auf – wenn sie auf der Bühne stand oder bei zu hoher Geschwindigkeit über den Highway brauste. In ihrer Erinnerung war Hazel nur ein Gewebehaufen, verschwommen und irgendwie schwebend. Um sie herum herrschte pulsierende, pochende Finsternis.

Es gab einen Beweis aus dieser Zeit, das Ultraschallbild stand auf dem Nachttisch ihrer Mutter. Darin, im silbernen Rahmen aufgestellt, waren Hazel und ihre Schwester als kleine Flecken zu erkennen, Moleküle, die gemeinsam an diesem urzeitlichen, dunklen Ort heranwuchsen. Ihre Mutter liebte dieses Bild, denn es war schon in diesem frühen Stadium zu erkennen, bevor sich Ohren oder Zehnägel entwickelt hatten: zwei winzige Hände, noch mit Schwimmhäuten zwischen den Fingern, die einander berührten, eine stumme Unterhaltung zwischen zwei Tiefseewesen.

In jeder wichtigen Sekunde ihres Lebens hörte sie ein Phantomgeräusch, den Herzschlag ihrer Schwester, der wie eine zweite Tonspur ihren eigenen überlagerte, als würden sie noch immer vereint im Mutterleib schwimmen. Es war eine vertraute Synkope. Das tröstlichste

Pochen. Egal, wie weit voneinander entfernt, wie unterschiedlich sie auch sein mochten, Hazel streckte immer die Hand nach Jenny aus.

■

Am Morgen als Jenny von der Uni heimkam, hockte Hazel in der Dusche und ließ sich heißes Wasser auf den Nacken prasseln. Der Sitz, den ihre Eltern in der Ecke der Duschkabine installiert hatten, war glitschig unter ihren nackten Oberschenkeln, Hazel seifte sich sorgfältig das Knie ein, fuhr mit dem Schwamm über das Narbengewebe. Dort, wo die Ärzte sie vernäht hatten, war ihre Haut noch immer aufgeworfen und wund – sie konnte genau erkennen, wo sie ihr eine neue Sehne eingepflanzt hatten, die eines Fremden, der kurz vor der Operation gestorben war. Wenn Hazel ihr Knie betrachtete, dachte sie oft an diesen namenlosen Menschen, der jetzt nur noch Asche und Knochen war.

Schnell wusch sie sich die Haare, dann drehte sie das Wasser ab und lauschte, während es nass von ihrem Kopf auf den Boden der Duschkabine tropfte. Unten waren die hektischen Geräusche ihrer Eltern zu hören – ihre Mutter klapperte in der Küche herum, ganz auf die Marinade für den Weihnachtsbraten konzentriert. Ihr Vater schrabbte die Schneeschaufel über die Auffahrt, um den Weg für Jennys Auto freizuräumen. Seit Tagen herrschte heillose Panik, obwohl ihre Mutter schon vor Wochen die Geschenke eingepackt und unter den Christbaum gelegt hatte, wo sie seitdem Staub ansetzten. Hazels Vater arbeitete von zu Hause, doch sein Büro war für den Anlass zum Gästezimmer umfunktioniert worden, ihre Mutter war eines eisigen Nachmittags vom Kaufhaus zurückgekehrt, schwer bepackt mit Gardinen, Bettwäsche und einem nichtssagenden Wandbild vom Sonnenuntergang am Strand. Die Aufregung, als sie feststellte, dass sie die Kissenbezüge an der Kasse vergessen hatte. *Ich glaube nicht, dass er sich beschwert, wenn er die alten benutzen muss,* hatte Hazel von ihrem Lieblingsplatz auf dem durchgesessenen Sofa aus angemerkt.

Jetzt schob sie sich vorsichtig hoch, den rechten Fuß angehoben, um ihr Knie nicht zu belasten – sie reckte sich über den Rand der glitschigen Dusche, um nach dem Handtuch zu angeln. Dabei bekam sie einen Krampf im Arm, denn ihre Muskeln, seit Monaten nicht richtig bewegt, waren völlig erschlafft. Als sie zur Toilette hüpfte, um sich auf den Deckel zu setzen und das Handtuch um ihren Kopf zu schlingen, fragte Hazel sich, wo Jenny wohl jetzt gerade sein mochte.

Dieses Spiel stammte aus ihrer Kindheit. *Beschwörung*, hatten sie es genannt.

*Ich weiß genau, wenn du krank bist*, hatte Jenny gesagt, als sie in der Grundschule im Krankenzimmer auftauchte, noch bevor jemand ihre Mutter verständigt hatte. *Und ich weiß, wenn du traurig bist.* Es kam vor, dass Jenny Hazel mitten in der Nacht wachrüttelte, um sie aus einem entsetzlichen Alptraum zu retten. *Ich kann deine Gedanken lesen*, sagte Jenny, und wenn Hazel auf diese Verletzung ihrer Privatsphäre mit verwundertem Unbehagen reagierte, fragte ihre Schwester nur: *Was? Kannst du meine etwa nicht lesen?* Hazel konzentrierte sich fest, versetzte sich tief in Jennys Innenleben, um es auszuloten wie ihr eigenes. Die Gedanken ihrer Schwester hatte sie zwar nie lesen können, doch das hielt sie nicht davon ab, es zu versuchen oder zu behaupten, sie besitze dieselben telepathischen Fähigkeiten. *Du lügst*, behauptete sie, wenn Jenny über Bauchschmerzen klagte, und manchmal traf sie sogar ins Schwarze. *Du stehst auf ihn*, neckte sie sie, wenn Jenny am Schulschließfach die Arme vor der Brust verschränkte. Diese Vermutungen bezeichnete Hazel allerdings nicht als *Beschwörung* – es hatte nichts mit Jennys besonderen Fähigkeiten zu tun. Hazel vertraute auf ihre Intuition, viele Jahre akribischer Beobachtung. Hazel kannte jede Regung im Gesicht ihrer Schwester.

Jenny säße jetzt am Steuer ihres Autos. Von der Northern Vermount University zu ihrem Vorort am Stadtrand von Burlington dauerte es eine gute Stunde. Im Radio lief knisternd Nirvana, der Empfang war schlecht. Jennys Hände flattrig auf dem Lenkrad, Jennys neuer Freund auf dem Beifahrersitz … an dieser Stelle verschwamm das Bild, löste sich auf.

Hazel nahm ihre Krücken, wischte den Dampf vom Spiegel. Im trüben Winterlicht wirkte sie blass, verbittert, leblos. Sie sah nicht aus wie Jenny. Nicht mal wie sie selbst.

■

Dieser Geist in Hazels Badezimmer hatte nichts mit ihr zu tun. Der echten Hazel erröteten die Wangen im heißen Licht der Scheinwerfer, und ihr zum eleganten Knoten hochgestecktes Haar glänzte. Ihre langen, dicken Kunstwimpern waren an den Lidern festgeklebt. Ihr Schlüsselbein trat sichtbar hervor unter den Trägern ihres an der Taille eingefassten Korsetts mit dem maßgeschneiderten Ballettrock, und ihr Dekolleté war subtil mit Glitzerpuder bestäubt, der bei Sprüngen oder Pirouetten im Bühnenlicht funkelte.

Einen kostbaren Moment lang stand Hazel frei da, ohne sich am feuchten Waschbecken abstützen zu müssen. Stattdessen halfen ihr die Orchesterklänge in die samtenen Flügel, während die Instrumente die ersten Klänge von *Schwanensee* anstimmten. Der Geruch, Gummi und Kolophonium. Sie rollte die Füße auf Spitze und genoss die himmlische Dehnung der hinteren Oberschenkelmuskeln. Das Publikum verstummte, wartete gespannt auf ihren Auftritt. Sie war gefangen in diesem langen, qualvollen Moment, bevor sie ins goldene Licht trat.

Wenn Hazel tanzte, war sie ganz sie selbst – und mehr als das. Sie war eine Feder, ein Atemzug. Sie war eine Illusion, eine Sinnestäuschung, die nur der Musik und der Erinnerung gehorchte. Sie flog.

■

Unten schlug die Tür zu. Gertie, der Basset Hound, bellte drauflos, Hazels Mutter versuchte, sie zu beruhigen. Aus Hazels Haar troff immer noch kaltes Wasser, als sie auf Jennys Doppelbett kletterte, um aus dem Fenster zu spähen. Jennys alter Station Wagon puffte in der Auffahrt vor sich hin.

Seit sie auf der Uni war, hatte Jenny sie ganze zwei Mal besucht. Beide Male zum Abendessen. Sie hatte sich geweigert, bei ihnen zu übernachten, sondern war mit den in Plastikboxen verstauten Essensresten für den kleinen Kühlschrank in ihrem Wohnheimzimmer wieder davongetuckert. Hazel versuchte, das Haus mit Jennys neuem, abgeklärtem Blick zu betrachten: fast identisch mit den anderen in Halbkreisen angeordneten Häusern am Rand der behüteten Kleinstadt. Nie kam ihr Burlington so kitschig und albern vor wie bei Jennys Besuchen, die vielen Eiscafés und Bergsportgeschäfte. Beide Abendessen hatten vor der Sache mit Hazels Knie stattgefunden, aber Hazel hatte damals nicht genau definieren können, worin Jennys Veränderung bestand.

Jetzt, aus der Ferne, durch Hazels Fenster betrachtet, immer noch von Jennys John-Hughes-Postern eingerahmt, waren die Veränderungen offensichtlich. Sie und Jenny hatten stets so identisch ausgesehen wie möglich, obwohl sie zweieiige Zwillinge waren, aber jetzt erkannte Hazel sehr zu ihrem Unbehagen, dass sich ihre Trennung mit zunehmendem Alter deutlicher bemerkbar machen würde.

Die Geschichte ihrer Geburt hatte sie schon so oft gehört, dass sie sich mittlerweile wie eine Legende ausnahm. Jenny war zuerst auf die Welt gekommen, einfach rausgeglitten, und dabei hatte sie Hazel komplett aus dem Geburtskanal geschoben. Eine Krankenschwester massierte ihrer Mutter den prallen Bauch, bis sich Hazel strampelnd nach draußen kämpfte, blau angelaufen, weil sich die Nabelschnur um ihren Hals gelegt hatte. *Wir dachten, wir hätten dich verloren*, sagte Hazels Mutter immer, und erst vor Kurzem war Hazel klar geworden, dass ihre Eltern minutenlang mit der Vorstellung gelebt hatten, dass Jenny ihr einziges Kind sein würde. Hazel konnte sich das gut vorstellen, jetzt, da sie Jenny sah. Ihre Schwester war noch hübscher geworden, das Grübchen in ihrer Wange noch markanter. Jennys Gesicht war herzförmig, weich und einladend, während Hazel hohlwangig war wie eine Hexe. Und natürlich war da der Leberfleck. Als ihre Mutter Jenny in die Arme schloss, hob Hazel instinktiv die Hand, um ihn zu berühren.

*Die Zwillinge.* So wurden sie genannt. Bei Übernachtungspartys und Schulveranstaltungen, Exkursionen und Familienurlauben traten sie und Jenny immer als Einheit auf. Ein Name. Ein Zimmer, mit pinkfarbenen Tapeten ausstaffiert. Als Kinder hatten Hazel und Jenny große Freude daran, in den Schulpausen Klamotten zu tauschen, um ihre Lehrer zu verwirren. Sie trugen die gleiche Kleidung, Jennys war lilafarben, Hazels blau. *Stört es dich eigentlich?*, hatte Hazel Jenny mal gefragt, als die Jungs in der Mittelschule Witze darüber gemacht hatten, wie man *Die Zwillinge* wohl zum Frühlingsball einladen sollte. *Du weißt schon, weil sie uns immer nur* Die Zwillinge *nennen?* Jenny hatte sie mit einem eiskalten Blick fixiert, den Hazel später als Schutzmechanismus erkannte, hinter dem ihre Schwester ihre Kränkung verbarg. Hazel erinnerte sich noch genau, wie sie mit der Zunge über ihre spitzen Zähne gefahren war, spitzer als die ihrer Schwester, schiefer, und zugebissen hatte, bis sie Blut schmeckte. *Warum sollte mich das stören?*, hatte Jenny gefragt, ihre Stimme wie ein aufgescheuchtes Tier. Hazel schämte sich noch immer für diese Frage. Erst seit den letzten vier Monaten – seit Jenny ihr Studium angetreten hatte – existierte Hazel allein, unter ihrem eigenen Namen. Für den Rest ihres Lebens würde Jennys Name wie ein Echo durchs Zimmer hallen, und Hazel würde herumfahren, bereit, darauf zu reagieren.

Jetzt fühlte sich der Leberfleck unter Hazels linkem Auge an wie immer, eine fleischige Erhebung, die ein wenig an eine Träne erinnerte. Die Leute wiesen sie gern darauf hin. Hazel, sagten sie und tippten sich an die Wange, als müsste man sie an ihren Makel erinnern.

·

Da stand sie, Jenny, am Fuß der Treppe. Als Hazel von ihren Krücken aufsah, grinste ihre Schwester breit, erwartungsvoll, dieselben Schwesteraugen, derselbe Schwestermund, Jennys ganzes Schwestersein, wartend. Sie trug plumpe Kampfstiefel, einen Army-Parka, den Hazel noch nie zuvor gesehen hatte, und einen breiten Nietengürtel wie Courtney Love. Als Jenny Hazel in die Arme schloss, war der Flur erfüllt von ihrem Duft, doch er wurde von etwas Fremden überlagert. Eine neue Seife vielleicht oder Shampoo, fruchtig und süßlich. Hazel juckte die Nase.

»Es ist so schön, wieder zu Hause zu sein«, rief Jenny begeistert, als sie sich bückte, um Gertie zu beruhigen, die mit den drallen kleinen Pfoten an ihrer Jeans zog.

Sie wandte sich dem Jungen zu, der hinter ihr stand.

Jennys neuer Freund war ganz anders, als Hazel erwartet hatte. Schon in der Highschool fühlte sich ihre Schwester zu breiten Schultern und sehnigen, muskulösen Nacken hingezogen, sie stand auf Typen, die aussahen wie Baumstämme. Nach dem Abschluss hatten sich Jenny und Hazel die Welt schwesterlich aufgeteilt: Hazel bekam das Tanzen, eine nicht enden wollende Reihe von Ballettschuhen, Tüllröckchen und ausgefeilten Trainingsplänen, die eine punktgenaue Abstimmung erforderten, weil sie nur ein Auto hatten. Dafür beanspruchte Jenny die Schule, exzellente Testergebnisse, Zeugnisse, Honor Society. Hazel sah ihre Schwester oft neben der Vitrine mit den Ehrenmedaillen und Trophäen, lässig lachend an die breite Brust eines Hockeyspielers, Linebackers oder des landesweiten Champions im Kugelstoßen geschmiegt. Hazel kannte diese Jungen nur aus Jennys Erzählungen auf der Fahrt zum Ballettstudio, denen Hazel andächtig lauschte, fasziniert und angewidert zugleich.

Der Junge, der jetzt hier im Eingang stand, war definitiv kein Sportler. Er war dürr und steif, eine zu große Brille saß ihm locker auf der Nase. Seine Hose hatte Hochwasser und entblößte magere Beine, an denen sich ein paar drahtige Haare kräuselten.

»Du bist sicher Hazel«, sagte er. »Ich bin Ansel.«

Die Art, wie ihm das Lächeln über die Lippen schwappte und übers ganze Gesicht lief, erinnerte Hazel an ein aufgeschlagenes Ei. Natürlich, dachte sie, völlig klar, dass Jenny sich so einen aussuchen würde. Einen Menschen mit unwiderstehlicher Anziehungskraft. Sie errötete, als er sie aufmerksam musterte, weil sie verstand, wie er sie in diesem Augenblick sah. Ihre Existenz, auf zwei Worte reduziert: Jennys Spiegelbild.

»Ansel«, sagte sie. »Ich habe schon so viel von dir gehört.«

Das war eine Lüge, und Hazel bedauerte sie sofort. Als Ansel selbstbewusst die Hand ausstreckte, spannte Hazel die Bauchmuskeln an – *der gesamte Körper umringt einen Kern.* Sie hob einen schweißfeuchten Arm vom Metallgriff der Krücke und schlug ein.

■

Nach jenem Abend auf der Bühne hatte Jenny nicht angerufen.

Eine dreistündige Operation, ein Meer aus Karten und Blumen an Hazels Bett, ihre Arme schwer vom Schieben des Rollstuhls auf dem Krankenhausflur – und kein Wort von Jenny. Selbst als man Hazel auf dem Sofa ihrer Eltern geparkt hatte, wo sie die nächsten sechs Wochen hauste, sich nur gelegentlich aufraffte, um oben zu duschen – nichts. Hazel hatte zweimal bei ihr im Wohnheim angerufen und bei der etwas überdrehten Kontaktstudentin Nachrichten für ihre Schwester hinterlassen. Jenny hatte nicht zurückgerufen.

*In Gedanken ist sie bei dir*, hatte Hazels Mutter wenig überzeugend behauptet, als sie Hazel den obligatorischen Teller Suppe brachte.

Während sie auf dem Sofa vor sich hin vegetierte und Gertie ihr den Schoß vollsabberte, versuchte Hazel, ihre Schwester heraufzubeschwören. Im Hydrocodonrausch stellte sie sich Jenny am Freitagabend auf einer Party vor, im Jeansrock, den sie letzten Sommer im Secondhandladen erstanden hatte. Mittwochs würde sie in der Mensa die Melonenstückchen aus ihrem schalen Obstsalat fischen oder auf dem Weg zum Seminarraum auf dem Walkman Pearl Jam hören. Jennys Seminar konnte Hazel sich nicht vorstellen – sie war nie auf einem Uni-Campus gewesen, ihre Wochen waren bereits mit Trainingsterminen vollgepackt gewesen, als Jenny und Dad die Reise durchs Land angetreten hatten, um die richtige Uni auszuwählen. Sie stellte sich Tweedjacken vor, bis oben zugeknöpfte Hemden, einen von ihrer Schwester umklammerten Bleistift. Doch diese Bilder wirkten künstlich, weniger *Beschwörung* als reine Phantasie, und sie hatten nichts mit Jennys Alltag zu tun. Allein der Versuch machte Hazel wütend. *Wo bist du?*, fragte sie, erbärmlich, ihr Flehen, während ihr Knie schmerzte, als würde es jemand mit einem Hammer bearbeiten.

■

Hazels Vater wuchtete die Koffer auf die Veranda, kalte Dezemberluft fegte aus der eisigen Sackgasse ins Haus. Hazel musterte ihre Schwester eindringlich und stellte wieder einmal fest, dass sie sich verändert hatte. Jenny blickte rasch auf Hazels Kniestütze, dann zu ihr, sagte aber nichts – doch Hazel hatte es aufblitzen sehen. In ihrem Blick lag Genugtuung. Strahlend, gewiss. Weil sie die Schwester war, die noch stand.

■

Während sich die anderen aufs Abendessen vorbereiteten, blieb Hazel am Tisch sitzen. Normalerweise würde sie mit Jenny aufdecken, sich mit ihr streiten, welche Servietten sie nehmen sollten. Aber jetzt war

Hazel, deren Krücken an der Schiebeglastür lehnten, von solcherlei Tätigkeiten ausgeschlossen.

Ihre Mutter servierte den Braten, während Jenny mit einer offenen Flasche Wein herumfuchtelte. Hazel schüttelte den Kopf. An Alkohol hatte sie nie Geschmack gefunden, sie mochte es nicht, wie er ihr die Sinne verwirrte, außerdem nahm sie noch Schmerztabletten. Ihre Mutter zählte sie genau ab, jeden Morgen, sie war erpicht darauf, dass Hazel die Medikamente langsam wieder ausschlich. *Du musst aufpassen*, sagte ihre Mutter. *Suchtgefährdung liegt leider in unserer Familie. Schau dir nur deinen Großvater an.* Hazel kaute lustlos auf ihrem Fleisch herum, die halbe Kapsel tat ihre Wirkung, dämpfte den pochenden Schmerz in ihrem Knie. Alle hatten vom Wein dunkelrot gefleckte Zähne – ihre Mutter betastete nervös ihre Frisur, während sie Ansel über sein Studium ausfragte und er pflichtbewusst antwortete. Er studiere Philosophie im Hauptfach, sagte er, würde gern auf die Graduiertenschule. *Ich will Fachbuchautor werden, akademische Texte,* sagte er. *Gedanken sind die Reinform dessen, was man hinterlassen kann.* Seine Stimme war weich, melodiös, sie floss wie Tinte und traf Hazel direkt ins Mark. Seine Haut war milchweiß, die Innenseite seines Unterarms wie ein unbeschriebenes Blatt Papier. Er sah wirklich gut aus, umso einprägsamer, je länger man ihn betrachtete.

Beim Klang ihres Namens zuckte sie zusammen. Als hätte jemand den Scheinwerfer auf sie gerichtet.

»Hazel. Jenny hat mir erzählt, dass du eine Ballerina bist. Wie geht es deinem Knie?«, fragte Ansel.

Hazels Mutter antwortete rasch. »Sie ist auf dem Weg der Besserung. Nur noch ein paar Wochen auf diesen Krücken, dann beginnt die Physiotherapie. Bald kann sie wieder tanzen.«

Hazel nickte höflich. Ansels Blick ruhte auf ihr, aufrichtig, neugierig – seit Monaten hatte sie niemand mehr auf diese Weise angesehen. Ohne Mitleid oder Unbehagen. Im Halbmond seines Lächelns blitzte etwas auf, das sie als Ehrfurcht interpretierte, Respekt, den sie bisweilen beim Publikum entdeckte, wenn ihr mehrere perfekte Fouettés gelungen waren.

»Ich habe etwas zu verkünden«, sagte Jenny und zog damit Ansels Aufmerksamkeit zurück auf sich. Ihre Lippen waren weinrot – Hazel wurde von einer unerklärlichen Wut gepackt.

»Ich habe über unsere Geburtsgeschichte nachgedacht«, sagte Jenny. »Über die Krankenschwester, die uns gerettet hat. Wir haben nie ihren Namen erfahren, obwohl wir ihr unser Leben zu verdanken haben. Oder zumindest Hazel, nicht wahr? Jedenfalls habe ich mein Hauptfach gewählt. Ich möchte Krankenpflege studieren, genauer gesagt Schwangerschafts- und Geburtshilfe.«

Hazels Eltern strahlten ihre Tochter mit unverhohlenem Stolz an. Übertrieben, fast schon obszön. Es war kalt im Zimmer, auf einmal wirkten alle betrunkener, schludriger. Dieses ganze Theater, völlig sinnlos. Als ihr Vater seinen Whiskey zum Toast erhob, als Jenny mit dem verschmierten Weinglas anstieß, umklammerte Hazel ihr Wasser und starrte ins Küchenlicht, bis sie blind war.

In jener Nacht kam Hazel beim Einschlafen eine Erinnerung.

Komm schon, sagte Jenny, die an mageren Armen von der hintersten Kletterstange baumelte, während die Sonne auf den Spielplatz niederbrannte. Jenny trug das Kostüm, das sie ihrer Mutter abgebettelt hatten, ein glitzerndes Hochzeitskleid, das sie sich teilten, mit Ärmeln wie die von Prinzessin Di. In Hazels Brust zog sich alles zusammen, ihre Schultern schmerzten bereits jetzt, sie hatte sich erst zwei Stangen weitergehangelt, und das auch nur nach vorsichtiger Abwägung. In ihrem weißen, bauschigen Kleid wirkte Jenny auf einmal sehr weit weg, und Hazel fürchtete, mit ihren schweißfeuchten Fingern den Halt zu verlieren. *Du musst daran glauben, dass du es schaffen kannst*, sagte Jenny. *Vertrau auf deinen Körper, Hazel, und lass dich baumeln.*

■

Weihnachtsmorgen. Die Nachbarschaft lag unter einer feinen Schnee-decke verborgen – es hatte gerade erst zu dämmern begonnen, die Sonne stieg mit sattem Orange über der schneeglitzernden Vorstadt auf. Hazel lag im Bett, plump und aufgewühlt. Jenny schlief mit Ansel im Gästezimmer, das unbenutzte Bett neben ihr wirkte besonders leer.

Seit dem Unfall hatte sich Hazels Körper verändert, und ihre Klei-dung passte ihr nicht mehr richtig. Am Bauch und an den Oberschen-keln hatte sie zugelegt, während ihre Wadenmuskeln geschrumpft waren. Der Bund ihrer Schlafanzughose fühlte sich zu eng an. Hazel schob die Hand unter den Gummizug und dehnte ihn weg von ihrem Bauch. Ihr Körper war ihr so fremd geworden, dass sie sich mühelos einbilden konnte, nicht sie würde sich gerade berühren, nicht ihre Finger würden in ihre Unterhose gleiten, vorbei an ihrem Haarbüschel und hinein ins Feuchte. Sie dachte an Ansel. Seine cremeweiche Haut. Wie sich sein Lächeln über sein ganzes Gesicht ergoss. Ihr Kopfkino lief, in freundliches gelbes Licht getaucht – Ansel über ihr, Hazel breit-beinig auf dem Bett – seine Schultern waren angespannt, muskulös unter ihren Fingern, die Haut an seinem Bauch prall, eine haarige Linie bis zum Bund seiner karierten Boxershorts, die jetzt an seiner Hüfte hinunterglitt. Er beugte sich vor, spreizte sie mit zwei Fingern, sein Lächeln kam näher, fesselnd, ansteckend …

Hazel kam zu schnell, sie war nicht vorbereitet. Sie krümmte sich über ihren Fingern, keuchend, schaudernd, alles verebbte so schnell, ihre Beine zitterten unter der Decke, gefangen, klebrig. Eine Anschul-digung. Als sie die Finger unter der Decke hervorzog, waren sie feucht und glänzten, ihre Haut war verschrumpelt, als hätte sie zu lange im Wasser gelegen.

■

Hazels Eltern warteten unten. Das schüttere Haar ihres Vaters stand nach allen Seiten ab, eine Zumutung, und ihre Mutter saß wie ein schlaffer Sack im Sessel, den abgetragenen Morgenmantel eng um sich geschlungen. Gertie schnarchte auf dem Sofa, Sabber tropfte auf ihr Lieblingskissen. Im Fernsehen murmelte ein Nachrichtensprecher. Hazel sehnte sich nach einer Dusche, aber mit der Kniestütze war es zu schwierig – sie roch ihren Schweiß, den Gestank ihrer Lust.

»Haben sie gesagt, wann sie aufstehen wollen?«, fragte ihre Mutter.

»Mir nicht«, sagte Hazel.

Es dauerte noch eine halbe Stunde, bis Jenny und Ansel endlich auftauchten. Jennys Haar war nass vom Duschen, Ansel trug eine enge Cordhose. Als Hazel die Knitterfalten an seinen Knien sah, überkam sie heiße Scham.

Nacheinander packten sie ihre Geschenke aus. Jenny hatte einen neuen Rucksack bekommen, aus echtem Leder, extra bestellt bei einem Laden, den es in Burlington nicht gab. Hazels Mutter musste ihn tatsächlich eigens geordert haben. *Für deine Bücher*, sagte sie, stolz strahlend. Hazel raffte ihre ganze Kraft zusammen, um einen Entzückungsruf auszustoßen, sie selbst hatte eine Reihe Fantasyromane bekommen, ein Genre, das sie als Kind mal gemocht hatte. In den Jahren zuvor hatte ihre Familie ihr immer etwas geschenkt, was mit Ballett zu tun hatte, und als Hazel jetzt ihren Dank für die Bücher und den Pullover murmelte, wandten alle betreten den Blick ab.

Ansel war als Nächster dran. Ungeschickt riss er das Papier auf, während ihre Eltern strahlten. Dabei hatte Jenny sie extra angewiesen, ihm nichts zu schenken. Ansel habe eine schwierige Kindheit erlebt – sie sollten bitte nicht danach fragen –, und Feiertage mit der Familie würden ihn hart angehen. Ihre Mutter hatte trotzdem einen Schlafanzug besorgt und ein Buch über Primaten. Ansel bedankte sich, sichtlich unbehaglich, während Jenny ihren Eltern wütende Blicke zuwarf.

Die letzten beiden Geschenke waren völlig vorhersehbar. Zwei identische Päckchen lagen verlassen unter dem Baum. Hazel und Jenny sahen sich an – sie waren wieder Kinder und konnten mit einem einzigen Blick kommunizieren.

So wollte es die Tradition: Zweimal im Jahr, an Weihnachten und an ihrem Geburtstag, bekamen Hazel und Jenny die gleichen Kleidungsstücke. Als sie das Geschenkpapier aufrissen, schmerzte Hazel vom aufgesetzten Lächeln bereits der Kiefer. Diesmal war es ein Kleid, Baumwolle, langärmlig, wie man es zu einem Abendessen trug oder in einem feinen Restaurant. Hazel konnte sich keinen Anlass vorstellen, bei dem sie es tragen könnte, aber sie unterdrückte die Grimasse und hielt sich das Kleid an, ihres war grau, Jennys olivgrün.

Ihre Mutter klatschte erfreut in die Hände.

»Okay«, sagte sie. »Pfannkuchen. Dein Vater hat diesen besonderen Sirup bes ...«

»Moment noch!«

Es war Ansel. Er krächzte, hatte offenbar einen Frosch im Hals. Den ganzen Morgen hatte er kaum ein Wort gesagt. Eine seltsame Anspannung ging von ihm aus, wie kurze Stromstöße.

»Ich habe etwas. Ein Geschenk.«

Hazel saß stumm da und lauschte Ansels Schritten, als er nach oben verschwand und hörbar den Reißverschluss seiner Reisetasche aufzog. Ihre Eltern rutschten nervös auf ihren Plätzen herum, während Jenny kleine Fasern aus dem Teppich zupfte.

Ansel kehrte mit geballten Fäusten zurück, sein kantiges Gesicht schien von freudiger Erregung animiert, doch seine Miene wirkte aufgesetzt und steif, ja geradezu eiskalt.

»Es tut mir leid«, sagte er, als er die Hand öffnete. »Ich habe ihn nicht eingepackt. Aber er ist für dich, Jenny.«

Alle machten große Augen. Jenny schlug sich die Hand vor den Mund.

Es war ein Ring. Kein Verlobungsring, obwohl Hazel sicher war, dass ihre Eltern sofort daran gedacht hatten, als sie anerkennende Blicke tauschten. Der Ring war klobig, antik, ein Schmuckstück, das offensichtlich vorher einer anderen Person gehört hatte. Er war aus patiniertem Gold, der Edelstein klobig und violett, eine Farbe, die den Protzeffekt etwas abmilderte. Ein sanfter Fliederton. Amethyst.

»Ansel«, flüsterte Jenny. Sie wirkte verzückt und verlegen zugleich – Hazel kannte ihre Schwester. Jenny würde diese Geschichte aufblasen, sie mit jedem späteren Erzählen weiter auf Hochglanz polieren, und sie wünschte, ihre Eltern würden hier nicht sitzen, als Zeugen dieser verzerrten Version der Wirklichkeit. Die halbherzige Geste, der übernatürliche Glanz des Rings. »Das war doch nicht nötig! Woher hast du ihn?«

Ansel grinste achselzuckend. »Er hat mich an dich erinnert.«

Als Jenny sich den Ring über den Finger streifte und ihre Mutter murmelte, man müsse ihn enger machen, verspürte Hazel ein unerklärliches, flaues Gefühl in der Magenkuhle. Der Stein funkelte im Licht des frühen Morgens, vom grellen Gleißen des Schnees gebrochen – alles kam ihr falsch vor, doch sie war nicht sicher, ob es am Ring lag, an diesem Mann, an ihrer Schwester oder an ihr selbst. Du freust dich für sie, befahl sie sich. Aber das Gefühl wollte nicht weichen, klebrig und giftig schnürte es ihr die Kehle zu.

■

Beim Weihnachtsessen versuchte Hazel, mit Jenny Blickkontakt aufzunehmen. Auf Drängen ihrer Mutter hatten sie schließlich ihre neuen, gleichen Kleider angezogen, aber Jenny hatte sich sofort mit Rotwein bekleckert. Der lilafarbene Ring funkelte an ihrem Finger – Hazels Eltern taten, als wäre alles ganz normal, doch ihre Mutter spähte ständig auf diesen offensichtlich gebrauchten Ring, der an Jennys Hand so neu und fremd wirkte.

Hazel und ihre Eltern waren strikt angewiesen worden, keinerlei Fragen über Ansels Familie zu stellen. *Es ist kompliziert*, hatte Jenny behauptet. Aber ihr Vater hatte schon ein bisschen Whiskey intus.

»Also«, sagte er, die Wangen bereits gerötet, »was macht deine Familie so an Weihnachten, Ansel?«

Die Frage veränderte die Stimmung im Raum, als hätte jemand

eine überraschende Hiobsbotschaft erhalten. Schweigen, Anspannung. Die Frage stand so schwer im Raum, Hazel konnte sie förmlich spüren. Sie wollte die Worte packen und sie ihm zurück in den Mund stopfen. Stattdessen starrte sie auf ihren Teller mit den abgenagten Knochen, die in einer armseligen Soßenpfütze lagen. Gertie, zu ihren Füßen, schaute erwartungsvoll zu ihr auf, die Augen schwer und triefig, in seliger Unwissenheit.

»Ich bin in einer Pflegefamilie aufgewachsen«, sagte Ansel. Hazels Vater verzog peinlich berührt das Gesicht, während ihm sein Fauxpas dämmerte. »Da gab es eigentlich keine Traditionen.«

»Es tut mir so leid ...«, stammelte ihre Mutter.

»Schon gut.«

Die Anspannung blieb, wurde von einem weiteren Gefühl gesteigert. Hazel war es von ihren vielen Bühnenauftritten vertraut – wie das Publikum sie zu brauchen schien. Ansel hatte ihre Familie an der Angel. Sie waren von ihm gebannt.

»Meine Eltern haben mich verlassen, als ich vier war«, sagte er. »An Feste mit ihnen kann ich mich nicht erinnern. Ich hatte einen kleinen Bruder, aber der ist gestorben.«

Es war entsetzlich, wie wenig Hazel über ihn wusste. Nichts wusste sie. Wie die Welt da draußen aussah. Hier hockte sie, in ihrem langweiligen, gemütlichen Elternhaus, das sie als selbstverständlich hingenommen hatte, wo man sich Socken schenkte und wo man Lebensmittel wegwarf, auch wenn sie noch gar nicht verdorben waren. In diesem idyllischen Städtchen, wo nichts Schlimmes passierte. Ihre Eltern waren nicht reich, aber sie hatten alles, was sie brauchten. Nie hatte Hazel auf irgendwas verzichten müssen.

»Ich habe mich in letzter Zeit viel mit Philosophie auseinandergesetzt«, sagte Ansel. »Vor allem mit Locke. Er will zeigen, dass die Identität eines Menschen nicht mit der Identität des menschlichen Körpers zusammenfällt. Stattdessen verlagert er sich auf die Erinnerung. So weit die Erinnerung reiche, so weit reiche auch die Identität einer Person. Die Erinnerung macht mich zu einem Individuum, das mein Selbstbewusstsein von dem der anderen unterscheidet. Ich habe diese Idee. Eigentlich eine Theorie. Es gibt kein Gut oder Böse. Stattdessen haben wir die Erinnerung und die Fähigkeit, Entscheidungen zu treffen, wir alle existieren an unterschiedlichen Punkten des dazwischenliegenden Spektrums. Wir werden geformt durch das, was uns widerfahren ist, aber wir sind auch das Produkt unserer Entscheidungen. Jedenfalls wollte ich euch danken. Danke, dass ich heute hier sein darf. Jenny, für alles. Wenn ich einfach das Produkt einer Reihe von Entscheidungen bin, dann bin ich froh, dass sie mich heute hierhergeführt haben.«

Da verstand Hazel endlich. Sie sah sie aufblitzen, die Faszination, der Jenny mit Haut und Haaren verfallen war, die sie langsam von ihnen wegzog. Hazel fand es ebenfalls atemberaubend, ganz aufgeregt war sie, gespannt vor Neugier. Tragik hatte eine Textur. Sie war wie ein Knoten, der unbedingt gelöst werden musste. Was Hazel wollte, ließ sich nicht in Worte fassen, es war diffus, unbegreiflich – was sie wollte, gehörte bereits ihrer Schwester.

■

Das Badezimmer war eine kühle schwarze Höhle. Hazel stolperte hinein, ihre Krücken landeten mit einem Krachen am Boden. Sie machte sich nicht die Mühe, das Licht einzuschalten, wollte die beigefarbene Wand nicht sehen, das schiefe Landschaftsbild an der Wand, die kleine Schüssel mit Muscheln, die ihre Mutter wöchentlich von Staub befreite. Sie krümmte sich über die Toilette, streckte ihr Gesicht tief in die Schüssel, nur Zentimeter vom stinkenden Wasser entfernt. Während das Besteckklirren und höfliche Stimmengemurmel aus dem Esszimmer durch die Tür drangen, überkam sie ein intensiver Brechreiz.

Sie empfand Hass auf Jenny. Echten Hass, beißend, tief. Hazel übergab sich, wünschte, sie könnte alles aus sich rauskotzen, die Trauer und das Entsetzen über ihren verbitterten Egoismus. Doch sie wusste, es würde etwas zurückbleiben, auch wenn sie irgendwann wieder die alte, grenzenlose Liebe spüren würde. Schwesterliche Liebe war nichts, über das man Bücher schrieb oder Filme drehte, niemand geriet darüber in romantisches Schwärmen. Diese Liebe gehörte in eine ganz eigene Kategorie, eine stille Gewissheit, die ihr im Blut steckte, selbst wenn Jenny meilenweit weg war. Schwesterliche Liebe war wie Nahrung oder Luft oder die Erinnerung selbst. Sie war molekular. Der Stoff, aus dem sie gemacht war. Doch weil diese Liebe nicht freiwillig bestand, verachtete Hazel diesen Teil von ihr und fürchtete – oder hoffte –, dass sie nie einen Menschen mehr lieben würde als Jenny.

·

Es klopfte an der Tür.

Hazel lag mit dem Discman auf dem Bett und hörte eine alte Springsteen-CD, die sie in einem Plattenladen in der Stadt gefunden hatte.

Im trüben Flurlicht erschien ihr Jenny wie ein Schatten. Sie trug Schlafanzughose und ein verwaschenes, zu großes T-Shirt, das sie bei ihrem Auszug zurückgelassen hatte.

Hazel kannte es nur zu gut. Wenn sie von ihren Klamotten gelangweilt war, humpelte sie bisweilen rüber zu Jennys Kommode und wühlte in den Schubladen herum, zog sich ihr altes, vergessenes Nirvana-Shirt an und zwängte sich in die altmodisch geschnittene Jeans, die Jenny offenbar nicht mehr wollte.

Jetzt kletterte Jenny zu Hazel aufs Bett und umschlang die Knie. Hazel setzte die Schaumstoffkopfhörer ab. Auf der anderen Seite des Zimmers stand Jennys altes Bett, die Matratze nackt – ihre Mutter hatte es abgezogen, aber die Wand darüber war immer noch mit Jennys Postern zugekleistert.

»Geht es dir besser?«, fragte Jenny im sanften Licht der Nachttisch-lampe.»Mom wollte, dass ich nach dir sehe.«

»Mir geht's gut«, sagte Hazel mit unbeabsichtigter Schärfe.

»Du bist sauer«, sagte Jenny.

»Ich bin nicht sauer«, erwiderte Hazel. Das entsprach der Wahr-heit. Sie war müde. Verloren, ausgedörrt. Tatsächlich wünschte sie sich, sie könnte Wut aufbringen, das wäre jedenfalls leichter als dieses klaffende, einsame Nichts.

»Ich habe es gesehen«, sagte Jenny.»Wie du mich beim Essen an-geschaut hast.«

»Ach, tatsächlich? Du hast mir doch seit deiner Ankunft nicht in die Augen schauen können.«

Langes, angespanntes Schweigen.

»Das mit deinem Knie tut mir leid«, sagte Jenny schließlich.

Ein unfassbar winziges Eingeständnis. Zum ersten Mal hatte Jenny den Unfall erwähnt. Plötzlich wurde Hazel klar, warum Jenny ihr Knie ignoriert hatte. Nicht, weil es ihr egal war. Nein. Jenny wusste genau, was Hazels Verletzung – ihr Versagen – für sie beide bedeutete. Es war leichter, nicht hinzusehen.

»Schwere Zeiten verändern einen Menschen«, sagte Jenny.»Das hat Ansel mir beigebracht. Ich habe nie kämpfen müssen im Leben und du auch nicht.«

Hazel wollte gerade protestieren, auf ihr Leid hinweisen, aber Jenny fuhr einfach fort.

»Uns wurde alles auf dem Silbertablett präsentiert, Hazel. Dieses langweilige kleine Haus, drei Zimmer, beigefarbener Teppich. Wir haben Eltern, die uns lieben.«

Jenny schwieg kurz, biss sich auf die Lippe.

»Ansel ist anders. Er ist bei vier verschiedenen Pflegefamilien aufgewachsen. Und sein kleiner Bruder, den er beim Abendessen erwähnt hat? Das hat er noch nie laut ausgesprochen. Dass sein Bru-der gestorben ist. Diese Geschichte hat Ansel mir nie erzählt, aber er schreit sie sich nachts aus dem Leib. *Das Baby!*, schreit er, *das Baby*!«

Jenny hatte immer schon älter gewirkt als Hazel – als sie noch klein waren, hatte ihre Schwester sie unablässig an diese drei Minuten erinnert, die sie vor ihr auf die Welt gekommen war. Jetzt, gemeinsam auf ihrem Jugendbett, die Stoffgiraffe unter Hazels Bein, fühlte sich dieser Abstand noch größer an. Geradezu eklatant.

»Ansel ist nicht wie andere«, sagte Jenny. »Er fühlt die Dinge anders. Manchmal frage ich mich, ob er überhaupt was fühlt.«

»Wenn er nichts fühlt, woher willst du dann wissen, ob er dich liebt?«, fragte Hazel vorsichtig.

Jenny zuckte nur die Achseln.

»Wahrscheinlich kann ich das nicht wissen.«

Der Unterschied zwischen ihnen war so laut, ohrenbetäubend. Jenny, mit ihrer Whiskeyfahne und dem verschmierten Eyeliner, wurde von einem anderen berührt und geformt. Sie war nicht mehr Hazels andere Hälfte, der Teil, der sie zu einem Ganzen machte, nein, Jenny war ein ganz eigenständiges Wesen, pulsierend vor Lebendigkeit. *Komm zurück*!, hätte Hazel sie am liebsten angefleht, auch wenn sie wusste, dass es sinnlos war. Sie war nicht länger diejenige, die ihrer Schwester am nächsten stand. Es gab kein »wir« mehr, sondern nur zwei separate Personen, die separat aufwuchsen, die eine wach und flammend, die andere formlos und haltlos.

Als Jenny sich erhob, war ihr Haar am Hinterkopf zerwühlt, es stand ab wie nach einem Stromstoß. An der Tür blieb sie stehen, wieder zur Silhouette geworden.

»Es tut mir leid«, sagte sie. »Das mit deinem Knie. Es tut mir leid, dass ich nicht heimgekommen bin. Nicht angerufen hab.«

Die Worte waren wertlos. Viel zu leicht dahingesagt.

»Warum hast du es nicht getan?«, fragte Hazel.

»Ich konnte es spüren«, sagte Jenny. »Wie früher, als wir klein waren. Ich saß beim Lernen in der Bibliothek, da konnte ich es plötzlich spüren, die Sekunde, in der es passiert ist. Als würde mir die Sehne reißen. Es hat wehgetan, Hazel. Es war das erste Mal, dass ich diese Gabe deutlich gespürt habe, und ich habe mir gewünscht, ich hätte sie nicht.«

Als Jenny gegangen war, fühlte sich Hazels Zimmer leer an, verändert. Ein einzelnes glänzendes Haar hatte sie zurückgelassen, auf der Decke. Hazel hielt es an der Spitze in die Luft, beobachtete seine elegante Windung. Sie hielt es sich an die Lippen. Schob es in ihrem Mund herum. Das Haar hatte keinen Geschmack, doch sie spürte es genau, fest, eine Spinne auf ihrer Zungenspitze.

◾

Die Vorstellung hatte begonnen wie jede andere. *Schwanensee.* Die Bühnenscheinwerfer waren heiß, Hazels Schuhe weich auf dem Tanzboden. Sie waren fast durch, bald würde sie die Seidenbänder an das neue Paar nähen. In ihren Zehen spürte sie nichts, vielleicht hätte sie es wissen müssen. Fast bis zum Finale hatte sie es geschafft, ihr letzter Solotanz, und sie fühlte sich grenzenlos, kraftstrotzend. Bei den ersten Fouettés wirbelte das Publikum mit, richtete sich wieder aus, achtmal, dann erneut, ihr Kopf flog herum, um mit ihrem Körper mitzuhalten.

Sie war ganz in ihre Choreographie versunken, als es passierte. Wenn sie jetzt daran zurückdachte, war sie froh um diese letzten paar Momente, in denen sie ganz bei sich gewesen war. Um das Gefühl ihrer Füße, als sie sie zum Sprung trugen, das Pas de Bourrée, die beiden großen Schritte zum Grand jeté. Im endlosen Moment vor der Landung, bevor sich ihr Knie seitlich verdrehte und etwas zerbarst, dachte Hazel: *Liebe ist Bewunderung. Liebe ist ein Seufzen, Liebe ist ein Strecken, das hier ist Liebe. Ein kurzer Augenblick der Ewigkeit, flackernd im goldenen Scheinwerferlicht.* Sie hatte gelernt, nur dieses eine zu wollen.

◾

Als Hazel vom Hundegebell geweckt wurde, wusste sie nicht, wie lange sie geschlafen hatte.

Sie trug noch ihr Weihnachtskleid, es ballte sich in Falten um ihre Hüfte, ihre Beine waren unbequem auf der Decke gespreizt. Im Zimmer war es dunkel, stickig, in der Stille war nur Gerties beharrliches Bellen zu hören, irgendwo an der Hintertür – allerdings war das nichts Neues, irgendwann würde Gertie schon müde werden. Doch der Hund kriegte sich nicht ein, sondern wurde immer wilder. Hazel hievte sich vom Bett und hüpfte auf einem Bein ans Fenster.

Eine plötzliche Bewegung ließ sie erstarren. Nur ein Aufflackern, da draußen. Hazel rieb sich den Schlaf aus den Augen, blinzelte ein paarmal, um sich zu vergewissern, dass sie nicht träumte.

Es war Ansel, im Mondlicht deutlich zu erkennen. Da stand er, unter dem Ahornbaum im Garten ihrer Eltern, die Flanell-Schlafanzughose in seine Winterstiefel gestopft. Er hatte sich offenbar eine Schaufel aus der Garage geholt und hub damit Schnee und nasse Erde aus. Bei jeder Bewegung schoben sich die Ärmel seiner Jacke hoch und entblößten seine Handgelenke. Zack und weg. Hazel beobachtete verwirrt, wie Ansel ein Loch grub. Es war vielleicht dreißig Zentimeter tief, er grub, bis seine Unterarme darin verschwanden. Als er sich die Erde von den Händen klatschte, war Gertie bereits verstummt, und Hazel, wieder im Bett, hörte erst die Terrassentür ins Schloss gleiten, dann, wenig später, Ansels schleppende Schritte auf der Treppe.

Ihre Uhr zeigte 4:16 – Jenny schlief sicher noch und hatte nichts mitbekommen. Aber Hazel war jetzt hellwach. Ihr Hirn ratterte, kam nicht klar mit dem befremdlichen Vorfall, den sie gerade gesehen hatte. Es wurde fünf Uhr, dann sechs. Um halb sieben hatte sich der Himmel vor ihrem Fenster in feinstes Blau geworfen, und vom Flur her drangen neue Geräusche in ihr Zimmer. So leise, dass Hazel angestrengt lauschen musste.

Flüstern. Rascheln.

Dieses Mal griff Hazel im trüben Licht nach ihren Krücken. Lautlos öffnete sie ihre Zimmertür, schlich sich über den weichen Teppich, ihr Herz im Alarmzustand. Noch bevor sie das Gästezimmer erreichte, war ihr klar, was sie sehen würde.

Sie waren nackt auf dem Bett, die Tür stand einen Spaltbreit offen. Bloßgelegt im hellenden Licht, die Augen geschlossen, Jenny hatte sich mit dem Rücken an Ansel gedrängt, Ansels riesige Hand umschloss ihre Brust, während er in sie hineinstieß, sein Schaft feuchtglänzend. Er hatte sich die Hände gewaschen, sie waren blütenweiß, von der Erde keine Spur mehr. Hazel fragte sich, ob sie die ganze Szene geträumt hatte. Jennys Beine waren gespreizt, ihr Kopf zurückgeworfen, ihr Hals wirkte so zart im dämmernden Winterlicht, ungeschützt. Im zögerlichen Lichtschein gehörte Jennys Körper nicht zwingend ihr allein. Sie hätte auch Hazel sein können, schweißgebadet, so entspannt, keuchend. Hazel, ganz eingetaucht in die Bewegung, die Menschen weiser macht, sie trennt, sie wirklich werden lässt.

Ansel schlug die Augen auf.

Hazel blieb keine Zeit, um aus dem Spalt zu treten und sich zu verstecken. In diesem flauen Bruchteil einer Sekunde, bevor der Schock sie traf und sie auf ihren Krücken rückwärts stolperte, bohrte sich Ansels Blick tief in sie hinein. Da war etwas Neues an ihm, etwas Wildes, entblößt wie die feuchte, wimmelnde Erde unter einem Stein. Was sie im Garten gesehen hatte, war ein Geheimnis, das niemand hätte entdecken dürfen. Und jetzt beobachtete Hazel, wie Ansel zurückkehrte, seine Verwandlung von einzeln zu doppelt, sein erneutes Eindringen in Jenny. Erschreckend, sein brutales körperliches Begehren. Unverhohlen, die Botschaft an sie.

Dem Universum war es egal, wie man liebte. Man konnte lieben wie hier, dringend und schlüpfrig. Man konnte lieben wie eine Freundin, wie eine Schwester, sogar wie ein Zwilling, es spielte keine Rolle.

Zwei miteinander verbundene Elemente mussten immer getrennt werden.

# 7 STUNDEN

Soße zum Mittagessen. Der Matsch gleitet in deine Zelle, eine gallert-artige Masse auf einer armseligen Portion Truthahn mit ein paar grünen Bohnen in einer Wasserpfütze. Heute kein Kaffee – ein kollektives Stöh-nen hallt über den Gang. In Trakt A sind die Zellen so angeordnet, dass die Insassen einander nicht sehen können, aber du kennst die individu-ellen Laute jedes Einzelnen. Heute haben sie Hunger. Während du dir den formlosen Batzen in den Mund schaufelst, stellst du dir vor, es wäre ein Cheeseburger, in den du gerade beißt, das rosige Fleisch noch blutig.

*Freude ist die Cousine der Liebe*, hast du irgendwo mal gelesen. Wenn es für dich schon keine Liebe gibt, dann doch wenigstens ihre schwächere Verwandte, die du jetzt durch verführerische Erinnerun-gen wachkitzelst, der Genuss von Fleisch, so perfekt gebraten, dass es dir auf der Zunge zergeht. Du hast gelernt, beim Hinunterschlucken die Augen zu schließen und zu genießen.

◾

Du erkennst Shawna an ihren Schritten.

Shawna schlurft beim Gehen, ganz anders als die Männer mit ihrem Gestampfe. Ein fußlahmes Schleifen, permanente Unsicherheit. Das Babygeschrei ist vorüber, und du sitzt auf der Kante deiner Koje,

atmest ein und wieder aus. *Das Baby ist tot. Das Baby ist tot.* Du erinnerst dich an die Sozialarbeiterin, die sich mit dir hingesetzt hat,
ihre Fingerknöchel waren geschwollen und knotig gewesen: *Dein Bruder ist jetzt an einem besseren Ort,* hatte sie gesagt, zu überfordert oder
traurig, um dir in die Augen zu sehen.

Shawna geht vorbei, hat offenbar zu tun, aber sie wirft einen raschen besorgten Blick durch dein Fenster. Die anderen Insassen belästigen sie ständig, masturbieren vor den Zellenscheiben, wenn sie
vorübergeht – *sie abschießen,* nennen sie es. Aber Shawna erlebt dich
als anders. Da ist Furcht in ihrem Blick. Erregung. Bevor du noch ihre
Stimme hörtest, war da das zögerliche Kratzen ihrer Stiefel auf dem
Betonboden, und da wusstest du es bereits: Shawna ist eine Frau, die
sich komplett auf das Urteil der anderen verlässt. Die manipulier-
barste Variante. Sie kauft bei Costco ein und kaut an den Fingernägeln. Nie hat sie gelernt, wie man sich ordentlich schminkt, deshalb
hat sie blaue Schlieren unter den Augen. Shawna ist eine Frau, die es
mag, wenn man ihr genau sagt, wer sie ist.

Du hast mit ihr geflüstert, Pläne mit ihr geschmiedet, ihr heimlich
Nachrichten zugesteckt. Die beiden Insassen in den Zellen rechts und
links von dir haben vermutlich alles mitgehört – aber Jackson und
Dorito wissen, dass sie sich besser nicht mit dir anlegen. Du bist ein
guter Schachspieler, deshalb hast du in Gebäude 12 die kostbarste
Warensammlung aus dem Gefängnisladen angehäuft, die einzige
Währung, die in dieser Anstalt Macht erkauft. Wenn du eine Partie
gewinnst – manchmal gelingt es dir sogar zweimal am Tag, *schachmatt*
über die Gänge zu rufen –, lassen dir die Wettenden deinen Preis ein-
fliegen, an Lakenzipfeln festgebunden. Hin und wieder schiebst du
Jackson und Dorito etwas davon zu, Bagelchips mit extra Knoblauch
oder Nussriegel. Sie halten den Mund.

Jetzt, da Shawna weiterschlurft, schwillt dir stolz die Brust. Diese
Augen, fiebrig glänzend. Shawna ist über sich selbst erschrocken. Dir
bleibt eine Dreiviertelstunde bis zum Transfer in die Walls Unit.

Shawna nähert sich einem Gipfel, von dem sie nicht wusste, dass sie ihn erklimmen könnte.

Du kennst Shawna in- und auswendig. Nach Feierabend kehrt sie zurück in ihr Doppelmobilheim, wo die gefalteten Hemden ihres Mannes noch in den ausgeleierten Schubladen liegen, wo seine Mäntel unberührt über der Flurmatte aus Vinyl hängen. Er ist vor knapp einem Jahr gestorben: Arbeitsunfall mit dem Gabelstapler. Zum Abendessen brät sie Hamburger aus der Fertigpackung und trinkt ein Bud Light vor dem Fernseher.

Es ist klein, aber gemütlich, hat sie beim Pläneschmieden gesagt.

Was machen wir, wenn ich draußen bin, hast du gefragt. Erzähl mir alles ganz genau.

Tja, hat Shawna gesagt, wir kochen uns ein feines Abendessen. Steak, auf der Veranda gegrillt. Wir machen eine Flasche Wein auf.

Es ist echt irre, dass Shawna tatsächlich glaubt, du würdest bei ihr wohnen, nur zwanzig Meilen von der Polunsky Unit entfernt. Dass sie nicht an die Hunde und Helikopter gedacht hat oder an die Verhöre, denen man sie unweigerlich unterziehen wird. Möglich, dass Shawna diese Dinge einfach verdrängt und beschlossen hat, in ihrer Phantasiewelt zu leben, doch das ist sowieso egal. Du brauchst sie. Du brauchst sie für den Plan, danach wirst du sie benutzen, um die *Theorie* in die Welt hinauszusenden. Sie hat dir versprochen, der Presse deine Aufzeichnungen zuzuspielen und sie bei Verlagen einzureichen. Alles andere ist egal, solange sie das durchzieht.

Alle erzählen mir, ich wäre zu nett, hatte Shawna in jener Nacht geflüstert und sich mit der zitternden Hand über den Mund gestrichen.

So verletzlich hat sie ausgesehen. Als würde sie zerbrechen, wenn du sie zu sehr verbiegst.

Meine Liebste, hast du geflüstert. Meine Liebste. Was sollte daran schlecht sein?

■

Es wird um die Mittagszeit passieren, im Transporter, der dich zur Walls Unit überführen wird.

Shawna hat sich schon vor Wochen ins Büro des Anstaltsleiters geschlichen. Sie hat die Akte mit den Transferunterlagen gefunden. Sie kennt alle Einzelheiten: die Nummer des Transporters, die Route. In ihrer Nachricht von heute Morgen hat sie alles gesagt.

*Ich hab's getan.*

Heute Morgen hat Shawna sich mit ihrem Ausweis Zugang zum Angestelltenparkplatz verschafft. Sie hat die Transportertür aufgestemmt und die alte Pistole ihres Mannes unter dem Fahrersitz versteckt.

Shawna hat den Highway in der Nähe ihres Hauses beschrieben, die dicht bewaldete Umgebung. Du wirst dir die Waffe mit den Füßen angeln, dann wirst du sie mit deinen gefesselten Händen auf den Fahrer richten und deine Forderungen vortragen. Shawna hat auf der Rückseite eines Besucherformulars eine grobe Karte skizziert, und du wirst durch die Bäume hindurch im Zickzack fliehen. Wenn du den von ihr beschriebenen Bach erreicht hast, wirst du dich ausziehen. Noch ein paar Meter weiter, dann bist du an ihrem Wohnwagen, wo auf der Anrichte eine Schachtel Haarfarbe und farbige Kontaktlinsen auf dich warten, dazu ein Arbeitsoverall, der einst ihrem Mann gehört hatte.

Es besteht die Möglichkeit – sogar die Wahrscheinlichkeit –, dass alles fürchterlich schiefgeht. Das Transferteam wird bis an die Zähne bewaffnet sein. Du kriegst 'ne Kugel ins Hirn. Ein abgerichteter Rottweiler reißt dich in Stücke, oder beim Überqueren des Highways zermalmt dich ein Laster. Aber alle Möglichkeiten sind besser als dieser Raum. Die Pritsche.

◾

Packer.

Der Anstaltsleiter hat eine raue Stimme.

Er schmatzt mit seinem Kaugummi, seine Kiefermuskeln mahlen. Die fettigen Poren auf seiner vorstehenden Nase fallen dir als Erstes auf, dann sein Crew Cut, gleichmäßig kurz rasiert. Manchmal trägt er seinen Ehering, aber heute nicht.

Ich will nur sicher sein, dass du bereit bist, sagt der Anstaltsleiter. Du weißt, was als Nächstes passiert? Der Seelsorger ist alles mit dir durchgegangen?

Du nickst. Ein verstohlener Blick auf deine Uhr: fünfunddreißig Minuten bis zum Transfer. In fünfunddreißig Minuten wird man dir Handschellen anlegen und dich in den wartenden Transporter bugsieren, von dem der Anstaltsleiter glaubt, dass er dich zur Walls Unit bringen wird. In dem berüchtigten Gebäude gibt es eine besondere Zelle. Einen Stuhl für den Seelsorger. Ein Telefon für den Abschiedsanruf.

Dir wird heiß bei dem Gedanken: Nichts davon wirst du sehen. Du stellst dir das Gesicht des Anstaltsleiters vor, wenn er in ein paar Stunden blamiert vor die Kameras treten muss. Seine Wangen werden rot sein, die Sehnen an seinem Hals hervortreten.

Herr Direktor, sagst du. Könnten Sie mir einen Gefallen tun?

Der Mann verschränkt die massigen Arme.

Meine Zeugin, sagst du. Könnten Sie ihr ausrichten, dass es mir leidtut?

Man munkelt, der Anstaltsleiter könne grausam sein. Du hast mitbekommen, wie er andere Männer zur Schnecke gemacht hat, den Taser aus der Tasche gezogen und sie an die Wand gestellt. Ihre Schreie gehört. Aber du bist schlau. Du weißt nicht nur mit Frauen umzugehen, sondern auch mit bestimmten Männertypen. Männer wie den Anstaltsleiter verstehst du gut, wie er sich breitbeinig aufstellt, um Macht zu suggerieren. Du achtest darauf, auf dem Rand deiner Koje sitzen zu bleiben und den Kopf respektvoll vorzuneigen. Nie hast du dich bis zur Größe des Anstaltsleiters aufgerichtet, sondern stets dafür gesorgt, dass er dich überragt. Deshalb könnt ihr miteinander scherzen. Du hast dem Anstaltsleiter sogar von deiner *Theorie* erzählt. Du bist sein Lieblingshäftling in der Polunsky Unit. Ansel P. brüllt er, als wärt ihr Kumpel, die auf dem Sofa Football schauen. Er streckt die Hand durch die Gitter des Freizeitkäfigs und begrüßt dich mit der Ghettofaust.

Der Anstaltsleiter schiebt sich das Kaugummi unter die Zunge und lässt es knallen. Du riechst Speichel und Zimt.

Sieh zu, dass dein Zeug an der Tür parat steht, sagt der Anstaltsleiter.

Du gehst davon aus, dass seine Antwort »Ja« lautet.

■

Der Anstaltsleiter hat dich nur einmal hochgehen lassen – ein einziges Mal in all den sieben Jahren in der Polunsky Unit. Er hat keinen Taser benutzt oder seine massigen Arme. Du bist anders. Wenn du daran zurückdenkst, ist da gespreizter Stolz, aber auch Scham. Bei dir muss man eine besondere Taktik anwenden.

Du hattest über deine *Theorie* gesprochen.

Erklär's mir, sagte der Anstaltsleiter, während er gelangweilt an der Wand lehnte. Texas, mitten im siedend heißen Sommer, siebenunddreißig Grad auf den Gängen, im dichten Gestank von Schweiß und Käsefüßen konnte man kaum atmen.

Nun, sagtest du. Es ist eine Theorie über Gut und Böse.

Geschrieben?, fragte er. Wie ein Buch?

Natürlich, sagtest du. Ich arbeite jeden Abend daran.

Okay, sagte der Anstaltsleiter. Wie lautet deine Hypothese?

Du hast einen deiner Notizblöcke unterm Bett hervorgezogen und ihn unter der Tür durchgeschoben.

Hypothese 51 A, las der Anstaltsleiter laut. *Über die Unendlichkeit*?

Ja, sagtest du. *Über die Unendlichkeit* beschäftigt sich mit Konzept der freien Wahl. Wir haben unzählige potenzielle Leben, tausende alternative Universen, die wie Ströme unter unserer gegenwärtigen Realität fließen. Wird die Moral über unsere Entscheidungen definiert, dann müssen wir uns auch mit diesen alternativen Universen beschäftigen, in denen wir andere Entscheidungen getroffen haben.

Wo bist du in diesen Universen?, fragte der Anstaltsleiter.

Wo ich bin?

In diesen anderen Leben. Wo bist du, wenn nicht hier?

Keine Ahnung, sagtest du. Die Möglichkeiten sind unendlich. Mein alternatives Ich lebt in einer anderen Dimension, die sich außerhalb unseres Sichtfelds multipliziert. Ich könnte Schriftsteller sein oder Philosoph oder Baseballspieler. Alles ist möglich. Damit ist bewiesen, dass meine Persönlichkeit, also der Mensch, der ich bin – gut oder schlecht –, fließend ist. Moral ist nichts Fixes, sie ist fließend, ändert sich permanent.

Der Anstaltsleiter schien darüber nachzudenken.

Und wo wären sie dann in diesem Moment?, fragte er schließlich.

Wer?

Diese *Mädchen*, Ansel. In einer alternativen Welt, einer Welt, in der du sie nicht umgebracht hättest, was würden sie dann genau in diesem Augenblick tun?

Die Frage erwischte dich wie ein Schlag. Ein Angriff aus dem Hinterhalt. Es versetzte dir einen Stich, diese plötzliche Wandlung des Anstaltsleiters. Du starrtest die Adern in deinen Händen an, bis der Mann amüsiert schnaubte; er klopfte gegen die Stahltür, als wollte er dich daran erinnern, dass du in der Falle sitzt.

Oha, du bist auch so ein *Manifest*-Schreiber, hm?

Es ist kein Manifest, sagtest du.

Die sind doch alle gleich, sagte der Anstaltsleiter. Sehen alle so aus wie das hier. Wie eine Rechtfertigung. Es gibt keine Rechtfertigung für das, was du getan hast, Ansel P., aber du hast weiß Gott genug Zeit, um weiter zu suchen.

Mit diesen Worten schlenderte der Anstaltsleiter davon, ließ dich allein zurück mit deinem Feueratem. Wie gefährlich, dachtest du. Wie

·zwecklos. Wie sinnlos, auch nur ein Fitzelchen von sich selbst zu enthüllen – wenn sie behaupten, dass man ein Monster ist.

.

Jetzt ist der Anstaltsleiter gegangen. Du wartest. Neun Minuten bis
zum Transfer. Manchmal bist du sicher, dass du nichts anderes bist als
der flüchtige Moment zwischen Tun und Nichttun. Handeln oder
Harren? Wo liegt der Unterschied? Wo ist die Wahl? Wo verläuft die
Grenze zwischen Regung und Regungslosigkeit?

.

Das zweite *Mädchen* war Kellnerin in einem Diner.

Der Teenagersommer ging weiter: 1990, Bon Jovi und Vanilleeis.
Wochenlang hatten sie gesucht, aber irgendwann gaben sie auf. Die
Plakate verblassten, die Nachrichten wandten sich anderen Themen
zu, und du dachtest nur noch selten, in surrealen Momenten, an das,
was du getan hattest. Einen Menschen umgebracht. Ein *Mädchen*. Von
der Tat selbst sind dir nur Fragmente im Kopf geblieben: dein Gürtel
aufgeschnallt, gewunden, Blasen an der Handfläche vom Kraftakt des
Würgens. Die Tatsache existierte getrennt von dir, hatte zwar irgendwie mit dir zu tun, aber nicht zwingend. Mitten in der Nacht haben
dich die normalen Geräusche des Trailerparks geweckt, und du hast
Schritte gehört. Sirenen. Kettenrasseln. Du hast dich unter deiner billigen, kratzigen Decke versteckt, sicher, dass es soweit war, sie dich
abholen würden.

Doch das taten sie nicht. Der Juni ging vorüber, dann kam der Juli,
und sie hatten sie immer noch nicht gefunden.

Spät am Abend fuhrst du zum Diner. Es stand in einem dunklen
Winkel etwas vom Highway entfernt und schloss gegen Mitternacht
seine Pforten. Dir gefiel es, diese verschlafenen Stunden bei einem

Kaffee in einer der hinteren Nischen zu sitzen, statt im deprimierenden Wohnwagen zu hocken. Deine Lieblingskellnerin hatte einen wippenden blonden Pferdeschwanz und Sommersprossen auf den Wangen – beim Kaffee auffüllen plauderte sie mit dir. Sie war jung, vielleicht sechzehn, und errötete schnell. *Angela* stand auf dem Schild an ihrer Schürze. Du sagtest ihren Namen unter der Dusche, unterwegs, im Kühlraum, wenn du Vanilleeisschachteln stapeltest.

In Wahrheit war das Geschrei wieder losgegangen.

Nach dem ersten *Mädchen* warst du ein paar Tage lang überzeugt, du hättest es für immer gebannt. Alles war leichter gewesen. Schöner. Du fragtest dich, ob das dieses Gefühl sein mochte, von dem alle sprachen, dieses »Glücklich sein«. Du hattest noch deinen Sommerjob bei Dairy Queen, drücktest strahlenden Kindern Eiswaffeln in die Hand, machtest deiner Kollegin wegen ihrer neuen Frisur Komplimente. Sie schaute dich schief von der Seite an und murmelte verwirrt »Danke«. Ihre Worte troffen vor Misstrauen, ihre verhuschte Angst machte dich wütend – langsam tröpfelte es dir wieder ins Hirn, das Babygeschrei. Wie ein Leck im Dach.

In jener Nacht war es schwül. Mitten im Juli. Du erinnerst dich an den Schweiß, dein T-Shirt war vollkommen durchtränkt. Im erleuchteten Diner-Fenster stapelte Angela Stühle, wischte den Boden, schaltete das Licht aus. Schließlich kam sie aus dem Restaurant, ihre Tasche unter den Arm geklemmt – sie fummelte mit den Schlüsseln herum, sperrte ab und spähte über den Parkplatz zu ihrem Auto. Zuerst hat sie dich gar nicht gesehen, wie du stocksteif mitten auf dem leeren Platz standest. Ein Zusammenzucken beim Geräusch deines Atmens. Sofort hatte sie die Gefahr erkannt. Angela hatte einen gellenden Schrei ausgestoßen, aber du hast ihr die Hand auf den Mund gepresst.

Danach war es anders.

Die Erleichterung nur gedämpft. Verwässert. Ein schwächliches, schlaffes High. Dieses *Mädchen* löste nicht dieselben Gefühle aus wie das erste. Als du sie leblos zu deinem Auto trugst und mit der Schubkarre hinter deinem Wohnwagen durch den dichten Wald bugsiertest, als sie zu der anderen in die Erde glitt, mitten im verwilderten Brachland im Herzen des Waldstücks, war es schon vorbei. Die Erleichterung verschwunden. Als wäre sie nie dagewesen. Du warst völlig verdreckt, und die Sonne drohte zwischen den Wipfeln mit ihrem Licht. Dir brannten die Hände, du hattest Blasen vom Gürtelleder, das dir in die Haut geschnitten hatte, das Perlenarmband des *Mädchens* war um deine Finger gewickelt.

Eine Erinnerung stieg in dir auf, du hattest sie immer verdrängt. Deine Mutter, die dir eine Kette um den Hals legte – *das wird dich immer beschützen*. Du hast dir die schmutzigen Hände vors Gesicht geschlagen. Du hast geweint.

■

Jede Sekunde sind sie hier. Shawna. Das Transferteam.

Du richtest dich auf, um Blues Brief vom Regal zu ziehen. Der Brief ist nur eine Seite lang, du faltest ihn so klein wie möglich zusammen, schiebst ihn dir in den Gummibund deiner Hose. Diese eine Seite kommt mit, die Kante wird dir in den Oberschenkel stechen, wenn du durch die Wildnis rennst.

Aber das Foto. Was sollst du damit anstellen?

Es fühlt sich elend an – wenn du dir Blue House ganz dicht vors Gesicht hältst, verschwimmt es. So nah, dass du fast die Salz- und Pfefferstreuer erkennst, die verkrusteten Ketchupflaschen. Fast das Summen des Getränkeautomaten hörst, Blues kehliges Kichern aus der Küche. Aber wenn du einatmest, riechst du nur das Fotopapier.

Du streckst die Zunge aus, das Foto schmeckt bitter. Metallisch. Tinte, Chemikalien.

Du reißt eine Ecke ab, doch es schmerzt dich, das Bild zu zerstören: ein Stückchen Rasen, Blues parkendes Auto. Wie einen Kartoffelchip schiebst du es dir in den Mund. Die Tinte verursacht ein taubes Gefühl in der Kehle, ein süßliches, giftiges Brennen, und da weißt du plötzlich, was zu tun ist. Du reißt das Foto in Streifen, die deine Backenzähne zermahlen können. Dir wird fast schlecht vom Geschmack der Tinte, aber du kaust weiter, bis das Foto scharf deinen Schlund hinuntergleitet, bis Blue House für immer ein Teil von dir ist.

■

Du glaubst ans Multiversum. Seine unendlichen Möglichkeiten. Da draußen existiert eine Version von dir, ein verlassenes Kind. Ein Junge, der von der Schule heimkommt zu einer Mutter, die ihm Geschichten vorliest und ihm vor dem Schlafengehen auf die Stirn küsst. Da gibt es eine Version von Ansel Packer, der nie diesen toten Fuchs in Saffy Singhs Bett legte, der lernte, Baby Packers Geschrei auf andere Weise zu bannen. Da gibt es eine Version von Ansel Packer, der nur das verlor, was alle anderen auch verlieren. Dir gefällt die Vorstellung, dass auch dieser Ansel Packer Blue House gefunden hätte.

Aber es gibt eine Version von dir, die dich verwirrt, mit der du nicht klarkommst: ein Ansel Packer, der alles genauso gemacht hat, aber einfach nie erwischt wurde.

# SAFFY
## 1999

Am Tag, als sie die vermissten Mädchen fanden, dachte Saffy an den langen, abschüssigen Garten hinter Miss Gemmas Haus. Das hohe Gras, die aufragenden Rohrkolben – wie sie dort herumgestromert war auf der Suche nach Geheimnissen, die sie enthüllen könnte.

Saffy hatte mehr Todesopfer gesehen, als sie zählen konnte, doch jedes Mal bekam sie wieder dieses flaue Gefühl in der Magengrube. Sie hatte gehofft, mit zunehmendem Alter würde es besser werden: Saffy war jetzt siebenundzwanzig, seit drei Wochen befördert zum Detective bei der New York State Police, und trotzdem erwischte sie jeder Tod wie ein Stromschlag. Sergeant Moretti war neben ihr in die Hocke gegangen, in ihrer Hand ruhte ein gelblicher Schädel. Als Saffy über den Leichen stand, erinnerte sie sich an ein Gefühl aus ihrer Kindheit, das sie überkommen hatte, wenn sie als kleines Mädchen im Gras Detektivin gespielt hatte. Damals hatte sie noch geglaubt, dass jedes Rätsel mühelos gelöst werden könnte.

Moretti spähte zu ihr auf. »Singh. Informier die Spurensicherung. Sag ihnen, es sind drei.«

Der Schädel war halb vergraben, eine leere Augenhöhle starrte vor Dreck. Die unbarmherzige Oktobersonne funkelte golden zwischen den Bäumen hindurch – flammend rotes Laub warf Schatten auf die Stelle im Waldboden, wo sie bereits drei Oberschenkelknochen gefunden hatten. Saffy betrachtete die langen, dünnen Haarsträhnen des Opfers, nur ein paar Büschel hingen noch am Schädel. Als sie ihr Funkgerät aus dem Gürtel zog, ahnte sie die Wahrheit bereits, sie saß ihr in der Kehle; vor dem Fund der drei Oberschenkelknochen war ein Wanderer auf die zerschlissenen Überreste eines Rucksacks gestoßen, den Saffy sofort erkannt hatte: rotes Nylon, auf einer der Taschen ein aufgenähter Flicken von einer alten Jeans. Auf dem Foto über Saffys Schreibtisch war eine Jugendliche zu sehen, sie blickte über ihre Schulter, an der ein Rucksack baumelte, eine kurze Momentaufnahme von ihr, bevor sie ahnungslos weiterzog.

Die Leichen waren neben einem Bach verscharrt worden. In den Jahren hatte es Erdrutsche gegeben, ausgelöst von Regen und dem steigenden Wasserpegel, und so hatten sich die Knochen quer über dem Waldboden verteilt und dort eine neue Ruhestätte gefunden. Während sich der Kriminalfotograf über den verfärbten Schädel beugte, einsam auf seinem Fleckchen Erde, wandte sich Moretti an Saffy, die Hand schützend über die Stirn gelegt.

»Sag mir noch mal, was wir hier haben«, sagte sie. »Häuser? Farmen?«

Saffy legte den Kopf in den Nacken und betrachtete die Baumwipfel, um den Verwesungsgeruch abzuschütteln. Moretti kam nicht von hier, sondern aus Atlanta. Sie würde dieses Land nie so verstehen, wie Saffy es tat, kannte nicht die Eigenheiten des nächtlichen Waldes.

»Überwiegend Farmland«, sagte Saffy. »Ungefähr eine Meile von hier ist ein kleiner Supermarkt und dahinter ein Trailerpark mit einem Dutzend Mobilheimen. Der Rest ist Wildnis, aber geschützt.«

»Diese Wälder sind zu dicht für ein Auto, selbst für ein Motor- oder Fahrrad.«

»Vielleicht hat er einen Karren benutzt oder so was«, sagte Saffy. »Oder er ist extrem kräftig.«

»Drei einzelne Anlieferungen, oder was meinst du? Er hat sie wohl kaum alle gleichzeitig hier abgeladen. Das, oder wir haben hier den Tatort gefunden.«

Saffy schüttelte den Kopf. »Es ist zu zugewachsen da hinten. Das Brombeergestrüpp ist sehr dicht. Das fühlt sich wie eine Abladestelle an, nicht wie ein Ort, an dem man sich länger aufhält.«

Moretti seufzte. »In der Rechtsmedizin werden wir Gewissheit bekommen, aber das sind sie. Der Verwesungsgrad, dieser verdammte Rucksack. Das sind die seit 1990 vermissten Mädchen.«

Saffy sah zu, wie die Kriminaltechniker die Erde absuchten. Wenn diese Knochen zu den Mädchen von 1990 gehörten, hatten sie schon neun Jahre hier gelegen, und damit war die Chance vertan, Fußspuren, Fasern, Fingerabdrücke oder Haare zu finden, denn die wären bereits zersetzt.

Moretti seufzte erneut. »Ehrlich gesagt hätte ich nicht gedacht, dass wir sie je finden.«

Im ihrem Blick lag etwas Flehendes – eine brutale Hoffnung, die Saffy mittlerweile als die ehrlichste Reaktion auf die Abgründe dieser Arbeit erkannte. Eine perfekte Reflektion dieser scheißkaputten Welt, Gewalt und Tragik vermischt mit einem verzweifelten Glauben.

»Ich kümmere mich um den Zeugen«, sagte Saffy und überließ Moretti ihren Gedanken.

Der Wanderer saß in eine Rettungsdecke gewickelt auf einem bemoosten Baumstumpf. Als Saffy auf ihn zuging, verzog er das Gesicht. Er war schon älter und hatte sich die schlammverschmierte Wade aufgerissen. Er war beim raschen Abstieg gestürzt, weil er so schnell wie möglich die Polizei rufen wollte.

»Ich habe schon alle Fragen beantwortet«, sagte er erschöpft, als Saffy ihm mit knappem Lächeln, ihrem streng nach hinten gezurrtem Pferdeschwanz und dem adretten dunkelblauen Blazer gegenübertrat.

»Tut mir leid«, sagte sie, »aber wir brauchen eine offizielle Aussage.«

Sie setzte sich vorsichtig auf den Stumpf und nahm den Mann genauer in Augenschein, die Spuren in seinem schmutzigen Gesicht, wo ihm die Tränen in den zottigen Bart gelaufen waren. *Nimm seine Aussage auf und bring ihn nach Hause*, hatte Moretti gemurmelt, nachdem der Mann seine Geschichte hervorgestoßen hatte. *Er hat einfach Pech gehabt.* Saffys Instinkte meldeten ihr dasselbe. Grundprinzip der Ermittlungsarbeit war ein klarer Blick für menschliche Regungen, und darin hatte Saffy sich ein Leben lang geübt.

»Haben Sie irgendwas angefasst?«, fragte Saffy. »Vielleicht, als Sie zuerst auf die Knochen gestoßen sind?«

»Nein. Zuerst habe ich den Rucksack entdeckt, und als ich ihn aufheben wollte – es macht mich sauer, wenn die Leute ihren Müll in die Natur werfen –, habe ich den Schädel gesehen. Da bin ich gleich wieder runtergerannt zum Telefon.«

Die Aussage des Wanderers war kurz und unkompliziert, wenig hilfreich, aber notwendig. *Es geht darum, einen Fall aufzubauen. Nichts zählt, bis es vor Gericht zählt*, sagte Moretti gern.

»Sie sehen verdammt jung aus für diesen Job«, bemerkte der Mann, nachdem er seine Aussage unterschrieben hatte und Wasser aus einem Pappbecher trank, den man ihm im Forensik-Zelt in die Hand gedrückt hatte.

Damit hatte er recht. Saffy wusste, dass ihr eine gewisse kindliche Naivität im Gesicht stand, dazu waren manche von ihrer dunklen Haut überrascht, ein permanentes Fragezeichen im Blick der Fremden, auf die sie bei ihrer Arbeit traf. Bei ihrer Beförderung war ihr jugendliches Aussehen keine Hilfe gewesen, im Rekordalter von nur sechsundzwanzig Jahren würde sie unter Emilia Moretti arbeiten, die einzige Frau, die im Staate New York den Rang eines Senior Investigator innehielt. Ihre Kollegen waren stinksauer. Natürlich hatte Saffy nur die obligatorischen vier Jahre als State Trooper durchlaufen, und Moretti war so beeindruckt von ihrer Leistung gewesen, dass sie ihr eine glänzende Empfehlung direkt an den Superintendent geschickt hatte, aber es hatte Saffy trotzdem verletzt, als irgendein pickeliger Typ, mit dem sie die Grundausbildung in Albany durchlaufen hatte, sie deswegen auf dem Parkplatz als *Bitch* beschimpft und sogar auf ihren Stiefel gespuckt hatte. *Manche müssen arbeiten, wenn sie befördert werden wollen.*

Saffy hätte ihn fast an den Fall Hunter erinnert, unnötigerweise, denn den hatte niemand vergessen. Als der kleine Hunter vermisst wurde, hatte Saffy dauerhaft Nachtschichten eingelegt, war bis weit nach Mitternacht im Büro geblieben, in ihrer steifen Wolluniform. *Winztitte,* hatten sie die Trooper verhöhnt, laut wie besoffene Halbwüchsige. *Spricht die überhaupt Englisch?* Sie hatten Saffys Schließfach aufgebrochen und ihr mehrere Tage alten Imbissfraß aus dem einzigen indischen Restaurant in der Stadt reingestellt. Doch dann hatte sie Moretti überredet, mit ihr zur baufälligen Hütte des Karatelehrers zu fahren, zu der er den Jungen einmal im Monat zum Angeln mitnahm. Und richtig gelegen. Das Kind war traumatisiert gewesen, aber es hatte noch gelebt. Saffy hatte aus dem Fenster ihres Büros zugesehen, wie der Junge in die Arme seiner weinenden Mutter gesunken war. Danach hatten ihre Kollegen mit dem Mobbing aufgehört.

»Kommen Sie mit«, sagte Saffy, ohne auf die Bemerkung des Mannes einzugehen. Sie stand auf und klopfte sich einen Batzen Moos von der Hose. »Ich bringe Sie nach Hause.«

Sie half dem Wanderer auf den Rücksitz ihres Crown Victoria, in dem sie bis dahin überwiegend betrunkene Tagelöhner von der Bar zur Polizeiwache gefahren hatte. Als sie vom Wanderweg wegfuhren, bog Saffy auf eine Anliegerstraße ab, die sie auswendig kannte, und der Berg ragte grün in ihrem Rückspiegel auf. Die Erinnerungen fuhren mit, aufgewirbelt wie der Staub unter ihren Reifen. Sie kannte auch die dunklen Seiten dieses Landes, den ranzigen Gestank seines Verfalls, die blassen Geister, die durch die Nacht wallten. Sie wusste genau, wozu dieser Ort fähig war.

■

Die Mädchen waren vor neun Jahren verschwunden. 1990.

Saffy erinnerte sich nur noch vage an jenen Sommer, vieles war wie im dichten Nebel verschwunden. Lodernde Lagerfeuer auf leeren Feldern, Schlafsäcke voller Sand. Spritzbestecke, Bierdosen, ungewaschenes Haar. Sie war achtzehn Jahre alt, als die Mädchen vermisst wurden, und ihre Aussteigerfreunde hatten über sie geredet, als kämen sie nicht aus dem Nachbarort, sondern von einem anderen Planeten, als könnte ihnen selbst so was nie passieren.

Aber mit Schicksalsschlägen kannte Saffy sich bestens aus. Sie erwischen dich völlig zufällig, wie ein Blitz aus heiterem Himmel. Deuteten mit bösem Grinsen einen knochigen Finger auf dich. *Heute bist du dran.*

Nachdem sie Miss Gemma verlassen hatte, zog Saffy bei einer Pflegefamilie ein, die nur drei Orte weiter wohnte. Damals war sie zwölf und musste sich das Zimmer mit einem anderen Pflegekind teilen, es war viel jünger und hatte ständig eine Rotznase, begrabschte alles und sorgte dank seiner vollen Windeln für einen würzigen Dauergestank. Saffy musste es fast jeden Abend hüten, während sich ihre Pflegeeltern in einem Casino auf der anderen Seite der Grenze in Kanada amüsierten. In der Mittelschule lungerte sie nach dem Unterricht meist auf dem Baseballplatz herum, weil sie nicht nach Hause wollte, frierend in knappen Sweatshirts mit zu kurzen Ärmeln. Einen Monat nach ihrem sechzehnten Geburtstag wechselte sie zu ihrer letzten Pflegefamilie, ein älteres Ehepaar mit einem separaten Kellerraum, wo sie unter keinerlei Aufsicht mehr stand. Sie hatte ihren eigenen Eingang, einen Schlüssel, den sie an einem Band um den Hals trug, eine Mikrowelle und einen Campingkocher. Dort verlor sie sich.

Ihre Teenagerjahre vergingen wie im Traum, nur hier und da blitzten kleine Ereignisse auf. Sie wusste noch, dass die Berufsberaterin vor Frust geheult hatte, die Jugendsozialarbeiter ihre Enttäuschung wie eine Drohung vor sich hertrugen, und die morschen Balken ihres Kellerzimmers knirschten. Die Jahre zwischen sechzehn und achtzehn lagen im Nebel, eine lange Kette von Fehlentscheidungen, die für immer hätten so weitergehen können. Bis sich in jenem Sommer alles änderte.

Die Mädchen verschwanden.

Izzy Sanchez war die Erste. Saffy, achtzehn, dem System gerade entwachsen, wohnte bei ihrem Freund Travis, einem Kleindealer mit fehlenden Backenzähnen und guten Connections in die Koksszene. Travis stand auf die harten Sachen, Saffy nur auf Koks, weil es sie vollkommen aufputschte. Das von Izzy erfuhr sie im trüben Wohnzimmer, die schweren Vorhänge waren zugezogen, Salt 'n' Pepa dröhnte aus den Boxen. Einer von Travis' Kumpeln kannte die Einzelheiten. Er erzählte die Geschichte mit glasigen, halb geschlossenen Augen, Rauch kräuselte sich um seine aknevernarbten Wangen. Izzy war sechzehn, wartete nach einer Party wie dieser hier auf eine Mitfahrgelegenheit, zuletzt hatte man sie am Ende einer langen Auffahrt stehen sehen. Dann war sie verschwunden. Spurlos. Wie vom Erdboden verschluckt.

Das zweite Mädchen verschwand ein paar Wochen später. Saffy sah es in den Nachrichten, auf dem Sofa in Travis' Wohnwagen, umgeben von leeren Burrito-Boxen und überquellenden Aschenbechern. Angela Meyer. Auch sechzehn – sie war nach der Abendschicht im Diner verschwunden, nur ein paar Meilen vom Trailerpark entfernt. Saffy zog die vom Kunstfasersofa schweißfeuchten Knie an die Brust, während ihr der Kastenventilator im Fenster eine schwülfeuchte Brise ins Gesicht fächelte. Travis lag schon weggetreten auf dem Klappbett, die Narben an seinen Armen sahen im trüben Licht aus wie Venen.

Saffy hatte keinen Highschool-Abschluss und eigentlich auch keine Freunde – die Mädchen aus ihrer Feldhockeymannschaft hatten sie schon lange links liegen gelassen, die Einzige, die sich regelmäßig meldete, war Kristen. Kristen war von Miss Gemma nach Süden weitergereicht worden. Sie hatte eine viel bessere Highschool besucht, war ein Jahr früher aus dem System entlassen worden und bewohnte bereits ein eigenes, wenn auch schäbiges Apartment in der Nähe eines Einkaufszentrums, nur eine halbe Stunde entfernt. Kristen wollte aufs Community College, sie war so eine Erfolgsgeschichte, auf die die Sozialarbeiter stolz verwiesen. Alle paar Wochen meldete sie sich treu, *wollte nur mal Hi! sagen.* Abends hockte Saffy meist allein rum, nachdem Travis sich schon weggeschossen hatte, stopfte sich Eiswürfel in den Sport-BH und verdrängte den Gedanken an das Schwarze Loch ihrer Zukunft. Doch als sie das von Angela erfuhr, wurde dieses Loch plötzlich zur Supernova.

Dann verschwand ein drittes Mädchen.

Sie war beim Auftritt der Punkband ihres Freundes in irgendeinem schäbigen Club bei Port Douglas gewesen und nur kurz zum Rauchen vor die Tür gegangen. Verschwunden. Langsam setzte Panik ein – drei Morde, und damit offiziell eine Serie –, obwohl das letzte Mädchen von allen dreien in der Öffentlichkeit am wenigsten Sympathien erregte. Da war kein Fernsehauftritt der weinenden Mutter, kein herzzerreißendes Schicksal, keine Tochter aus gutem Hause. Das dritte Mädchen war eine Schulabbrecherin wie Saffy, und es gab keine Familie, die man hätte interviewen können. Aber sie war die Dritte, und deshalb brüllten die Schlagzeilen und Nachrichtenticker ihren Namen in die Welt.

Lila Maroney.

Als Saffy das von Lila hörte, traf es sie wie ein Schlag. Sie sah das junge Mädchen vor sich, das damals ihre Zimmergenossin gewesen war. Lila auf der unteren Koje, die Knie verschorft und zerschnitten, wo sie sich mit Baileys Rasierer an ihren Beinen versucht hatte. Sie und Kristen waren Lila auch später gelegentlich auf der Straße begegnet und dank ihres regelmäßigen telefonischen Austauschs immer auf dem neuesten Stand: *Lila hat jetzt blaue Haare. Lila hat einen Nasenring, sieht aus wie bei einem Stier. Lila hat die Schule abgebrochen, hat jetzt wohl einen Job bei Goodwill.* Als Lila verschwand, verkehrten Saffy und sie sogar in denselben Kreisen, tauchten auf denselben Partys auf, machten aber immer nur Small Talk. Deshalb hatte

Saffy bei der Nachricht zuerst an die Lila aus ihrer Jugend gedacht, das Mädchen im XXL-Shirt mit dem gespenstisch von der Taschenlampe angeleuchtete Gesicht und ihren durch die schiefe Zahnspange leicht pfeifenden Atem.

»Yo!«, sagte Travis, schon wieder total breit auf dem Sofa, einen Joint zwischen den Fingern. »Was geht, Saffy?«

Erst da bemerkte Saffy, dass sie weinte – regelrecht schluchzte. Der Wohnwagen bebte, ihr war schwindelig. Sie zerrte sich die nächstbeste Jeans über die Hüfte und rannte raus, ließ die Fliegengittertür hinter sich zufallen. Travis' Camry hatte einen verbeulten Kotflügel, und der Tank war nur viertelvoll, aber Saffy hielt trotzdem auf Plattsburgh zu, auch wenn der Anzeiger sich immer weiter auf »Leer« zubewegte.

Auf der Polizeiwache herrschte heilloses Chaos, Nachrichtenkameras, panische Eltern, State Trooper, die Aussagen in ihre Blöcke kritzelten. Die Scheinwerfer auf dem Parkplatz strahlten grell, ein wahres Lichtermeer – die Lines vom frühen Abend britzelten Saffy noch im Hirn, alles war so entsetzlich hell. Sie wischte sich mit den Handballen über die Augen.

Es war ein glücklicher Zufall, vielleicht auch Schicksal. Als Saffy reinkam, zögerlich und verunsichert, stieß sie ausgerechnet auf Emilia Moretti.

Moretti war auf eine Art Frau, die Saffy nicht als Möglichkeit auf dem Schirm gehabt hatte. Sie überwachte das Geschehen mit Adleraugen, alles fest im Blick, sie war unnachgiebig und einfach brillant. Damals war Moretti Anfang dreißig gewesen, und ihr Ehering hatte im hellen Neonlicht gestrahlt wie ein Laser. Sie sah aus wie eine Frau, die zum Abendessen edlen Weißwein trank und teure Gesichtscremes verwendete, die ihre Fältchen aussehen ließen wie kleine Bäche in weicher Erde. Ihr gegenüber kam sich Saffy zerknittert und ungepflegt vor. Abgelebt.

»Entschuldigen Sie bitte«, hatte Saffy rau hervorgestoßen. »Ich möchte helfen.«

Moretti hatte Saffys geschwollene Augen gesehen, die wunde, aufgeplatzte Haut unter ihrer Nase, ihren wirren Schopf, den sie sich mit einer Kinderschere selbst geschnitten hatte. Trotzdem hatte sie ihr zugehört, als sie von Lila erzählte. Als Saffy fertig war, drückte Moretti ihr ihre Visitenkarte in die Hand. *Rufen Sie mich an, wenn Sie irgendwas hören.* Saffy hörte nichts, aber sie rief Moretti trotzdem am nächsten Morgen an und meldete sich als Freiwillige für den Suchtrupp.

Und so hatte sie zur Polizei gefunden. Sie mochte die knappen, klaren Anweisungen, das unsentimentale Anpacken, die strenge Güte in Morettis Blick, als sie die bewaldeten Hügel durchkämmten.

Ihr Leben hätte sich auf vielfältige Weise entwickeln können. Sie hatte eine einzige, nicht enden wollende Kellerparty feiern können. Drei Jahre später neben Travis wie er an einer Überdosis krepieren. Vielleicht wäre sie auf andere Weise clean geworden. Saffy hinterfragte nicht die Wege des Schicksals, die sie damals zu Moretti geführt und sie dazu gebracht hatten, ihren Abschluss nachzuholen, aufs Community College zu gehen, um dann das Bewerbungsverfahren bei der New York State Police zu durchlaufen. Denn wenn sie das täte, müsste sie sich eingestehen, wie unberechenbar das Schicksal tatsächlich ist.

■

Es war schon fast Mitternacht, als Saffy heimkehrte und das blinkende Licht ihres Anrufbeantworters sah. Der Tag war wie im Rausch vergangen, sämtliche Spuren waren protokolliert worden, der Fundort akribisch fotografiert. Morgen würden sie mit der Nachricht an die Presse gehen.

Saffy ließ Schlüssel und Waffe auf die Anrichte fallen, im trüben Licht wirkte ihr Apartment deprimierend und kalt. Sie schlüpfte in ein altes NYPD-Sweatshirt, wusch sich das Gesicht, löste den strengen Pferdeschwanz. Die wenigen Frauen in der Grundausbildung hatten ihr zu einer geradlinigen Kurzhaarfrisur geraten, aber für Saffy wäre der Gedanke unerträglich, auf diesen befreienden Moment am Ende eines Arbeitstags zu verzichten. Wie ein Seufzer der Erleichterung.

»Hey, ich bin's«, flötete Kristens Stimme aus Saffys verstaubtem Anrufbeantworter. »Steht unser Termin am Samstag noch? Jake muss zu einer Konferenz, und ich hab *E-Mail für dich* ausgeliehen.«

Dieser Hüftknochen.

Kristen würde das von Lila wissen wollen. Sie waren ein Trio gewesen, vor all den Jahren bei Miss Gemma: Saffy, Kristen und Lila. Sie hatten einander Freundschaftsarmbänder geflochten, waren auf Bäume geklettert, hatten Spiele erfunden, sich von Koje zu Koje Geheimnisse zugeflüstert. Aber Saffy brachte es nicht über sich, Kristen zurückzurufen, die Worte auszusprechen. Stattdessen stand sie starr an der Anrichte und lauschte der automatischen Ansage. *Keine neuen Nachrichten.* Im Apartment roch es muffig, nach altem Teppich und ungespültem Geschirr. Die kleine Wohnung war besser als alle, in denen sie zuvor gewohnt hatte, sie befand sich einem sanierten viktorianischen Haus nur ein paar Straßen vom Saranac River entfernt, vermittelt durch Kristens Freund, der das Maklerunternehmen seiner Familie geerbt hatte. *Du musst dich besser um dich selbst kümmern,* sagte Kristen ständig – die Sonnenblumen, die Saffy letzte Woche gekauft hatte, hingen schlaff in der Vase, das Wasser war schlierig braun. Saffy machte sich eine Dosensuppe heiß und schlief ein, während sie abkühlte, zusammengesackt im bläulichen Licht des Fernsehers.

■

Der Rechtsmediziner saß in einem schäbigen Büro im Keller des städtischen Krankenhauses. Saffy war eine Viertelstunde zu früh dran, aber Moretti wartete schon neben dem Aufzug auf sie. Ihre Kiefermuskeln waren angespannt, sie biss fest auf das Spearmint-Kaugummi, ihr ständiger Begleiter, ihr Haar war glatt geföhnt und glänzte, doch selbst im trüben Licht blieben Saffy die geschwollenen, müden Augen ihrer Vorgesetzten nicht verborgen.

»Singh«, sagte Moretti mit einem verschlagenen Grinsen. »Es ist offiziell. Der Lieutenant hat dich vom Saranac-Raub abgezogen. Du arbeitest jetzt mit mir an diesem Fall.«

Das vertraute Gefühl, ein warmes Schwellen in Saffys Brust. Man hatte sie ausgewählt – Moretti hatte sie ausgewählt, sie vertraute ihr!

»Der Lieutenant hat auch Kensington drangesetzt, aber der ist zu spät dran.« Nach einem raschen Blick auf ihre Uhr drückte Moretti den Liftknopf. »Also fangen wir schon mal ohne ihn an.«

Kensington war ein aalglatter, arroganter Detective mit unnatürlich weißen Zähnen. Seine Fähigkeiten als Ermittler ließen zu wünschen übrig, aber er konnte selbst den abgebrühtesten Verdächtigen Geständnisse entlocken und hatte bereits eine eindrucksvolle Erfolgsliste vorzuweisen. Die Erklärung des Lieutenants für seine Wahl sprach Bände: Es sehe nicht gut aus, wenn ein Team nur aus Frauen bestehe, hatte er allen Ernstes von sich gegeben.

Als der Rechtsmediziner sie in den Seziersaal führte, hielt Saffy ihre Atmung flach, doch der Gestank erwischte sie trotzdem, ein kalter Formaldehydhauch. Die Knochen waren auf Kunststoffplanen ausgelegt, jedes Opfer auf einem eigenen Tisch, wie bei einer archäologischen Ausgrabung – antike Funde aus einer längst vergessenen Zeit. Der Rechtsmediziner hatte jedes Fragment mit einem weißen Fähnchen gekennzeichnet.

Er fuhr sich übers schlohweiße Haar. »Wir warten noch auf die Odontogramme, aber der Zustand der Verwesung passt. Zwischen acht und neun Jahren. Das hier sind Ihre Mädchen.«

»Todesursache?«, fragte Moretti.

»Schwer zu sagen. Zwei weisen Rückenmarksverletzungen auf, aber der Erosionsgrad lässt keine definitiven Rückschlüsse zu.«

»Strangulation?«, fragte Saffy.

»Vermutlich«, sagte der Rechtsmediziner. »Kein Schädeltrauma, auch keine anderen Knochenverletzungen. Eines der Mädchen hatte eine Armfraktur, die aber prä mortem verheilt ist.

»Angela Meyer«, sagte Saffy. Meyer hatte sich im Frühjahr vor ihrem Verschwinden bei einem Quad-Unfall den Arm gebrochen, musste sich ein paar Wochen freinehmen. Ihr Chef hat ausgesagt, sie habe gerade erst wieder angefangen, als sie verschwand.«

Der Rechtsmediziner sah Saffy erstaunt an.

»Sie hat ein gutes Gedächtnis«, erklärte Moretti und zwinkerte Saffy zu, als diese rot anlief.

»Dann können Sie Ihrem Chef sagen, dass wir eines der Opfer bereits identifiziert haben.«

Während er den Rest seines Berichts erklärte, welche Knochen sie gefunden hatten und wie viele noch fehlten, bemühte sich Saffy, nicht zu spekulieren, welcher Oberschenkelknochen wohl Lilas war, welcher lückenhafte Brustkorb. Im Raum war es feucht und steril, alles war vom Licht giftgrün eingefärbt. Auf dem Tisch in Einzelteile zerlegt wirkten die Mädchen wie Tiere, nicht wie Menschen.

Als Kensington endlich reingerauscht kam, hatte der Rechtsmediziner seinen Bericht bereits unterschrieben, und er war sicher in Morettis Aktentasche verstaut. Kensington war außer Atem, sein Anzug war knittrig, das Haar feuchtglänzend zurückgegelt.

»Nun!« Moretti klatschte in die Hände, während Kensington zum Protest anhob. »Ich glaube, wir sind hier fertig. Kensington, Sie können die Familien benachrichtigen.«

■

Wieder zurück auf der Wache ließ Saffy ihrer Freude endlich freie Bahn. Bis dahin hatte sie nur Raubdelikte und häusliche Gewalt bearbeitet, nichts besonders Aufregendes, aber jetzt war sie mittendrin, hatte einen richtig guten Fall an Land gezogen, und als sie Moretti durchs Großraumbüro folgte, war sie so von ihrem Erfolg erfüllt, dass ihr nicht mal ihre neidischen Kollegen etwas anhaben konnten. Sie ignorierte die üblichen, hinter vorgehaltener Hand geflüsterten Zoten, das gedämpfte Gelächter, das sich nie genau nachverfolgen ließ. Ihr ganzes Leben lang hatten Fremde und Lehrer und Mitschüler und Kollegen sie spüren lassen, dass sie dunkle Haut hatte. Es schien überhaupt nicht zu zählen, dass sie in den USA aufgewachsen war und Indien noch nie besucht hatte, ein Land, nach dem sie sich aus diffusen Gründen sehnte – als Kind hatte sie seine Konturen nachgezeichnet, ein ehrfürchtiger Finger auf der Landkarte, der an den Grenzen entlangfuhr. Inmitten der vielen Tabak kauenden Typen, die ihre dreckigen Stiefel auf ihre Schreibtische legten, würde sich Saffy immer wie eine Außenseiterin fühlen.

»Der hier ist unserer«, beschloss Moretti. Auf dem hinteren Konferenztisch lagen unzählige Akten halb gelöster Fälle, die noch aktiv waren: der Saranac-Raub, die Terrordrohungen zum Jahrtausendwechsel, eine Kindesentführung, in der Kensington seit Monaten ermittelte.

»Du nimmst dir die alten Akten vor«, sagte Moretti zu Saffy. »Kensington und ich wissen das Meiste noch. Du bist ganz frisch – ich will, dass du dir alles genau durchliest.«

»Wonach soll ich suchen?«

»Alles, was uns in die Nähe des Walds bringt.«

Die Pressekonferenz dröhnte aus dem Fernseher in der Ecke des Raums. Der Captain stand mit ernster Miene vor den Kameras und trug mit monotoner Stimme eine Erklärung vor, wobei er kaum in die Runde blickte. Auf den Fotos sahen die Mädchen entsetzlich jung aus, Izzy und Angela grinsten vor dem blauen Hintergrund, den alle Highschool-Fotos gemeinsam hatten – Angela trug eine Bluse mit aufgestickten gelben Punkten, Izzy hatte Pickel auf den Wangen. Von Lila gab es kein Schulfoto; ihr Freund hatte ein Bild zur Verfügung gestellt, das schon durch die Presse gegeistert war, als sie noch vermisst wurde. Darauf sah man Lila auf einem mit Unkraut überwucherten Gehweg, sie hatte sich einen roten Rucksack über die Schulter geworfen und das grinsende Gesicht nach hinten zum Fotografen gedreht.

»Du kriegst das hin?«, fragte Moretti. Sie hatte es nicht vergessen. Lila war ihr Leitlicht gewesen, damals in Travis' Wohnwagen, Lila hatte Saffy direkt hierhergeführt. Dieser Fall hatte sie ins Licht geholt.

Da standen sie schon, die Kartons mit den alten Akten, Ablenkung und Erleichterung – vier an der Zahl, von einem genervten Trooper mit deutlich sichtbaren Schweißrändern unter den Achseln angeschleppt.

»Die gehören jetzt mir, wie ich sehe«, sagte Saffy.

Moretti zuckte entschuldigend die Schultern. »Ich hol uns was für die Mittagspause.«

Als Moretti gegangen war, stattete Saffy das Anschlagbrett mit neuen Fotos vom Leichenfundort aus. Die Spurensicherung hatte einige Gegenstände der Mädchen ausgegraben, in unterschiedlichen Zersetzungszuständen. Schuhe, Ohrringe. Lilas Rucksack, Angelas Handtasche. Izzys Mutter war es zuerst aufgefallen – eine perlenbesetzte Haarspange fehlte. Izzys Lieblingsspange. Angelas Mutter hatte ein Perlenarmband vermisst, ein Familienerbstück, das ihre Tochter immer trug. Moretti war überzeugt, dass die Sachen im Unterholz verschwunden waren, außerdem hatte der Täter bei Lila nichts mitgenommen. Aber, beharrte Saffy, Lila hatte keine Eltern. Niemand hatte sich um sie gekümmert. *Trophäen*, sagte Saffy, als Moretti sie schmallippig ansah. *Vielleicht nimmt sich der Täter Souvenirs mit.*

Saffy bückte sich über den fadenscheinigen Teppich. Der erste der vier Kartons enthielt die Zeugenaussagen – der Boden war unter dem Gewicht der Akten aufgeplatzt. Sie würde sie alle erneut befragen müssen, neue Aussagen aufnehmen.

Ganz unten stieß Saffy auf Lilas Foto, das Original. Es war mit einer Wegwerfkamera gemacht worden, staubig und verblasst, Lilas Lächeln bleich, ihr Gesicht fahl. Da musste Saffy an Kristen denken – Kristen mit ihrem festen Job im Salon, wo ihre Kundinnen behaupteten, sie sähe aus wie Jennifer Aniston, die Klamotten hingen ihr so lässig vom schlanken Körper. Kristen, die immer schon gewusst hatte, dass sie für etwas Höheres bestimmt war, die stets auf Stabilität hingearbeitet und diese schließlich mit offenen Armen willkommen geheißen hatte. Saffy betrachtete das Foto von Lila, ein Mädchen, das man auf ein verblichenes Foto reduziert hatte, und sie fragte sich, ob sie diesen Gedanken je würde abschütteln können: *Das Pendel hätte auch zur anderen Seite ausschwingen können, und dann wäre alles anders gewesen.*

Unter Lilas Foto lag ein Asservatenbeutel. Er enthielt ein Haarbüschel. Ein Polizist hatte es am Ende der Auffahrt gefunden, dort, wo Izzy verschwunden war. Als Saffy sich an die Wand des kleinen Zimmers lehnte, Izzys Haare im Schoß, stieg ein Bild vor ihr auf, das sie seit Jahren verfolgte, ihr Angst einjagte, eine Parallelwelt, grenzenlos, beinahe tödlich.

Ein Highway, Abenddämmerung. Ein wippender, schwarzer Pferdeschwanz. Izzy starb mit sechzehn, aber in Saffys Vorstellung war sie älter: neunzehn, vielleicht zwanzig. Alle Fenster runtergekurbelt, peitschender Fahrtwind, ein alter Bluegrass-Song im Radio. Irgendwo war ein Junge, auf dem Beifahrersitz – Izzy liebte ihn nicht, damals jedenfalls nicht, hatte es vielleicht auch nie getan, aber das wäre egal gewesen im heißen Rausch der Jugend, seine schwieligen Hände auf ihrem Oberschenkel, schoben sich höher, der Horizont versickerte hinter den Gipfeln der Adirondack Mountains.

In dieser Nahezu-Welt – eine Ersatzwirklichkeit, die wie ein Tagtraum nachhallte – war Izzy kein Haufen Knochen auf einem Seziertisch. Sie strahlte hell, golden.

■

Saffy schaffte es tatsächlich, ein paar Zeugen von damals ausfindig zu machen: Angelas Chef aus dem Diner, die Kids von Izzys Party, die

Freundin, mit der Lila am betreffenden Abend unterwegs gewesen war. Die Leute aus der Gegend reagierten mit Verwunderung und Misstrauen, wurden aber seltsam redselig, wenn sie sie auf ihrer Veranda befragte. Während Saffy auf durchgesessenen Sofas hockte und lauwarmen Tee schlürfte, hielt ihnen Moretti den Captain vom Hals und sorgte dafür, dass Kensington mit der Hotline beschäftigt war. Die meisten Zeugen wusste nicht viel. Bis jetzt hatte Saffy keine neuen Informationen aufgespürt.

Die letzte Zeugin des Tages war eine Frau namens Olympia Fitzgerald. Saffy parkte vor dem Rohbau einer einstöckigen Ranch, die auf einer Anhöhe über einem großen Feld thronte, überall standen Baugeräte herum. Im Oktober glichen die Adirondack Mountains einem Postkartenidyll. Saffy blieb im Auto sitzen, überflog das Aussageprotokoll, aber die Zeilen verschwammen vor ihren Augen. 1990 war Olympia zwanzig Jahre alt gewesen, und der leitende Ermittler hatte sich gerade mal sieben Minuten Zeit für sie genommen. Die Sonne hing entspannt über dem Horizont, der Himmel strahlte blau, als Saffy die Akte zuklappte. Sie war zu müde, um bis zum Ende zu lesen.

Eine Frau im abgetragenen Samt-Jogginganzug kam an die Tür, ihr langes Haar war ergraut und schütter. Hinter ihr war eine Standuhr zu erkennen, deren Innenleben vor ihr auf dem Boden lag. Eine jüngere Frau – Mrs Fitzgeralds Tochter Olympia – hatte die Füße auf dem Sofatisch abgelegt, daneben stand ein offenes Fläschchen grelloranger Nagellack.

Selbst als Saffy ihr die Dienstmarke zeigte, reagierte Olympia nur mit einem lustlosen »Ja, was?«. Wie gern hätte Saffy jetzt Moretti hier gehabt, ihre Stimme stets seidig, präzise, kompetent.

»Im Jahr 1990 haben Sie mit meinem Kollegen Sergeant Albright gesprochen, es ging um drei vermisste Mädchen aus der Gegend.«

Auf einmal wirkte Olympia interessiert, richtete sich auf dem Sofa auf. Ihre Mutter trat mit ein paar Schritten hinter sie und legte ihr schützend die Hände auf die Schultern. Sie hatte Saffy einfach stehen lassen, die jetzt unsicher neben einem abgewetzten Lehnsessel wartete.

»Ich weiß.« Olympia schob sich sie die fettigen Strähnen hinters Ohr, ihre Fingernägel glänzten noch nass. »Hab die Nachrichten gesehen. Ihr habt die Leichen gefunden.«

»Ja«, sagte Saffy.

»Ich hab ihm alles gesagt.« Olympias Stimme brach, es lag etwas Panisches darin. »Dem Detective, damals. Ich hab ihm alles gesagt, was ich weiß.«

»Wir werden den Fall neu aufrollen, Olympia. Ich würde gern genau wissen, an was Sie sich erinnern.«

Während die Mutter sie mit einem Nicken ermunterte und ihr zur Beruhigung den Nacken massierte, zögerte Olympia immer noch ein wenig.

»Im Sommer, als diese Mädchen verschwunden sind, hab ich bei Dairy Queen am Highway gejobbt«, sagte sie schließlich. Ich hatte diesen Mitarbeiter, ein Junge. Er war ein bisschen jünger als ich, gerade mit der Highschool fertig.«

»Okay.«

»An den Abend, als Izzy Sanchez verschwunden ist, kann ich mich noch gut erinnern. Das weiß ich noch genau, weil wir nämlich am Abend davor … wir haben den ganzen Sommer heftig geflirtet, der Junge und ich. Ich bin mit zu ihm, in seinen Wohnwagen am Waldrand, wo ihr jetzt die Leichen gefunden habt. Wir haben rumgemacht, und … wir haben es versucht, wissen Sie. Er konnte nicht. Also bin ich gegangen. Und am nächsten Tag auf der Arbeit war er komisch, völlig neben der Spur. Als ich versucht hab, mit ihm zu reden, hatte er so einen krassen Blick in den Augen. Als wollte er mir wehtun. Ist schon so viele Jahre her, aber diesen Blick vergesse ich nie. An dem Abend habe ich ihn den Laden allein absperren lassen. Und an dem Abend ist Izzy verschwunden.«

»Wie hieß der Junge?«

»Ansel«, sagte Olympia. »Ansel Packer.«

Dieser Name.

Saffys Mund füllte sich mit Speichel, da war dieser Geschmack nach faulen Eiern, bevor man loskotzen musste.

»Ist Ihnen noch was anderes aufgefallen«, fragte Saffy, während ihr Innerstes bebte.

»Tut mir leid. Ich weiß nicht mehr viel, die Einzelheiten habe ich vergessen. Es hat lange gedauert, sie aus meinem Gedächtnis zu vertreiben.«

Die Erinnerung, dachte Saffy, ist unzuverlässig. Man konnte darin schwelgen oder sich davor grausen, aber man konnte sich nicht darauf verlassen.

»Haben Sie ihn ausgelacht?«, fragte Saffy.

Die Frau glotzte sie an. Langes Schweigen.

»Bitte«, flehte Saffy. »Erinnern Sie sich, Olympia? Es ist wichtig. Für mich klingt das, als hätte er sich gedemütigt gefühlt. Erinnern Sie sich, ob Sie ihn ausgelacht haben?«

Olympias Miene zeigte erste Risse, sie schämte sich offensichtlich. Saffy hatte ihre Antwort. Im Zimmer roch es nach Weihnachtskerzen und Räucherfleisch. Die Erkenntnis überkam sie plötzlich, wie eine Welle. Ein orangefarbenes Fellbüschel, das blutig an Saffys Handfläche klebte; Lila, elf Jahre, die sie mit Telleraugen anstarrte, ein paar krümelige Haferkekse mit Rosinen. Wie die toten Eichhörnchen drapiert worden waren, eines neben dem anderen, dazu der Fuchs, die Vorderpfoten absichtlich über die Köpfe gestreckt, als würden sie sich ergeben. Morettis gekrümmter Finger in der Augenhöhle des gelblichen Schädels. Fell, Haut. Wie sich der Tod mühelos von Knochen schälte.

■

Die pinkfarbenen Tapeten im Badezimmer der Fitzgeralds lösten sich an manchen Stellen bereits von den Wänden. Auf jeder freien Fläche standen kleine weiße Figuren, Engel und Schafhirten, Porzellanputten. Neben dem Wasserhahn stand eine Schüssel mit Potpourri, die Blütenblätter hatten bereits Staub angesetzt. Saffy ließ das Wasser laufen, bis es richtig kalt war, und spritzte es sich dann ins Gesicht.

Mit den Jahren war Saffys Erinnerung an ihre Mutter zunehmend verblasst. Einzelheiten waren einfach verschwunden. Die Lieblingsschuhe ihrer Mutter waren aus rotem Leder gewesen, das wusste sie noch, aber nicht mehr, wie sie genau ausgesehen hatten. Sie erinnerte sich an ihren dunklen Lippenstift, aber nicht mehr an die Form ihrer Vorderzähne. Jetzt, da sie sich am Regal aus Marmorimitat abstützte, erschienen ihr diese kleinen Verluste unfair. Im Spiegel erkannte sie immer noch Teile ihrer Mutter, nur war ihre Mutter weiß gewesen, und aus diesem Grund würden alle anderen in Saffy ein Ebenbild ihres Vaters sehen. Wenn sie sie fragten, woher sie kam – nein, *aus welchem Land sie denn stamme* –, antwortete Saffy: *Mein Vater stammt aus Indien. Nein, ich war noch nie dort. Ja, irgendwann möchte ich hinfahren.* Und jedes Mal war sie danach bis ins Mark erschöpft.

Saffy wünschte, ihre Mutter wäre jetzt hier. Sie könnte dieses Gefühl benennen, das in ihren Eingeweiden tobte. Ein Ungeheuer, das seinen Namen brüllte: Ansel Packer.

Saffy hatte das gerahmte Bild mit der Handschrift ihrer Mutter noch. Es stand auf ihrem Nachttisch, das Glas blankpoliert. *Felix culpa*, hatte ihre Mutter geschrieben. Glückliche Schuld. Der Schrecken, der zu Gutem führt. Als Saffy ohne Erklärung oder Abschiedsgruß aus dem Haus der Fitzgeralds hastete, fragte sie sich, ob ihr Vater religiöse Sprüche gelernt hatte, ähnlich wie die Bibelzitate, die sie damals als Pflegekind herunterbeten musste. *Gott hielt es für besser, aus dem Bösen das Gute hervorzubringen, als gar kein Böses zuzulassen.*

■

»Wir haben eine Spur«, sagte Saffy atemlos.

Moretti sah abgekämpft aus, als sie mit ungewöhnlich zerzaustem Haar in der spätabendlichen Stille am Schreibtisch saß. Im Großraumbüro herrschte wunderbare Leere. Moretti hatte Kensington in den Feierabend geschickt, nachdem er ihr die Berichte des Tages mit Schmollmiene auf den Konferenztisch geklatscht hatte. Seit der Pressekonferenz liefen die Telefone heiß, und Kensington hatte sich den ganzen Tag irgendwelche wirren Theorien anhören müssen. Die Mädchen seien von einem Serienmörder aus den siebziger Jahren entführt worden, sie seien Mitglieder einer satanischen Sekte gewesen, sie hätten sich gestritten und gegenseitig umgebracht. Die Hotline sei notwendig, hatte Moretti dem genervten Kensington erklärt, der einfach seinen Flachmann aus der Tasche gezogen und einen demonstrativen Schluck genommen hatte. Sie müssten alle Möglichkeiten in Betracht ziehen, sagte Moretti.

Aber jetzt hatte Saffy das hier gefunden. Eine echte Spur.

Ansel Packer.

An Saffys Kleidung hing immer noch den modrige Geruch aus dem Haus der Fitzgeralds. Im Schein der Schreibtischlampe gab sie Olympias Aussage wieder und erklärte, was sie über Ansel Packer wusste.

»Er deckt sich in sämtlichen Merkmalen mit unserem Täter. Unbeherrscht, aber nicht immer. Fragile Männlichkeit, muss ständig unter Beweis stellen, was für ein Kerl er ist. Genug soziale Intelligenz, um unterm Radar zu fliegen. Es ergibt Sinn – ich habe ihn erlebt, als er sich gedemütigt fühlte. Diese Tiere im Garten, auch neben einem Bach verscharrt. Er mordet in Dreierserien, Sergeant.«

Moretti betrachtete Saffy mit einem zweifelnden Blick, der eine schreckliche Ähnlichkeit mit Mitleid hatte.

»Also hattest du eine persönliche Beziehung zu beiden, dem Opfer und dem Täter«, sagte sie langsam.

»Ja«, gab Saffy zu. Es gab hier nicht viele Fälle, wo keine solchen

Überschneidungen entstanden, die Gegend um die Adirondacks war nicht sehr weitläufig.

»Es besteht ein Unterschied«, sagte Moretti sanft, »zwischen Glauben und Beweisen können. Es ist egal, welchen Verdacht du hegst, es sei denn, du kannst den Fall auf eine Weise lösen, die vor Gericht standhält.«

Obwohl Saffy felsenfest von ihrer Meinung überzeugt war, brachte sie es nicht über sich, den Fuchs zu erwähnen. Sie hatte noch niemandem erzählt, was Ansel getan hatte, wie der Kadaver ihr Laken durchtränkt hatte – es war zu roh, zu intim, um es jemandem zu offenbaren. Dieses Erlebnis blieb in ihr verankert, eine kleine Blase der Scham, die sie an ihren schlimmsten Tagen berührte, nur um zu sehen, ob sie die Form veränderte. Sie blieb immer gleich.

»Was ist mit dem Wohnwagen? Was, wenn er noch da wohnt?«

Olympia hatte Ansels Wohnwagen genau beschrieben, außen wie innen. Genau wie sein absonderliches Verhalten, sein paranoides Gebrabbel. *Hat die ganze Zeit vom Universum gefaselt*, hatte Olympia gesagt. *Irgendwas mit multiplen Realitäten oder so.*

»Unwahrscheinlich. Hat deine Zeugin nicht ausgesagt, er würde auf die Uni gehen? Sie hatte keinerlei Beweise, Singh.«

»Was ist mit den Trophäen? Der Schmuck. Was, wenn er den noch hat?«

»Ziemlich weit hergeholt.«

Die Nacht fühlte sich schwer an. Draußen, vor dem Fenster, peitschte der Herbstwind durch die Bäume, die Sommerinsekten waren verschwunden. Saffy ließ sich die Kälte über den Rücken laufen.

»Hör zu«, sagte Moretti mit unerträglicher Güte. »Ich weiß, wie das ist, wenn man unbedingt will, dass etwas wahr ist. Aber man kann sich die Tatsachen nicht zurechtbiegen, du kannst dich nicht darauf einschießen und darüber andere Spuren ignorieren. Für uns gelten andere Regeln, okay? Wir dürfen uns nicht von Emotionen leiten lassen.

Manchmal – oft – ist es unsere Aufgabe, unsere Gefühle komplett auszublenden. Verstehst du?«

.

Kristens Haus sah aus wie eine Filmkulisse. Gemütliche Hüttenidylle, große Fenster mit Panoramablick, Zentralheizung. Schon an der Haustür wehte Saffy der Geruch von Raumduft und teuren Kerzen entgegen. Es war Samstagabend kurz vor Halloween, die untergehende Sonne blitzte geisterhaft zwischen den Wipfeln hindurch. Saffy hatte sich geschminkt, mit dem Make-up, das Kristen ihr geschenkt hatte, denn der Salon bekam solche Gratispröbchen von den Herstellern. Der Farbton war immer ein bisschen zu hell für Saffys Haut, aber das konnte sie Kristen natürlich nicht sagen, ohne sie in Verlegenheit zu bringen.

»Hi, hi, komm rein«, sagte Kristen. »Ich habe die Pizza gerade erst in den Ofen geschoben. Hoffentlich bist du nicht total ausgehungert.«

Saffy zog die Schuhe aus, während Kristen weiterplapperte, bis vor sechs Monaten hatte ihr Haus noch Jake allein gehört, aber dann hatte er sie gebeten, zu ihm zu ziehen, und schon jetzt sah Saffy deutlich, wie sich ihre Freundin breitgemacht hatte. Kleine Kalligraphien und Kissen mit aufgestickten Binsenweisheiten wie »Lachen ist die beste Medizin« oder »Irgendwo ist es immer fünf Uhr!«. Kristens mit Glitzer beschmierter Kittel hing an einem Haken auf dem Flur. Kristen war ganz besessen von den vermeintlichen Gefahren des Jahrtausendwechsels, je näher Silvester rückte, desto schlimmer wurde es mit ihr. Jedes Regal im Haus war vollgestellt mit Konservenbüchsen und Plastikkanistern voller Wasser.

Kristen zog eine halbvolle Flasche Chardonnay aus dem Kühlschrank »Macht es dir was aus, wenn ich …?«, fragte sie verschämt.

Saffy schüttelte den Kopf. Moretti hatte ein paar unverbrüchliche Regeln aufgestellt, und eine davon besagte »Kein Alkohol, keine Drogen«, egal wann, egal wie viel. Als Saffy sich beim NYPD beworben hatte, war sie bereits clean, und es gab keinerlei Beweise ihrer Vergangenheit, keine Festnahmen oder Vorstrafen.

»Wie geht es dir?«, fragte Saffy, nachdem sie es sich auf dem Sofa gemütlich gemacht hatten. Kristen fummelte mit dem Weinglas herum.

»Gut«, sagte sie.

Langes Schweigen.

»Lila«, sagte Saffy schließlich.

Sie und Kristen sprachen selten über diese Jahre, als Saffy sich ähnlich wie Lila in der schmuddeligen Unterwelt dieser unbarmherzigen Stadt rumgetrieben hatte. Jetzt wollte sie Kristen erzählen, wie es sich angefühlt hatte, high zu sein, wie ihr das Koks durch die Adern gerauscht war, wie sie ganze Tage verstrahlt auf modrigen Matratzen gelegen hatte. Sie hatte Lilas Leben gekannt und war ihm entwachsen – doch Lila hatte diese Chance nie bekommen.

»Kristen«, sagte Saffy, »erinnerst du dich an Ansel Packer?«

»Klar«, sagte sie. »Der war so schräg. Den haben sie auch weitergeschoben, als Miss Gemma krank wurde. Arbeitest du nicht mehr an dem Raub?«

»Moretti hat mich auf diesen Fall angesetzt. Lilas Fall.«

»Gott, die Frau steht auf dich.«

»Ich weiß nicht, warum sie …«

»Ach, halt den Mund«, sagte Kristen. »So eine brillante junge Ermittlerin wie dich haben die seit Jahrzehnten nicht mehr gesehen. Außerdem lieferst du denen eine gute Geschichte. Asoziale Jugendliche kriegt ihr Leben in den Griff. Du bist wie diese Detectives im Fernsehen, armes Waisenmädchen besiegt die Dämonen seiner Vergangenheit. Außerdem hast du den vermissten Jungen auf eigene Faust gefunden …«

»Ansel Packer«, unterbrach Saffy sie. »Was genau ist dir an ihm als seltsam aufgefallen? Irgendwas Alarmierendes?«

»Ich erinnere mich daran, wie er einen immer so komisch angestarrt hat. Als wollte er abschätzen, ob du ihm irgendwie nützlich sein könntest.«

»Sonst noch was?«

»Komm schon, Saff! Der war doch nur ein Kind. Es ist nicht gut, die Vergangenheit so unter die Lupe zu nehmen.«

Wie sollte es sonst gehen? Natürlich musste man zurückblicken, den Weg zurückverfolgen sozusagen, von damals bis heute. Vom Kind zum Erwachsenen.

»Weißt du«, sagte Kristen. Ihr Kinn bebte. »Für eine Ermittlerin bist du nicht besonders aufmerksam.«

Sie hob mit beseeltem Grinsen die Hand. Am linken Finger trug sie einen schmalen Ring, an dem mehrere Diamanten funkelten.

Saffy hatte keine Worte für ihre Verzweiflung. Sie schmeckte geronnen, sauer wie alte Milch. Doch sie bemerkte es noch früh genug, um ihr Gesicht zu einer frohen Miene zu verziehen. Als Kristen aufgeregt kreischte, vertrieb sie damit auch Saffys Verbitterung, und die beiden Freundinnen fielen sich in die Arme. Saffy ließ sich von Kristens Duft einlullen, Shampoo in frisch gewaschenem Haar, und akzeptierte das, was ihr schon seit einiger Zeit klar war: Kristen war Saffys Familie, ihre einzige, doch bald wäre es auch damit vorbei.

Sie redeten den ganzen Abend. Vergaßen den Film, die Pizza, die so verbrannte, dass sich die Küche mit Rauch füllte, und sie nur noch die angeschwärzten Peperoni runterfischen konnten. Sie schliefen ein, so wie früher, Kopf an Fuß, Kristens Zehen warm an Saffys Schulter.

Irgendwann, mitten in der Nacht, brach sich die Besessenheit Bahn. Saffy erwachte, immer noch in Jeans, eine Hand zwischen den Sofakissen, doch der alte Geruch hing ihr giftig in der Kehle. Sumpfgras, Sonnenmilch. Verwesung. Die halb zerfallenen, toten Eichhörnchen mit ihren hilflos hochgerissenen Pfoten. Kristen war weg, Jake war offenbar irgendwann heimgekommen. Als Saffys Blick auf die Überreste ihres Abends fiel, nackte Pizza, die Käsehaut abgezogen, Kristens Weinglas mit den fettigen Fingerabdrücken, wurde ihr übel.

Am Sonntagmorgen in aller Herrgottsfrühe waren die Landstraßen leer. Saffy kurbelte das Fenster ihres Streifenwagens herunter und ließ sich die frische Luft um die bereits pochende Stirn wehen. Die Herbstsonne strahlte durch die Bäume, Schatten tanzten über den Asphalt.

Schließlich erreichte sie den Trailerpark.

*Der Wohnwagen stand viel weiter hinten als die anderen*, hatte Olympia gesagt. *Also ganz am Rand. Sah aus, als sollte dort gar keiner mehr stehen.*

Eine Meile vom Fundort der Leichen. Saffy zählte zwölf Mobilheime. Grob V-förmig angeordnet ragten sie aus dem Morgendunst auf. Ein kleiner Hund kläffte, Gemurmel aus irgendeinem Fernseher. Verschleimtes Husten. Saffy stieg aus, schlich sich an einem festgeketteten Rottweiler vorbei, der beim Knirschen ihrer Stiefel auf dem Kiesboden bedrohlich mit der Schnauze zuckte.

Olympia hatte recht. Am äußersten Rand des Grundstücks stand ein einsamer Wohnwagen, meterweit von den anderen entfernt, fast unsichtbar im rubinroten Laubdickicht. Saffy lief auf dem Stellplatz auf und ab, ihre Marke locker in der Hand, immer noch in Jeans und dem zerknitterten Top vom Vortag.

Schließlich trat sie vorsichtig auf die knarrende Vorstufe. Räusperte sich. Klopfte an die Tür.

Ein Mann mittleren Alters öffnete. Er trug eine zerfranste Boxershorts und hatte das verschorfte Gesicht eines Junkies. Im Hintergrund rauschte statisch der Fernseher, auf dem Tisch standen mehrere alte Bierdosen, eine Katze strich umher, offensichtlich schon mehrere Tage ungefüttert.

»Was is?«

Einen entsetzlichen Moment lang atmete Saffy den abgestandenen Rauch ein, die saure Fahne des Mannes. Sie wusste nicht, was sie zu finden geglaubt hatte. Spuren von Ansels Leben vielleicht. Irgendwas, egal was. Ihre Naivität kam ihr jetzt regelrecht leichtsinnig vor.

»Hey!«, rief der Mann, als Saffy sich abwandte. »Was willst du?«
Sie rannte los.

Als Saffy den Fall Hunter gelöst hatte, war der Captain hocherfreut gewesen. *Die ist was Besonderes*, hatte er anerkennend zu Moretti gesagt. Aber Saffy war sich überhaupt nicht *besonders* vorgekommen. Sie wollte Moretti fragen, ob es ihr bei jedem Fall so gehen würde: der schwindelerregende Rausch, wenn man sicher war, die Lösung gefunden zu haben, gefolgt von nagenden Zweifeln, instinktiver Furcht. Eine Furcht, die seltsam süchtig machte. Auf einmal fühlte sich Saffy lebendig, von einem Hunger getrieben, der sich an solchen Zweifeln labte – er war pervers, dieser Trieb, verdorben, aber er war gewachsen wie ein Baum, von der Neugier verdrillt nach oben geschossen. Vor all diesen Jahren hatte er sie an den Rand des Ruins, aber auch zur Polizei gebracht, und jetzt war sie deswegen genau hier in diesem Trailerpark gelandet.

Als sie endlich auf dem Highway war, hatten ihre Kopfschmerzen so richtig aufgedreht. Sie gab Gas, Haarsträhnen im Gesicht, jagte den Motor hoch, bis alles draußen war, und da riss sie den Mund auf, um sich die Finsternis aus dem Leib zu schreien.

.

In den darauffolgenden Tagen flüchtete sich Saffy in die Schreibtischarbeit. Der Fall verschluckte sie, zog sie hinab in seine Untiefen. Der Fund der Leichen lag mittlerweile eine Woche zurück, und Saffy erinnerte sich nicht mehr, wann sie das letzte Mal gegessen hatte. Irgendwo bei einem Drive-in, vor ein paar Tagen – ansonsten hatte sie von Kaffee und Müsliriegeln gelebt, während ihr Magen knurrte, wenn sie bis in die Nacht hinein am Schreibtisch ausharrte. Nur zweimal war sie in ihre Wohnung zurückgekehrt, um zu duschen und eine Tasche mit Klamotten zu packen.

Der Captain drängte ihnen seinen Lieblingsverdächtigen auf: ein

Obdachloser namens Nicholas Richards, den sie mehrere Male mitgenommen hatten, aber nie wegen Drogenhandel oder Besitz drankriegen konnten. Ein persönlicher Rachefeldzug vielleicht, aber er hatte den Befehl erlassen, Richards zum Hauptverdächtigen zu erklären. Auf Saffys Schreibtisch türmten sich Anrufprotokolle und Aussagen – darunter aber pulsierte dieser Verdacht, den sie einfach nicht ignorieren konnte.

Über Ansel Packer war nur aktenkundig, dass er auf die Northern Vermont University gegangen war, aber kurz vor dem Diplom abgebrochen hatte. Während seines letzten Semesters hatte er sich um ein Philosophie-Stipendium beworben. Es lag eine Empfehlung seiner Professorin May Brown vor, die allerdings durchwachsen ausgefallen war. Saffy hatte mehrere Nachrichten auf Professorin Browns Anrufbeantworter hinterlassen. Wo Ansel sich gegenwärtig aufhielt, war nicht bekannt. Für die Steuer hatte er eine Adresse angegeben, die nicht mehr existierte, ein Apartmenthaus in der Nähe der Uni, das schon vor Jahren abgerissen worden war. Gegen Ansel lag nichts vor, nicht mal ein Strafzettel.

Als Moretti vorbeiging, schob Saffy ihre Unterlagen unter einen unauffälligen Aktenkarton. *Leg alles andere auf Eis, Singh*, hatte Moretti sie streng gewarnt. *Wir brauchen mehr Indizien, um den Verdächtigen festzunageln, den der Captain auf dem Kieker hat. Das ist ein Befehl.* Sie standen kurz vor einer Festnahme: Nicholas Richards hatte in der Nähe des Fundorts illegal gezeltet. Wenn der Ranger ihn während der drei kritischen Zeiträume dort gesehen hatte, würden sie zugreifen. Moretti hatte Saffy diese Information mit derart selbstzufriedener Genugtuung unter die Nase gerieben, dass sie sich richtig zusammenreißen musste, um ihren Frust nicht rauszuschreien.

Deswegen traf der Anruf, der nur Minuten vor Morettis Aufbruch in den Feierabend einging, bei Saffy zunächst auf wenig Hoffnung.

»Saffron Singh.«

»Hallo, hier spricht Professor Brown. Sie haben mich um einen Rückruf gebeten?«

Saffy drückte sich den Hörer fester ans Ohr, um das Gelächter der Trooper auszublenden, die aus unerfindlichen Gründen ein Kondom mit Rasierschaum gefüllt hatten und sich das Ding um die Ohren schlugen, um es zum Platzen zu bringen. Moretti beugte sich ganz in der Nähe über einen Stapel Gesprächsprotokolle, den Textmarker konzentriert an die Lippen gedrückt. Saffy senkte die Stimme.

»Sie haben vor einiger Zeit eine Empfehlung für einen Studenten namens Ansel Packer geschrieben. Es ging um ein Philosophie-Stipendium.«

»Ah, ja, Ansel Packer. Das Stipendium hat er aber nicht bekommen. Er war ... wie soll ich das ausdrücken? Ein mittelmäßiger Student, der glaubte, ihm würde mehr zustehen. Eine seiner Kommilitoninnen bekam das Stipendium, und das hat ihm überhaupt nicht gefallen. Kurz danach hat er das Studium abgebrochen.«

»Können Sie mir sonst noch was über ihn sagen? Wissen Sie, wo er sich jetzt aufhält?«

»Ich habe keine Ahnung.« Professor Brown zögerte. »Haben Sie schon mit seiner Freundin gesprochen?«

»Freundin?«

»Die, die er auf der Uni hatte. Es schien mir eine ernste Beziehung zu sein, wenn ich mich recht erinnere. Sie hat immer vor dem Seminarraum auf ihn gewartet. Sie war bei meiner Einführung in die Physik, glaube ich. Jenny. Jenny Fisk. Hat dann Krankenpflege studiert. Oder war's Psychologie? Sehr nettes Mädchen. Mit der sollten Sie mal sprechen.«

Als Saffy auflegte, war sie vom Adrenalinstoß plötzlich hellwach. Moretti richtete sich auf, kramte ihre Schlüssel hervor und schlüpfte in ihren eleganten Designer-Parka.

»Du siehst aus, als hättest du eine heiße Spur«, sagte sie mit unterdrücktem Gähnen.

Saffy schüttelte den Kopf. »Ist nichts.«

Sie wartete, bis Moretti den Parkplatz verlassen hatte und ihre Rücklichter verschwunden waren. Im Telefonverzeichnis stieß sie auf vier Jenny Fisks und drei Jennifer Fisks – die Hälfte stellte sich als zu alt heraus, eine war verstorben, eine andere wegen Drogenhandels im Gefängnis. Aber es gab eine Jenny Fisk in einer Kleinstadt in Vermont, nur ein paar Meilen von der Universität entfernt, die Ansel Packer einst besucht hatte.

Saffy wählte mit zitternden Fingern, die Aufregung saß ihr in der Kehle.

»Hallo?«

Eine Frauenstimme. Wasserrauschen im Hintergrund.

»Spreche ich mit Jenny Fisk?«

»Wer sind Sie?«

»Saffron Singh, New York State Police. Haben Sie einen Augenblick Zeit? Ich würde Ihnen gern ein paar Fragen stellen.«

»Entschuldigung, aber worum …?«

»Ich suche nach einem Mann namens Ansel Packer.«

Ein Stottern, dann Schweigen. Im Hintergrund Gemurmel aus dem Fernseher, schwere Schritte.

»Worum … worum geht es? Tut mir leid, ich … ich kann jetzt nicht.«

»Wann würde es Ihnen denn passen?«

»Ich meine … also morgen bin ich im Krankenhaus. Northeast Regional, gegen Mittag.«

Dann legte Jenny auf. In der schweren Stille des leeren Büros erlebte Saffy einen Energiestoß, der sie an diesen Moment erinnerte, wenn das Koks kickte und ihr direkt ins Blut schoss. Aber das hier war mehr. Es war unwiderstehlich.

■

Grelles Neonlicht in der Notaufnahme. Als Saffy ihre Marke zeigte, wurde die Frau am Schalter flattrig.

»Jenny Fisk?« Große Augen. »Ich hol sie. Setzten Sie sich doch bitte.«

Saffy ließ sich auf einem der kratzigen Stühle nieder. Sie war am Abend zuvor nach Hause gegangen, in ihren Schlafanzug geschlüpft und hatte sich auf ihr säuberlich gemachtes Bett gelegt, bis die Uhr ihr angezeigt hatte, dass es Morgen war. Auf dem Weg nach Vermont, der Saffy um Lake Champlain herum führte, trank sie kalten Kaffee aus einem Styroporbecher und versuchte, sich wieder einzukriegen. Es war dasselbe Gefühl, das sie damals bei der Suche nach dem entführten Jungen empfunden hatte, aber noch viel intensiver, es beschlich sie eine schlimme Befürchtung. Morettis Anweisungen waren klar gewesen: alles andere liegen lassen, auf den Verdächtigen konzentrieren, den der Captain im Visier hatte, bis sie ihn hinter Gittern hatten oder ihn als Täter ausschließen konnten. Saffy hatte den ganzen Vormittag nicht auf ihren Pager reagiert. Moretti würde toben. Aber als sie jetzt hier drei Stunden von der Polizeiwache in Plattsburgh entfernt im Wartezimmer saß, fühlte sich Saffy so lebendig wie nie zuvor.

In der Notaufnahme war es ruhig, es war Freitag und offenbar nicht viel los, die Luft war von Desinfektionsmitteln geschwängert. Saffys Pager sirrte zweimal, dreimal. Sie stellte ihn auf stumm, ohne genauer hinzusehen.

»Hi.«

Eine Frau im rosa Kittel stand unsicher am Eingang zum OP-Bereich. Jenny Fisk hatte sommersprossige Arme und langes Haar mit Mittelscheitel, das sie rechts und links mit Schmetterlingsspangen festgesteckt hatte. Mitte zwanzig, schätzte Saffy. Frauen wie Jenny waren Saffy vertraut: Highschool-Schönheit, bei allen beliebt, ähnlich wie Kristen, weiche Kurven, fester Bauch. Ihr Gesicht war symmetrisch, hübsch, aber auf unscheinbare Art.

»Hallo!« Saffy streckte die Hand aus. »Danke, dass Sie sich für mich Zeit genommen haben. Können wir uns draußen unterhalten?«

Es passierte, als Jenny die Hand hob. Die Erkenntnis erwischte Saffy eiskalt: ein Aufblitzen, wie ein Augenzwinkern, da an Jennys Finger.

Ein Amethyst, unverkennbar.

Lilas Ring.

Es war ein besonderes Gefühl, wenn man einen Fall knackte. Ein Dammbruch. Ein Hochgefühl, das einem sofort zu Kopf stieg.

Aber als Saffy Jenny die Hand schüttelte, ging es ihr anders. Da war kein Rausch. Nur eine Erinnerung, die sich brutal Bahn brach: Lilas aufgesprungene Lippen, die an diesem lilafarbenen Stein lutschten. *Eklig*, hatte Kristen beim Anblick von Lilas speicheltriefendem Finger gesagt. *Warum nuckelst du ständig an dem Ding rum?* Lila hatte nur mit den Achseln gezuckt, ihr Haar wie immer filzig und ungekämmt. *Weil's gut schmeckt*, hatte sie geantwortet, als wäre das der Grund. Lilas verträumtes Lächeln, das ihre Zahnlücke entblößte. Lilas magerer Finger, an dem der Ring geschlackert hatte.

»Worum geht es denn?«

Jenny lehnte an der Backsteinmauer draußen vor der Notaufnahme, der lilafarbene Ring funkelte. Saffy hatte mit den Drogen auch das Rauchen aufgegeben, doch sie griff zu, als Jenny ihr eine Zigarette anbot, einfach, um etwas in den zittrigen Fingern zu halten. Jenny hatte keine Jacke dabei, in der kühlen Herbstluft bekam sie Gänsehaut auf den nackten Armen. Saffy verspürte eine schicksalhafte Vorahnung, es war fast wie Karma. Am liebsten hätte sie losgeheult.

»Ich suche jemanden, mit dem Sie mal zusammen waren. Ansel Packer.«

Jenny, die sich gerade mit dem Feuerzeug vorbeugte, wirkte auf einmal angespannt, auf der Hut. Sie blies den Rauch seitlich aus. »Was wollen Sie von ihm?«

»Wissen Sie, wo er ist?«

Jenny verengte die Augen, wägte ab. Dann hob sie die Hand und präsentierte ihren Ring.

»Sie sind ... verheiratet?«, stammelte Saffy.

»Verlobt.«

Saffys Kehle war wie zugeschnürt. Wie dumm sie gewesen war! Diese Möglichkeit hatte sie überhaupt nicht in Betracht gezogen. Diese Schritte im Hintergrund ihres Telefonats vom Vorabend.

»Sie sind immer noch ...«, stotterte sie. »Verzeihung. Dieser Ring. Hat Ansel Ihnen den geschenkt?«

Jenny strich zärtlich mit dem Daumen darüber. »Wieso? Ist das wichtig?«

»O ja, das ist es. Wir ermitteln in einem alten Fall.«

»Sie sehen nicht aus wie eine Ermittlerin.«

So kam sich Saffy auch nicht vor. Im Gegenteil, sie fühlte sich nackt, entblößt, als hätte Jenny etwas Intimes von ihr gesehen.

»Was hat er getan?«, fragte Jenny, dann seufzte sie, lang und bang. »Was Schlimmes?«

Und da war es. Der Grund, weswegen Saffy hergekommen war. Sie wünschte, sie könnte diesen Augenblick in einer Flasche verwahren, als Beweis für später. Die Art, wie Jenny sie ansah, ihre zitternde Lippe. Als würde sie das alles nicht überraschen. Es lag in ihren Worten: *was Schlimmes.* Jenny hatte schon darauf gewartet.

»Wir ermitteln in einem Mordfall«, sagte Saffy sanft. »Drei Mädchen wurden umgebracht, in New York.«

Das Schweigen wog schwer. Die Schiebetüren glitten auf, wieder zu, Jenny drückte ihre Zigarette an der Mauer aus, hinterließ eine rußschwarze Schliere am Stein. Die Kippe hielt sie vorsichtig in der Hand – sie war keine, die ihren Müll einfach auf den Gehweg warf – und schauderte. Zu spät bemerkte Saffy, dass es vorbei war. Jenny hatte dichtgemacht. Sie ließ sich das Haar wie einen Vorhang vors Gesicht fallen und wandte sich ab.

»Gehen Sie nicht!«, sagte Saffy. »Ich will doch nur mit Ihnen ...«

»Sie irren sich«, murmelte Jenny, schon an der Schiebetür. »Bitte belästigen Sie uns nicht mehr.«

Und dann war sie verschwunden. Ein Krankenwagen kreischte vorbei, als Saffy allein dastand und die Aschesäule ihrer Zigarette auf den Boden rieselte.

■

*Wie war das so?*, fragte Kristen. *Weißt schon, mit Travis und seiner Gang?*

Saffy konnte diese Jahre nicht in Worte fassen, aber sie erzählte Kristen trotzdem von den Underground-Partys, illegalen Zeltplätzen, verrauchten Buden. Ihre Gang war von Haus zu Haus gezogen, von Party zu Party, unbekümmert, impulsiv. Saffy hatte sich sicher gefühlt, einlullt von so viel Sorglosigkeit: wie leicht es war, sich selbst zu zerstören, wenn man nichts zu verlieren hatte. Wenn Saffy jetzt die Sehnsucht packte, dann ging es ihr nicht um die Drogen oder das High, billig, vergänglich, nein, sie sehnte sich nach der Freiheit. Zu wissen, dass man auf einem Hochseil zwischen Leben und Tod balancierte, aber es egal war, auf welcher Seite man landete.

Jetzt schlappte Saffy über den Parkplatz zurück zu ihrem in der Sonne glänzenden Wagen. Sie wusste, sie sollte direkt zur Wache fahren, der halbe Arbeitstag war schon vorbei. Doch als ihr Pager unablässig vibrierte, erkannte sie ein kleines Stück ihres alten Ichs, ein Drang wie eine tickende Bombe. Sie schob den Pager unter ein altes Sweatshirt im Kofferraum und zog die hingekritzelte Adresse aus ihrer Tasche.

Wie eine Irre raste sie über den Highway, vorbei an Boutiquen und Restaurants, bis sie schließlich in einem Vorort landete – versprengte Häuser, wie aufs Brett geworfene Monopoly-Figuren. Vermont sah aus wie New York, dachte Saffy, nur ein bisschen herausgeputzter. Sie parkte vor einem einstöckigen Haus, von dem bereits die Farbe abblätterte, auf der Veranda stapelte sich allerlei Krimskrams.

Und da war er.

Ansel.

Er stand gebeugt im grellen Licht ganz am Ende der Auffahrt, eine Schutzbrille aus Plastik auf der Nase. Er hatte sich kaum verändert, war lediglich mit dem Alter etwas breiter geworden, sah aber immer noch gut aus, auf eine konventionelle, wenig bemerkenswerte Art. Er hielt einen alten Stuhl in der Hand, von dem er offenbar die Beine entfernte, das Kreischen der Kettensäge drang aggressiv durchs Autofenster. Saffy beobachtete, wie er mit dem Gerät hantierte, die Holzstaubwolke, die über seinem Kopf waberte. Da war Lilas Ring, der einzige Beweis, den Saffy brauchte – aber da war auch das hier: wie Ansel sich bewegte, als würde er über allem stehen.

Eins, zwei, drei mit dem Fuchs.

Eins, zwei, Lila.

Einen erregenden Moment lang spielte Saffy mit dem Gedanken, ihn zu konfrontieren. Sie könnte es tun. Könnte direkt auf ihn zu marschieren, eine Hand an der Waffe.

Ansel würde blinzeln, sich erinnern.

*Saff*, würde er sagen. Dieses Mal hätte sie die Macht. Sie wäre diejenige, vor der man Angst haben sollte. *Verzeih mir, bitte?*

Saffy ging nicht auf ihn zu. Sie hatte nur die eine Chance, und das hier war zu wichtig. Dafür brauchte sie Moretti mit ihrem Selbstbewusstsein und ihrer Erfahrung. Saffy wendete, raste los, raus aus Vermont, zurück um den See. Das Radio blieb aus, sie ließ sich von Highway einwickeln, genoss die Lebenskraft, die ihr nur dieser Job vermitteln konnte. Ein Gefühl, das ihr kein Mensch je geschenkt hatte.

Es hatte Affären gegeben, klar. Prickelnd, flüchtig. Jungs hinter Spielfeldern, Männer in schäbigen Bars. Eine echte Beziehung: Mickey Sullivan, ein Trooper aus Unit C, den sie während der Ausbildung kennengelernt hatte. Saffy vermisste seinen Duft nach der Dusche: Aftershave und Dampf. Als Ackerland in Hügelland überging, ließ Saffy ihre letzte gemeinsame Nacht Revue passieren. Sie waren nach einem faulen Abendessen mit Spaghetti und Corona-Bier ins Bett gekrochen, nachdem Mickey ihr die Hand in die Jeans geschoben hatte. Wie immer fummelte er sich auf sie, sein Atem roch nach scharfer Soße, seine Arme umschlossen sie wie ein Käfig. Als er sich in sie reinschob, erfüllte Saffy plötzlich eine gähnende Leere, ein riesiges Loch, das gefüllt werden musste. Da hatte sie Mickeys Hand genommen und sie an ihre Kehle gelegt.

*Drück zu*, hatte sie ihm gesagt.

Und er hatte es getan, ganz kurz. Als alles verschwamm und sich das Zimmer zu drehen begann, erhaschte sie einen flüchtigen Blick auf das schattenhafte Ding, das sie unbewusst verfolgt hatte, die ganze Zeit. Es fühlte sich an wie ein frischer Luftzug, absurd, rang sie doch gerade nach Atem, doch sie fühlte sich wieder jünger, freier, ein Mensch, dem das Überleben nicht so wichtig war. Diese Gefahr hatte sie vermisst, diese Befreiung.

Mickey war keuchend von ihr runtergerollt. Im gelblichen Schein der Nachttischlampe war seine Abscheu deutlich zu erkennen gewesen. Als er sich die Schlüssel geschnappt, aus der Wohnung gestürmt war, hatte er Saffy voller Scham mit dem Monster in ihrem Inneren zurückgelassen. Ein wildes Tier, das sich aufbäumte, nach Vernichtung hungernd.

Genau diesen Hunger hatte sie auch bei Jenny Fisk gesehen, sie bettelte um Leid. Die erschreckende Seite des Frauseins. Fest verankert und zeitlos, dieser Teil, der glaubte, dass Gutes ohne Schmerz zwar möglich war, sich aber nur halb so spektakulär anfühlte.

■

Als Saffy auf dem Parkplatz vor der Polizeiwache ankam, war die Sonne bereits untergegangen. Sie hatte einen ganzen Arbeitstag gefehlt. Mit dem vertrauten Gefühl, das sie vom Schule schwänzen kannte, zog sie sich den Blazer glatt, fest entschlossen, gleichgültig zu wirken, obwohl sie das Schlimmste befürchtete.

Es herrschte ungewöhnlich hektisches Treiben, die Trooper sirrten aufgeregt umher. Als sie reinkam, die knittrige Bluse halb aus der Hose hängend, einen Kaffeefleck auf dem Blazer, waren sie plötzlich alle still. Saffy steuerte direkt aufs Büro des Captains zu und trat ohne Klopfen ein.

»Sergeant …«

Erst langsam fügte sich alles zu einem Bild zusammen. Moretti, in hochhackigen Pumps, stolperte und musste sich am Mahagonitisch festklammern, um nicht zu fallen. Sie und der Captain waren bei Saffys Eintreten auseinandergestoben, erschrocken, verschämt und rotwangig.

»Wo zur Hölle hast du den ganzen Tag gesteckt?«, setzte Moretti an.

»Ich … ich hab ihn gefunden«, stammelte Saffy verstört. Noch nie zuvor hatte sie Moretti so erlebt, unsicher, verschämt. Die Einzelteile der Szene setzen sich zu einem sinnvollen Ganzen zusammen. Die rasche Handbewegung des Captains, als Saffy reinkam, seine Finger auf Morettis Hintern.

»Ansel Packer«, sagte Saffy. »Ich hab ihn gefunden. Seine Verlobte trug Lilas Ring am Finger. Die Souvenirs, Sergeant. Er hat Trophäen mitgenommen.«

Moretti blinzelte.

»Moretti, weisen Sie Ihre Mitarbeiterin zurecht!«, herrschte der Captain sie an, seine Stimme tief und rau, sein Blick anzüglich.

»Warten Sie«, sagte Saffy. »Ich hab Beweise gefunden. Echte Beweise …«

»Singh«, fiel Moretti ihr ins Wort, »wenn du heute zur Arbeit erschienen wärst oder auf deinen Pager reagiert hättest, würdest du wissen, dass wir einen Verdächtigen festgenommen haben. Nicholas Richards wird morgen früh dem Richter vorgeführt.«

Der Obdachlose. Der Lieblingsverdächtige des Captains. Auf einmal war das Licht zu grell, ein Schleier legte sich über den Raum, Saffy spürte ihre Erschöpfung wie eine Riesenpranke im Nacken. Der Wagemut sickerte ihr feucht aus dem Körper.

»Du hast dich meinen Anweisungen widersetzt«, sagte Moretti. »Ich habe dir deutlich gesagt, was du zu tun hast, und du hast dich widersetzt. Diesen Erfolg haben wir Kensington zu verdanken.«

»Es tut mir leid, aber ich habe herausgefunden, dass …«

»Es geht hier nicht um dich, Singh. Es geht nicht um irgendeinen Rachefeldzug gegen deinen Kindheitsfreund. Das hier ist Polizeiarbeit. Es geht um die Wahrheit und um Tatsachen. Und vor allem geht es um den Ruf unserer Abteilung.«

»Ach, so ist das also. So nennen wir das?« Sie zeigte auf Moretti und den Captain, deren Gesichter jetzt krebsrot waren. »Den *Ruf der Abteilung*?«

Ein eiskalter Lufthauch wehte durchs Zimmer. Saffy hatte sich Moretti noch nie widersetzt.

»Suspendiert«, sagte der Captain herablassend und schritt zur Tür. »Zwei Wochen ohne Gehalt. Abtreten, Singh.«

Als er gegangen war, starrte Moretti schweigend auf den fadenscheinigen Teppich. Der Schock über das, was Saffy gesehen, unterbrochen hatte, fuhr ihr jetzt in die Eingeweide und versetzte ihr einen Schlag in die Magengrube. Was hatte Moretti immer gesagt? *Bei der Polizei gibt es weniger als zehn Prozent Frauen. Für unseren Erfolg müssen wir Opfer bringen.*

Saffy schlich aus dem Büro, man hatte sie zurechtgestutzt. Die Trooper kicherten gehässig, als sie sich in die kühle Herbstnacht trollte, überzeugt, dass sie Dinge erfahren hatte, die sie schon längst hätte wissen müssen.

■

Dann kamen die Alpträume. Saffy schreckte aus dem Schlaf, schweißgebadet, zitternd, und als sie von dem abgestandenen Wasser, das noch auf ihrem Nachttisch stand, trank, türmten sich die Wäscheberge in den Ecken ihres Zimmers in die Höhe wie die Monster ihrer Kindheit.

Bisweilen kam in ihren Alpträumen auch der Fuchs vor, lauerte halb tot an den Rändern ihres Sichtfelds, in eine Wolke der Verwesung gehüllt. Lila erschien ihr oft, stand mitten in der Wohnung. Elf Jahre alt, Lila mit ihrer Zahnspange oder als Jugendliche mit Nasenring, die verweste Lila, noch mit Haarsträhnen am Schädel. Doch in den schlimmsten Nächten war Lila noch am Leben.

Sie wäre mittlerweile sechsundzwanzig Jahre alt. Gelbes Sommerkleid, grüner Garten. Vierter Juli, Unabhängigkeitstag. Lila hätte gestrahlt, Sommerpollen, Sonnenmilch, ein Haufen Gäste auf Plastikstühlen auf der Veranda, Lila hätte die Hände über dem vorgewölbten Bauch gefaltet, und der lilafarbene Ring hätte gefunkelt. Zweiunddreißigste Woche. Freudige Erwartung, statt morgendlicher Übelkeit nun Rückenschmerzen. Sie hätte Hunger gehabt, beim Duft des auf Hickoryholz gegrillten Fleischs hätte ihr der Magen geknurrt, sie wäre müde gewesen und ekstatisch, besorgt und überglücklich. Der blasse, geisterhafte Mond, das Aufleuchten eines Glühwürmchens. Ihre nackten Füße, die in der weichen Erde versinken.

■

Am Ende ihrer Suspendierung ging Saffy allein in die Kneipe.

Seit Tagen hatte sie die Wohnung nicht verlassen. Zweimal war sie zu Ansel Packers Haus gefahren, hatte davor in ihrem Auto gesessen und es stundenlang beobachtet. Sie wusste, dass ihr Verhalten nicht gesund war, nicht rational. Aber die Tatsache, dass sie nicht zu Moretti durchgedrungen war, hatte sie nur noch bestärkt.

Sie suchte sich den Typen am Ende der Bar aus. Er sei Vertriebler und auf Geschäftsreise, meinte er, offensichtlich noch immer nicht sicher, womit er Saffys Aufmerksamkeit verdient hatte. Nur für ein paar Tage in der Stadt. *Was verkaufst du denn so?*, fragte Saffy. *Angel zubehör.* Eigentlich hatte Saffy sich als Kellnerin ausgeben wollen, aber die Frage nach ihrem Beruf kam gar nicht erst auf. *Bist du Araberin?,* fragte er stattdessen. Er sprach es *Ey-rab* aus.

Zurück im Apartment schaltete sie kein Licht an. Das schmutzige Geschirr in der Spüle wollte sie nicht sehen, genauso wenig wollte sie den Wodka Tonic verdünnen, der ihr durch die Adern rauschte. Also stieß sie den Verkäufer aufs Sofa, riss ihm die Krawatte vom Hals und biss ihn in den Nacken. Sie zerrte seine Erektion aus der Hose – steif, aber im trüben, von draußen hereinscheinenden Licht der Straßenlaterne wenig beeindruckend – und schob ihn sich in den Mund. Der aufsteigende Geruch der Sofakissen und der Gedanke an das, was sie verdient hatte, brachten sie zum Würgen. Gerechtigkeit war ein ambitioniertes Konzept. Die Vorstellung, dass man sein Schicksal frei entscheiden könnte. Dass man sich Erfolge erarbeiten oder sein Leben zerstören könnte. Kurz überlegte sie, zuzubeißen, aber da entwickelte sich so was wie Begierde aus seinem salzigen Geschmack. Saffy schälte sich aus der Jeans und schob ihn in sich rein. Er stöhnte. Sie schnurrte. Wie klein sie sich fühlte. Sie fickte härter, er keuchte und stammelte, seine Finger verdrehten ihr die Brustwarzen, bis Saffy dachte, *okay.* Seine Wärme ergoss sich in ihr. Zumindest diese Explosion hatte sie willentlich herbeigeführt. Sie wusste, wie man in den Trümmern lebte.

■

Kristen heiratete an einem Sonntag im April.

Saffy stand mit drei Freundinnen aus Kristens Salon vor dem Altar, in einem violetten Seidenkleid, das sie sich eigentlich nicht leisten konnte. Kristens Rückgrat sah so verletzlich aus in ihrem zart gewebten weißen Kleid, dass Saffy sich am liebsten auf sie geworfen hätte, um sie vor der harschen Welt zu schützen. Jake, neben Kristen, sah aus, als könne er sein Glück nicht fassen. Saffy sollte dem Mann eine Chance geben, er gehörte zu den Guten.

Man hatte sie wieder in ihren Job zurückgelassen. Der Winter war lang und dunkel gewesen, es fühlte sich alles anders an. Moretti war distanziert. Wenn sie einen Tatort betraten, murmelte sie Saffy immer noch Ratschläge zu und brachte ihr einen Kaffee mit, aber da war eine neue Kälte zwischen ihnen. Moretti war noch unberührbarer, noch fremder als zuvor, und an den meisten Tagen musste Saffy alle Kraft aufbringen, damit es ihr nicht das Herz brach.

Die Verhandlung im Mordfall der drei toten Mädchen Izzy, Angela und Lila stand an, und alle wussten, dass sie verlieren würden. Der Obdachlose, den sie verhaftet hatten, stand mittlerweile im Zentrum einer neuen Kampagne gegen Fehlurteile, und die Organisation hatte bereits seine Freilassung auf Kaution und einen teuren Anwalt finanziert. Der Captain, in seiner Obsession, war auf so etwas nicht vorbereitet gewesen. Der Fall stand auf tönernen Füßen, die Beweise waren dünn. Saffy erfüllte dies mit bitterer Genugtuung, sie wusste, dass sie falsch lagen und die Jury dies erkennen würde. Nicholas Richards war unschuldig, und man würde ihn freisprechen.

Über ihre Ausflüge sprach Saffy mit niemandem, doch jetzt, als Kristens Schleier im Wind flatterte, musste sie daran denken. An das lange Wochenende, als sie ganz allein nach Vermont gefahren war und vor Ansel Packers Haus geparkt hatte, weil sie hoffte, er würde sich irgendwie verraten. Sie hatte ihn dabei beobachtet, wie er Einkäufe von der Ladefläche seines Pick-ups holte, sich über die Werkbank in der Garage beugte, vor dem Küchenfenster Geschirr spülte. Es war keine Besessenheit, keine Sucht, aber die vielen Stunden, die sie mit Ansels Observierung verbrachte, stillten einen Teil des Hungers, der mit der Sucht verbunden war.

Es war nur eine Frage der Zeit. Saffy wusste, dass man sein wahres Ich nicht ewig verbergen konnte, egal, wie normal man wirkte, die Wahrheit käme irgendwann ans Licht.

»In guten wie in schlechten Zeiten«, sagte Kristen. Als der Wind auffrischte, bekam Saffy eine Gänsehaut. In der Ferne ballten sich Unwetterwolken, dräuten schwarz über den Berggipfeln, aber die Sonne schien immer noch goldgelb auf die Hochzeitsgesellschaft herab. Saffy flehte innerlich um Regen.

Dieser Tag stand im Zeichen der Liebe, aber Saffys Interesse hatte schon immer der Macht gegolten. Dem finsteren, schlagenden Herzen der Macht. Macht war das Klirren ihrer Marke auf dem Küchentresen. Das Gewicht der Waffe an ihrer Hüfte. Als sie vor dem Altar stand und der Wind ihr die sorgfältige Hochsteckfrisur zerzauste, als sich Braut und Bräutigam küssten und in der Ferne Donner grollte, stellte sich Saffy die Frage nach ihrem inneren Kompass, der sie auf den rechten Weg führen, sie davon abhalten würde, aus der Reihe zu tanzen oder falsch abzubiegen oder einfach stehen zu bleiben. Die Erkenntnis, dass sie keinen solchen Kompass hatte, jagte ihr Angst ein. Es gab nur Tage und die Entscheidungen, die sie an diesen Tagen traf.

# 6 STUNDEN

Auf Nimmerwiedersehen, Mauerritzen. Auf Nimmerwiedersehen, Leihbücher. Auf Nimmerwiedersehen, Radio. Auf Nimmerwiedersehen, Toilettengestank und feuchter Schimmel. Auf Nimmerwiedersehen, sagst du zum Elefanten an der Decke.

Adieu, alter Freund.

■

Du streckst für die Handschellen die Arme hinter dem Rücken aus. Sie klirren, schnappen zu.

Shawna steht hinter den anderen. Den Kopf gebeugt, den Blick auf ihre Schuhe gerichtet – kein Augenkontakt möglich. Sie kauert zwischen zwei dir bekannten Wärtern, teigige Männer mit Wabbelbäuchen, die sich alle versammelt haben, um dich zum Transporter zu geleiten. Ein pummeliger Wärter tritt vor, hängt sich deine rote Netztasche über die Schulter. Deine *Theorie* hast du an der vereinbarten Stelle deponiert, wo Shawna sie später abholen wird, ein Packen Papier, unter der Koje versteckt. Shawna wird in Huntsville Kopien machen. Sie wird sie an die Nachrichtensender schicken, die Talkshows und die großen Verlage.

Hast du alles, Packer?, fragt der Wärter. Seine Traurigkeit lässt ihn älter wirken. Ein schlaffes Mitleidgesicht. Darin erkennst du das Schicksal zahlloser anderer Männer, die der Wärter über diesen Betongang begleitet hat, Mörder, Kinderschänder, Gangmitglieder und betrunkene Autofahrer, auf diesen letzten Metern sind sie alle gleich.

Ja, sagst du. Ich bin bereit.

Als sie dich aus deiner Zelle auf den engen weißen Gang führen, wirfst du einen letzten verstohlenen Blick auf Shawna. Weil sie nicht mitkommen kann, versuchst du, ihr eine stumme Botschaft zu vermitteln: *Wir schaffen das.* Sie wirkt verschwitzt und nervös, ihre Haut glänzt. Eine einzelne Träne läuft ihr über die Wange, zart. Du hast jahrelang an Jenny geübt, daher weißt du, wie du dein Gesicht verziehen musst, um sie zu beruhigen. Du weißt, wie es aussehen soll, wenn man jemanden liebt. Du setzt die passende Miene auf, wendest dich Shawna zu. Sie wird sofort weich, das ist deutlich zu erkennen.

Während deiner Prozession in den Tod sind die Insassen in ihren Käfigen still. So will es die Tradition: ihre Gesichter ernst und feierlich, Trauergäste hinter verschmiertem Glas. Dieser Abschied fühlt sich wehmütig an, absurd, unpassend. Du würdest ihnen gerne versichern, dass du einen Plan hast. Du bist nicht wie alle anderen.

Du gehst durch die Sicherheitsschleuse. Metalldetektoren. Empfangsbereich.

Ein Aufseufzen.

Du bist draußen.

Was du alles vergessen hattest! Wolken. Wie Zuckerwatte sehen sie aus, wie sie träge über den Himmel ziehen. Im Hofgang-Käfig fällt nur ein bisschen Licht von oben durch die Ritzen, so viele Sinneseindrücke und Details hattest du völlig vergessen. Der Geruch eines Gehwegs in der heißen Sonne. Autoabgase. Die Bäume am Rand des Parkplatzes, wie sie reglos in der stickigen Hitze harren, das grüne Laub fast statisch. Du hast die Sonne vergessen, wie sie dir an den Armen auf der Haut kitzelt, und du bleibst stehen und inhalierst einen süßen Atemzug, bis der Wärter dich weiterzerrt.

Die Welt strotzt. Verzaubert. Und bald wird sie wieder dir gehören.

∎

Der Transporter wartet am Maschendrahtzaun.

Du hattest ein Aufgebot von Wachleuten erwartet, bräsig und machttrunken. Stattdessen steht da ein halbes Dutzend Männer im Anzug, darunter auch der Vollzugsleiter und der stellverstretende Anstaltsleiter. Rechts und links davon sind Sicherheitskräfte aufmarschiert, vom Generalinspekteur höchstpersönlich abkommandiert: eine kleine Horde Muskelmänner in Schutzanzügen mit Sturmfeuergewehren. Beim Gedanken an die kleine Pistole, die Shawna dir beschrieben hatte, die alte Smith & Wesson von ihrem Mann, wird dir etwas flau im Magen.

Von allen Seiten bewacht schreitest auf den Transporter zu, der Motor läuft bereits. Als der Wärter die Seitentür aufschiebt, überkommt dich die nackte Panik: die Waffe liegt vorn, unter dem Fahrersitz. Du beruhigst dich etwas, als sie dich bis zum Fenster vorschieben, direkt hinter den Fahrer, wie von Shawna versprochen. Im Transporter stinkt es nach Gummistiefeln und altem Kunstleder. Du wusstest, dass die Wärter mit dir im Transporter sitzen und dir gepanzerte Fahrzeuge folgen würden, eine Kolonne von Streifenwagen, aber nicht, dass sich das alles so bedrohlich anfühlen würde.

Kies knirscht. Als der Transporter vom Parkplatz zuckelt, holst du tief Luft und streckst die Beine unter den Sitz aus, wo Shawna die Waffe versteckt hat.

Dein Schuh stößt an etwas Hartes. Metall. Aber bei dir will sich keine Erleichterung einstellen. Als du an Shawnas Gesicht denkst, die Schamesröte auf ihrer spröden Haut, schwant dir, dass der Plan nicht perfekt ist.

Der Plan ist eigentlich gar keiner.

Bald werdet ihr am Fluss sein. Der Highway wird an ein paar Häusern vorbeiführen, verdorrten Grundstücken, sumpfigen Teichen und alten Fabriken. Irgendwann werdet ihr das Sam Houston Monument erreichen. Das ist das Zeichen.

Bis dahin wartest du. Das Fenster an der Fahrerseite ist einen Spaltbreit geöffnet. Draußen riecht es nach April – der Duft dringt durch den schmalen Schlitz, ein lüsterner Hauch von Blumensommer. Aufreizend, frisch.

Da kommt alles zurück.

■

Das dritte *Mädchen* kam direkt nach dem zweiten. Eine Prüfung, dieser bodenlose Sommer.

Du warst allein in der Bar, hast eine Coke bestellt und dich umgeschaut. Eine einzige Enttäuschung, ärgerlich. Vermutlich würdest du dieses wunderbare Gefühl der Erleichterung so bald nicht noch mal erleben, aber du wolltest noch nicht aufgeben. Nur noch einmal. Es hat dich nicht interessiert, warum du Gewalt ausüben musstest, um deinen Frieden zu finden, und das noch nicht mal zuverlässig. Für dich war es weniger eine Entscheidung als ein Drang, dem du nachgeben musstest: die Jagd nach der Stille.

Es spielte eine Punkband, ein schrilles, nerviges Gekreische, verschwitzte Körper, die in der Hitze zuckten. Als du ihren wippenden Kopf entdecktest und sie kurz danach zum Rauchen durch die Menge zum Seitenausgang verschwand, bist du ihr gefolgt und hast sie angeschnorrt. Das dritte *Mädchen* kam dir seltsam bekannt vor, sie hatte ihr Haar blau gefärbt und einen Nasenring wie ein Stier. Erinnerst du dich nicht mehr an mich?, fragte sie dich. In ihrem Blick lag Neugier und provozierender Spott. Du hast genickt und dich auf sie gestürzt.

In der Bar lief immer noch das Konzert, ein ohrenbetäubendes

Dröhnen, das ihr Röcheln übertönte. Du hattest gehofft, das Risiko würde die Erleichterung steigern, die Gefahr, erwischt zu werden, ihr Sterben direkt vor der Tür. Aber nein. Diese Letzte war eine schlechte Idee, sie wehrte sich, trat dir so heftig ins Auge, dass du Sterne sahst. Ein Handgemenge, ein Kreischen. Irgendwann hatte sie dich gegen die Mauer gedrängt. Aber am Ende warst du größer – es hat so lange gedauert, ihr den Gürtel um den Hals zu legen, dass du sie noch zuckend zu deinem Auto gezerrt hast, weil du fürchten musstest, dass dich doch jemand sieht. Reines Glück, dass niemand was gemerkt hatte.

Als du Erde über ihren schlaffen Körper schaufeltest, spürtest du zu deinem Ärger nur eine riesige Leere. Sie war tot, aber du noch derselbe, und alles wurde bedeutungslos.

Im ranzig gelben Mondlicht betrachtetest du den Ring, den du ihr vom Finger gezogen hattest.

Diesen Ring kanntest du doch. Miss Gemma. Du erinnertest dich daran, wie die Mädchen hinter der Tür über deine Kekse gelacht hatten. Es schien unglaublich, dass dasselbe *Mädchen* hier tot vor dir lag, das Schicksal hatte es dir noch mal zurück in dein Leben gespült. Die Erkenntnis erwischte dich wie eine elterliche Ohrfeige. Als du über den drei *Mädchen* standest, hast du dir gewünscht, du könntest das alles ungeschehen machen.

Du hättest das nicht tun sollen. Krank war das und falsch. Und das Schlimmste: Es hatte dich nicht verändert.

Daraus erwuchs deine *Theorie*, wurde umfangreicher, eine Wahrheit, die sich hier bestätigt hatte, als der Amethyst im Mondlicht funkelte. Du kannst das Schlimmste tun. Es ist nicht so schwierig, Böses zu tun. Das Böse lässt sich nicht punktgenau bestimmen oder festhalten oder verbannen. Es versteckt sich, hinterhältig und unsichtbar, in den Winkeln des Lebens.

Danach bist du durchs Unterholz gestolpert. Bist mit zitternden Händen wie ein Irrer in dein Auto gestiegen, der Ring in deiner Tasche drückte sich spitz in deinen Oberschenkel. Vier Uhr morgens, Tränen der Wut liefen dir über die Wangen, als du über den Highway fuhrst, resigniert bist du zum Krankenhaus gesteuert.

Diesen Teil der Geschichte hast du nie erzählt. Du weißt nicht, woher er kam. Vielleicht war es das Lachen des kleinen Mädchens vor Miss Gemmas Fernseher. Oder die Tatsache, dass es sich einfach nicht mehr gut anfühlte – und wenn es so war, musstest du dich fragen, warum du sie überhaupt umgebracht hattest.

Du hast mit laufendem Motor im Wagen vor der Notaufnahme gesessen. Das Krankenhaus war hell erleuchtet, weiß und blau, eindrucksvoll und steril. Du bist wie betäubt ins grelle Licht gegangen. Hast dir vorstellen können, wie du ausgesehen haben magst, zitternd, voller Erde, ein geschwollenes Auge, das sich bereits violett verfärbte und zu nässen begann.

Kann ich Ihnen helfen?, fragte die Frau am Empfang. Der Wartebereich war leer, es roch nach Latex und Desinfektionsmittel.

Bitte, hast du geflüstert.

Sir?

Bitte. Ich will nicht so sein.

Die Frau erhob sich. Sie trug einen pastellfarbenen Kittel mit grinsenden Teddybären. Mit verstörtem, leicht besorgtem Blick musterte sie dich, dieser Blick, den du schon so oft gesehen hattest, bei Sozialarbeitern, Pflegeeltern und Lehrkräften. Da hast du es erkannt. Wenn man dir helfen könnte, hätten sie es schon vor Jahren getan. Die einzigartige Wahrheit deines Lebens stieg aus deinem tiefsten Inneren zu dir auf, als du durch die Türen der Notaufnahme zurück ins Freie tratst. Du warst unheilbar. Niemand konnte dir helfen. Aus dir würde nie ein anderer werden.

■

Der Fahrtwind holt dich zurück. Er pfeift durch den Fensterspalt, trifft dich direkt ins Gesicht. Als du dich aus deinen Erinnerungen reißt, seid ihr schon am Fluss vorbeigefahren, in der Ferne am Rand von Huntsville ragt bereits das Sam Houston Monument auf. Das ist Shawnas Zeichen. Der Transporter saust darauf zu, jetzt ist es zu erkennen, riesig, in Marmor gehauen.

Die Welt scheint sich plötzlich langsamer zu drehen, da ist nur noch dieser eine lebenswichtige Augenblick. Dir schrillen die Ohren, dein Herz pocht wie wild.

Die Zukunft liegt vor dir, weit und offen. Die Flucht wird beängstigend sein, gefährlich, aber aufregend. Du hast keinen Plan, außer zu überleben. Du wirst dich in Abwasserrohren verstecken. Du wirst auf Eisenbahnwaggons klettern. Und selbst wenn du Blue House nie wiedersehen wirst, es wird dich vorantreiben. Eine Erinnerung, ein Testament. Du kannst besser sein. Du kannst weiterleben.

■

Der Zeitpunkt ist gekommen.

Die vielen Wochen des Planens, die vielen Jahre des Wartens laufen auf diese drei Sekunden zu. Mit einem Ruck beugst du dich so weit vor, wie es dir die Handschellen erlauben. Du schiebst ein Bein unter den Fahrersitz, dein Fuß berührt erneut das Metall.

Du ziehst, so fest du kannst.

Was da unter dem Sitz hervorkommt, ist keine Waffe. Es ist die abgebrochene Spitze eines kaputten Starterkabels.

■

Was, wenn ich es getan hätte?

Das hast du Shawna in der vergangenen Nacht gefragt, die Stirn gegen das verschmierte Fenster gepresst.

Was getan?

Weißt schon. Alles, was sie so sagen.

Warum?, hatte Shawna gefragt. Warum solltest du so was Schreckliches tun?

Würde ich nicht. Aber sagen wir mal, ich hätte es getan. Nur kurz. Würdest du mich trotzdem lieben?

Du wolltest dir ganz sicher sein. Du wolltest dich vergewissern, dass du Shawna weit genug reingezogen hattest, dass sie bereit war und dir, oder sich selbst, nicht nur was vorgespielt hatte und dass sie im tiefsten Inneren die Wahrheit kannte. Ihre Reaktion traf dich wie ein Schlag. Abscheu, aber da war auch eine gewisse Faszination. Du warst dir so sicher gewesen, wenn sie bewundernd gelacht hatte oder dich scheu angehimmelt. Jetzt lag Misstrauen in ihrem Blick.

Ich hab's nicht getan, natürlich nicht, sagtest du, zu schnell.

Schweigen. Hattest du's versaut? Die ganze Arbeit, die du in Shawna gesteckt hattest, könnte an diesem winzigen Fehler scheitern. Du hast versucht, zurückzurudern, aber ihr waren regelrecht die Gesichtszüge entgleist.

Es steht alles in meiner *Theorie*, hast du gesagt, ein verzweifelter Versuch, sie wieder an dich zu binden. Wenn du sie liest, wirst du alles verstehen. Gut und Böse sind einfach Geschichten, die wir uns erzählen, Narrative, die wir erfunden haben, um unsere Existenz zu rechtfertigen. Niemand ist vollkommen gut oder vollkommen böse. Jeder verdient es, weiterzuleben, findest du nicht?

Das Neonlicht strahlte grellweiß.

Ich muss gehen, stammelte sie und wich zurück. Morgen früh habe ich eine Antwort für dich.

∎

Die Wärter zucken bei deiner plötzlichen Vorwärtsbewegung zusammen, ziehen misstrauisch die Waffen und knurren eine Warnung.

Du weißt nun, was geschehen ist.

Dir bleibt: den Kopf mit voller Wucht gegens Fenster zu schlagen. Die Beine ausstrecken und von unten gegen den Fahrersitz treten.

Losbrüllen, deine Forderungen stellen, die gefesselten Hände ausstrecken und nach dem Starterkabel greifen. Die Wahrheit ist überwältigend. Du bist an deinen Sitz gefesselt und von fünf bewaffneten Männern umringt, alle mit militärischer Ausbildung. Du hast Shawna vertraut, hast sie massiv überschätzt. Sie hat dir mal wieder bewiesen, was du schon immer wusstest.

Wenn du dich auf Frauen verlässt, bist du verlassen.

# LAVENDER
## 2002

Lavender sprach mit den Mammutbäumen, und manchmal sprachen sie mit ihr.

Für die Bäume gab es eine besondere Sprache. Ein Flüstern. Ganz früh am Morgen war es besonders deutlich zu hören, wenn Nebelschwaden aus dem raschelnden Laub wallten und Lavender noch den Duft der Nacht riechen konnte, ein rauchiger Geruch in der Borke.

Lavender glaubte nicht an Gott, aber an die Zeit. Seit dreiundzwanzig Jahren war sie jeden Morgen an diesen Ort gekommen, und die Bäume hatten sie wachsen sehen. Sie hatten sie als junges Mädchen willkommen geheißen, in schmutziger Jeans, gebrochen und ziellos umherwandernd, und sie trösteten sie auch jetzt, als sechsundvierzigjährige, völlig veränderte Frau. Der Duft hatte sie immer wieder zurückgeholt, auf die Veranda des alten Farmhauses, Zedernholz und Bergluft. Manchmal war da auch Milchatem, ein runder Babymund, wild rudernde Ärmchen, und in diesen Momenten presste sie die Stirn an den borkigen Stamm und betete.

Lavenders Schritte knirschten im Morgendunst. Sie ging vorbei am Haus Fichte, dann kamen Espe, Magnolie und Farn. Das Stammhaus, Sequoia, thronte oben auf seinem Hügel, ein einziges Licht brannte im Bauch seiner Küche, wo Sunshine bereits den Teig fürs Brot knetete, ihn unter ihren rot vernarbten Fingern hin und her rollte. Lavender kam an den Wäscheleinen vorbei, wo reine weiße Geister im Wind flatterten, dann an den Pferden, die noch im Stall träumten. Als sie den Wald betrat, konzentrierte sich Lavender auf ihren Atem, kontrolliert, wie sie es im Gruppenseminar gelernt hatte. Die frische kalte Luft strömte ihr in die Nase und erfrischte ihren schlaftrunkenen Verstand.

Als Lavender auf die Lichtung trat, ging sie vor dem Baum auf die Knie.

*Sequoiadendron giganteum* - der Riesenmammutbaum hatte Jahrtausende überlebt. Wenn sie ihre Stirn an den Baum lehnte, verspürte sie umfassendes Wohlwollen. Der Baum brachte ihr Liebe entgegen, was Lavender nicht als Selbstverständlichkeit empfand.

Heute hatte sie allerdings Fragen. Heute dachte sie an Johnny und das Farmhaus, ihre kleinen Söhne und eine Szene, die Jahrzehnte zurücklag, ihr aber immer noch in den Knochen steckte. Als der Wind sanft durchs Waldlaub strich, stellte Lavender die Frage, die sie all die Jahre sorgfältig verdrängt hatte: Es war, als würde sie dem Baum ein Geheimnis zuflüstern.

*Was habe ich getan?*

Der Baum reagierte nie auf Verzweiflung. Lavender drückte den Mund gegen die Borke, das Harz prickelte ihr schmerzhaft auf den Lippen.

■

Als Lavender ins Tal zurückkehrte, war die Sonne bereits ganz aufgegangen und tauchte die Hügel in ein dunstiges orangefarbenes Licht. Gentle Valley lag wie aufgeplatzt vor ihr, üppig und majestätisch. Die Gemüsebeete und Obstbäume sprossen in der Mitte, organisiertes Chaos. Die Frauen waren wach: Rauch quoll aus dem Schornstein des Stammhauses, und aus der Ferne war ihr Gelächter zu hören, das Klappern des Frühstücksgeschirrs.

Nach dem Besuch bei den Mammutbäumen fühlte Lavender sich oft sehr klein. Sterblich, substanzlos. Es war immer eine Enttäuschung:

Die Sonne ging auf, und wieder kam die Wahrheit ans Tageslicht. Egal, wie weit Lavender auch reiste, das Mädchen aus dem Farmhaus kam mit, ein zarter Schatten, nach Erlösung hungernd.

Doch heute würde sie eine Antwort erhalten: Sie würde nach San Francisco fahren. Heute würde sie herausfinden, was dieses Mädchen hervorgebracht hatte.

■

Beim Packen leistete Harmony ihr Gesellschaft.

»Es ist völlig okay, nervös zu sein«, sagte sie. Sie sprach mit derselben Stimme, die sie bei Gruppenseminaren benutzte, heruntergedimmte Sanftheit. Wenn Harmony betrunken war, klang sie völlig anders, ihre Stimme strotzte vor Affektiertheiten aus der Welt, die sie zurückgelassen hatte. Kreischendes Schnauben, nasales Lachen – so ganz anders als diese weichgespülte Achtsamkeit. Nach vielen politischen Auseinandersetzungen innerhalb der Hierarchien der Kommune hatte man Harmony schließlich zur Seminarleiterin erwählt, und jetzt schien sie alles daran zu setzen, ihre Kompetenz zu beweisen.

»Macht es dir auch wirklich nichts aus, mich zu fahren?«, fragte Lavender zum dritten Mal.

Es war zwecklos, Harmony war nicht davon abzubringen. Die Frauen hatten abgestimmt, man würde für Lavender den Transporter zur Verfügung stellen, und Harmony hatte bei einer Freundin von der Mission eine Übernachtung organisiert. Die Stadt lag gerade einmal drei Stunden Fahrzeit entfernt, aber Lavender verließ Gentle Valley nur gelegentlich, wenn sie Sunshine nach Mendocino begleitete, um zur Bank zu gehen und im Baumarkt und auf dem Wochenmarkt einzukaufen.

Lavender schob einen Beutel Kräutermischung in ihre Reisetasche. Harmony, die eine konzentrierte Mitgefühlsmiene aufgesetzt hatte, gab ihr ein Sockenknäuel.

Seit Lavender es den Frauen erzählt hatte, waren Veränderungen eingetreten. Die Wahrheit war vor sechs Monaten herausgekommen, während einer Gruppentherapiestunde, die bis in die Nacht hinein angedauert hatte. Ihre ganze Geschichte. So lange hatte sie ihre Geheimnisse so streng gehütet, dass sie geglaubt hatte, es würde ihr Erleichterung verschaffen, sie endlich auszusprechen. Aber bis jetzt hatte es ihr nur Schmerz gebracht, ein Unbehagen tief in ihr drin, als hätte sie etwas Giftiges verdrängt. Dann kam ihr die Idee mit der Reise, dumm nur, dass sie den Frauen davon erzählt hatte. Natürlich war sie dankbar, dass sie ihr so viel Unterstützung entgegenbrachten, so viel Zeit und Mühe auf ihr Heilung verwendeten, aber sie war trotzdem angespannt. *Wir wollen dir helfen, deine Mitte zu finden*, hatte Harmony gesagt, und alle anderen hatten genickt. *Heilen können wir nur, wenn wir uns den Dingen stellen, die uns gebrochen haben.* Sogar Juniper war dafür gewesen, hatte ihr verwittertes Gesicht in Falten gelegt und zustimmend genickt. Also hatte Lavender nicht protestiert, als die Frauen einen Privatdetektiv engagierten, die E-Mails verschickten und in ihrem Namen ihr Kommen bestätigten. *Es ist Zeit*, hatte Harmony gesagt, *Zeit, dich deinen Dämonen zu stellen.*

Lavender hätte ihnen gern gesagt, was sie über Dämonen gelernt hatte. Oft waren es nämlich gar keine – nur Trümmer ihres Selbst, die sie vor der Welt verborgen hatte.

.

Vor dreiundzwanzig Jahren hatte Lavender Gentle Valley gefunden.

Sie saß im Bus und fuhr die Küste hinauf. Sie waren am Schild vorbeigerauscht, wie eine Vision war es am Straßenrand aufgetaucht: Die Worte mit Fingerfarbe gemalt und mit bunten Blumen verziert, einfach, freundlich. Die roten und gelben Lettern wirkten weiblich, lebendig. Lavender erhob sich und bat den Busfahrer, anzuhalten.

Zwei lange Jahre hatte sie zuvor in San Diego gelebt, von 1977 bis 1979. Da waren Motelzimmer gewesen, in grünliches Licht getaucht, Matratzenlager unter Highways und Männer, die beim Grinsen ihre faulenden Zähne entblößten, lange Fahrten, per Anhalter durch die Wüste. Ein kurzes Intermezzo in einem Club an der Interstate, wo Lavender gelangweilt in einem goldenen Bikini über eine Bühne schlenzte und Dollarscheine aus den Händen von Truckern schnappte, die ihr sagten, sie sähe aus wie Patty Hearst. Überall suchte sie nach Julie, auf jedem Freeway. Oft sah sie sie aus der Ferne: eine lachende Frau im Fenster eines Coffee Shops, eine lange Haarsträhne in einem vorbeisausenden Pick-up. Ihre Freundin fand sie nie, aber Lavender biss sich durch, absolvierte diese Jahre auf der Straße mit überraschender Sicherheit – die Welt war erträglich, denn Julie hatte sie schon vor ihr überlebt.

Es hatte Männer gegeben. Männer mit Tattoos, Männer mit Pferdeschwänzen, Männer mit toten Augen, frisch aus dem Vietnamkrieg zurückgekehrt. Und zu Lavenders Überraschung hatte es auch Frauen gegeben. Eine andere Tänzerin im Club, ihre Finger wie Honig, als sie unter Lavenders Rock glitten. Sie hatte ein paar rauschhafte Monate mit dieser Frau verbracht, sie war Kunststudentin, tanzte, um ihre kranke Mutter zu unterstützen, liebte Led Zeppelin und hatte ein Apartment voller Grünpflanzen. *Also, was genau bist du jetzt eigentlich?*, hatte sie eines Morgens im Bett gefragt, während sie mit dem Finger über Lavenders nackte Hüfte strich. Lavender wusste, dass sie eine konkrete Antwort erwartete: lesbisch, bisexuell, irgendwas dazwischen. Aber sie hatte nur die Achseln gezuckt. An den meisten Tagen fühlte sie sich nicht mal wie ein Mensch.

Diese Frau hatte Lavender von den Kommunen erzählt. *Fahr einfach die Küste hoch, dann findest du sie schon.* In der Gegend gab es unzählige Selbstversorger-Kommunen wie Gentle Valley, Horte des Friedens, die Heilung und Gemeinschaft versprachen. Es war reines Glück, dass Lavender nicht bei irgendeiner dieser Gruppen gelandet war, die zu Sekten wurden oder sogar tödlich endeten. Führungs-schwächen. Männliche Egomanen. Ein blindes, wunderbares Glück, dass Lavender ausgerechnet in Gentle Valley angehalten hatte: eine Gruppe von dreißig Frauen, die seither auf sechzig angewachsen war, gegründet von einem Psychologinnenpaar, Juniper und Rose. In Grundzügen orientierte man sich grob an den Zielen des Second-Wave-Feminismus, die Zerschlagung des Patriarchats und seinen vie-len Anhängseln, allerdings in kleinem Rahmen, mit einem besonde-ren Fokus auf Verhaltenstherapie für traumatisierte Frauen. Rose war zwischenzeitlich verstorben, aber Juniper hielt im Stammhaus immer noch Gruppenseminare ab. Die Frauen von Gentle Valley lebten voll-kommen autark, sie verkauften handgeflochtene Hängematten aus Naturmaterialien an Ökoläden im ganzen Land und verdienten sich so ein wenig dazu. Lavender mochte das Motto von Gentle Valley, so klar, so ansprechend: *Offene Augen, offenes Herz.*

Manchmal fehlten ihr die Männer. Ihre ruppige Brummigkeit. Ihre Wildheit. Gelegentlich erlaubte Juniper einem Mann, ein wenig bei ihnen zu bleiben, einem Bruder, Sohn oder Ehemann, so lange klar war, dass der Berg den Frauen gehörte. Wenn ein Mann unter ihnen war, änderte sich die Dynamik, die Atmosphäre war angespannter. Lavender dachte bisweilen über die alte Frage nach: *Was bist du jetzt eigentlich?* – und sie liebte Gentle Valley dafür, dass es hier egal war.

An jenem Tag vor dreiundzwanzig Jahren war Lavender aus dem brummenden Bus gestiegen und über die Schotterpiste ins Tal ge-wandert. Als sie das Stammhaus Sequoia zum ersten Mal erblickt hatte, das imposante Gebäude mit den Solarpaneelen auf dem Dach, war Lavender müde gewesen von der Welt, und die natürliche Perfek-tion dieses Ortes hatte sie mit Ehrfurcht erfüllt. Die Bäume, riesig, schwankend wie Wachsoldaten. Der Duft nach frischem Gras und Wildblumen. In einer Hand hatte sie eine kleine Reisetasche gehalten, mit der anderen ihren Bauch. Ihr Körper hatte nie wieder in seine natürliche Form zurückgefunden – seine Falten und Wölbungen erinnerten sie stets daran, wo sie einst gewesen war. Was sie zurückgelassen hatte. Lavender ergriff ihre Bauchfalte, umklammerte das weiche Fleisch, Testament ihrer Vergangenheit, und lief in die Dämmerung.

.

Jetzt schnallte sie sich an, auf dem Beifahrersitz des Transporters. Die Frauen aus der Therapiegruppe standen am Wegesrand, eine nach der anderen kamen sie herbei, flüsterten ihr durch das Autofenster Gedichtzitate zu, Lemon zitierte Rilke, Brooke Yeats, Pony hatte sich bei Joni Mitchell bedient. Wenn sie sich die Außenwelt vorstellte, empfand sie diese Frauen als fremd, aufgereiht in ihren selbstgeschneiderten Kleidern, die kahl geschorenen, kräftigen Schädel (Juniper ermutigte sie, sich dem Unweiblichen zu stellen). Sunshine trat hervor, löste Lavenders geballte Faust und drückte ihr eine kleine Figur in die Hand: der glückliche Buddha von ihrem Nachttisch.

Es war ein strahlender, wolkenloser Tag. Ein perfekter Herbsttag in Kalifornien. Als Harmony den Transporter über die lange Schotterpiste steuerte, betrachtete Lavender den Buddha aus durchscheinender Jade. In ihrer Handfläche sah er billig aus, nichtig. Sie schob sich die Figur in die Rocktasche und atmete zitternd aus, während sie mit den Fingern an den Kanten des braunen Umschlags auf ihrem Schoß entlangfuhr.

Sie brauchte ihn nicht zu öffnen. Die darin enthaltenen Dokumente kannte sie so gut wie auswendig. Es tröstete sie, was dort geschrieben stand, beruhigte sie in der plötzlich unangenehmen Enge des Transporters: Die Berichte hatten sich in Lavenders Gedächtnis gebrannt, sie hatte alle Telefonnummern rausgeschrieben und stundenlang im Büro des Stammhauses über den ausgedruckten E-Mails gebrütet. Jetzt, da Lavender am Umschlag herumfummelte, erkannte sie mit flauem Gefühl, dass sie die Kontrolle über ihr Schicksal abgeben hatte. Sie wollte das alles nicht. Sie hatte sich von der Güte dieser Frauen dazu verführen lassen und raste nun mitten hinein in ihren größten Alptraum.

Doch da war dieser Name. Einmal gehört, hatte Lavender ihn nie mehr vergessen.

Ellis Harrison.

.

*Was ist das Schlimmste, das passieren könnte?*, hatte Harmony gefragt, als sie Lavender die Beauftragung eines Privatdetektivs vorgeschlagen hatte. *Was wäre das Schlimmste, das du herausfinden könntest?*

Lavender stellte sich gern vor, dass ihre Kinder glücklich waren. Dass ihre Jungen ihren eigenen Lebensweg gefunden hatten, dass sie liebevoll und zufrieden waren. Weiter dachte sie nicht. Deshalb hatte sie sich so sorgfältig in der Isolation von Gentle Valley eingerichtet, denn hier musste sie nicht genauer hinsehen. Sie musste sich nicht sorgen, dass die Konsequenzen ihrer Entscheidung, damals getroffen, als sie eine völlig andere gewesen war, eigentlich noch ein Kind, sie womöglich irgendwann einholen würden. Sie konnte verdrängen, dass der lange Arm ihrer Entscheidung in die Welt hineinreichte, und brauchte sich nicht die unzähligen Realitäten auszumalen, die er geformt haben mochte.

.

Der Privatdetektiv fand zuerst heraus, was mit Baby Packer passiert war.

Es war leicht, denn es stand alles in den Akten. Er wurde 1977 adoptiert, nach einem kurzen Krankenhausaufenthalt. Ein zwei Monate alter Säugling mit akuter Mangelernährung. Wenn Lavender die Augen schloss, erinnerte sie sich sofort daran, wie er damals ausgesehen hatte, an jenem letzten Tag auf dem Boden des Farmhauses, wie seine winzigen Glieder unkontrolliert gezuckt hatten.

Cheryl und Denny Harrison hatten die notwendigen Formulare

ausgefüllt, alle lagen noch in der Akte beim Amt. Sie hatten Baby Packer einen strammen neuen Namen gegeben: Ellis. Der Privatdetektiv hatte herausgefunden, dass Ellis Harrison nicht mehr in New York wohnte, aber dort aufgewachsen war. Wenn Lavender versuchte, sich das magere Kind als vierundzwanzigjährigen Mann vorzustellen, schlug ihr Herz so langsam, so übertrieben, dass sie sich fragte, ob es zerronnen war.

*Was ist mit Ansel?*, hatte Lavender zögerlich gefragt.

Ansel wäre jetzt neunundzwanzig. Der Privatdetektiv hatte herausgefunden, dass er in einer Kleinstadt in Vermont lebte – er hatte Philosophie studiert und arbeitete jetzt bei einem Möbelhaus. Als sie das hörte, strahlte Lavender vor Stolz. Studiert hatte er. Natürlich. Er war so ein schlaues Kerlchen gewesen. Harmony hatte Ansels Adresse zwar ausgedruckt, aber Lavender hatte das gefaltete Blatt absichtlich hinter ihre Kommode rutschen lassen.

In den darauffolgenden Wochen hatten die Frauen in mehreren Therapiesitzungen über Lavenders Optionen diskutiert. Harmony drängte Lavender, Ansel einen Brief zu schreiben, die verfasste sie doch sicher ohnehin ständig in Gedanken, oder? Doch selbst diese Vorstellung erschien ihr unmöglich. Beim Gedanken, ihre Kinder wiederzusehen, wurde Lavender so schlecht, dass sie die Sitzungen oft frühzeitig abbrechen mussten, damit Lavender sich hinlegen konnte.

Ganz besonders Ansel. Ansel würde sich erinnern.

Schließlich einigten sie sich auf einen Kompromiss. Sie würde mit dem Kontakt beginnen, der am weitesten von ihren Kindern entfernt war. So könnte sie Informationen sammeln und sich rantasten, ohne davon überwältigt zu werden.

*Liebe Lavender,* hatte Cheryl Harrison ihr auf den Brief geantwortet, den sie mit Harmony verfasst hatte, *ich freue mich, dass Sie mich kontaktiert haben. Nächsten Monat eröffne ich ein Galerie in San Francisco, da könnten wir uns treffen, wenn Sie möchten. Ich weiß nicht, was Sie sich erhoffen, gebe Ihnen aber gern Auskunft zu all Ihren Fragen.*

*Wenn Sie zur Galerie kommen möchten, werde ich meine Assistentin anweisen, alles Weitere in die Wege zu leiten. Herzlich, Cheryl Harrison.* Jetzt, als der Transporter auf den Highway auffuhr, dachte Lavender an Johnny. Sein Geist war der Teufel, der ihr ständig auf der Schulter saß und ihr auch nach so vielen Jahren noch Gift ins Ohr träufelte. *Herrje, Lav, Was für eine bescheuerte Idee!*

Ganz am Ende hatte der Privatdetektiv eine Notiz verfasst, fast wie ein nachträglicher Einfall: Johnny sei tot. Er sei nie ins Farmhaus zurückgekehrt, war vor den Leuten vom Jugendamt abgetaucht, hatte in irgendeinem Hinterwäldlerkaff eine halbe Stunde südlich von der Farm einen halbherzigen Neustart gewagt und war schließlich betrunken auf der Interstate mit einem Laster kollidiert und gestorben, als sein Wagen beim Aufprall explodierte.

Wenn Lavender jetzt an Johnny dachte, sah sie nur die Flammen.

.

Die Stadt tauchte vor ihnen auf, rastlos. Harmony summte zur Musik aus dem Radio, als aus dem Nebel die ersten Wolkenkratzer aufragten – Lavender umklammerte den Buddha so fest, dass er eine Druckstelle in ihrer Handfläche hinterließ. So viele Personen war sie in ihrem kurzen Leben schon gewesen. Bemerkenswert, dass sich das Mädchen aus dem Farmhaus zu einer derart gereiften Persönlichkeit entwickelt hatte. Lavender hatte Meditieren gelernt. Sie konnte einen Kopfstand vollführen. Sie konnte genügend Apfelkuchen backen, um sechzig Menschen damit zu versorgen. Sie hatte sich mit solcher Entschlossenheit in die Warmherzigkeit der anderen Frauen gehüllt, in den Tagesrhythmus von Gentle Valley – die Therapiesitzungen und Lyrik zum Abendessen und die Nachmittage im Garten –, dass sie darüber die Schärfe der Welt da draußen fast vergessen hätte. Zeitungen las sie nicht mehr, das tragische Attentat vom 11. September war zu schrecklich gewesen. Als San Francisco sich in der Ferne entfaltete, eine glitzernde Drohung unter bedecktem Himmel, fühlte Lavender sich auf einmal entwurzelt, wie ein schwereloses Objekt, das durchs Universum sauste. Sie versuchte, sich an das Mädchen von damals zu erinnern, einundzwanzig Jahre jung, die vielen Monate allein auf der Straße, ihre schweren, milchgefüllten Brüste. *Manchmal habe ich das Gefühl, mich zu häuten,* hatte sie einst zu Sunshine gesagt, die Einzige, die sie verstand. *Manchmal sitze ich am Boden und suche nach der Gussform für meine Haut.*

Bei ihrer Ankunft in Gentle Valley war Sunshine schwanger gewesen, die Hände mit wundroten Brandblasen bedeckt, der Mund scheinbar für immer verschlossen. Kein einziges Wort hatte sie gesprochen. Lavender war schon fast ein Jahr dort, als Sunshine zu ihnen kam, und sie erkannte die tiefe Bindung zu ihr an der Art, wie Sunshine bei jedem schleppenden Schritt zu beben schien.

Ein paar Monate später kam Sunshines Baby auf die Welt. Lavender war wortlos zur Patin erkoren worden – Sunshine keuchte, als ihr die Krankenschwester den kühlen Lappen an die Stirn drückte, sagte aber wie immer kein Wort, als es darum ging, wie das Kind heißen sollte. Als sie es Lavender in die Arme legte, durchfuhr Lavender eine plötzliche Liebe, erschütternd und vertraut zugleich, so intensiv, dass sie laut aufheulte. Die meisten Frauen in Gentle Valley hatten den Namen von Blumen, Bäumen oder Farben angenommen. Doch als Lavender die rote, rissige Haut des neugeborenen Kinds betrachtete, fiel ihr ein ganz anderer Name ein – der Name des Menschen, dem sie zu verdanken hatte, dass sie hier stand, lebte und dieses winzige Herz in ihrer Hand schlagen spürte.

*Minnie,* sagte sie in Gedenken an die Frau vom Tankstellenladen, die sie vor so vielen Jahren gerettet hatte. Sunshine nickte zustimmend. *Wir nennen sie Minnie.*

Als Patin machte Lavender es sich zur Aufgabe, Zeugin zu sein. Minnie wuchs von einem heulenden Kleinkind zu einer Achtjährigen mit ständig zerkratzten und schmutzigen Knien heran, dann zu einer verstockten Jugendlichen, die sich weigerte, sich wie alle anderen Frauen in der Kommune den Schädel zu rasieren. Schließlich, als junge Frau, packte sie eines Morgens wortlos ihre Tasche und verließ das Tal. Danach verbrachte Lavender viele Tage mit Sunshine im Wald, wo sie Pfade abliefen, die Arme gegen die Kälte schützend um ihre Körper geschlungen, während unter ihren Stiefeln das trockene Laub zerbarst.

Deswegen verstand Sunshine, dass die Zeit wie ein Messer sein konnte, irgendwann würde es zustechen. Als der Transporter im Stadtverkehr langsamer fuhr, streichelte Lavender den Buddha in ihrer schweißnassen Handfläche und stellte sich vor, dass Sunshine auf dem Rücksitz säße. Sunshine würde den stoppeligen Kopf schütteln, fragen, ohne zu urteilen, sich aufrichtig wundern. *Warum bist du nie zu ihnen zurückgekehrt?*

■

»Bereit?«, fragte Harmony.

Sie standen mit laufendem Motor vor dem Café, wo Lavender sich mit Cheryl treffen wollte. Die Galerie war direkt gegenüber – die Ausstellung sollte erst in einer Stunde beginnen, doch die Straße schien bereits mit aufgeregter Erwartung zu pulsieren.

»Nein, nicht so richtig«, sagte Lavender.

»Es wird schon gut gehen«, sagte Harmony, doch sie klang unsicher. »Ich bin um die Ecke, bei Deena. Du bist stark, Lavender, sehr stark.«

Lavender hatte keine Geduld für Harmonys Plattitüden. Sie schnappte sich ihren Rucksack, kontrollierte ihre Zähne im Rückspiegel und öffnete die Tür. Sie fühlte sich ungewaschen, außerdem war ihre Bluse schweißdurchtränkt und fühlte sich jetzt klammfeucht an. Gegen die salzige Brise, die zwischen den bunten, niedrigen Gebäuden hindurchpfiff, konnte ihre mitgebrachte Strickjacke nichts ausrichten. Ohne ein weiteres Wort stieg sie aus, vom Adrenalin vorwärtsgetrieben.

Die Stadt war ein Ungeheuer. Lavender trat in seinen Schlund.

■

Das Café war modern, für junge Leute gemacht, auf den Fensterbänken standen unzählige Sukkulenten. Als Lavender grünen Tee bestellte, musterte sie der Barista von Kopf bis Fuß: kahlgeschorener Schädel, Ohrringe aus Holzperlen, schlammverkrustete Clogs. Sie fummelte ungelenk mit den Münzen herum und gab ihm zu viel Trinkgeld, während sie sich im Café umsah. An den meisten Tischen saßen modisch gekleidete junge Leute, sie lasen Bücher oder unterhielten sich gedämpft. Lavenders Kehle fühlte sich rau an. Sie war nervös, bedauerte, überhaupt hergekommen zu sein. Es gab hier nur eine andere Frau in ihrem Alter, sie saß an einem Tisch am Rand.

Cheryl Harrison.

Erst als die Frau sich erhob und ihr zuwinkte, bemerkte Lavender, wie groß sie war. Über eins achtzig. Sie hatte dickes, kastanienbraunes Haar, elegant unter einem Schal drapiert, und trug zarte Ohrringe zu einem Kleid mit langen Puffärmeln. Das Kleid war aus fließendem Satin gemacht, seidig, edel. Mit ihren nussbraunen Augen musterte sie Lavender von Kopf bis Fuß. Lavender ließ sich vorsichtig auf dem leeren Stuhl nieder. Cheryl hatte schwarzen Kaffee bestellt, an ihrem Becherrand prangte ein perfekter roter Lippenstiftkranz.

»So«, sagte Cheryl. »Sie sind also Lavender.«

Sie hatte einen zarten, geraden Rücken und saß vorn auf der Stuhlkante. Wie eine Katze, dachte Lavender, majestätisch, elegant. Cheryl war vermutlich Anfang sechzig, aber beim Anblick ihres zarten Teints war sich Lavender auf einmal ihrer schlaffen Haut bewusst – Cheryl hatte ein nahezu faltenloses Lächeln, nur ein paar feine Linien umspielten ihre Augenwinkel, sie trug Absatzsandalen, aus denen ihre kleinen, rot lackierten Zehen wie saubere kleine Kirschen hervorlugten. Erst als Cheryl ihren Becher hob, fiel Lavender der gelbe Farbstreifen an ihrem Handteller auf.

»Ich gratuliere«, sagte Lavender. »Zur Galerieeröffnung.«

»Ach, danke! Es ist ziemlich aufregend, nicht wahr? Denny, mein Mann, hat mich vor seinem Tod ermutigt, mich der Fotografie zu widmen, und ich wünschte nur, ich hätte es früher getan.«

Der Barista servierte Lavenders Tee – ein leerer Becher und eine komplizierte Teekanne. Lavender fand, dass Cheryl eine gewisse Härte ausstrahlte, aber sie wirkte nicht unfreundlich. Eher weise. Eine Selbstsicherheit, in deren Gegenwart sich Lavender kleiner fühlte, als würde sie unter ihrer Haut zusammenschrumpfen. Vor nur einem Jahr hatte diese Frau das Attentat vom 11. September erlebt und überlebt. Doch hier saß sie, offenbar frei von jeglichen traumatischen Folgen.

Cheryl verengte die Augen. »Wurden Sie schon mal porträtiert?«

»Ähm«, stammelte Lavender, »nein.«

»Tatsächlich? Ich meine, Ihr Gesicht … darin liegen Welten.«

Lavender hatte keine Ahnung, was sie damit anfangen sollte, und Cheryl schien dies zu spüren, denn sie rutschte auf ihrem Stuhl herum, ihr Kleid ergoss sich sanft in ihren Schoß. Lavender konnte sich Cheryls Apartment genau vorstellen: hohe Decken, vergoldete Fensterhebel, Kunst an den Wänden. Alles wäre eindrucksvoll und erlesen. Ein modernes Sofa, ein restaurierter Eichentisch, Deko aus exotischen Ländern neben Erstausgaben von Gedichtbänden. Ein alternatives Wohlstandsleben, wie Lavender es sich bisweilen ausgemalt hatte – eine Phantasie, in der alles anders war, schon von Beginn an.

»Also«, sagte Cheryl. »Sie wollten mit mir sprechen.«

»Ich wollte fragen … wie sein Leben war«, sagte Lavender.

»Ich bin froh, dass Sie mich kontaktiert haben«, sagte Cheryl, »und nicht … nun, nicht Ellis.«

»Weiß er Bescheid?«

»Er hat immer gewusst, dass er adoptiert wurde, ja. Aber er weiß nichts von unserem Treffen. Ich wollte ihm nicht noch mehr aufbürden.«

Lavender hatte das Gefühl, einen Ball schlucken zu müssen.

»Ist er glücklich?«, brachte sie hervor.

»O ja«, sagte Cheryl mit einem schwachen, aber aufrichtigen Lächeln. »Ich kenne kaum jemanden, der glücklicher wäre.«

»Ist er in New York aufgewachsen?«

Cheryl nickte. »Er wohnt jetzt Upstate. Im Sommer haben wir immer eine Hütte in den Adirondacks gemietet – ich dachte, es wäre gut für ihn, zu seinen Wurzeln zurückzukehren, und Ellis hat die Berge immer geliebt. Er ist gleich nach der Highschool rausgezogen. Er hatte einen Platz an der NYU, aber Denny und ich haben schnell gemerkt, dass das nichts für ihn war. Ellis wollte mehr, etwas, das die Stadt ihm nicht geben konnte, mehr, als die anderen erwarteten. In dem Jahr, im Juni, hat er Rachel kennengelernt. Im August haben wir von ihrer Schwangerschaft erfahren. Das Leben zeigt einem manchmal ziemlich deutlich, wo man hingehört, finden Sie nicht? Jedenfalls haben sie ein Restaurant eröffnet. Ellis backt mit einem unglaublich guten Sauerteig.«

Lavender spürte, wie sich die Schwere in ihrem ganzen Körper ausbreitete und sie fast erstickte. Jetzt wünschte sie innig, Harmony hätte sie nicht zu diesem Treffen überredet. Es war zu groß. Zu viel.

»Also gibt es ein … Enkelkind?«

Cheryl nickte. Sie beugte sich vor, ihr Duft lag in der Luft, teuer, geschmackvoll, sie roch nach Sonnenblumen.

»Ich habe eine Idee«, sagte Cheryl. »Wollen wir rübergehen in die Galerie? Die Eröffnung ist erst in einer Stunde, aber es hängt schon alles an den Wänden. Ich gebe Ihnen eine Privatführung.«

Ein großzügiges Angebot. Sie reichte Lavender die Hand. Lavender folgte Cheryl aus dem Café, ihr Tee stand dampfend auf dem Tisch, sie hatte ihn nicht angerührt.

Der Himmel war immer noch bedeckt, der Nachmittag fühlte sich dichter an, schwerer. Auf der Straße ging es laut und hektisch zu, und Lavender war erleichtert, als sie endlich vor dem kleinen Laden am Ende der Straße standen.

Ein Bettler kauerte vor dem Aufgang, aber Cheryl stieg unbeeindruckt über ihn hinweg und bedeutete Lavender, einzutreten. Die Galerie bestand nur aus einem kleinen weißen Raum. In einer Ecke kümmerten sich zwei junge Frauen in bis zum Hals zugeknöpften Hemden um den Wein und arrangierten Gläser auf dem gestärkten, blütenweißen Tischtuch.

»Ich habe die Serie *Homeland* genannt«, sagte Cheryl freundlich und deutete auf die Wand gegenüber, an der gerahmte Bilder in einer Reihe hingen. »Es soll ausdrücken, dass wir uns ständig neu erfinden und uns ein neues Heim schaffen, ein angemessenes Umfeld für die verschiedenen Phasen unserer persönlichen Evolution. Die hier dargestellte Familie verändert sich und ist gleichsam permanent. Dieses vermeintliche Paradox wollte ich näher erforschen.«

Lavender trat näher an das Foto in der Mitte heran.

Es war unverkennbar.

Baby Packer. Kein Baby mehr. Ein erwachsener Mann.

Und doch hatte Ellis Harrison kaum Ähnlichkeit mit dem Kind aus ihrer Erinnerung. Natürlich, denn in ihrem Kopf war er ein Baby, ungeformt. Aber hier auf dem Foto war der Beweis, zweifelsfrei: Das war ihr Sohn. Das Porträt zeigte intensive Farbkontraste. Ellis Harrison stand vor einer leuchtend blau gestrichenen Holzwand. Er blinzelte weise in die Kamera, ein schwarzer Fleck zierte seine Wange. Ruß oder vielleicht Küchenfett. Seine Sommersprossen formten Konstellationen, die sie erkannte: Der Große Wagen zog sich über seine Nase, ein perfektes Ebenbild der Konstellation auf Lavenders Nase. Auch die Augen hatte er von ihr, schwere Lider, die Wimpern so hell, fast durchsichtig. Sie verstand genau, warum Cheryl sie so eingehend musterte, voller Neugier und Misstrauen. Der Junge war ganz offensichtlich Lavenders Kind. Johnny hatte nur einen geringen Anteil daran, nur eine gewisse Ähnlichkeit bestand in der Art, wie Ellis das Kinn vorreckte.

Lavender wollte nicht weinen, aber die Emotionen des Tages überwältigten sie. Sie biss die Zähne zusammen, bis ihr der Kiefer schmerzte.

Auf dem nächsten Foto war ein kleines Mädchen zu sehen, es war vielleicht sechs Jahre alt. Ihre Hand war zu Ellis hochgestreckt, mit der anderen untersuchte sie etwas auf dem Gehweg. Löwenzahn.

»Ihr Name ist Blue«, sagte Cheryl hinter ihr.

»Blue«, wiederholte Lavender.

Cheryl zog eine Grimasse. »Eigentlich heißt sie Beatrice, aber die Dorfbewohner haben sie Blue getauft. Sie ist ein altkluges kleines Ding, sehr empathisch. Letzten Monat haben sie in einer Schachtel unter ihrem Bett eine verletzte Schlange entdeckt – sie hat sie gesundgepflegt.« Cheryl kicherte. »Das ist das Restaurant, The Blue House.«

Die folgenden Fotos zeigten das Innere des Restaurants. Blue hockte auf dem Küchentresen, wo eine hübsche Brünette eine große Schale Frühlingszwiebeln zerkleinerte. Ellis und die Brünette, seine Frau, führten am großen Herd verschiedene Arbeiten aus – die Kamera hatte das Aufblitzen eines Spachtels eingefangen, einen Dampfkringel, einen überquellenden Mülleimer voller abgenagter Maiskolben. Da war ein Schnappschuss von Blue, ihre Lippen an einem Strohhalm, wie sie Limo aus einem Plastikbecher trank. Blue, in einer Nische, mit Pommes in den Nasenlöchern, als wäre sie ein Walross. Das letzte Foto der Sammlung erwischte Lavender eiskalt. Ellis und seine Frau saßen an einer langen Eichentheke, der Augenblick scheinbar unbemerkt eingefangen: Die kleine Blue saß zwischen ihnen, ihre Eltern hatten die Wangen an ihren Kopf gelehnt. Bei diesem Anblick war Lavender, als könnte sie ihre Kopfhaut riechen. Kinderduft, klebrig süß.

»Bitte«, sagte Cheryl.

Lavenders Herz war ein Orchester, Pauken und Trompeten.

»Bitte, Lavender. Versprechen Sie mir, dass Sie ihn nicht besuchen. Ellis ist in seiner Welt zu Hause, steht fest in seinem Leben. Er ist schon viele Jahre ohne Sie glücklich gewesen.«

Cheryl stand mit verschränkten Armen vor den Bildern, in ihrem Gesicht stand ein vertrauter Ausdruck. Lavender erkannte ihn instinktiv. Sie selbst hatte so empfunden, vor vielen Jahren, für dasselbe Kind. Beschützerinstinkt und Liebe, Verzweiflung und Opferbereitschaft.

»Okay«, stieß Lavender hervor. Sie wandte sich ab, mochte die Bilder nicht länger ansehen. Sie weinte, fürchterlich aufgelöst. »Ich sollte jetzt gehen. Danke, Cheryl. Danke, dass Sie es mir gezeigt haben.«

»Wollen Sie nicht zur Eröffnung bleiben?«

»Nein, danke.« Sie drängte sich an Cheryl vorbei auf den Ausgang zu. Draußen hatte sich der Abendhimmel zu einem überreifen Lilaton verfärbt. »Nur eines. Mein anderer Sohn, Ansel. Weiß Ellis von ihm?«

»Nein«, sagte Cheryl leise. »Ellis hat nie von seinem Bruder erfahren. Wir haben ihn nur ein einziges Mal gesehen. Im Krankenhaus, als wir Ellis abgeholt haben. Der Sozialarbeiter hat mich von der Säuglingsstation auf die Kinderstation begleitet. Der Junge war in einem kleinen Zimmer und hat auf einem Sitzsack ein Buch gelesen. Er sah normal aus, durchs Fenster. Gesund.

»Was ist danach passiert?«

»Ich weiß es nicht. Sie haben natürlich gefragt, ob wir ihn auch nehmen könnten.«

So plötzlich schlug der Neid zu. Wie eine Ohrfeige. Cheryl wirkte so entspannt in diesem geschmackvollen Raum, trug ihre schönen Kleider, während ihr Personal um sie herumwirbelte. Cheryl war elegant. Cheryl war selbstsicher. Cheryl hatte genug Vertrauen ins Leben, dass sie mit seinen Farben spielen konnte, Dunkelheit zu Licht machen und Licht zu Leere. Sie war Lavender mit Wohlwollen begegnet, ohne dass sie dazu verpflichtet gewesen wäre. In einem anderen

Leben, dachte Lavender, hätte das alles ihr gehört – Farben und Trost, eine klare Überzeugung. Eine gute Mutter, zufrieden.

»Sie haben Ansel einfach dort gelassen?«, fragte Lavender, überrascht von ihrem vorwurfsvollen Ton.

Cheryls Blick wurde weich, als könnte sie direkt durch Lavender hindurch auf ihre Wunden sehen.

»Ach, Lavender«, sagte sie. »Ansel war nie unser Kind. Er war Ihres.«

■

Dunkelheit.

Die Galerie rotzte Lavender auf die Straße. Sie stolperte mit weichen Knien über den Gehweg, ihr Körper war taub vor Schock, als die Erinnerung in ihr hochschwappte und alles verfinsterte. Sie lief, bis die Gebäude völlig anders aussahen, bis sie Cheryls Fotos im chaotischen Straßenlabyrinth hinter sich gelassen hatte.

Irgendwann kam sie ans Wasser. Lavender schlich sich an den Rand des Gehwegs, wo Beton auf Meer traf, und war froh, sich hier zu verlieren. Wenn sie sich die Ohren zuhielt und nach oben schaute, wäre der blanke, sternenlose Himmel fast wie ihr Zuhause. Lavender stolperte vorwärts, die Bewegungen der Stadt wie Kapillare im schockstarren Tag.

Ihre Erinnerungen waren wie ein Sumpf. Füllten ihren Mund, bis sie fast erstickte. Diese staubige, vergilbte Matratze, ihre Jungen fest in den Armen. Getrocknetes Blut unter ihren Fingernägeln. Noch immer hatte sie den Geruch von Ansels Haar in der Nase, seine steifen, verdreckten Locken, fühlte seine verklebten, feuchten Handflächen nach einem Tag auf dem Hof. Sah das Baby, weich hinter dem Schutzwall der Decken, ein Speichelfaden hing wie eine Brücke zwischen Kinn und Brust.

Seine Moleküle. Seine tiefste Seele. Sicher in Decken gehüllt.

Lavender griff in die Tasche ihres Hanfhemds. Sie hatte in jedes ihrer Kleidungsstücke eine kleine Innentasche genäht, genau aus diesem Grund. Darin lag die Kette mit dem Amulett. Das Schutzmedaillon, das sie ihrem Kind umgehängt und dann aus Versehen abgenommen hatte. Im trüben Licht der Stadt sah es abgegriffen aus. Sie wusste nicht, warum sie es immer noch mit sich herumtrug – am Hals mochte sie es nicht tragen, aber weglegen konnte sie es auch nicht.

Über die Jahre hatte Lavender die Spielarten der Liebe erlernt. Freundschaftliche Liebe, gute Gespräche spät in der Nacht. Partyliebe, Whiskey im Mondschein. Sexuelle Liebe, lustrot – jahrelang war da eine Frau namens Joy gewesen. Und irgendwann hatte Lavender auch gelernt, ihren Körper zu lieben, ausgestreckt am frühen Morgen. Doch jetzt war ihr alles klar geworden, hier, in der verstörenden Enge ihrer Erinnerung. Nichts davon war der Liebe zum eigenen Kind ebenbürtig, denn die war von der Natur in uns angelegt, seit Urzeiten, ein Produkt der Evolution. Und hatte man sie erst empfunden, konnte man sie nie mehr auslöschen. Diese Liebe steckte ihr in den Knochen, sie war ein Teil von ihr.

Um sie herum dunkelte die Nacht. Sie war am Ziel ihrer Reise angelangt. Ein schrecklicher Fehler. Man konnte die Vergangenheit aufklappen wie eine Schachtel und sehnsüchtig hineinschauen, aber es war zu gefährlich, sie zu betreten.

Zu ihren Füßen wogte das samtige Wasser der Bucht. Die Bilder zogen an ihr vorbei wie ein Film, jeder kostbare Moment, den Cheryl mit der Kamera festgehalten hatte. Lavender wusste, dass sie diese Reise bereuen oder sich ihr stellen würde, aber in diesem Augenblick spürte sie nur Befremden. Wie brutal, wie grausam, ein Leben auf die Welt zu bringen, es dann loslassen zu müssen und nur einen Schnappschuss als Beweis dafür zu haben, dass es zu einem Menschen herangewachsen ist.

◾

Als Harmony im Transporter herbeikam, sagte Lavender mit schwerer Stimme: *Bring mich heim.* Harmony stellte keine Fragen, widersprach nicht mal, obwohl sie geplant hatten, in der Stadt zu übernachten. Im Stau vor der Bücke erlebte Lavender die Stille allerdings wie einen Vorwurf. Die Stadt schlug da draußen ihre Trommel, und Lavender kam der elende Gedanke, dass sie ihre Kinder nicht mal erkennen würde, wenn sie auf dem Gehweg an ihnen vorbeigehen würden. Sie dachte an Ansel, neunundzwanzig Jahre alt: War er verheiratet? Liebte er seinen Job? Hatte er Kinder? Brauchte er sie vielleicht immer noch?

Zum ersten Mal in ihrem Leben ließ Lavender Fragen zu. Was, wenn sie zurückgekehrt wäre? Was, wenn sie gen Norden gezogen wäre statt dreitausend Meilen westlich, wenn sie die Jungen vom harten Boden hochgenommen und sie einfach festgehalten hätte, ihnen versprochen, sie nie mehr loszulassen? Gäbe es dann ein Mädchen namens Blue? Gäbe es sie, Lavender? Wie sähe das Universum aus, wenn sie ihre Kinder gerettet hätte statt sich selbst?

■

*Lieber Ansel,*
*ich hoffe, du kannst die Bäume riechen. Sie sprechen, wusstest du das? Wenn du dich verloren fühlst, flüstere ihnen einfach etwas zu.*

*Lieber Ansel,*
*ich hoffe, die Welt war gut zu dir. Ich hoffe, du warst gut zu ihr.*

*Lieber Ansel,*
*mein geliebter Sohn. Mein Herz. Mein kleiner Junge.*
*Ich …*

■

Zuhause. Der Duft von zertretenem Laub. Feuchtes Eichenholz, der rauchige Geruch des Herds im Stammhaus. Als Lavender die Tür zu ihrem Zimmer aufschob, wurde sie sanft von ihrem gemusterten Quilt empfangen, der zusammengefaltet am Bettende lag, genau wie sie ihn hinterlassen hatte.

Am nächsten Morgen rezitierten die Frauen ein Gedicht. Juniper hatte darum gebeten, Lavenders Lieblingsgedicht von Mary Oliver auszudrucken und auf jedem sauberen Frühstücksteller ein Exemplar auszulegen. Harmony wirkte verlegen – als sie Lavender eine Hand auf die Schulter gelegt hatte, um sie vom Tischdeckdienst zu befreien, hatten ihre Finger gezittert, als wüsste sie genau, dass sie einen Fehler begangen hatte. Es war nicht Harmonys Schuld, Lavender könnte ihr lediglich anlasten, dass diese Reise ihre Idee gewesen war. Doch die Galerie hatte Lavender selbst betreten.

Nach dem Abendessen unternahm Lavender mit Sunshine einen Spaziergang. Sie versenkten sich ins Abendleuchten, lauschten dem ferne Gezirpe der Insekten und dem müden Rascheln der Vögel in ihren Nestern. Als die Lagerfeuer gelöscht waren, als in Gentle Valley nach und nach die Lichter ausgingen und sich der Schlaf niedersenkte, folgte Sunshine Lavender aufs Zimmer. Sie ließen das Licht ausgeschaltet, als sie einander angezogen unter der Bettdecke in die Arme schlossen. Lavender bebte vor Trauer, als Sunshine sie zärtlich umfing, die Form ihres Körpers wiegte Lavender in Sicherheit. In einem anderen Leben hätte Lavender es vielleicht zugelassen, sich Sunshine zugewandt und sich ihrer Sehnsucht hingegeben. Aber Lavenders Leben fand jetzt und hier statt, und in diesem Leben war Sunshine eine gute Freundin, die wusste, was Lavender brauchte – liebevoll umarmt, gewiegt und von der Wärme ihrer Haut in den Schlaf gelullt zu werden.

Als Sunshine eingeschlafen war, stand Lavender in der Dunkelheit. Sie zog den Stuhl unter dem Schreibtisch am Fenster hervor und ließ sich mit schmerzenden Gliedern darauf fallen. Im Mondschein leuchtete das leere Blatt. Der Stift in ihrer Hand war ein glänzender Dolch.

Lieber Ansel, dachte sie, als sie Tinte aufs Papier drückte. Sie würde einen Brief schreiben, ihn aber nie abschicken, noch ein Posten auf der Liste des Was-wäre-wenn.

Lieber Ansel. Sag es mir. Zeig es mir. Lass mich sehen, was aus dir geworden ist.

# 4 STUNDEN

Vorbeugen, sagt der Wärter. Hose runter.

Das neue Gefängnis riecht anders. Nach dem Mörtel, der die alten Ziegelsteine zusammenhält, wie nasser Beton und Rauch, der aus dem Schornstein des Nachbargebäudes quillt, wo die Insassen beulende Matratzen für Studentenwohnheime herstellen.

Hose runter, wiederholt der Wärter.

Das Blatt ist zwischen deinem Hosenbund und der Hüfte versteckt, das spitze Ende bohrt sich ins Gummi. Der Brief von Blue. Du fummelst am Bund herum und versuchst dabei, den Brief in deiner Hand zu verstecken, aber eine weiße Ecke blitzt sichtbar auf. Die Wärter handeln blitzschnell: innerhalb von Sekunden haben sie dich zu Boden gerungen, die Wange in den Staub gedrückt, dir die Luft aus der Brust geprügelt, während dir die Unterhose um die Beine schlackert. Ein böses Kichern, als die Männer den Brief auseinanderfalten.

Was haben wir denn hier?

*Lieber Ansel*, liest einer laut vor, mit spitzer, gekünstelter Kleinmädchenstimme. Meine Antwort lautet: *Ja. Ich werde da sein, als Zeugin. Ich will nicht …*

Du rappelst dich auf, der Schmerz fährt dir in die Rippen, als du dir gehorsam die Hose ausziehst. Dein Penis verkriecht sich ins Nest deines Schamhaars, klein und weich und ungeschützt. Ein Wärter kontrolliert dein Rektum. Der andere steht höhnisch grinsend daneben und rezitiert Blues Worte mit nasaler Fistelstimme:

*Ich will dich nicht sehen, und ich will nicht mit dir sprechen ...*

Aufhören. Bitte.

Der Wärter fuchtelt dir mit dem Brief vor der Nase herum – nackt, in der Hocke, streckst du die Hand danach aus. Er grinst, lässt den Brief mit spitzen Fingern an einer Ecke baumeln. Dann zerreißt er ihn, wieder und wieder, lange weiße Streifen regnen wie Konfetti herab. Mit ihren Worten zerreißt auch etwas in dir, aber du verharrst in der Hocke, bis dir die Knie beben. Die Worte, von Blue geschrieben, fallen zu Boden. Elegant, wie Schneeflocken.

■

Die Wärter zerren dich brutal über den Gang.

Bitte, nein ...

Nie hättest du gedacht, dass du betteln würdest. Sie zerren dich nur noch ruppiger weiter, eine Warnung: Gegenwehr zwecklos! Plötzlich sind deine Beine wie Gummi, die Panik lässt dich zögern, aber sie stoßen dich vorwärts, ignorieren deine schwachen Bremsversuche.

In diesem Moment solltest du eigentlich schon am Fluss sein. Du solltest das Wasser plätschern hören, dort, wo es über glatte Steine fließt. Du solltest einen Fuß hineintauchen – ein Schaudern, dann den anderen. Du stellst dir vor, wie sich das kalte Wasser an deinen Waden anfühlen würde, wie es dir eisig gegen die Haut klatscht, ein wunderbares Erwachen.

Der Schock fährt dir in die Glieder. Durchströmt dich mit Befremden. Bis zu diesem Augenblick war dir nicht klargewesen, wie fest du daran glaubtest. An dein Entkommen oder zumindest an den Tod beim Fluchtversuch. So lange, so fest hast du es geglaubt, dass die Wahrheit dir geradezu lächerlich erscheint. Unmöglich.

Es gibt keinen Himmel. Es gibt kein Gras. Es gibt kein Entrinnen.

.

Du bist ein Fingerabdruck.

Ein Daumen auf einem elektronischen Lesegerät. Zweifelsfrei: Kein anderer, nein, du wischst dir mit dem Handrücken den Staub aus den Augen, du wirst an den Handschellen nach vorn gezogen, du trägst den neuen weißen Overall, der aus unerfindlichen Gründen nach Fleisch stinkt. Du trittst über die Schwelle. Du bist jetzt hier, im Haus des Todes, wie sie es nennen.

Die Wartezelle ist klein. In Gebäude 12 kursierten allerlei Gerüchte darüber, wie es hier aussieht, die Schilderungen reichten von eindrucksvoll bis erbärmlich, je nachdem, wer sie verbreitete. Doch schon jetzt, am Eingang, ist der Unterschied klar zu erkennen: Deine alte Zelle in der Polunsky Unit hatte ein in der Stahlwand eingelassenes Fenster. In der Walls Unit gibt es offene Gitterstäbe.

Wie leicht wäre es gewesen, Shawna durch diese Stäbe hindurch zu berühren. Aber Shawna arbeitet nicht im Haus des Todes. Shawna ist in der Polunsky Unit, wo sie Jackson gerade durchs Grau zum Duschen führt, während ihre dicken Unterarme schwabbeln. Du erinnerst dich an ihr Gesicht, auf deinem letzten Gang durch Gebäude 12, wie dumm sie dagestanden hat, immer noch geschockt, schuldbewusst, weil sie dich angelogen hat.

Es gab keine Waffe. Die hatte es nie gegeben.

So viel Zeit verschwendet. Die verstohlenen Momente, die kitschigen Botschaften, zufälligen Berührungen, alles umsonst. Shawna ist ein Nichts, mit ihrem schwankenden Gang und den wunden Lippen. Shawna ist schwach. Eine Frau eben. Ohne dich wird ihre Zukunft desolat sein – Shawna wird ihre Morgenrunden absolvieren, aus ihrer alten, fleckigen Thermoskanne dünnen Kaffee trinken, anderen Schwerverbrechern unzählige Mahlzeiten servieren, und irgendwann wird sie diese letzten Wochen einfach vergessen, diesen Moment, als sie beinah etwas Bedeutendes geleistet hätte, Teil eines wichtigen Ereignisses gewesen wäre. Du hast fast ein bisschen Mitleid mit ihr.

Doch dann siehst du den Raum.

Nur ein kurzer Blick, im Sekundenbruchteil erhascht, bevor sie dich in die Wartezelle bugsieren. Nur vier Meter entfernt, über den Gang, dann rechts, die Tür wird aufgehalten. Nur einen Fitzel dieses Zwischenorts hast du gesehen, um den sich Legenden ranken: die Hinrichtungskammer. In diesem flüchtigen Moment siehst du die giftgrünen Wände. Du siehst das Schaufenster mit den zugezogenen Vorhängen. Die hinteren Rollen der Pritsche.

Du stolperst in die Zelle, wünscht, du hättest es nicht gesehen. Dieser Raum ist Himmel oder Hölle oder der Moment des Todes, ein Ort, den du nicht sehen solltest, bevor dein Name aufgerufen wird.

■

Drei Stunden, vierundfünfzig Minuten.

Die Welt kippt, alles daran ist falsch. Du sitzt auf dem Rand deiner neuen Koje, die Hände fest auf die Matratze gepresst, und denkst darüber nach, wie du hier gelandet bist.

Du hattest Monate, Jahre Zeit, ein solches Ende in Betracht zu ziehen, aber nie hast du dir vorstellen können, dass du tatsächlich das Haus des Todes sehen würdest. Die Zukunft war immer wandelbar, verbog sich zu neuen, undurchschaubare Formen. Die Zukunft war ein Mysterium, unbekannt. Du hast wirklich nie gedacht, dass die Zukunft so aussehen könnte. Sie wirkt zu beschränkt für einen Menschen wie dich.

Du erinnerst dich an diesen Mann aus der Polunsky Unit, der berühmte Insasse, der sich das Auge aus dem Schädel gerissen und es verschluckt hat. Jetzt kannst du nachempfinden, was diesen Mann getrieben haben muss, auf brutale Weise ergibt es auf einmal einen Sinn. Die Verzweiflung ist beabsichtigt, ist Teil dieses Prozesses. Deswegen haben sie dich jahrelang warten lassen, dann Monate, jetzt Stunden und Minuten, dein ganzes Leben ein einziger Countdown. Darum geht es. Das Warten, das Wissen, das Nicht-sterben-wollen.

■

Wie kannst du diese Arbeit machen?

Diese Frage hast du Shawna einmal gestellt, während der Mittagsschicht. Shawna sah müde aus, hatte violette Schatten unter den geschwollenen Augen. An jenem Morgen hatten sie Big Bear zur Walls Unit abtransportiert. Auf dem Weg zum Transporter hatte er geschluchzt, gebebt, am ganzen Körper gezuckt, hundertfünfzehn Kilo schiere Verzweiflung. Big Bear, ein Schwarzer mit einer göttlichen Singstimme. Big Bear, der einzige Mensch, von dem du überzeugt bist, dass er das Haus des Todes nicht verdient hatte. Vor zwanzig Jahren hatte er in seinem Wohnzimmer vor dem Fernseher gesessen, als die Polizei sein Apartment stürmte, mit einem Haftbefehl bewaffnet, der dem Mann im Stock über ihm galt. Big Bear hatte eine Waffe unter dem Sofakissen versteckt. Das Zimmer war dunkel gewesen.

An jenem Tag hüllte sich der Todestrakt in schweigende Trauer. Das einzige Geräusch kam von dir, wütendes Flüstern, während Shawna sich nervös die Haare um die Finger wickelte und versuchte, dich irgendwie zu trösten.

Wie schaffst du es, jeden Morgen aufzustehen?, fragtest du mit kaum unterdrücktem Zorn. Wie kommst du aus dem Bett, wenn du doch weißt, dass du einem System wie diesem dienst?

Mein Dad hatte diesen Job auch schon, sagte sie achselzuckend. Und mein Bruder.

Aber machst du dir nie Gedanken darüber, dass du dich zur Mittäterin machst?

Nee, meinte Shawna desinteressiert.

Du willst Shawna erklären, dass sie ein Rädchen in einem gnadenlosen Getriebe ist, dass auch Gefängnisse Unternehmen sind, die möglichst hohe Profite erzielen wollen und sich mit dem Tod von Menschen wie Big Bear finanzieren. Du hast die Nachrichten gehört. Du hast Zeitung gelesen. Es ist nicht dein Problem, betrifft dich nicht, aber es ist kein Zufall, dass du in Trakt A einer von nur drei Weißen bist. Das wäre dir völlig egal, wenn du nicht Opfer desselben Wahnsinnssystems wärst.

Am liebsten hättest du Shawna damals einen Stoß versetzt, aber es war das Risiko nicht wert gewesen. Du brauchtest sie noch. Sie wischte sich den Schweiß von der Stirn, ihr beide lauschtet dem Klang des Trakts, ausnahmsweise gedämpft, ein Haufen Männer, die etwas betrauerten, das abscheulicher war als sie selbst.

◾

Der neue Anstaltsleiter kommt vorbei. Er hat kurz geschorenes Haar und ein kantiges Kinn. Unter seinem Blick fühlst du dich wie ein plattgetretener Regenwurm.

Verstehen Sie, was heute passieren wird?

Ja.

Hier ist eine Zusammenfassung Ihrer Hinrichtung, die Erklärung zum religiösen Bekenntnis, eine Kopie Ihrer Karte, Ihre aktuelle Besucherliste, der Hinweis zur Hinrichtungsüberwachung, das Protokoll, eine Inventarliste Ihrer persönlichen Gegenstände, ihre Krankenakte. Haben Sie noch Fragen?

Nein.

Er schiebt die Unterlagen zwischen den Stäben hindurch. Du bringst kein Wort hervor, diese ersten starren Fragen hallen durch die Zelle.

Wissen Sie, wer Sie sind?

Ja.

Wissen Sie, warum Sie hier sind?

Dir bleibt keine Wahl.

Die Antwort lautet: Ja.

•

In ein neues Besuchszimmer.

Tina trägt dasselbe Outfit wie an jenem Morgen, der nun schon tausend Jahre her zu sein scheint. Jetzt, hinter Glas, steigt dir bei der Erinnerung an ihre selbstzufriedene Genugtuung vom letzten Treffen die Wut hoch. Unerträglich.

Hallo Ansel, sagt Tina in den Hörer. Ich fürchte, ich habe keine so guten Nachrichten.

Du weißt, was kommt. Beißt die Zähne zusammen, bis es wehtut. Der Berufung hast du keine große Bedeutung beigemessen, schließlich hätte sie irrelevant sein sollen.

Die Berufung, sagt Tina. Das Gericht hat sie abgelehnt.

Was meinen Sie?, fragst du. Sie können es doch nicht einfach ignorieren.

Doch, sagt Tina, können sie. Kommt öfter vor.

Aber haben Sie's ihnen nicht gesagt? Haben Sie nicht gesagt, dass ich …

Du bringst es nicht hervor. *Unschuldig.* Tina weiß es besser.

Haben Sie ihnen denn nicht gesagt, dass ich nicht sterben will?

Kaum sind die Worte heraus, würdest du sie am liebsten zurücknehmen. Sie klingen kindisch, zu hoffnungslos.

Wir haben Ihr Gesuch eingereicht, sagt Tina, ohne auf die Frage zu antworten. Es tut mir leid. Wir haben getan, was wir konnten.

Für diese Lüge hasst du sie. Diese aufgetakelte Zicke, deren lackierte Nägel wie kleine Bonbons auf dem Tisch klackern, deren

Zunge zwischen den blendendweißen Zähnen hervorspitzt. Die Erkenntnis erwischt dich eiskalt: Tina hält deine Strafe für gerecht.

Tut mir leid, sagt Tina. Ich …

Du wartest nicht, bis sie fertig ist, sondern prüfst das Gewicht des Hörers in deiner Hand, bevor du ihn mit voller Wucht gegen das Glas schleuderst, das aber nicht zerbricht. Stattdessen prallt der Hörer mit einem dumpfen, unbefriedigenden Knall ab. Tina rührt sich nicht, zuckt nicht mal mit der Wimper.

Die Wärter kommen angerannt, wie erwartet. Du wehrst dich nicht, doch sie wenden trotzdem rohe Gewalt an, verdrehen dir die Arme so weit nach hinten, dass du morgen sicher Schulterschmerzen haben wirst. Morgen. Beim letzten Blick auf Tina siehst du ihren Kopf, gebeugt, aus Respekt oder Verachtung oder Gleichgültigkeit, du weißt es nicht.

■

Ein heftiger Stoß, zurück in deine Zelle. Die Tür knallt zu. Du liegst auf der ausgebeulten Matratze, ein Arm über den Augen. Deine Gedanken wandern zu Blue, normalerweise tröstet dich das. Aber nicht in dieser neuen, fremden Zelle. Wenn du dir Blue jetzt herbeidenkst, liegt in ihrem Blick die vertraute Frage.

Was ist mit Jenny passiert?, hat Blue gefragt.

Es war deine zweite Woche in Blue House. Ein sonniger Tag, schwül und dufterfüllt. Du hattest den ganzen Vormittag über im Hof Holz gesägt, der Schweiß lief dir langsam über den Rücken.

Manchmal funktionieren Sachen eben nicht, hast du gesagt.

Warum nicht?, wollte Blue wissen.

Sie hatte eine offene Dose Cola in der Hand, den Kopf schief gelegt, Hoffnung und Neugier im Blick.

Die Ehe ist nicht immer leicht, sagtest du einfach.

Liebst du sie noch?, fragte Blue.

Du hast dir mit dem Hemdsärmel über die Stirn gewischt und

nachgedacht. Als Blue mit unschuldiger Miene auf die Antwort wartete, erfasste dich eine Welle der Zuneigung. Zu Blue und zu diesem Ort. Zu dieser Brise, die dir über die schweißsalzige Haut strich.

Natürlich liebe ich sie noch, sagtest du. Aber die guten Teile der Geschichte sind vorn, weit vom Ende entfernt.

Da hast du beschlossen, an den Anfang zurückzukehren.

•

An einem warmen Oktoberabend hast du Jenny zum ersten Mal gesehen.

College, erstes Semester. Du warst siebzehn Jahre alt, standst ungelenk wie immer auf dem Vorhof rum. Du hattest ein Vollstipendium für die Northern Vermont University, der Rektor deiner alten Schule hatte bei der Nachricht vor Freunde geweint. Die anderen in deiner Klasse hatten dich nicht besonders gemocht, aber mit Lehrern und Sozialarbeitern konntest du schon immer gut, denn du wusstest, wie man ihr Helfersyndrom befriedigte.

Mit deinen Profs war es dasselbe, du warst still, fleißig, charmant, wenn es nötig war. Du hast dich in Vorlesungsmitschriften vergraben, nächtelang gebüffelt und deinen vierschrötigen Zimmerkumpel ignoriert, wenn er besoffen kotzend in sein Bett stolperte. Die schnatternden Mädchen auf dem Flur des Wohnheims hast du gemieden, genau wie die Studenten und Studentinnen, die in der Cafeteria jobbten. In der Drogerie hast du dir eine Lesebrille gekauft, die du gar nicht brauchtest und mit der du alles verschwommen sahst. Vor dem Spiegel hast du dich genau betrachtet. Du hast versucht, dich neu zu erfinden.

Der Rest dieses grässlichen Sommers ging wie im Rausch vorbei. Das Baby schrie permanent im Hintergrund, während du Eiskugeln auf Waffeln spachteltest und dem Radio neben der Kasse lauschtest. Keine neuen Hinweise im Fall der verschwundenen *Mädchen*. Zuerst hast du die *Mädchen* immer mit dir rumgetragen, sie lebten und starben in deiner Erinnerung, während du im Speisesaal anstandst oder im Philosophieseminar die Hand hobst. Sie lebten und starben im Schatten der Bäume, wenn du nachts von der Bibliothek zu deinem Wohnheim schlendertest. Du hast dich gefragt, ob die anderen die *Mädchen* in dir sehen konnten, ob du sie äußerlich sichtbar mit dir herumtrugst oder nur innerlich, wie jedes andere Geheimnis.

Alles änderte sich, als du sie sahst.

Jenny saß auf dem Rasen im Vorhof, das spätherbstliche Licht ließ alles orangefarben glühen. Sie trug eine Nylonhose und weiße Kniestrümpfe, ihre Freundinnen applaudierten, als sie eine Rückbeuge vollführte, die Hände voller Selbstvertrauen im Gras aufgestützt. Du schautest zu, über die Rasenflucht hinweg, wie sie den Bauchnabel gen Himmel strecke, und erkanntest in ihrer gebeugten Figur etwas Heiliges.

In diesem Moment hast du einen Schwur geleistet. Du würdest normal sein. Du würdest ein guter Mensch sein. Du nahmst die Erinnerungen an diesen Sommer, zerknülltest sie und schobst sie in die tiefsten Ritzen deines ruhelosen Innersten. Der Anblick dieses gebeugten Körpers würde die *Mädchen* auflösen, sie irgendwie auslöschen. Du würdest dich ihr opfern, ihrem verschlagenen, provozierenden Lächeln, ihren weichen rehbraunen Augen.

Mit dem Notizblock in der Hand tratst du auf sie zu. Das war Jennys Macht: Es war keine Liebe auf den ersten Blick, aber sie bannte deinen Fluch.

Jenny wäre dein letztes, dein einziges *Mädchen*.

# HAZEL
## 2011

In der Nacht, bevor sich alles änderte, schreckte Hazel mit einem Druck auf der Brust aus dem Schlaf.

Es war ein brennender Schmerz, so als hätte ihr jemand mit der Faust in die Rippen geboxt. Sie setzte sich aufrecht hin und japste panisch nach Luft. Es war September, gegen Mitternacht, so schwül, als wäre es noch Sommer. Hazel keuchte schwer in die Leere ihres Zimmers hinein, die Hand an der Brust, der Schmerz verebbte bereits wieder.

»Hazel?«

Luis blinzelte vom Kissen zu ihr hoch. Das einzige Licht im Zimmer stammte vom Babyfon auf ihrem Nachttisch. Luis' Atem roch sauer, eine Mischung aus Zahnpasta und Knoblauch vom Hühnchengericht, das Hazel zum Abendessen gekocht hatte. Auf der Straße herrschte völlige Ruhe, kein Laut in ihrer Sackgasse. Hazel hatte sich an die allumfassende Stille gewöhnt, aber in manchen Nächten nahm sie regelrecht Form an. In manchen Nächten fühlte sich Hazel von ihr verspottet.

»Alles gut«, sagte Hazel, während sie sich über den Brustkorb rieb. »Schlaf weiter.«

Es war schon wieder abgeklungen. Hinterließ keine Spur, nicht mal einen schwachen Krampf. So flüchtig, sie hätte auch Einbildung gewesen sein, der Schwanz eines Traums, der noch einmal zuckt, bevor er ganz verschwindet.

.

Hazels Handy surrte ungehört auf dem Küchentresen.

Alma war gerade von der Bushaltestelle heimgekehrt und sang beim Schuhe aufbinden leise vor sich hin, doch sie wurde von Mattie übertönt, der im Hochstuhl einen Trotzanfall hatte. Hazel bückte sich und wischte mit Küchenpapier Apfelmus vom Boden.

»Mattie, Schätzchen«, flehte sie. »Bitte iss ein paar Happen.«

Aber Mattie kreischte nur noch lauter, pfefferte eine Handvoll speichelfeuchte Oreos auf den Boden und hub mit den winzigen Fäusten auf seinen Plastiktisch ein. Alma hob einen durchweichten Oreo vom Dielenboden auf, schob ihn sich in den Mund und sang grinsend weiter, das Lied, das sie in der ersten Klasse gelernt hatten, um sich im neuen Schulalltag zurechtzufinden. Ein echter Ohrwurm, sogar Luis hatte es neulich beim Rasieren vor sich hin gesummt.

»Mama«, jammerte Alma irgendwann. »Dein Handy surrt schon die ganze Zeit.«

Hazel versuchte, ihr Handy trotz Matties Gebrüll zu lokalisieren. Als sie es endlich fand, mit dem Display nach unten in einer Pfütze neben dem Herd, surrte es immer noch. JENNY stand auf dem Display.

»Hey!« Hazel klemmte sich das Ding zwischen Schulter und Ohr, während sie Mattie unter den Achseln packte und aus dem Hochstuhl zog. Am Boden war er endlich zufrieden, grapschte nach Almas achtlos hingeworfenem Schuh und schlabberte umgehend die schmutzige Sohle ab.

»… Job«, sagte Jenny.

»Was? Ich kann dich nicht verstehen …«

»Ich hab den Job! Ich hab's geschafft, Hazel. Ich habe ihn verlassen. Aber es war schrecklich, echt furchtbar. Ich hatte keine Zeit, irgendwas von dem zu tun, was wir besprochen hatten. Ansel hat meine Mail gelesen, er hat mich gestern Nacht aus dem Schlaf gerissen. Ich hab ihn verlassen, bin im Hotel, aber ich muss noch ein paar Sachen aus dem Haus holen. Kannst du mitkommen?«

Jenny weinte, schluchzte in den Hörer, in der Ferne heulten Sirenen. Hazel schaute zu Alma hinab, die für ihr Alter extrem verständig war, so auch jetzt. Die Sorge stand ihr ins kleine, kluge Gesicht geschrieben. Hazel wickelte sich Almas seidige Locke um den Finger und ließ den Blick über das langweilige Einerlei der Nachbarschaft wandern. Beschaulich, wie immer, der blanke Himmel herbstlich blau. Die Ruhe wirkte unfair, fast wie eine Provokation.

Erst nachdem sie den Plan gefasst und aufgelegt hatte, erinnerte sie sich daran. Der Schmerz in ihrer Brust, mitten in der Nacht, der geisterhafte Fausthieb. Mit neununddreißig Jahren hatte Hazel ihre erste echte *Beschwörung* erlebt.

◾

Man konnte wohl kaum behaupten, dass Hazel nichts hatte.

Sie hatte Barbiepuppen und Bilderbücher. Babynahrung, Playdates, Wachsmalkreiden. Sie hatte Reispuddingreste im Teppich und klebrige Fingerchen am frühen Morgen. Trotzanfälle, entweder vor dem Shampooregal im Supermarkt, beim Italiener in der Stadt oder bei der Feier zum Hochzeitstag ihrer Eltern. In den seltenen Augenblicken, wenn Hazel zum Nachdenken kam, versuchte sie, sich zu erfreuen am Chaos, an der Hektik und an der lauten Lebendigkeit dieser von ihr mit voller Absicht geschaffenen Welt.

Deshalb erwischte sie Jennys Nachricht mit voller Wucht, so dass sie sich regelrecht über den Küchentisch krümmen musste, um die Fassung wiederzuerlangen. Plötzlich war sie wieder die Achtzehnjährige, deren Schwester Jenny die hellste Sonne war, der lauteste Ton. Das Mantra ihrer zermürbenden Jugendzeit ertönte wie ein Echo in ihrem Kopf: *Freu dich für sie.* Im Resonanzraum ihrer Gedanken klangen die Worte verletzt und niedergeschlagen.

Alma streckte die Hand aus, mit der Miene einer besorgten, kindlichen Therapeutin strich sie Hazel übers Haar, zärtlich, mit klebrigen Fingern.

■

Die Änderung hatte sich langsam vollzogen, kaum merklich. Müsste Hazel einen Anfangspunkt festmachen, würde sie Jennys Hochzeitstag wählen.

Ihre Eltern hatten ein Zelt auf einem Golfplatz gemietet, mit Blick auf Lake Champlain. Sie hatten nur dreißig Gäste geladen, zumeist nahe und entfernte Verwandte. Hazel und Luis waren erst ein paar Monate zusammen, kichernde Frischverliebte, deren Beziehung noch nicht stabil genug war, um Familienrangeleien unbeschadet zu überstehen. Luis war nicht eingeladen. Als Hazel hinter Jenny stand und einige herausgerutschte Haarsträhnen festklemmte, vermisste sie Luis so sehr, dass es schmerzte. Er war so einer, der weder traurige noch gruselige Filme schauen konnte. Sonntags kochte er Tamale nach dem Rezept seiner Mutter, knetete den Teig mit den Fingerknöcheln.

Luis war der einzige Mensch auf der Welt, dem Hazel von Jennys Geheimnis erzählt hatte.

Ansel hatte das College abgebrochen. Im letzten Semester war er nicht zu den Abschlussprüfungen erschienen, Jenny sagte was von einem Stipendium, das er nicht bekommen hatte, einer Professorin, die ihm keine gute Empfehlung ausgestellt hatte. *Er ist zu intelligent fürs College*, hatte sie Hazel erzählt, Ansels Worte, ganz klar. Jenny log bei der Abschlussfeier, machte ihren Eltern weis, die Philosophie-Abschlussfeier würde separat stattfinden, doch in Wahrheit hockte Ansel die ganze Zeit über schmollend auf seinem Zimmer im Studentenwohnheim. Danach hatte Ansel einen Job bei in einem Möbelgeschäft angenommen, wo er geschreinerte Stühle und handgefertigte Tisch aufpolierte und an wohlhabende Familien am Lake Champlain und in den Adirondack Mountains auslieferte. Er schreibe ein Buch, verkündete Jenny irgendwann stolz. Das stimmte sogar. Bei einem Besuch hatte Hazel den Papierpacken gesehen, auf einem zusammengezimmerten Schreibtisch in der Garage. Die Vorstellung, dass er dort sitzen und ernsthaft arbeiten, seine Gedanken auf Papier bringen könnte, erschien ihr ziemlich absurd, das Ganze sah so gestellt aus, eher Show als seriöses Unterfangen, Ansels Art, seine mittelmäßige Intellektualität zu zelebrieren. Auch andere Dinge waren ihr aufgefallen, in dem kleinen Haus, das Jenny und Ansel gemietet hatten. Die Recyclingtonne quoll über vor leeren Weinflaschen, billiger Chardonnay, den Ansel nicht anrühren würde.

Vor der Trauung versuchte Hazel, im Brautzelt mit Jenny zu sprechen. Aber sie hatte zu lange gezögert – als Hazel ihrer Schwester den Lippenstift in die Hand drückte, hatte Jenny bereits eine saure Champagnerfahne, und ihr Blick war glasig.

*Hey,* sagte Hazel, *bist du sicher, dass du das willst?*

*Dumme Frage,* antwortete Jenny. Sie tätschelte Hazel herablassend die Wange, der lilafarbene Ring glitzerte an ihrem Finger. *Ich weiß, was ich tue.*

Auf dem Empfang war Ansel sehr charmant. Er machte ihrer Tante wegen ihres Schmucks Komplimente und scherzte beim Torte anschneiden mit ihrem Vater. Aber Hazel ertappte ihn an diesem Abend oft dabei, wie er mit totem Blick über Jennys Schulter stierte. Sein Lächeln verschwand sofort, wenn es ihm nichts nützte. Er umarmte Jenny mit steifem Rücken und einem aufgesetzten Strahlen, das ihm vom Gesicht blätterte wie Farbe, wenn niemand hinsah. Nach der Trauung war Hazel auf die Toilette geflohen und hatte sich vor dem Spiegel zur Raison gebracht. Sie erinnerte sich an den Abend im Bett, an die Frage, die sie Jenny gestellt hatte. *Wenn er nichts fühlt, woher willst du dann wissen, ob er dich liebt?* In ihrem hässlichen Brautjungfernkleid drückte Hazel mit dem Finger auf den Leberfleck unter ihrem Auge. Überrascht stellte sie fest, dass sie dafür dankbar war. Eines Tages würde auch sie ein Brautkleid tragen. Sie würde mit einem völlig anderen Mann vor den Traualtar treten, einem guten Mann, einem Menschen mit Gefühlen. Und sie würde genau wissen, dass dieser Mann sie liebte. Zum ersten Mal in ihrem Leben fühlte Hazel sich ihrer Schwester überlegen. Das Gefühl war so schwindelerregend, so verlockend, dass sie wusste, sie würde es nie wieder loslassen.

■

Hazel parkte hinter dem Studio, auf dem Platz, wo die Mülltonnen standen. Luis war früh heimgekommen, um sich um die Kinder zu kümmern, er hatte in den letzten Wochen in der Kulturredaktion ausgeholfen, weil bei den Nachrichten weniger los war. Hazel hatte eine Packung Mac and Cheese auf dem Küchentresen parat gestellt, die sie Luis mit Ketchup servieren würde.

Durch die zarten Vorhänge des Studios sah Hazel, dass die Fortgeschrittenen eine Sprungsequenz trainierten, eine Welle aus waldgrünen Trikots. Hazel bahnte sich mit gebeugtem Kopf einen Weg durch die auf dem Flur wartenden Eltern. Am Empfangstresen hatte Sara sich über einen Schwung Formulare gebeugt. Wenn die Schüler und Schülerinnen ihre vierteljährlichen Prüfungen nicht schafften, die Kostümgebühr fällig war oder die Besetzungslisten veröffentlicht wurden, begegnete Sara den Beschwerden und Drohungen der auf Hochglanz polierten Mütter mit unbekümmertem Lächeln.

»Ich müsste dich um einen Gefallen bitten«, sagte Hazel ohne Begrüßung. »Es handelt sich um einen Notfall.«

»Deine Schwester?«, fragte Sara. »Hat sie den Psychopathen endlich verlassen?«

Bei dem Wort zuckte Hazel zusammen. Plötzlich kam ihr Jennys dunkelstes Geheimnis sehr intim vor, nichts, worüber andere tratschen sollten.

»Sie hat den Job im Krankenhaus in Texas bekommen. Am Mittwoch geht ihr Flieger«, sagte Hazel. »Könntest du den Laden bis dahin allein am Laufen halten? Natürlich schreibst du die Überstunden auf.«

Im Studio herrschte immer reger Betrieb. Aber es gab Zeiten – wenn der Kursplan stand, die Gebühren eingegangen waren und die Regisseure für die saisonalen Vorführungen feststanden –, da lief alles reibungslos, wie eine gut geplante Choreographie. Hazel war aus einem anderen Grund angespannt. Sie würde ihren Dienstagabend verpassen. Dienstags badete Luis die Kinder und brachte sie zu Bett. Dienstags entließ Hazel Sara früh in den Feierabend und schloss die Tür hinter ihr ab. Allein legte sie ihre Lieblings-CD von Bach ein, erfreute sich an den hohen Decken ihres Studios und gönnte sich ein vollständiges Barre-Warm-up. Dann ließ sie ihren Körper sprechen. Sie streckte sich, sie sprang. Sie wirbelte über die Tanzfläche. Jeden Dienstag hatte Hazel eine Stunde lang keine Kinder, keine Rechnungen, keine Schulden von der kaufmännischen Ausbildung, die sie nie gebraucht hatte, kein Bauchweh oder Brokkoli am Boden oder Geschrei nach dem Dessert. Sie hatte nur ihre Gelenke, die alles gaben, zuverlässig. Ihre Muskeln, in glücklicher Ekstase.

Als Hazel mithilfe eines Darlehens von ihren Eltern und dem größten Teil von Luis' Erbe das Studio gekauft hatte, war das Gebäude halb verfallen gewesen. Sie und Luis hatten die meisten Arbeiten selbst erledigt – Trockenbauwände aufgestellt, Marley-Tanzboden verlegt, den Parkplatz mit dem Bulldozer geebnet und mit Steinplatten ausgelegt. Hazel war damals noch nicht mal mit Alma schwanger gewesen und hatte nach getaner Arbeit mit Luis zwischen den Werkzeugen auf dem unfertigen Tanzboden Bier getrunken.

Damals hatte Hazel kaum an Jenny gedacht. Sie erinnerte sich mit einer gewissen Zärtlichkeit an diese Zeit – die paar Monate, die sie Jenny nicht gespürt hatte und Jenny sie auch nicht, in denen sie nur gelegentlich telefonierten und über Belanglosigkeiten sprachen.

Es war die beste Zeit in Hazels Leben gewesen.

*Wann können wir es sehen?*, hatte ihre Mutter gedrängelt. *Bald*, hatte Hazel sie abgewimmelt. *Du musst einfach warten, bis es fertig ist.* Sie durchschritt ein letztes Mal zufrieden die großen, luftigen Räume, als ihre Eltern endlich in ihrem Van aus Hazels Highschool-Zeiten anrückten. Sie blieben am Eingang stehen und schauten sich um, klein und trutschig in den raumhohen Spiegeln des blitzblanken Studios. Sie inspizierten den Empfangstresen aus Mahagoni und die Hänge-lampen darüber, das glänzende Soundsystem und die großzügig be-messenen Umkleidekabinen. Ihre Mutter war sichtlich beeindruckt, ja regelrecht aus dem Häuschen vor Stolz. Mit dieser Miene hatte sie sonst immer nur Jenny angestrahlt.

■

Hazel fuhr los, als der Himmel sich bereits rosa färbte. Sie öffnete ein Fenster und ließ die frische Herbstluft hereinströmen, bevor sie auf den Highway auffuhr.

*Ich weiß nicht, was ich nachts tun soll*, hatte Jenny erst vergangene Woche am Telefon gesagt. *Ich trinke ständig Tee.* Sie sagte es zornig, als wären die Kamillenblüten daran schuld, dass sie ständig zitterte und nicht zur Ruhe kam. *Was sagt Tricia dazu?*, hatte Hazel gefragt. Jennys Sponsorin war seit fast zwanzig Jahren trocken. Hazel hatte Tricia nie persönlich kennengerlernt, aber diese Frau traf sich jeden Morgen mit Jenny in einem Café gegenüber vom Krankenhaus. Tricia hatte Jenny gedrängt, Hazel anzurufen, damit sie nachts jemanden zum Reden hatte. Tricia, deren Stimme Hazel im Hintergrund hörte, während Jenny in den Hörer schluchzte. Ich habe immer Kinder ge-wollt, gestand Jenny Hazel bei einem dieser Gespräche. *Aber ich hatte Angst, dass ich es keine neun Monate ohne aushalte.* Ansel war es an-geblich egal, ob er Vater wurde oder nicht, obwohl ihm Hazels lebhafte Kinder offensichtlich auf die Nerven gingen. Sie konnte ihn sich nie als Vater vorstellen, und Jenny hatte die Frage immer mit einem Achselzucken abgewimmelt. Erst jetzt verstand Hazel, wie schmerzhaft es für ihre Schwester gewesen sein musste, sich aus dieser Beziehung zu befreien.

Hazel hatte keine Ratschläge parat. Sie konnte Jenny nichts von den Märchen erzählen, die sie Alma im sanften Schein ihres Nachtlichts vorlas, oder von dem Gefühl, nachts an Matties Bettchen zu stehen und seine zarten, im Schlaf flatternden Wimpern zu betrachten. Jenny liebte Alma und Mattie abgöttisch, aber Hazel erkannte den sehnsüchtigen Ausdruck in ihren Augen. Es war Neid. Und es beschämte sie zutiefst, wie gut sich das anfühlte, dieses Gefühl endlich ihrer Schwester zu übergeben.

Sie fuhr an weiten Feldern vorbei, Einkaufszentren. Der Abend dämmerte in wogendem Satinblau.

■

Jenny stand an der Kuchenvitrine. Das Café schloss gleich, die Stühle waren schon hochgestellt, der Barista schob den Wischmopp um die Ecken. Der Schein aus der Vitrine tauchte ihren Schwesternkittel in goldenes Licht. Ihr Gesicht war aufgedunsen, der Pferdeschwanz nach der Schicht zerzaust. Abgesehen von ihrem kastanienbraunen, gewellten Haar, das sie beide gleichlang getragen hatten, fiel Hazel auf, dass sie und Jenny eigentlich keinerlei Ähnlichkeit miteinander hatten. In den vergangenen Jahren hatte Jenny zugelegt, und Hazel schämte sich, dass sie dies bemerkte. Ihre Schwester hatte eine dickliche Taille, der Weg ins mittlere Alter schon jetzt sichtbar. Zum ersten Mal im Leben erkannte sich Hazel bei Jennys Anblick nicht gleich wieder. Ein Fremder würde niemals fragen, ob sie Zwillinge seien. Diese Erkenntnis traf Hazel hart und verschlimmerte das nach der langen Fahrt ohnehin schon saure Gefühl in ihrem Magen.

Jenny wandte sich um.

»Da bist du!«

Hazel schloss ihre Schwester in die Arme, hielt sie fest. Ihr Duft war noch da, in ihrem Haar, zwar vermischt mit Croissant und Kaffeegeruch, aber unverkennbar: Fruchtshampoo, Zigarettenrauch, Waschpulver.

.

»Vielleicht sollten wir später wiederkommen«, sagte Jenny auf dem Beifahrersitz.

Hazel stand mit laufendem Motor am Straßenrand vor dem einstöckigen Haus, das sich irgendwie bullig und bedrohlich vor ihnen aufbaute. Jenny musste noch ihre letzte Schicht im Krankenhaus hinter sich bringen, Ansel sollte eigentlich auf der Arbeit sein. Aber als sie in der Mittagspause vor dem Haus standen, Rihanna röhrte aus dem Radio, wurde Hazel auf einmal flau im Magen. Ansels weißer Pick-up stand seitlich am Haus. Lauerte dort wie eine Drohung.

»Wir haben unsere Liste«, sagte Hazel mit wenig Überzeugungskraft.

Sie hatten diesen Tag seit Monaten durchgesprochen. Alles war sorgfältig geplant: den Wagen vollladen, während Ansel auf der Arbeit war, alles am Hotel abliefern und kurz vor dem Abflug zurückkommen, um ihn Bescheid zu sagen. In diesem Plan kam weder eine heftige Auseinandersetzung mitten in der Nacht vor, noch eine offengelegte Übersicht von Jennys privaten E-Mails auf dem Computerbildschirm im Wohnzimmer, der jetzt einen fetten Sprung hatte.

»Komm schon«, sagte Hazel. »Wir beeilen uns.«

Mit schweißklammen Händen stieg sie aus. Sie bemühte sich, ihre Angst unter Kontrolle zu bekommen, sich vor Jenny etwas aufzurichten, als sie zur Tür gingen. Aus dem Haus schlug ihr gleich der Geruch entgegen, an den sie sich jetzt von ihren jahrelang zurückliegenden Besuchen erinnerte. Ungewaschenes Bettzeug, nicht rausgebrachter Müll. Muffiger Teppich, billige Möbel.

»Hallo?«, rief Hazel.

Ansel saß auf dem Sofa, von dem das Kunstleder bereits abblätterte. Er hielt sein Handy in den Fingern, als würde er einen Anruf erwarten oder vielleicht auch nur diesen Besuch. Hazel hatte ihn seit fast zwei Jahren nicht mehr gesehen und war entsetzt über die Spuren, die diese Zeit bei ihm hinterlassen hatte. Ansel hatte eigentlich immer gut ausgesehen, ein attraktiver Mann, den Jenny bei Arbeitsfeiern vorführte und wegen dem sie vor Stolz rot anlief, wenn die anderen Krankenschwestern beeindruckt tuschelten. Aber er war gealtert. Die Schwerkraft zeigte bereits erste Folgen. Eine Speckrolle hing über Ansels Jeansbund, der Bierbauch zeichnete sich schon ab, seine Haut wirkte teigig und gelblich bleich. Auf seinen Brillengläsern prangten fettige Fingerabdrücke, und sein Gesicht war breiter geworden, das Kinn schlaffer. Zum ersten Mal konnte Hazel sich genau vorstellen, wie er als alter Mann aussehen würde. Schroff, verwittert. Völlig frei von Charme.

Er verzog die bartstoppelumrandeten Lippen zu seinem fiesen Grinsen. Hazel wich einen Schritt zurück, ihre plötzliche Angst überraschte sie selbst.

»Ach«, sagte Ansel, nachdem er rasch eine gelassene Miene aufgesetzt hatte. Wie es schien, hatte er den Schatten an der Haustür für Jenny gehalten. »Hazel! Du hier?«

Er erhob sich. Einen entsetzlichen Moment lang dachte Hazel, er wollte sie umarmen. Sie spannte die Muskeln an, ein neues Gefühl mischte sich unter ihre Angst: metallkalte Schuld. In diesem einzigen Augenblick erkannte sie einen winzigen Teil der Gemengelange, die Jennys Alltag geprägt haben musste. Sie erkannte die scharfen Konturen und markerschütternden Nuancen. Jennys Leben hatte sie immer nur aus der Ferne betrachtet, und es war schockierend, jetzt mittendrin zu stehen.

»Was soll das hier werden? Habt ihr den Arsch offen?«, rief er.

»Wir sind nur hier, um ihre Sachen zu holen«, sagte Hazel. »Jenny, wo sind deine Koffer?«

Unter Ansels Blicken zerrte Hazel den Koffer aus dem Schrank – er wirkte fast amüsiert, die Hände in den Taschen seiner von Farbspritzern übersäten Arbeitshose. Hastig arbeiteten Jenny und Hazel die Liste ab, warfen alles achtlos in Tüten und Koffer: Jennys BHs, Hemden, Schuhe. Eine Schachtel mit Andenken aus der Highschool, ein Etui mit Ohrringen, die einst ihrer Großmutter gehörten. Ihre gusseisernen Töpfe und Pfannen ließ Jenny zurück, genau wie die vor Jahren passend zum Teppich ausgewählten Bettbezüge, selbst ihre teuren Shampoos blieben im Badezimmerschrank stehen. Mit Ansels pfeifendem Atem im Nacken warf Hazel einen Haufen Kleider mitsamt Bügeln in den Koffer.

»Du bestätigst mich, Jenny«, wiederholte er ständig, wurde immer lauter. »Ich hatte recht.«

Im Schlafzimmer lag eine seltsame Spannung in der Luft, intim und abstoßend. Jenny stopfte eine Armladung T-Shirts in ihre Tasche und bebte vor Anstrengung, ihr Schluchzen zu unterdrücken.

»Es ist genau wie in meiner Theorie«, sagte Ansel. Hazel nahm Jenny den Koffer aus den weißgeballten Fingern, schleppte ihn über den Flur und signalisierte ihr, mitzukommen. »Wie Sartre schon sagte. Liebe bedeutet Leiden, das Prinzip der Liebe kann nur zum Scheitern führen. Nichts und niemand kann vollständig gut sein.«

»Es tut mir leid«, stieß Jenny leise hervor.

»Schon fast ironisch«, sagte er, halb lachend. »Liebe kann nicht rein bleiben. Das Spektrum dringt immer durch. Das Schlechte wird sich immer einschleichen.«

»Komm schon«, drängte Hazel, das Auto war so nah. Sie versuchte, Ansels pseudophilosophischen Faseleien auszublenden, die zunehmend psychotisch wirkten.

»Es tut mir leid«, sagte Jenny auf dem Türabsatz. Rotz lief ihr aus der Nase, als sie die Treppen hinabstolperte. »Tut mir leid.«

Endlich waren sie aus dem Haus, aber Ansel folgte ihnen wie eine

Giftwolke. Hazel lief schneller, panisch, und als sie Jenny hinter sich hörte, rannte sie instinktiv drauflos.

Ansel stand auf der Veranda, zum Bersten angespannt. Hazel zog den Koffer über den Gehweg, und als sie endlich die Autotüren zuknallten, brach Jenny in hysterisches Schluchzen aus.

»Schau nicht hin«, sagte Hazel. »Schau einfach nicht hin.« Jenny vergrub das Gesicht in den Händen, aber Hazel wagte einen letzten, verstohlenen Blick: Im Türrahmen stand Ansel still und aufrecht, und sein Gesicht war von einem solchen Hass gezeichnet, wie Hazel ihn noch nie gesehen hatte. Er war ein Wolf mit gefletschten Zähnen. Unmenschlich. Ihre Knie schlotterten so sehr, dass sie den Wagen nur mit Mühe und stotterndem Motor auf die Fahrbahn brachte. Dennoch konnte sie den Blick nicht vom Rückspiegel abwenden. Hazel wusste, dass sie dieses Bild von ihm nie vergessen würde, eine bedrohliche Gestalt im Rückspiegel, der zornentbrannte Mann auf der Veranda, der immer kleiner wurde, bis er nur noch ein stecknadelgroßer Fleck war, ein Teil der Vergangenheit. Während Hazel mit zitternden Fingern das Steuer umklammerte, kam ihr der naive, tröstende Gedanke, dass sie Ansel Packer nie wiedersehen würde.

■

Das Hotelzimmer war unpersönlich, zwei gemachte Doppelbetten standen einander gegenüber. Es erinnerte Hazel an Urlaube aus ihrer Kindheit, als sie aus Budgetgründen Städte wie Cleveland und Portland bereist hatten, sie und Jenny in einem Bett, ihre Eltern in dem anderen, die Tage mit quälenden Museumsbesuchen angefüllt. Hazel und Jenny hatten auf dem Boden des Hotelfoyers Quartett gespielt, während ihre Eltern Fotos von Kunstwerken machten, die sie nicht verstanden.

Jetzt war Hazel dankbar für die Anonymität der plissierten Lampenschirme und eingeschweißten Seifenstücke.

Jenny kam in Jogginghose und dünnem Baumwoll-T-Shirt aus dem Bad, ein Handtuch um den Kopf geschlungen. Die Sonne war bereits untergegangen – Autotüren knallten, Koffer rollten über Kies. Ein Kind kreischte, der Laut traf Hazel mitten ins Herz. Sie versuchte, sich den Duft von Almas Haar ins Gedächtnis zu rufen. Matties milchgeschwängerten Atem.

»Zimmerservice?«, schlug Hazel vor und warf Jenny die Speisekarte hin.

»Bei Ansel gab's das nie«, schnaubte Jenny, während sie die Karte durchblätterte. »Zu teuer. Wenn wir unterwegs waren, haben wir immer bei McDonald's gegessen. Oh, schau, sie haben *Alfredo*!«

Sie bestellten, wonach ihnen der Sinn stand. Linguine Alfredo, Caesar Salad, Stampfkartoffeln und zweimal Tartufo zum Nachtisch. Die Stimmung war angespannt, sie waren immer noch geschockt, als hätten sie gerade ein Erdbeben überlebt. Jenny saß auf dem Bett, bestätigte ihren Flug auf Hazels Laptop, schickte ihrem neuen Vermieter eine Mail und buchte einen Mietwagen. Die Scheidungsunterlagen konnten warten, sie würde sie später schicken, der Anwalt hatte schon alles vorbereitet. Jennys Plan war schon vor Jahren herangereift, gab sie jetzt zu, aber erst der neue Job hatte zu seiner endgültigen Umsetzung geführt. Sie konnte es kaum glauben, dass der Zeitpunkt nun endlich gekommen war.

Als das Essen kam, setzten sie sich zwischen die Betten auf den Boden, im Schneidersitz, von Tellern umgeben. Die Stampfkartoffeln wurden in einer unverkennbaren Phallusform serviert, und als Jenny ihre Schwester darauf aufmerksam machte, brachen sie beide in schallendes Gelächter aus. Auf einmal wich die Schwere des Tages.

Jenny machte sich mit einem Bärenhunger über alles her, ihr Mund war fettverschmiert.

»Meinst du, er versucht anzurufen? Bevor ich die Nummer wechsle?«

»Wenn er das macht, gehst du nicht ran«, sagte Hazel.

»Verstanden.«

Schweigen.

»Es ist nicht immer so gewesen«, sagte Jenny. »Wir hatten auch gute Zeiten, nachdem ich zu den ersten Treffen gegangen bin. Er hat mir den AA überhaupt erst vorgeschlagen. Ich weiß, wie das heute auf dich gewirkt haben muss, aber ... du solltest wissen, dass Ansel mir nie wehgetan hat, nicht körperlich.«

»Was soll das ganze Philosophiegefasel?«

»Wie meinst du das?«

»Ich meine, seine *Theorie* oder was er da gelabert hat. Er klingt wie ein Student im ersten Semester. Als wäre er gern intellektuell, aber es reicht nicht ganz.«

Jenny lachte scharf auf. »Keine Ahnung. Ich habe nur ein paar Stellen aus seinem Manuskript gelesen. Ehrlich gesagt ist es eher eine Art Fragenkatalog. Und du hast recht. Keine seiner Ideen sind besonders originell oder interessant. Ich glaube, es ist eine Art Sinnsuche, und dafür muss man ihm schon Respekt zollen. Er will wissen, wer er ist und wie er in der Welt sein soll. Rechtfertigung vielleicht auch. Machen wir das nicht alle irgendwie?«

Sie stach in ein Salatblatt.

»Er hat mir so vieles nie erzählt«, sagte sie. »Über seine Familie, seine Kindheit. Immer, wenn ich ihn danach gefragt habe, ist er ganz still geworden und hat mir tagelang die kalte Schulter gezeigt. Als ich mit dem Trinken aufgehört hatte, bin ich eines Morgens aufgewacht und habe festgestellt, dass neben mir ein Fremder liegt. Hab ich dir eigentlich von der ... von der Polizistin erzählt?«

Hazel schüttelte den Kopf. Die Pasta lag ihr fettig und schwer im Magen.

»Das ist schon ein paar Jahre her«, sagte Jenny und zog die Knie an die Brust. »Damals war ich noch in der Ausbildung im Krankenhaus, wir waren noch nicht mal verheiratet. Sie kam auf die Station, zeigte mir ihre Marke und wollte mir ein paar Fragen stellen. Es ging um Ansel. Ich habe nie ihren Namen vergessen, er klang so exotisch: Saffron. Safran, wie das Gewürz. Jedenfalls ist sie mir seitdem immer wieder über den Weg gelaufen, Hazel, obwohl ich Ansel nie was davon erzählt habe. Alle paar Monate habe ich sie gesehen, im Auto, in unserer Straße. Sie hat das Haus observiert. Sogar vor ein paar Wochen hab ich sie gesehen. Sie ist wie ein Schatten.«

»Wonach sucht sie denn?«, fragte Hazel. »Hat sie es dir verraten?«

Jenny setzte ihr besonderes Lächeln auf, das sie für die weniger beliebten Mädchen in der Schule reserviert hatte, das Hazel kannte, weil Jenny es trug, wenn sie als Teenager ihre Mutter belogen hatte. Es alarmierte Hazel, es fühlte sich falsch an.

»Totaler Blödsinn«, sagte Jenny. »Ich meine, so was würde er nie tun.«

»Was?«

»Ich kann es kaum aussprechen, es kommt mir so ... ich weiß nicht. Ich habe den Fall im Internet gefunden, als ich nach ihrem Namen gegoogelt habe. Sie untersucht den Tod von drei Mädchen. Sind in New York gestorben, als ich Ansel noch gar nicht kannte, da war er noch auf der Highschool. *Mord.* Das ist doch lächerlich!«

Im trüben, grünlichen Licht rang sich Jenny ihr Lächeln ab, die Zähne absichtlich entblößt. Hazel wusste genau, dass auch sie gerade an Ansels Miene am vergangenen Nachmittag dachte. *Mord.* Das Wort war wie ein Messerstich. Hazel konnte sich nicht erinnern, es je laut ausgesprochen zu haben, so fremdartig fühlte es sich an, auf ihrer Zunge.

»Wie kannst du da so sicher sein?«, fragte sie langsam. »Woher willst du wissen ... dass er es nicht getan hat?«

»Ach, komm schon! Wie immer!«

Jenny grinste verächtlich. Stieß ein spitzes Lachen aus.

»Komm schon, Hazel.« Sie klang fast schon belustigt. »Du stehst doch voll drauf.«

»Ich verstehe nicht«, sagte Hazel mit brennenden Wangen.

»Du suhlst dich hier gerade in meinem Leid, stimmt's? Hauptsache, du fühlst dich mir überlegen.«

»Das ist nicht fair, Jenny.«

»Gib's doch einfach zu. So was würde Ansel niemals tun, aber es wäre ganz super für dich, nicht wahr? So weit würdest du gehen, dir zu wünschen, dass mein Mann *Menschen ermordet* hat, weil du mir damit eins auswischen und dich dann besser fühlen könntest.«

»Jenny, bitte!«

»Ich weiß noch, wie es früher immer war. Wie du mich und Ansel angesehen hast.« Jenny wies auf die gestärkte Hotelbettwäsche, das schmutzige Geschirr, die Fettpfützen. »Ich weiß, dass ein Teil von dir jetzt glücklich ist. Du bist zufrieden, Hazel, weil ich hier gelandet bin.«

»Das stimmt nicht«, sagte Hazel kleinlaut. Sie schämte sich.

»Du hast gewonnen, okay?«, sagte Jenny. »Du hast alles, was du wolltest.«

Jennys Worte hingen zwischen ihnen wie schlechte Luft. Als Hazel die Tränen kamen, zog Jenny eine Grimasse und schaltete den Fernseher ein. Hazel fühlte sich wie menschlicher Abschaum, sie stank nach Gemeinheit. Es lief eine Wiederholung von *Real Housewives*. Hazel sah Jenny nicht an, und Jenny sagte kein Wort mehr. Eine Stunde verging, bis Hazel bemerkte, dass ihre Schwester auf dem Boden eingeschlafen war, den Oberkörper an die Bettkante gelehnt, den Kopf auf der Brust.

■

So leise es ging, stapelte Hazel die Teller, schob die Tür mit dem Zeh auf und stellte alles im Gang ab. Hier draußen roch es anders als im stickigen Zimmer. Steril, neu. Beim Ausatmen verspürte Hazel große Erleichterung. Sie schob ein Handtuch in den Rahmen und ließ die quietschende Tür schwer hinter sich zufallen.

Noch nie war sich Hazel behüteter und privilegierter vorgekommen, nie hatte sie sich wegen ihrer Ahnungslosigkeit mehr geschämt.

Luis zog sie oft damit auf. *Ihr weißen Mädels habt es gut.* Es schien ihr unmöglich, dieses Konzept, *Mord,* mit ihrer eigenen Schwester Jenny in Verbindung zu bringen. Solche Sachen passierten nicht in Burlington. Hazel war sich immer sicher gewesen, richtig von falsch unterscheiden zu können, gut von schlecht. Sie hatte Obama gewählt. Sie glaubte, sie hätte zu denjenigen gehört, die im Krieg jüdische Familien auf ihrem Dachboden versteckt hatten. Zum ersten Mal fühlte sich Hazel einer Situation ausgesetzt, die ihr Angst einjagte. Sie wollte mutig sein.

Hazel ließ sich mit vernebeltem Hirn und pochenden Kopfschmerzen auf den kratzigen Teppich gleiten und betrachtete den endlos langen Gang mit seinem trüben Licht und identischen Hotelzimmertüren. Dann zog sie ihr Handy aus der Tasche. Das Internet war langsam, nervös wartete sie auf die Trefferliste der Suchmaschine.

Die Begriffe *Saffron Polizei New York* bescherten ihr gleich einen Treffer, ein Link zu einem Artikel aus der Zeitung *Adirondack Daily Enterprise,* mit dem Titel »Ermittlerin der New York State Police zum Captain befördert«. Auf dem Foto daneben war eine strammstehende Frau mit einer militärisch aussehenden Mütze und einem feinen, markanten Gesicht zu sehen. Sie wirkte kompetent und professionell. Hazel ging auf die Website der New York State Police, wo sie sofort auf die offiziellen Kontaktdaten von Saffron Singh stieß, eine Telefonnummer und eine Mailadresse.

Sie wählte die Nummer.

Der Rufton erwischte sie wie ein Sprung in eiskaltes Wasser. Vor lauter Schreck über ihren Wagemut hätte sie das Handy fast weit von sich geschleudert, als ein blechernes Statikrauschen ertönte. Jemand atmete ein.

»Captain Singh.«

Adrenalin rauschte Hazel durch die Adern.

»Hallo?«, fragte Singh. »Hallo, wer spricht da?«

Hazel drückte auf den roten Knopf. In der darauffolgenden Stille war nur ihr Keuchen zu hören. Schockgelähmt saß sie da und hoffte inständig, Saffron Singh möge ihre Nummer nicht nachverfolgen oder sie zurückrufen. Sie reagierte auf die gewichtige Frage, die ihre Schwester nicht stellen wollte. Hazel wusste, sie würde ihr im Magen liegen, ein quälender Verdacht, den sie weder aufklären noch vertreiben konnte. Nicht mal genauer darüber nachdenken konnte sie. Es war zu fürchterlich, abgründig. Außerdem fehlten ihr die Beweise.

Also kehrte sie zurück auf die Kontaktseite, zählte vier Atemzüge, roch Reinigungsmittel und Teppich, und rief Luis an. Er brauchte ein wenig, das Klingeln hatte ihn offenbar aus dem Schlaf gerissen. Er klang so sanft, dass Hazel sofort in Tränen ausbrach.

■

Am Flughafen herrschte reger Betrieb. Jenny hatte sich für den Flug zurechtgemacht, sich sorgfältig die Wimpern getuscht und Stiefel mit leichtem Absatz angezogen. Am Abend zuvor, wieder im Hotelzimmer, hatte Hazel sich auf einen Ausbruch gefasst gemacht, erneute Vorwürfe, aber Jenny hatte nur vor sich hin gesummt und sich das Haar gebürstet. Hazel hatte die ganze Nacht kein Auge zugetan, in ihrem tiefsten, dunkelsten Inneren gärte Jennys Anschuldigung vor sich hin, untermalt von ihrem sanften Schnarchen.

Gemeinsam gingen sie zur Sicherheitskontrolle.

»So, hier trennen sich unsere Wege«, sagte Jenny vor einem Laden für teure Rucksäcke.

Um sie herum wogte die Menge, brach sich Bahn.

»Nicht weinen, Hazel.« Jenny verdrehte die Augen. »Du wirst Mom immer ähnlicher.«

Sie umarmten sich, Hazel wiegte sie. *Du bist die Stärkere von uns*, wollte sie sagen. *Du bist mutig.* Am Ende flüsterte sie nur »Tut mir leid« in Jennys Haar. Als sie sich voneinander lösten, blieb Hazel mit dem Pullover an irgendwas hängen. Beide Schwestern schauten hinab, identifizierten den Übeltäter: Jennys Ring hatte sich verfangen.

»Das deute ich mal als Zeichen«, sagte Jenny lachend.

Sie zog ihn vom Finger und legte ihn Hazel in die Hand.

»Ich soll ihn nehmen?«

»Bewahr ihn für mich auf, ja? Ich muss neu anfangen, da will ich keine Altlasten mit mir rumschleppen.«

Der Ring wog schwer, als Hazel ihn sich in die Hosentasche schob. Sie fragte sich, wie Jenny das klobige Ding so lange hatte tragen können.

»Okay«, sagte Jenny. »Wir sehen uns auf der anderen Seite.«

Hazel verfolgte ihren wippenden Kopf, bis sie in der Menge verschwunden war. Noch nie hatte sie sich ihrer Schwester ferner gefühlt. Im Flieger würde Jenny sich eine Sprite mit Zitronenscheibe bestellen und eine Zeitschrift durchblättern, die Horoskopseite mit einem Eselsohr markieren. Hazel kannte all die Kleinigkeiten, Gewohnheiten, die winzigen Regungen ihrer Schwester, aber das reichte nicht aus, um eine Person in ihrer Ganzheit zu erfassen. In den folgenden Tagen und Monaten würde sich Jennys Leben ändern. Sie würde in einer Stadt wohnen, die Hazel nicht kannte, unter südlicher Sonne, die noch nie auf Hazels Haut gebrannt hatte. Jenny würde eine andere Version ihrer Hälfte des Ganzen erfinden, sich absichtlich neu erschaffen. Während Hazel hier zurückblieb. Hier stand sie, wie gelähmt in diesem strahlenden Terminalgebäude, voll glänzender Linoleumböden und vorwärtsstrebender Menschen. Hier stand Hazel, vom vertrauten Drang gepackt, ihrer Schwester zu folgen, mitzukommen und sie irgendwann zu überholen. Hier stand Hazel, stets dieselbe.

In der Parkgarage war es stockfinster. Umgeben von grauem Beton zog Hazel den Ring hervor und inspizierte ihn genauer – ein Objekt aus einem anderen Universum, Amethyst und Messing. Es gehörte nicht hierher. Kurzerhand klappte Hazel das Handschuhfach auf und ließ den Ring lieblos hineinfallen, ein dumpfes Klirren, Klappe zu. Dort würde er bleiben, vergessen, als hätte er nie existiert.

.

»Sind Sie sicher?«, fragte die Frau. »Alles?«

»Alles«, sagte Hazel.

Sie saß in einem Drehstuhl im exklusivsten Salon von Burlington. Ihre Kleider rochen immer noch muffig vom Hotelzimmer – als sie Luis zwei Stunden zuvor gesimst hatte, dass sie sich verspäten würde, schickte er ihr statt einer Antwort ein Foto von Almas Zahnfleisch, ein blutiges Loch, wo sie ihren ersten Milchzahn verloren hatte.

Die Stylistin schnitt, bewunderte, betastete dicke Strähnen. *Schauen Sie sich das an.* Die Frau hielt Hazels schlaffen, abgetrennten Pferdeschwanz in der Hand, noch immer von einem Gummi zusammengehalten. Mit raspelkurzem Haar – *genau wie Emma Watson, hatte die Stylistin gerufen* – sah Hazel aus wie ein kleiner Junge. Wie eine Nymphe oder eine Fee aus Almas Gutenachtgeschichten. Ja, ein bisschen wie Emma Watson. Fasziniert von ihrem Spiegelbild stellte sich Hazel ein Leben als diese unbekannte Person vor, malte sich aus, wie es wäre, wenn ihr dieses fremde, schmale Gesicht schon immer vertraut gewesen wäre. Hazel zog die Hand unter dem feuchten Umhang hervor und berührte den tränenförmigen Leberfleck auf ihrer Wange. Er erschien ihr viel größer. Weniger Makel als Zeichen, das, was Hazel definierte. Das Gefühl war so köstlich – euphorisch verfolgte Hazel, wie der Zwilling im Spiegel den Mund öffnete und lachte, und es war wie ein Erwachen, ein Werden, eine Erlösung.

# 2 STUNDEN

Zwei Stunden, vier Minuten.

Jenny hat immer behauptet, dass alles, was auf der Welt passiert, einen Sinn habe. Ein Klischee, mit dem du sie gern aufgezogen hast. Worin liegt dann der Sinn von Kriegen? Oder Krebs, Amokläufen in Grundschulen? Jenny reagierte darauf mit weisem Kopfschütteln, voller Vertrauen auf ihren Glauben. Es muss einen Sinn geben. Sinnloser Schmerz liegt nicht in der Natur des Menschen. Wir müssen einen Sinn darin finden.

Optimistin, sagtest du.

Nein, das ist kein Optimismus, sagte Jenny. Sondern Überlebensinstinkt.

■

Vor deiner Zelle steht beinahe ständig ein Wächter. Er hustet schleimig in seine Armbeuge. Du weißt, warum der Mann hier ist: Suizidprävention. Er wird alle paar Minuten wieder bei dir aufkreuzen, um sicherzustellen, dass du dich nicht umbringst. Du hast eigentlich überhaupt nicht vor, dein Leben zu beenden, aber wenn du könntest, würdest du's tun. Deine Situation würde vielleicht einen Sinn ergeben, wenn du sie kontrollieren könntest. Aber du hast alles abgesucht, es gibt keine Möglichkeit. Keinen Schnürsenkel, keine scharfe

Glasscherbe. Keinen Sinn in diesem schier unendlichen, grausamen Warten.

•

Ansel?

Der Gefängnisseelsorger ist gekommen, das rote Netz aus der Polunski Unit unterm Arm. Seine Glatze glänzt schweißfeucht. Von der Koje aus betrachtet wirkt der Mann größer. Er zerrt den Metallstuhl geräuschvoll über den Betonboden und setzt sich dicht vor die Gitterstäbe, die euch trennen. In der Walls Unit gibt es einen eigenen Seelsorger, der rund um die Uhr verfügbar ist, aber du hast den hier angefordert. Dir gefällt die Vorstellung, wie er mit seinem klapprigen Station Wagon über den Highway fährt, die Fenster runtergekurbelt, das Radio leise im Hintergrund.

Der Anstaltsleiter hat mir das hier gegeben, sagt der Seelsorger und reicht die das Netz. Officer Billings hat es ihm weitergeleitet.

Du erkennst den Inhalt an der Form. Deine *Theorie*. Seit deinem Eintreffen in der Walls Unit sind erst zwei Stunden vergangen, kaum genug Zeit, um die Tasche an den Seelsorger zu übergeben. Auf keinen Fall genug Zeit, um im FedEx in Huntsville Kopien zu machen, und erst recht nicht genug, um diese Kopien an Verlage zu schicken und einen Packen beim lokalen Nachrichtensender abzuliefern.

Deine *Theorie* – dein Vermächtnis – wird nirgendwo erscheinen.

Aus dem Plan auszusteigen war eine Sache. Das hattest du schon fast von Shawna erwartet. Aber dir die *Theorie* auf diese Weise zurückzugeben, erscheint dir nahezu barbarisch. Du hast weder die Zeit noch die Ressourcen, um sie von hier aus zu verbreiten. Das weiß Shawna auch. Ohne ihre Kooperation wäre es ohnehin sinnlos. Was für eine bittere Ironie. Deine Taten waren schlimm, aber nicht schlimm genug, erst deine Flucht hätte die nötige Aufmerksamkeit erregt. Ja, du könntest versuchen, die *The-*

*orie* selbst zu versenden. Aber ohne Aufmerksamkeit wäre es zwecklos.

Es wäre den Leuten egal.

■

Warum schreibst du alles auf?

Das hat Shawna dich mal gefragt, ganz am Anfang. Du saßst inmitten deiner Notizen mit tintenverschmierten Fingern auf dem Boden.

Nur so kann ich alles überdauern, hast du ihr erzählt. So hinterlasse ich einen Teil von mir.

Was willst du denn genau hinterlassen?, fragte Shawna.

Keine Ahnung, hast du genervt geantwortet. Meine Gedanken. Meine Überzeugungen. Findest du es nicht wichtig, sicherzustellen, dass ein Teil von dir weiterlebt, wenn du schon tot bist?

Shawna hat nur die Achseln gezuckt und gesagt: Ich finde, die Menschen haben schon genug hinterlassen.

■

Du schickst den Seelsorger weg. Deine *Theorie* verteilst du rund um dich herum, die Notizblöcke im Halbkreis wie eine grinsende Grimasse. Im Schneidersitz inspizierst du das Testament deiner intellektuellen Genialität. Vor dir ausgebreitet wirken deine Niederschriften so klein und krakelig, irgendwie wirr. Lediglich die Vorstufe zu etwas Größerem, Besserem.

Nun. Das war's also. Deine *Theorie* wird mit dir sterben, im besten Fall in irgendeinem Aktenschrank vor sich hin modern, im schlimmsten im Mülleimer landen. Dein lebenslanges Denken und Schreiben, verblichen, vergessen. Dein Blick fällt zufällig auf einen Absatz. *Moral ist nicht in Stein gemeißelt*, liest du da. *Es gibt stets Potenzial für Veränderung. Es scheint unmöglich, dass etwas so Grundlegendes – Potenzial – einfach ausgelöscht werden kann.*

Und Blue House?

Du flüsterst den Namen. Das Papier auf dem Boden liegt still, raschelt nicht mal, starrt dir nur entgegen. Blue House ist deine *Theorie*, steht unverwüstlich da. Blue House ist der Beweis. Du bist ein weites Feld, wie jeder andere auch. Du bist komplex. Du bist mehr als nur böse.

■

Blue House trat auf dem Höhepunkt des heißen Sommers in dein Leben. Fast ein Jahr, nachdem Jenny nach Texas gegangen war. Du hast vor dich hingesiecht, allein in Vermont. Jenny hatte dich verlassen, deine Tage waren grau und still. Jeden Abend hast du Hotdogs gegessen, kalt aus der Verpackung, danach hast du Jennys Möbel in die Garage geschleppt, ein Stück nach dem anderen, und sie mit der Kreissäge in winzige Stücke zerteilt.

Der Brief traf an einem Morgen im Juni ein. Achtlos hast du den Umschlag aufgerissen, noch halb in der Fliegengittertür, und verwirrt auf die fröhliche Handschrift auf dem linierten Blatt geschaut. Ihr erster Brief war einfach gewesen, nur ein paar Sätze.

*Lieber Ansel. Mein Name ist Blue Harrison. Bevor mein Vater in einem Krankenhaus in der Nähe von Essex, New York, adoptiert wurde, hatte er einen älteren Bruder. Ich glaube, du warst dieser Bruder.*

Du bist in die Küche gestolpert, der Brief segelte auf den zerkratzten Eichentisch. In diesem Moment erschien dir das Universum grausam und wunderbar zugleich. Voller Rachedurst und Vergebung. All die Jahre hatte Baby Packer nicht geschrien, um dich zu strafen, sondern aus demselben Grund, aus dem alle kleinen Kinder schreien: Er wollte dir etwas mitteilen.

Am darauffolgenden Wochenende bist du aufgebrochen zu Blue

House. Tupper Lake war dir nicht unbekannt, du kanntest es von einer Möbellieferung, doch diesmal war deine Ankunft wie ein Neuanfang, voller Bedeutung. Der Himmel lag wie ein glattes Tuch über dem See, die Sonne glitzerte auf dem satten Blau. Das Restaurant lag ein paar Straßen von Ufer entfernt, ein Haus auf einem kleinen Grundstück. Es schien dir zuzuzwinkern, dich herbeizuwinken.

Beim Eintreten erklang eine Türglocke.

Du hast sie sofort erkannt. Blue Harrison wartete an einem Tisch in der Ecke, vornübergebeugt und schüchtern, so typisch sechzehn, wie sie mit ihrem Strohhalm herumspielte. Ihr Anblick ging dir durch Mark und Bein. Erst als du Blue Harrison vor dir hattest, wurde dir klar, dass das Geräusch dein dauerhafter Begleiter gewesen war. Im dunkelsten Winkel deines Verstands herrschte endlich Stille, dort wo ständig ein Baby gewimmert hatte, jahrelang. Die Erleichterung war wie ein Schlag.

Blue Harrison sah fast genauso aus wie deine Mutter.

In diesem Augenblick schien Baby Packer zu dir aufzublicken. Ruhig, süß, blinzelnd. Als wollte er sagen: Endlich hast du mich gefunden.

# SAFFY
## 2012

Saffy wusste, wie man Fälle löste.

Wusste, wie es einem in den Fingern juckte. Die Jagd, die Ergreifung, der Rausch, die Erleichterung. Jeden kleinsten Hinweis drehen und wenden, an jeder Faser zupfen, bis sich alles löste. Saffy wusste, wie man einen Fall in seine Einzelteile zerlegte und diese dann inspizierte, das war eine Wissenschaft, exakt und eindeutig. Aber es gab Fälle, die waren mehr als das, sie verwandelten sich, verzerrten sich zum Ungeheuerlichen.

■

Saffy stand vor der plaudernden Menge, die Hände ruhig auf dem Podium abgestützt. Das neongrelle Hinterzimmer war vollgestopft, die Trooper rutschten unruhig auf ihren Plastikstühlen herum, die Ermittler lehnten lässig an der Wand. Lieutenant Kensington stand an der Tür, als wolle er gleich wieder abhauen.

Saffy räusperte sich, verlangte Aufmerksamkeit. Sie straffte die Schultern, legte ihre Stimme tiefer.

»Wie die meisten hier bereits wissen, gibt es nun einen Termin für die neue Verhandlung im Fall Lawson«, sagte sie. »Montag in zwei Wochen. Da die Verhandlung in der Öffentlichkeit große Aufmerksamkeit erregen wird, hat der Staatsanwalt im Vorfeld um unsere Mithilfe gebeten. Ihr alle seid seine Augen und Ohren. Bis zur Verhandlung werden sich hier alle mit diesem Fall beschäftigen, beim Atmen, beim Schlafen und beim Scheißen.«

Jetzt hatte sie ihre Leute an der Angel. Wie leicht es doch war: einfach Macho-Befehlston anschlagen und grobe Ausdrücke verwenden. In den Monaten seit ihrer Beförderung zum Captain hatte Saffy sorgfältig darauf geachtet, ihre Befehle mit derlei Phrasen auszuschmücken, denn sie brauchte ihr Vertrauen. Verschiedene Versionen dieser Ansprache hatte sie seit Jahren geübt, sechs davon als Sergeant, vier als Lieutenant. Saffy war vierzig Jahre alt, der einzige weibliche Captain in der Geschichte der Truppe B, und sie hatte schon vor langer Zeit akzeptiert, dass sie als Anführerin die Sprache ihres Teams sprechen musste.

»Sergeant Caldwell, geben Sie uns die Eckdaten des Falls.«

Corinne lehnte ganz hinten an der Wand, die Arme über ihrer abgerockten Lederjacke verschränkt.

»Marjorie Lawson wurde vor zwei Jahren in ihrer Küche ermordet«, sagte sie mit rauer Stimme. »Jemand hat ihr mit der Bratpfanne den Hinterkopf zertrümmert. Ihr Mann Greg, Metzgersgehilfe bei Painter and Sons, war der einzige Verdächtige, und in Anbetracht aller Umstände scheint tatsächlich nur er für die Tat infrage zu kommen. Doch dank einer undichten Stelle in unserer Abteilung hat die Verteidigung nun versucht, das Verfahren für ungültig erklären zu lassen.«

Bei diesen Worte nahm Saffy Lieutenant Kensington ins Visier, der konzentriert auf seine teuren italienischen Schuhe starrte. Jahre zuvor hatte Kensington betrunken in einer Bar mit einem Geschworenen über Lawsons offensichtliche Schuld geplaudert, und Saffy durfte seine Unprofessionalität jetzt ausbaden. Sie hatte diesen Mist von ihrem Vorgänger geerbt, dem ehemaligen Captain, den man just wegen dieser Sache in den Ruhestand befördert hatte, und jetzt war es an ihr, neue Beweise und einen neuen Ermittlungsansatz hervorzuzaubern. Einen Phönix aus der Asche heben, sozusagen.

»Danke, Sergeant«, sagte Saffy. »Lewis und Taminsky, ihr kümmert euch um die Zeuginnen und Zeugen. Verhört jeden einzelnen erneut, und zwar gründlich. Hartford, du nimmst dir die Familie des Opfers vor, ich will alles wissen über die Ehe der Lawsons. Benny und Mugs, ihr seid für die Forensik zuständig. Und Kensington, du darfst dich mit dem Staatsanwalt und den Verteidigern auseinandersetzen. Nach dem Urteil liegt die Beweislast bei der Staatsanwaltschaft, aber in den nächsten zwei Wochen arbeiten wir mit Hochdruck daran, ihnen alles an die Hand zu geben, um vor Gericht zu bestehen. An die Arbeit!«

Als sich die Trooper aus dem Zimmer schoben, wandte Saffy sich der Tafel zu. Zwar hatte sie sämtliche Fotos im Gedächtnis abgespeichert, aber jeder Tatort sprach eine eigene Sprache. Wenn sie zu lange an einem Fall herumgedacht hatte und sämtliche Hinweise ins Leere gelaufen waren, kehrte Saffy zurück an den Ort des Verbrechens: Marjorie Lawson, auf dem Küchenboden, Blut sickerte ihr aus dem Hinterkopf und lief über die frisch geschrubbten Fliesen. Das Licht im Ofen brannte, das Zimmer war rauchvernebelt, das Maisbrot völlig verkohlt.

»Captain?«

Es war Corinne. Die einzige Ermittlerin im Team und die Beste von allen. Saffy hatte Corinne zu sich geholt, ihre erste Neueinstellung nach ihrer Beförderung zum Lieutenant, nachdem Moretti sich nach Atlanta verzogen hatte. Unter Saffys Führung hatte Corinne Dutzende Mordfälle aufgeklärt und ihren Schwiegervater, den Superintendent, dazu bewogen, Saffy zum Captain zu befördern. Jetzt blieb sie hinter Saffy stehen, mit rundem Rücken und straffem Pferdeschwanz im Nacken. Corinne war subtil, aber geschickt, sie hatte einen trockenen Humor, mit dem sie Saffy viele lange Nächte versüßt hatte.

»Wir haben's verkackt«, sagte sie mit Blick auf die Fotos.

»Das war nicht deine Schuld«, sagte Corinne.

Saffy seufzte. »Du weißt selbst, dass das egal ist.«

Der Tag kroch dahin. Saffy nahm gemeinsam mit Lewis und Taminsky die Zeugenaussagen unter die Lupe, füllte Anträge auf Überstunden aus, verschlang einen eiskalten Burrito, während sie den Einsatz eines Überwachungswagens für eine Drogenermittlung genehmigte. Als die Sommersonne unterging, waren die meisten schon in den Feierabend oder zu ihren Einsätzen verschwunden, und im Büro war alles ruhig. Saffy wusste, sie sollte auch Feierabend machen, denn morgen war Samstag, ihr einziger freier Tag, aber sie würde wieder hier sitzen. Doch es war so stickig, und in ihrer Brust hatte sich schon wieder dieses vertraute Sehnsuchtsgefühl breitgemacht.

Sie sollte es lassen. Es war nicht gesund. Es war sogar ein bisschen verrückt. Aber Saffy war allein, herrlich allein, und die Nacht urteilte nicht. Monate war es her, seit sie dem Drang das letzte Mal nachgegeben hatte – im April war es gewesen, an einem grauen Abend im strömenden Regen.

Saffy zog den Rollcontainer mit den Akten unter ihrem Schreibtisch hervor. Die Akte war genau dort, wo sie sie zuletzt abgelegt hatte, zwischen den anderen Altfällen, archiviert und vergessen. Saffy erzählte niemandem davon. Es war ihr dümmstes Geheimnis, ihre süßeste Scham.

Die Mädchen aus den 1990er Jahren gaben ihr keine Antworten. Dennoch schob sie sich die Akte unter den Arm und schlappte hinaus auf den öden Parkplatz. Immer, wenn sie feststeckte und frustriert war, wie jetzt im Lawson-Fall, kamen sie ihr wieder in den Sinn, die toten Mädchen: Izzy, Angela, Lila. Sie krochen aus der Akte und flüsterten ihr verschwörerisch zu. Sie saßen plötzlich auf dem Rücksitz ihres Ford Explorer oder standen hinter einem Verdächtigen im Verhörzimmer, ein vorwurfvolles Anstupsen, eine ständige Mahnung. Saffy war jetzt Captain, ja, doch auch sie war einst ein Mädchen gewesen. Jeder Fall barg eine Geschichte, und bisweilen musste man ganz an den Anfang zurückkehren, um ein vollständiges Bild zu bekommen.

·

Izzy kam in dieser Nacht zu ihr. Ein Geist in einem Traum. Die Mädchen trieben Saffy vorwärts, zogen sie lockend zurück in ihre Vergangenheit, junge Frauen, die sie gewesen sein mochten. Izzy bei Sonnenaufgang auf einer Veranda. Ende dreißig, schmutzige Brillengläser, ihr Lieblingspulli, schon abgetragen. Eine Tasse Kaffee auf dem sauberen Glastisch. Ihre Finger schälten ein gekochtes Ei, abgeplatzter Nagellack, bunt auf weiß. Die schleimige Eihaut, so leicht zerrissen.

·

Als Saffy in aller Herrgottsfrüh erwachte, wusste sie, was sie zu tun hatte.

Ein Hauch von Juni lag über der Nacht, draußen, einsam vor ihrem Fenster, dämmerte der Morgen. Ihr durchgeschwitztes Bettzeug roch sauer, musste dringend gewaschen werden. Ihr Handy meldete sich bereits.

*Gehe heute Vormittag die Lawson-Transkripte durch. Irgendwas, worauf ich besonders achten sollte?*

Saffy wischte sich den Schlaf aus den Augen und tippte eine kurze Antwort: *Schau dir noch mal die Zeugen der Verteidigung an, achte auf Unstimmigkeiten. LT soll dir helfen. Ich habe heute frei.*

Als die Sonne aufgegangen war, saß Saffy bereits im Auto, immer noch im Halbschlaf, während die Klimaanlage auf Hochtouren modrigen Plastikgestank ins Innere pustete. Auf dem Highway wickelte sie ihren Müsliriegel aus, die gelben Streifen auf der Fahrbahn wellten sich bereits in der Hitze.

Nach dreizehn Jahren kannte Saffy die Strecke nach Vermont in- und auswendig. Sie überquerte die Grenze, Lake Champlain schrumpfte im Rückspiegel, Felder wichen Einkaufszentren. Saffy raste über leere Straßen. Irgendwann holte sie eine Schachtel Zigaretten aus dem Handschuhfach. Eigentlich hatte sie schon als Jugendliche mit dem Rauchen aufgehört. Aber auf diesen Fahrten erlaubte sie sich so viele Zigaretten, wie sie wollte. Schließlich hatte sie ihre eigenen Regeln schon gebrochen. Das schlechte Gewissen hatte sie schon eingeholt, das Schamgefühl ebenfalls, es gab also keinen Grund, auf dieses kleine Vergnügen zu verzichten.

Sie wollte nichts Besonders von Ansel Packer. Nie nahm sie Kontakt auf, flog immer schön unter dem Radar. Ihre Sehnsucht wies keinerlei Logik auf, ließ sich nicht rechtfertigen, sie musste ihn nur sehen. Ihn beobachten. Saffy achtete aus dem Fenster, die Einkaufszentren lagen hinter ihr, jetzt kam sie an heruntergekommenen Häusern vorbei und stellte sich ihre Sehnsucht wie ein ständig rotierendes Kinderkarussell vor, verrostet und in die Jahre gekommen.

Der Morgen hatte sich zu einem heißen Sommertag entfaltet, als sie endlich vor dem kleinen gelben Haus ankam. Saffy parkte am Straßenrand, klappte ihr Notizbuch auf, atmete tief ein und blinzelte aus dem Seitenfenster.

Seit Jenny nicht mehr hier wohnte, hatte sich alles verändert. Der Rasen war ausgewachsen, die Topfpflanzen verdorrt, auf der Veranda standen schlammverkrustete Männerschuhe. Drei Besuche über neun Monate hatte es gedauert, bis Saffy im Krankenhaus angerufen hatte, wo man ihr das Offensichtliche bestätigte. *Texas*, hatte die Frau am Empfang gesagt. *Hat da unten einen neuen Job angenommen.*

Jenny war gegangen.

Saffy hatte nur diese eine Mal mit ihr gesprochen, damals vor dem Krankenhaus. Wenn sie jetzt daran zurückdachte, wie sie bei diesem Gespräch dilettantisch rumgestammelt hatte, empfand sie eine zärtliche Zuneigung zu der jungen Ermittlerin, die sie einst gewesen war. So eifrig, so taktlos. In den darauffolgenden zehn Jahren, an freien Tagen oder Wochenenden, hatte sie live miterlebt, wie Jenny langsam gewachsen war. Sie hatte die leeren Weinflaschen in der überquellenden Recyclingtonne gesehen, Realityshows im Fernseher, Ansel und Jenny, die getrennt schliefen, Jenny im Wohnzimmer, Ansel in der Garage. Einmal hatte sie Jennys Schwester gesehen – verblüffend, diese Ähnlichkeit –, die mit zwei Kindern zu Besuch kam. Jenny lachte, als sie den kleinen Jungen in seinen Kindersitz schnallte.

Jetzt wirkte das Haus geradezu verlassen, obwohl Ansels Truck in der Auffahrt stand. Die Lichterkette war von der Veranda gefallen und hing jetzt schlaff über dem Zaun, die kirschroten Vorhänge im Küchenfenster hatten sich teilweise von der Stange gelöst. Der Motor rumpelte, und Saffy verspürte die vertraute Frustration. Blöd von ihr, hier aufzukreuzen. Es gab nichts zu sehen. Ihr war zum Heulen. Gerade wollte sie wenden und sich widerwillig auf den Heimweg machen, als sie das Quietschen der Fliegengittertür hörte.

Ansel kam mit groben Arbeitsstiefeln und Jeans voller Farbspritzer aus dem Haus. Er trug ein fadenscheiniges T-Shirt mit gelben Schweißrändern unter den Achseln, das seinen Bauchansatz entblößte. Er hatte Geheimratsecken und eine dicke Hornbrille auf der schweißglänzenden Nase. Saffy richtete sich auf und beobachtete neugierig, wie er sich in seinen Pick-up hievte.

Er fuhr rückwärts aus der Auffahrt, Saffy nahm mit etwas Abstand die Verfolgung auf. Gern hätte sie jetzt ein Kaugummi, um den bitteren Geschmack der Zigaretten zu vertreiben.

Eines hatte sich in den vielen Jahren im Job gelernt: Männer wie Ansel hielten Verletzlichkeit nicht aus, es war wie ein rotes Tuch für sie.

◼

Natürlich gab es Muster. Neigungen, Übereinstimmungen, Charakterprofile, vom FBI erstellt. Saffy und ihr Team hatten viele Verdächtige auf diese Weise in Schubladen sortiert: der Sportlehrer, der sich der stillen Mädchen annahm, der Vergewaltiger, der jeder Versammlung beiwohnte, um zu lauschen, wie man über seine Verbrechen sprach, um sich in deren Glanz zu sonnen, der Ex-Marine, der seine erste Frau schlug, seine zweite Frau schlug und die dritte ermordete. Aber Saffy hatte Erfahrung, und sie schrieb ihren Erfolg der Erkenntnis zu, dass auf jeden Verbrecher, der ins typische Schema passte, Dutzende andere kamen, die es nicht taten. In seinen Abweichungen war jedes Hirn individuell – Trauma äußerte sich bei Menschen auf besondere, rätselhafte Weise. Man musste die Stelle finden, wo die Wunde geschlagen wurde und seitdem vor sich hin faulte, die Schwachstelle, die den Menschen triggerte und ihn zur Gewalt trieb. Saffy wusste, dass es wichtig war, diese Feinheiten zu studieren und zu verstehen, auch wenn es sich dabei um einen unerträglich intimen Vorgang handelte. Unerträglich menschlich. Manchmal handelte es sich einfach um eine besonders perverse Form der Liebe.

•

In den zehn Jahren, die Saffy Ansel nun schon observierte, hatte sie nie erlebt, dass er seine kleine Stadt in Vermont verließ. Sie war ihm zum Supermarkt gefolgt, zur Arbeit im Möbelgeschäft, zur nahe gelegenen Bar. Einmal war sie ihm zu einem Grillfest gefolgt, wo er an einem Picknicktisch Bier trank, während Jenny mit ihren Freundinnen plauderte.

Jetzt wartete Saffy ständig darauf, dass Ansel den Blinker setzen würde oder bremsen, aber er fuhr unbeirrt weiter Richtung Norden, um den Lake Champlain und über die Staatsgrenze nach New York, an Miss Gemmas Haus vorbei bis hoch zum Lake Placid. Als Ansel endlich den Highway verließ, platzte Saffy fast die Blase. Sie waren in Tupper Lake gelandet, das Saffy nur vom Vorbeifahren kannte.

*Endlich, ein freies Wochenende!*, hatte Kristen bei ihrem abendlichen Telefonat vor ein paar Tagen gespottet. *Was hast du so vor, Captain?* An dem Vormittag hatte Kristens Sohn ein Fußballmatch

gehabt, es war die Zeit der entscheidenden Spiele um die Meister-
schaft, und Saffy hatte sich nicht abgemeldet. Sie dachte daran, wie ihr
freier Samstag hatte aussehen sollen: Orangenscheiben in der Halb-
zeit, ein Haufen Spielzeuglaster auf einer Picknickdecke, Eiscreme auf
dem Heimweg.

Stattdessen rutschte sie hier auf ihrem Sitz herum, irgendwo im
Norden von Tupper Lake. Ansel hielt kurz an einer Tankstelle, dann
fuhr er auf den Parkplatz vor einem leuchtend blauen Haus. Er schälte
sich aus dem Truck, Saffy verfolgte jede Bewegung.

Es handelte sich um ein Restaurant. Im Fenster hing ein laminier-
ter Speiseplan, über der Tür ein kleines, schmiedeeisernes Schild,
rostig, leicht zu übersehen.

*The Blue House.*

Es war fast Mittag, und Saffy musste dringend auf die Toilette. Sie
sollte das lassen, es war nicht klug, nicht sinnvoll und eindeutig keine
gute Polizeiarbeit. Aber Saffy wusste, dass sie ihm trotzdem ins Haus
folgen würde. Sie hatte sich ihre gesamte Karriere lang auf ihre Überzeugung verlassen, und die hatte sich immer wieder als richtig bestätigt: Jeder Mensch hatte Geheimnisse. Jeder versteckte etwas.

Selbst Saffy. Sie ging zu einer Therapeutin, eine Frau namens Laurie, die im zweiten Stock eines altmodischen Bürogebäudes arbeitete.
Laurie hatte immer eine Schachtel Taschentücher auf dem Couch-
tisch und eine stattliche Sammlung Topfpflanzen auf der Fensterbank. Sie sprachen zumeist über Saffys Arbeit, die grauenvollen
Dinge, die sie täglich erlebte, halb tot geprügelte, an Betten gefesselte
Frauen, verhungerte Kinder, in Kellerverliesen angekettet, eine Überdosis nach der anderen. Gelegentlich versuchte Saffy, das Thema zu
wechseln, über ihre Wohnungsrenovierung zu sprechen – mit Kristens Hilfe hatte sie ihre alte Küche umgebaut – oder ihre Dating-Ver-
suche, die Männer, die in ihrem Leben ein und aus gingen und sie
selten länger interessierten. Sie erzählte Laurie von dem Ringbuch
voller Rezepte, das auf ihrer Fensterbank stand: Rajasthani-Gerichte,

die sie sich stundenlang zusammengegoogelt hatte, *laal maas* und *dal baati*, die Zutaten hatte sie eigens bestellen müssen. Aber Laurie kam immer wieder auf ihren Job zurück – ihr alltägliches Grauen. *Warum fühlen Sie sich zu dieser Arbeit hingezogen?*, fragte Laurie gern, die Stirn wohlmeinend gerunzelt. *Findet Ihr inneres Kind im Trauma eine Heimat?*

Saffy musste sich immer schwer zusammenreißen, keine Grimasse zu ziehen. Sie spielte mit dem Gedanken, die Therapie abzubrechen, doch sie wollte ihren jüngeren Kollegen ein Vorbild sein, die sich hinter dem fabrizierten Männlichkeitsbild der Polizeiarbeit verschanzten, Tabak auf die Straße spuckten und dabei halbherzig Schwulenwitze rissen. Sie war jetzt Captain. Sie wusste, dass sie mit Argusaugen beobachtet wurde.

Während sie Ansel in seinen schweren Stiefeln die Treppe zum Restaurant hochpoltern sah, erinnerte sie sich an Lauries Worte, ihre weise Miene, die höchst irritierende Neigung ihres Kopfs. *Was ist mit Ihrem inneren Kind?*

Dem geht's blendend, dachte Saffy, als Ansel an der Tür stand.

Manchmal vermisste sie dieses kleine Mädchen, hellwach im oberen Bett, weit nach Mitternacht, wenn schon langsam der Morgen anbrach. Sie hatte einen klaren Wunsch gehabt: Ihre Mutter sollte aus dem Jenseits zu ihr zurückkehren. Über ihren Vater hatte sie so intensiv nachgegrübelt, dass er im Lauf der Zeit märchenhafte Züge angenommen hatte, ein vages Konzept wie Gerechtigkeit oder Wahrheit. Obwohl ihre Kindheit von Trauer geprägt war, fiel ihr das Leben bei Miss Gemma leicht, denn ihr simpler, klar definierter Wunsch zog sich durch ihre Tage wie ein unterirdischer, stetig rauschender Fluss.

Dieser Wunsch war jetzt verschwunden. Saffy hatte ihn abgelegt, sich während ihrer rebellischen Jugend und dem Taumel ihrer zwanziger Jahre davon befreit. An seine Stelle waren Ermittlungsberichte getreten, um drei Uhr morgens abgeheftet, Verhöre in Hinterzimmern, die ihre Verdächtigen zum Weinen brachten, siebenstündige Autofahrten, nur um mit einem Zeugen zu sprechen. Saffy betrachtete Ansels Hinterkopf, bevor er im Restaurant verschwand. Sie fragte sich, wie viel von seiner Sehnsucht er ablegen konnte oder, wichtiger, an welchem Teil davon er noch immer festhielt.

Innen war Blue House heimelig und hell, aber auch ein bisschen abgelebt und modrig, ein Familienrestaurant, das eindeutig die besten Jahre hinter sich hatte. Als die Türglocke erklang und Saffys Eintreten markierte, verspürte sie leichte Panik – das war eine schlechte Idee. Sie sollte heimfahren und zum Pizzaessen in Kristens Garten gehen, eine Tradition nach Fußballspielen.

Aber da war dieser Zwang. Es musste sein.

»Was kann ich für Sie tun?«

Die Frau empfing sie mit einem herzlichen Lächeln. Ein Band hielt das krause Haar aus dem Gesicht, die Kochschürze war mit Ketchup- und Fettflecken übersät. Mitte dreißig, schätzte Saffy. An ihrer Schürze hing schief ein Namensschild: *Rachel*.

»Nur einen Eistee«, sagte Saffy mit einer Kopfbewegung Richtung Bar. Sie bemühte sich, natürlich zu klingen, nicht wie eine Polizistin, obwohl es schon längst keine klare Trennung mehr gab. »Und wo ist bitte Ihre Toilette?«

Als Rachel nach hinten zeigte, schaute sich Saffy rasch nach Ansel um. Sie entdeckte ihn schnell. Er saß an einem Tisch beim Fenster auf einem wackeligen Stuhl vor einem jungen Mädchen. Ein Teenager. Sie hatte sich den geflochtenen Zopf über die Schulter geworfen und wirkte etwas nervös.

Saffy betrat die Toilettenkabine, schloss die Tür ab und atmete tief, um das ungewohnte Gefühl in den Griff zu bekommen. Nackter Terror, wie sie ihn noch nie verspürt hatte. Mit der Unterhose in den Kniekehlen hielt sich Saffy die hohle Hand vors Gesicht und sog die Luft ein, eine Mischung aus Bleiche und Urin und Gebratenem, die ihr wie eine Giftwolke in die Nase stieg. Sie kam sich albern vor, paranoid. Doch auch als sie heißes Wasser über ihre zitternden Finger laufen ließ, schaffte sie es nicht, das Gesehene zu vertreiben. Die Sehnsucht in Ansels Blick. Das Mädchen war jung. Zu jung.

Ihr Eistee stand bereits auf dem Tresen, Kondenswasser rann am Glas hinab und bildete eine Lache auf der abgeblätterten Vinyloberfläche.

»Möchten Sie was essen?«

Saffy schüttelte den Kopf, ihre Zunge fühlte sich geschwollen an. Nachdem Rachel in der Küche verschwunden war und sich die Tür hinter ihr geschlossen hatte, entdeckte Saffy das Foto. Es hing an der Küchentür, ein hochwertiger Farbausdruck, vergrößert und gerahmt. Rund herum war eine Art Schrein entstanden, getrocknete Blumen waren an handgeschriebenen Botschaften befestigt. Der Mann auf dem Bild stand lächelnd vor einer blau bemalten Holzwand – sie gehörte zu diesem Haus –, ein kleines Mädchen auf der Hüfte, das ihm die Arme um den Hals geschlungen hatte. Dieses Foto verursachte Saffy großes Unbehagen. Es lag nicht an dem Namen des darauf gezeigten Mannes, Ellis Harrison, oder den darunter gedruckten Daten, 1977–2003 – er war mit sechsundzwanzig Jahren gestorben – oder an dem darauf abgelichteten Mädchen, das jetzt, älter, am Ecktisch saß. Nein, es war das Gesicht des Mannes auf dem Bild. Sein Lächeln. Er sah Ansel Packer sehr, sehr ähnlich.

»Wissen Sie was? Ich hätte gern einen Thunfischauflauf«, sagte Saffy, als Rachel zurückkehrte.

Während sie angespannt lauschte, zwang sie sich einige Bissen hinein. Obwohl sie mit dem Rücken zu Ansel und dem Mädchen saß, gelang es ihr, einzelne Sätze aufzuschnappen. Die Stimme des Mädchens. *Die Bank hat die Zwangsvollstreckung angekündigt. Wir wissen nicht, was wir tun sollen.*

»Wie lange gibt es dieses Restaurant schon?«, fragte Saffy, als Rachel in einer fettigen Plastikmappe die Rechnung brachte.

»Mein Mann und ich haben es 1997 eröffnet.«

Saffy machte eine Kopfbewegung zur Küchentür. »Betreiben Sie es jetzt allein?«

Rachel lehnte sich an den Tresen, die Erschöpfung war ihr an den müden Augen abzulesen. »Ich bin nicht allein, ich habe meine Tochter.«

Beide wandten sich zum Ecktisch um. Ansel fuhr sich abwesend übers schüttere Haar. Das Mädchen wurde rot und stocherte mit dem Strohhalm zwischen den Eiswürfeln in ihrer leeren Cola herum. Plötzlich erfasste Saffy eine unerklärliche Furcht. *Lauf!*, wollte sie ihr am liebsten zurufen. *Lauf weg vor diesem Mann!*

»Wie alt ist sie?«, fragte sie stattdessen.

»Sechzehn.« Rachel verdrehte die Augen, aber ihre Miene hatte sich aufgehellt. »Obwohl Blue sich natürlich für mindestens dreißig hält.«

Saffy legte zwanzig Dollar auf den Tisch und kehrte mit wackeligen Knien zurück zu ihrem Auto. Die Sonne knallte wütend auf die Steinplatten. Ansel und dieses Mädchen.

Sechzehn.

Genau das Alter, das ihm gefiel.

■

Was mit den Mädchen geschah, war ein Unfall. Ein Moment der Leidenschaft, sorgfältig geplante Taten, ein Serienmörder auf der Durchreise. Es war jemandes Vater, Onkel, abgedrifteter Bruder. Vielleicht – ganz vielleicht – war es Ansel Packer. Irgendwann fragte niemand mehr danach, warum die Mädchen sterben mussten, sondern wer sie umgebracht hatte. Diese brutale Ungerechtigkeit, die unnötige Gewalt. Jahrelange Ermittlungen, aber irgendwann hatte die Welt die Opfer doch vergessen, wie immer. Irgendwann wurden sie alle wie Marjorie Lawson.

■

Am Montagmorgen herrschte Hochbetrieb im Großraumbüro. Lieutenant Kensington klopfte lässig an Saffys Tür, seine Uniform frisch gestärkt, das Haar zurückgegelt. Sein Ehering glänzte matt am Finger. Kensingtons Frau hatte Saffy schon immer gehasst, die Trooper verbreiteten gern die wildesten Gerüchte über sie und Kensington, Rivalen, die aufs Engste miteinander arbeiten mussten. Saffy schüttelte das ab, genau wie ihren Ärger darüber. Kensington war ein Arschloch und ein mittelmäßiger Polizist, der durch aalglattes Charisma auf der Karriereleiter nach oben gefallen war.

»Der Staatsanwalt will ein Update«, sagte er, während er auf den Hacken wippte.

»Haben wir nicht«, erwiderte Saffy.

»Was kann ich tun?«, fragte er mitfühlend.

Saffy war wirklich beeindruckt von seiner Dreistigkeit, hier aufzutauchen, als könnte er kein Wässerchen trüben, als wäre er nicht derjenige, der das ganze Problem überhaupt erst verursacht hatte. Kensington hatte eines Abends betrunken in der Kneipe einen der Geschworenen erkannt, sich neben ihn gesetzt und ihn zugetextet. Er war nur noch im Dienst, weil sein Onkel, der langjährige, respektierte Captain der C-Truppe, ihm den Arsch gerettet hatte. Hätte Saffy denselben Fehler gemacht, wäre sie hochkant geflogen.

»Bitte Corinne zu mir ins Büro«, sagte Saffy. Sie hatte ihren Ton perfektioniert, verbindlich und abweisend zugleich. Es war ihr wichtig, auf der Arbeit nie die Fassung zu verlieren, nicht so wie der alte Captain, der einst mit der Faust ein Autofenster eingeschlagen hatte.

Zwei Tage waren vergangen, seit Saffy Ansel zum Blue House gefolgt war, doch die Bilder gingen ihr nicht mehr aus dem Kopf, lenkten sie von der Arbeit ab. Selbst beim Briefing heute Morgen, als sie alle möglichen Fragen beantwortet und Aufgaben verteilt hatte, stellte sie sich die beiden vor, Ansel und das völlig arglose Mädchen vor ihm am Tisch. Ihr Treffen hatte angespannt gewirkt, verschämt wie ein erstes Date, und Saffy brachte es immer noch nicht in Einklang mit der Tatsache, dass ihre Mutter nur wenige Meter weiter völlig entspannt an der Bar gestanden hatte. Seither hatte sie keinen Schlaf mehr gefunden, die Art, wie Blue Ansel angesehen hatte, so sehnsüchtig. Was genau war da zwischen den beiden vorgegangen?

Als Corinne den Kopf durch die Tür streckte, massierte Saffy sich gerade die Schläfen, um die heraufziehenden Kopfschmerzen abzuwenden. Corinne war es wichtig, dass man sie mit ihrem Vornamen ansprach, womit sie sich aus dem Zoten reißenden Zirkel der Trooper ausschloss, die das »zu weiblich« fanden, unpassend für ihren groben, verklemmten Machismo.

»Setz dich«, sagte Saffy.

»Ich habe mir die Strategie der Verteidigung angesehen«, sagte Corinne seufzend. »Es sieht nicht gut aus, Captain. Wenn schon der Staatsanwalt die Zeugen nicht zur erneuten Aussage bewegen kann, kriegen wir das sicher auch nicht hin.«

»Wir übersehen was«, sagte Saffy.

»Wahrscheinlich. Aber wenn, dann liegt es irgendwo tief vergraben.«

Draußen im Großraumbüro herrschte das übliche Gegröle, die Jungs beim Balgen. Damals, bevor Saffy Corinne rekrutiert hatte, war sie in den unteren Rängen des NYPD in der Bronx als Schwarze sicher nicht so isoliert gewesen wie jetzt hier. Manchmal fragte Saffy sich, ob Corinne bedauerte, hergezogen zu sein und sich an Saffy als Mentorin gebunden zu haben. Saffy selbst hatte lange gebraucht, um mit den Widersprüchen des Jobs klarzukommen: dass sie qua Dienstmarke zu den Privilegierten gehörte, während in den Haftanstalten überwiegend Schwarze einsaßen. Der permanente Umgang mit Ignoranz, sowohl bösartige als auch wohlmeinende, verletzte sie. Durch Corinnes Anwesenheit fühlte Saffy sich weniger allein.

»Dieses Mal argumentieren wir mit Tötungsabsicht«, schlug Corinne vor. »Marjorie hat im Vorfeld immer wieder bei der Polizei angerufen, es ist auch ein Vorfall von häuslicher Gewalt dokumentiert.

Das sollte im Vordergrund stehen, vielleicht gibt da es noch mehr zu finden. Aber die Anklage weiß, das ist nichts Solides.«

Saffy rief sich Greg Lawsons Gesicht ins Gedächtnis. Blass, teigig, aufgedunsen vom Alkohol. Noch so ein fieser Kerl, der mit hängendem Kopf an das Mitleid der Geschworenen appellierte. Diese Arbeit machte sie fertig. Nicht die Toten oder die vermissten Kinder oder die außer Kontrolle geratene Opioidkrise. Nein, es waren Männer wie Lawson, die glaubten, sie stünden über dem Gesetz. Männer, denen man die Welt auf einem Silbertablett servierte, nur damit sie sie kurz und klein schlugen und dann noch mehr verlangten.

Corinne war aufgestanden. »Alles okay?«, fragte sie.

Manchmal gingen Saffy und Corinne nach Feierabend auf einen Cheesecake und Kaffee ins Diner – dasselbe Diner, vor dem Angela Meyer verschwunden war. Dort spekulierten sie über neue Verdächtige, tauschten sich über alte Vermutungen aus. Die Akten im Fall Izzy, Angela und Lila waren noch offen, aber seit Jahren hatte niemand mehr ermittelt. Hier, im Diner, hatte Saffy Corinne auf den neuesten Stand gebracht und ihr Ansel Packer als den Hauptverdächtigen in diesem Fall genannt, in dem alle anderen Ermittlungen ergebnislos verlaufen waren.

»Außerdem brauche ich noch bei einer anderen Sache deine Hilfe«, sagte Saffy jetzt, bevor Corinne ihr Büro verließ. »Mach die Tür zu.«

■

An diesem Abend fühlte Saffy sich wie ausgehöhlt. Sie streifte die Schuhe ab, verschloss Dienstmarke und Waffe im Flurschrank. Die Stille war erdrückend, im trüben Zwielicht des Abends wirkte ihr Wohnzimmer verlassen und kahl, die Möbel ragten bedrohlich aus den Schatten. Sie fläzte sich aufs Sofa, zog ihr Handy aus der Tasche und rief ihre Mails ab. Ein blauer Schein erleuchtete das Zimmer, während sich die Inbox aktualisierte.

Nichts.

*Die Frau hat doch gemeint, es könnte etwas dauern,* hatte Kristen sie zu trösten versucht. Es war ihre Idee gewesen, die Agentur zu kontaktieren – damals, als sie gemeinsam den Karton mit Dekokissen aus Indien geöffnet hatten. Saffy renovierte mit Kristens Hilfe ihre Wohnung und verließ sich dabei auf den unbeirrbaren Geschmack ihrer Freundin. Vor einigen Jahren, als Saffy angefangen hatte, sich eingehender mit indischer Kultur zu beschäftigen.

Saffy wusste sehr wenig über ihren Vater, nur, dass er Austauschstudent an der University of Vermont gewesen war, in Soziologie, wie ihre Mutter, ein junger Mann aus Jaipur, der noch vor ihrer Geburt in seine Heimat zurückgekehrt war. Shaurya Singh. Ihre vor Kurzem halbherzig gestartete Internetsuche hatte unzählige Männer dieses Namens ausgeworfen, der, wie sie herausgefunden hatte, so viel wie »Tapferkeit« bedeutete. Sie stellte sich vor, dass diese symbolische Stärke auch durch ihre Adern floss.

Wieder aktualisierte sie die Inbox, nervöser, als sie zugeben mochte. Die Agentur hatte zu bedenken gegeben, dass die Suche nach den biologischen Eltern Monate, sogar Jahre dauern konnte. Saffy wusste nicht, ob ihre Mutter ihrem Vater überhaupt von der Schwangerschaft erzählt hatte – womöglich hatte er Vermont genau aus diesem Grund verlassen – oder ob er gar nichts von ihrer Existenz wusste. Sie sollte sich auf schlechte Nachrichten einstellen. Aber es kam gar nichts. Jeden Morgen durchkämmte sie die Inbox nach dem Logo der Agentur, jeden Morgen wurde ihre Hoffnung zerschmettert. Das ging nun schon sechs Monate so.

Saffy wusste, dass sie Abendessen zubereiten sollte. Eine Tiefkühlpizza. Sie sollte ihre zerknitterte Arbeitskleidung ausziehen, sich kämmen. Stattdessen schickte sie eine Nachricht an Corinne, die bereits zu Hause sein würde, beim Essen oder Fernsehen oder Joggen, irgendwo auf der Weide hinter der Farm der Familie ihrer Frau.

*Hast du was gefunden?*
Saffy wartete.

■

»Sie sind miteinander verwandt«, berichtete Corinne atemlos. »Ansel Packer und die Harrisons.«

Es war der folgende Nachmittag, sie saßen in ihrem Diner, Saffys Kaffee wurde in seinem fleckigen gelben Becher kalt. Sie waren hierher geflüchtet, denn die angespannte Atmosphäre im Büro war Saffy zu viel geworden. Alle erwarteten irgendeine Anweisung von ihr.

»Ansel hat keine Familie«, sagte Saffy zu schnell.

Corinne sah sie fragend an. Unzählige Male hatten sie in dieser Nische gesessen, sich über Altfälle ausgetauscht, wenn sie Erleichterung vom Arbeitsalltag brauchten, Theorien entwickelt, Motive durchgespielt, und jedes Mal hatte Saffy Ansel Packer als Verdächtigen erwähnt. Mehr hatte sie Corinne nicht erzählt. Aber ihre Kollegin spürte genau, wenn man ihr Blödsinn auftischte – aus diesem Grund hatte Saffy sie ja ins Team geholt. Aber das galt eben nicht nur für ihre Ermittlungsarbeit, sondern auch für Personen, mit denen sie zu tun hatte. *Sie ist wie ein menschlicher Lügendetektor,* hatte ihre Frau Melissa mal gesagt. Saffy hatte Corinne nichts von Miss Gemma erzählt oder den Wochenenden, die sie seit nurmehr fast zehn Jahren immer wieder in ihrem Auto in Vermont verbracht hatte, doch es würde sie nicht überraschen, wenn Corinne es wusste.

»Rachel Harrison war mit Ellis Harrison verheiratet. Sie kauften ein Restaurant und bekamen in jungen Jahren eine Tochter, Blue. Er starb 2003 an Krebs. Ich habe seine Schulakten gefunden, eine Privatschule in der Stadt – dort stand vermerkt, dass Ellis adoptiert wurde, also habe ich mich an die Behörden gewandt und die Akten kontrolliert. Und dreimal darfst du raten, wer einen älteren Bruder hatte, der in derselben Akte stand?«

»Das Baby«, murmelte Saffy.

»Ellis und Ansel wurden von ihren Eltern auf einer Farm allein zurückgelassen. Hier ist die Adresse.«

Corinne schob ihr einen Zettel über den Tisch, den Saffy sich rasch in die Tasche stopfte.

»Wie hat Ansel Blue House gefunden?«

»Das kann ich mir auch nicht erklären«, sagte Corinne. »Das Mädchen, Blue, kommt bald auf die Tupper Lake Highschool. Ihre Mutter Rachel führt das Restaurant. Sie haben nur zwei Mitarbeiter, einen Koch und einen Spüler. Aber die Finanzen sehen schlecht aus, sehr schlecht. Sie haben riesige Schulden, es sieht aus, als würde die Bank schon bald an die Tür klopfen.«

»Also wollen sie vielleicht Hilfe. Geld?«

Corinne zuckte die Achseln. »Möglich. Es sieht aber nicht aus, als wäre bei Ansel viel zu holen.«

Saffy rieb sich mit zwei Fingern das Nasenbein, als könnte sie so den steigenden Druck in ihrem Kopf lindern. »Es kann gut sein, dass Blue das nicht weiß. Vielleicht hat sie ihn eingeladen, um ihn um Hilfe zu bitten. Aber wie hat sie ihn gefunden? Und warum jetzt?«

»Genau diese Fragen könnte ich dir stellen.«

Corinne betrachtete sie mitleidig, wie sie andere ansah, die sie entlarvt hatte. Saffy spähte aus dem Fenster, wo der leere Parkplatz in der Sonne brutzelte.

»Warum dieser Fall, Captain? Warum sitzen wir hier, wo doch der Lawson-Fall kurz vor der Neuverhandlung steht?«

»Ich hab da so ein Gefühl.« Irgendwo, in der hintersten Ecke von Saffys Verstand, verdrehte Moretti die Augen. Die wichtigste Lektion, die Moretti ihr eingebläut hatte, lautete: *Gefühle bedeuten nichts, Fakten zählen.*

»Gefühle lösen keine …«

»Ich weiß«, unterbrach Saffy sie. »Das hier ist wichtig für mich, Corinne. Bitte lass mich jetzt nicht im Stich.«

Corinne trank einen Schluck Kaffee, zuckte die Achseln. »Ist schon ein langer Weg, den Packer da zurückgelegt hat. Du könntest recht haben. Vielleicht ist da tatsächlich was im Busch.«

Die Kellnerin kam mit der Rechnung. Sie war jung, vielleicht zwanzig, Sommersprossen auf dem Dekolleté. Saffy fragte sich, ob sich im Diner jemand an Angela Meyer erinnerte – ob sie ihrer gedachten, von ihr sprachen, oder ob sie aus dem kollektiven Gedächtnis verschwunden war. Wie ein Blitz durchfuhr sie die Erkenntnis, dass sie zum ersten Mal seit vielen Jahren nervös war. Sie hatte tatsächlich Angst.

■

Wenn Saffy sich Angela ins Gedächtnis rief, sah sie sie an einem Strand. Kalifornien oder vielleicht Miami. Weiter, blauer Himmel über einem freien Balkon. Angela wäre Immobilienmaklerin geworden oder Pharmavertreterin, sie würde ein Ein-Zimmer-Apartment an der Küste besitzen. Sonntags würde sie Gesichtsmasken zusammenrühren, sie konnte Risotto kochen, und wie Saffy würde sie sich mit Männern langweilen, mit jedem Date etwas mehr. Saffy stellte sich Angela oft vor, auf diesem Balkon, in ihren Lieblingspyjamas aus Seide, glücklich, allein zu sein, während die Sonne hinter den sanft wogenden Wellen versank.

■

Sieben Tage vor der Neuverhandlung im Lawson-Fall kehrte Saffy ins Blue House zurück.

Es war ein Wochentag, morgens. Nur Corinne wusste, wo sie war. Als Saffy ihr versprochen hatte, dass es schnell gehen werde, hatte Corinne sie nur mit einem vielsagenden Seitenblick angesehen. Es war eine Vermeidungsstrategie, ja, aber Saffy stand wegen des Lawson-Falls kurz vor dem Burnout. Sie musste etwas finden, egal was. Als Rachel ihr die bestellten Spiegeleier servierte, gewendet, Pfannkuchen als Beilage, fielen Saffy die Blasen an den Fingerknöcheln der Frau auf, wo sie sich wohl am Ofen verbrannt hatte.

Rachel wischte sich die Hände an der Schürze ab. »Schön, dass Sie wiedergekommen sind«, sagte sie.

Aus dem Radio in der Ecke kam Classic Rock. Saffy sah sich genauer um: zehn Tische mit je vier Stühlen, Servietten und Besteck aufgedeckt, hoffnungsvoll. Sie war der einzige Gast. Blue House wirkte wie das Heim einer typischen Mittelschichtsfamilie, ambitioniert gestartet, jetzt nur noch unordentlich. Im Erdgeschoss hatte man Platz für eine Großküche geschaffen, im hinteren Bereich führte eine Treppe in den zweiten Stock. Der Wohnbereich, nahm Saffy an. Als sie mit der Gabel das Dotter zerstach, ertönte im Garten tiefes, raues Gelächter.

Draußen vor dem Fenster kam Blue in einem T-Shirt mit der Aufschrift *Tupper Lake Track & Field*, knappen Jeans-Shorts und Flipflops die abgesplitterten Stufen der Veranda hochgeschlappt. Im Arm hielt sie einen schweren Werkzeugkasten, das Haar hatte sie hochgezwirbelt.

Hinter ihr, ein Mann. Er kicherte, eine Stimme wie Donnergrollen. Ansel.

Saffy war fassungslos. Verwirrt zwinkerte sie ein paarmal, versuchte zu verstehen – Ansel sollte nicht hier sein, sondern in Vermont, im Möbelgeschäft zur Arbeit erscheinen. Er sollte nicht hier sein, kein Maßband aus der Hosentasche holen und damit das abgegriffene Treppengeländer messen. Aber hier war Ansel, der einen Bleistift hinterm Ohr hervor zog und etwas zu Blue sagte. Saffy verstand keine Worte, hörte nur das Brummen ihrer Unterhaltung, entspannt, sorglos.

Da war sie wieder, diese vertraute Angst. Flatterte panisch in ihrer Brust.

»Alles okay?«

Rachel betrachtete Saffys Teller. Sie hatte ihre Eier nicht gegessen, über das Dotter hatte sich bereits ein Film gelegt.

»Renovierung?«, fragte Saffy beiläufig, während sie die Gabel seitlich in die Pfannkuchen drückte.

»Ein bisschen«, sagte Rachel. »Die letzten Jahre waren hart. Ein Freund hilft uns. Bald haben wir auch einen Außenbereich.«

»Ihre Tochter«, sagte Saffy, »hilft sie auch mit?«

Ein höfliches Lächeln. Kaum erkennbar blitzte in Rachels Augen ein Hauch von Misstrauen auf.

Sie stellte die Kaffeekanne auf den Tisch. »Wo kamen Sie noch mal her?«

»Essex«, antwortete Saffy zu schnell. »Ich bin zum Wandern hier.«

»Na«, sagte Rachel, »dann sind Sie hier richtig.«

Dann zählte sie die schönsten Wanderrouten der Gegend auf, und Saffy nickte höflich, mit einem Ohr immer noch bei den Geräuschen von draußen. Blue und Ansels fröhliches Gelächter drang durchs Fenster herein.

»Ich komme bald wieder«, sagte Saffy, als sie die Rechnung beglich. Rachel nickte, inspizierte Saffy ein bisschen zu lange, bevor sie den Teller mit den kalten Spiegeleiern wegzog.

■

Tupper Lake war klein. Pittoresk. Ähnlich wie die anderen versprengten Örtchen rund um Lake Placid. Saffy fuhr langsam, betrachtete die kleinen, holprigen Sträßchen. Der See leuchtete algengrün, bröckelnde Anlegestellen versanken im Wasser. Es gab eine kleine Bibliothek mit Schrägdach, die Mittelschule und Highschool waren in einem gemeinsamen Gebäude untergebracht. Ein Museum, ein McDonald's, eine Tankstelle. Ein stillgelegtes Skiresort, der Sessellift permanent außer Betrieb. Ein paar Straßen von Blue House entfernt stand ein gedrungenes kleines Motel. Saffy wurde flau im Magen, als sie auf dem Parkplatz davor den schlampig geparkten Truck entdeckte.

Ein schlammiger weißer Pick-up.

Ansel wollte bleiben.

Saffy ahnte, dass hinter dieser Geschichte mehr steckte. Sie drehte die Klimaanlage hoch, schob sich das Haar aus dem verschwitzten Nacken. Tupper Lake war ein Teil der Geschichte, die sie seit Jahren antrieb und für immer bei ihr geblieben war. Es war Ansels Geschichte, es war Lilas Geschichte, es war Saffys Geschichte, tief und knotig mit ihrem Herzen verwachsen.

■

*Was wollen Sie, Saffron?*, hatte Laurie in der Therapiestunde letzte Woche gefragt.

Die Frage war klar und direkt. Saffy war erblasst, als Laurie sie über den Rand ihrer vorgerutschten Brille hinweg angesehen hatte. Hinter ihrem Schreibtisch hingen Landschaftsbilder, riesige Weiden und sumpfige Teiche. Sie hatten über Phillip geredet, ein Pilot, mit dem Saffy im vergangenen Jahr zusammen gewesen war. Als es ernst geworden war und er sich eines Abends beschwert hatte, weil ihr Diensthandy nach dem Abendessen geklingelt hatte, war es Saffy schon zu bunt geworden. Sie hatte Schluss gemacht.

*Nun, zunächst einmal wollen Sie Erfolg auf der Arbeit, das ist ziemlich deutlich,* hatte Laurie gesagt, nachdem ihre Frage eine Weile unbeantwortet im Raum gestanden hatte. *Aber ich interessiere mich für das, was hinter diesem Streben nach Erfolg steht. Geht es darum, akzeptiert zu werden? Bewundert? Geliebt?*

*An Liebe mangelt es mir nicht,* hatte Saffy bissig entgegnet. Und das stimmte auch. Sie hatte Kristen und die Jungs, die sich an ihre Brust warfen, wenn sie unter Woche zu später Stunde mit einer Tüte Donuts bei ihnen reinschneite. Sie hatte Männer wie Phillip oder Brian oder Ramón aus der Abteilung Terrorismusbekämpfung, der gelegentlich mitkam und die Sachen machte, die sie von ihm wollte. Sie hatte Corinne und ihr Team. Sie hatte lange Nächte, in denen sie Fälle löste.

So redete sie sich das tägliche Einerlei der Polizeiarbeit schön: Sie hatte eine Liebesaffäre mit der Wahrheit. Aber mit der Zeit war dieses Bild immer weniger greifbar geworden. Wo lag der Sinn der Wahrheit, wenn Saffy sich nicht mehr darauf verlassen konnte, dass sie triumphieren würde? Es war so einfach gewesen. Saffy wollte böse Männer fangen und sie wegsperren. Aber das hatte nichts mit Liebe zu tun. Es war ein hartes, wütendes Verlangen und ein Teil von Saffy, der ihr besonders vertraut war.

Laurie sah sie so lange an, dass Saffy auf ihrem Sitz herumrutschte, der Schmerz brodelte in ihr, bis er mit einem Schluchzen überkochte. Ohne ein Wort stand Saffy auf und ging, mitten in der Therapiestunde.

■

Das Farmhaus befand sich etwa zehn Meilen vor Essex. Hier herrschte Wildnis. Saffys Navi schickte sie über einen Feldweg voller Schlaglöcher, sie holperte über herabgestürzte Äste und schlenkerte an verlassenen Baufahrzeugen vorbei durch die üppige Vegetation, die mit grünen Tentakeln von oben nach ihr zu greifen schien. Als sie schließlich an eine Lichtung kam, behauptete die Dame im Navi, sie habe ihr Ziel erreicht.

Das Grundstück war verlassen. Lange schon. Das verfallene Haus stand noch da, doch die Wände waren eingestürzt. An den Mauern waren noch gelbliche Farbflecken erkennbar. Saffy stellte sich vor, dass es einst recht hübsch ausgesehen haben mochte – die hintere Veranda war noch intakt, doch die Balken bogen sich und waren morsch. Obdachlose hatten das Haus entdeckt oder Jugendliche auf der Suche nach einem Partyort: Saffy konnte sich gut vorstellen, dass Travis und seine Crew das Haus geliebt hätten, abgelegen und gespenstisch, kein Hahn krähte danach, was sie alles zerschlugen. Die Weide hinter dem Haus war voller Müll, die vernagelten Fenster waren mit Graffiti besprüht.

Saffy knirschte über die Trümmer, der Wind trug das Geräusch ihrer Schritte davon. Als sie sich näherte, schien das Haus zu seufzen. Je näher sie kam, desto unwohler wurde ihr – das Haus verströmte eine kränkliche, geisterhafte Energie.

Saffy beschloss, nicht hineinzugehen. Die Stufen zum Eingang knarrten unter ihrem Gewicht und durch die offene Tür erkannte sie alte Möbel, längst zerstört und verschlissen, ob von Menschen oder Tieren, konnte sie nicht sagen. Der Kamin war mit Müll vollgestopft. Viele Fensterscheiben waren zerschlagen worden.

Sie mochte sich nicht vorstellen, wie zwei kleine Jungen hier auf dem unfertigen Dielenboden gespielt hatten. Ein Kleinkind, ein Baby. Hier hatte es keine gute Mutter gegeben, keinen liebevollen Vater. Saffy wusste, wie es sich anfühlte, verlassen zu werden, kannte Tragik und Einsamkeit. Sie kannte Gewalt, hatte sie ein Leben lang verfolgt, und sie wusste, dass sie nie ganz verschwand, wie ein hartnäckiger Fleck. Gewalt hinterließ immer einen Abdruck.

■

Als Saffy am Nachmittag endlich ins Büro zurückkehrte, herrschte dort eine angespannte, bedrückte Atmosphäre. Die Trooper saßen hochkonzentriert über ihrem Papierkram, ihr vorbildliches Verhalten war regelrecht besorgniserregend. Als Saffy am Empfang vorbeilief, warf der wachhabende Sergeant ihr einen vielsagenden Seitenblick zu.

»Der Superintendent ist hier. Corinne hat ihn ins hintere Zimmer gesetzt.«

Der Superintendent war ein vierschrötiger Mann aus Albany, den Saffy erst zweimal getroffen hatte. Als sie die Vergewaltigungsserie aufklärt hatte, die Moretti jahrelang beschäftigt hatte, war er extra angereist, um ihr die Hand zu schütteln, ein Foto zu machen und ihr zu gratulieren. Und als um den ehemaligen Captain herum alles außer Kontrolle geriet, wegen Kensington und seinem Verhalten im Lawson-Fall, hatte man den Superintendent hergeschickt, um dem Captain den vorgezogenen Ruhestand nahezulegen.

Es gab nichts, wozu er Saffy jetzt gratulieren könnte. Als sie das Zimmer betrat, wurde sie von einer düsteren Vorahnung erfasst. Der Superintendent saß auf einem knarrenden Stuhl vor Corinne, einen Pappbecher mit Wasser in der Hand, der in seiner Pranke geradezu winzig wirkte. Lewis und Taminsky sahen heute besonders ungepflegt aus, schuldbewusst, ihre schlecht sitzenden Hemden halb aus der Hose.

»Captain Singh.« Der Superintendent erhob sich, um ihr die Hand zu schütteln. Saffy war für solche Gelegenheiten gewappnet, sie straffte den Rücken und erwiderte den Handschlag mit Bestimmtheit. »Sergeant Caldwell hat mich über den Fall Lawson aufgeklärt.«

Corinne sah sie entschuldigend an.

»Bis zur Vorverhandlung stellen Sie weitere Ermittlungen an, nicht wahr? Der Staatsanwalt hat mit uns Kontakt aufgenommen. Man ist recht unzufrieden.«

»Aber selbstverständlich, Sir.« Saffy schwitzte unter seinem ernsten Blick.

»Ich bin sehr gespannt auf Ihre Ergebnisse. Der Fall bekommt viel Aufmerksamkeit von der Presse, und unser Image ist beschädigt. Wir haben alles auf Sie gesetzt, Singh. Es wäre eine Schande, wenn unsere Initiative für mehr Diversität an einem schlechten Fall scheitern würde.«

*Initiative für mehr Diversität.* Das hörte Singh zum ersten Mal. Klar, mit neununddreißig Jahren war sie der jüngste Captain der Truppe und außerdem die erste Frau in dieser Position, die erste POC. Aber sie hatte sich ihre Sporen verdient, ihre Statistik war hervorragend. Schon bei ihrer Beförderung zum Lieutenant hatte sie die höchste Aufklärungsrate im ganzen Land vorzuweisen gehabt.

Dennoch fühlte sie sich klein unter seinem Blick. Nachdem er den Fall geprüft und eine weitere kryptische Warnung ausgestoßen hatte, rauschte er schließlich davon. Kaum war er weg, schien das Zimmer in sich zusammenzusacken. An den Rändern von Saffys Hirn sirrte die Paranoia wie eine Fliege, zu flüchtig, um sie zu erhaschen.

■

Im Sommer war Kristens Haus ein Paradies. Ein großer Arts-and-Crafts-Bungalow inmitten versprengter Feriencottages und einem weitläufigen Garten, der bis ans Ufer von Lake Champlain reichte. Saffy trat ein, ohne zu klopfen, und folgte dem Gelächter der Jungs, das über den Flur drang. »Ich bin der Ninja!«, rief einer von ihnen, woraufhin der andere vor Vergnügen kreischte.

»Du siehst aus wie ausgekotzt«, sagte Kristen zur Begrüßung und reichte ihr ein Glas Chardonnay. Kristen hatte gerade ihre Küche renoviert, und alles erstrahlte in neuem Glanz. Ihr Mann Jake begrüßte Saffy mit einem Nicken, dann rührte er weiter in der roten Soße herum. Zu seinen Füßen lag ein Haufen Legosteine. »Schlechter Tag auf der Arbeit?«

Mehr brauchte Saffy nicht. Sie platzte sofort mit den wesentlichen Details heraus: der Lawson-Fall, der Superintendent, seine herablassende Drohung. Die Initiative für mehr Diversität ließ sie aus, das würde Kristen nicht verstehen. Während Kristen aufmerksam zuhörte, tappte sie mit ihren lackierten Fingernägel auf dem Tresen herum, und die Jungen rannten ein paarmal rein und wieder raus. Sie waren mittlerweile fünf und acht Jahre alt und ziemlich wild, so stießen sie Saffy jetzt mit dem Ellbogen zur Seite, um den Hund unter den Tisch zu jagen, ein reinrassiger Zwergpudel.

»Ich weiß auch nicht«, sagte Saffy. »Manchmal frage ich mich, ob ich in meinem Job überhaupt was ausrichte. Oder ob ich den Rest meines Lebens damit verbringe, gegen bürokratische Windmühlen anzukämpfen.«

»Hier geht es um mehr als um Ermittlungsarbeit«, sagte Kristen.

»Wie hast du es immer ausgedrückt? *Das System muss von innen heraus verändert werden.* Nun, da bist du nun. Innen.«

Kristen sprach einige tröstende Worte, aber Saffy war von dem Gefühl erfüllt, dass etwas Tragisches passieren würde, es war wie ein drohender Wolkenbruch. Das geschah bisweilen, wenn Saffy Kristens Leben beobachtete. Wenn sie sich nach oben zurückzog, um den Jungen eine Gutenachtgeschichte vorzulesen und sie sich noch feucht vom Bad in ihren Rennauto-Pyjamas an sie schmiegten. Es war nicht so, dass sie Kristen beneidete. Sie konnte sich nicht vorstellen, jemals Kinder zu haben, hatte nie den Drang verspürt, wie Kristen ihn beschrieb, dieses unbedingte, biologische Verlangen, ein Kind zu bekommen. Doch da war Wonne in ihrer Welt. Süße. Jake, der seinen Jungen durchs Haar wuschelte, der Duft von Basilikum. Saffy ließ sich Kristens Worte durch den Kopf gehen, sie vermischten sich mit Lauries Frage, so harsch in dieser makellosen Küche. *Was willst du?*

■

Und Lila. Ein dunkler Fleck. Lila hätte sich nie mit ihnen getroffen, hier in Kristens Küche. Sie hätte in ihrer eigenen kristallenen Welt gelebt, ein paar Meilen oder Orte weiter. Aber nie zu weit von zu Hause weg. Sie hätte bergeweise Süßigkeiten im Schrank, überquellende Mülleimer, ihre Fenster wären voller fettiger Fingerabdrücke. Saffy sah sie ganz deutlich vor sich, eine Silhouette auf einem durchgesessenen Sofa, der Fernseher stumm gestellt, während sie ihre Bluse aufknöpfte. Das Baby nuckelte, die Milch schoss ein. Sie hätte in einem gewöhnlichen Haus gewohnt, hektischer Alltag, der Mülllaster mit laufendem Motor in ihrer Straße. Ein ganz normaler Dienstag. Lila wäre jetzt eine erwachsene Frau, die sich dicht über das Köpfchen ihres Kindes beugte, um den süßen Milchgeruch zu schnuppern – eine Mutter, kein Mädchen mehr.

■

Vier Tage vor der Verhandlung passte Kensington sie auf dem Parkplatz ab. Es war zwei Wochen her, seit Saffy Blue House entdeckt hatte, und obwohl ihr Team unermüdlich ackerte, war der Lawson-Fall offenbar nicht zu knacken. Zwei ihrer Trooper waren hinter der Bullseye Tavern beim Gras dealen erwischt worden, und Saffy musste sie feuern. Es war ein langer Sommerabend, so einer, den Saffy früher mit ein paar Bier am Fluss verbracht hätte, gechillt auf dem Campingstuhl, im Kreise ihrer Gang, Angeln im Wasser, eingehüllt von Rauchschwaden ihrer fetten Joints.

»Captain«, ertönte Kensingtons knurrende Stimme hinter ihr.

Zu seinen wenigen Talenten als Ermittler gehörte, dass er völlig unauffällig bleiben konnte. Saffy war immer wieder erstaunt über seine Mittelmäßigkeit, darüber, dass seine mangelnde Leistung offenbar unwichtig war, wenn er sein Lächeln aufsetzte und dem Superintendent kumpelhaft auf den Rücken schlug.

»Haben Sie kurz Zeit?«

»Klar.« Saffy stellte ihren Kaffeebecher auf dem Autodach ab, verschränkte die Arme und wartete.

»Ich … ich wollte sagen, dass … ähm …«

»Spuck's aus, Kensington.«

»Verzeihen Sie mir.«

Saffy musterte ihn, kantiges Kinn, leere Worte, mitten auf dem Parkplatz im Sonnenuntergang. Es war eine Frechheit, typisch für ihn, sie den Wölfen zum Fraß vorzuwerfen und dann Verzeihung einzufordern.

»Ich wollte Sie nicht in diese Lage bringen. Die Ermittlung. Ich habe einen großen Fehler gemacht. Es war achtlos von mir, und es tut mir leid.«

»Entschuldigung angenommen«, sagte Saffy.

»Wie wär's mit einem Bier?«, sagte er schuldbewusst. »Ist schon lange her. Im Lion's Head kriegen wir sicher noch ein Plätzchen.«

»Geh einfach nach Hause, Kensington«, sagte Saffy. Sie war frustriert, konnte aber nicht sagen, warum. Kensington. Der Job. Diese Stadt. Der gerade noch rosige Himmel, der nun langsam in flammendem Rot verging, ein prächtiger Sonnenuntergang, den sie vor lauter Erschöpfung nicht genießen konnte.

Erst später, in die Zuckerwatte der Dämmerung gehüllt, erkannte Saffy das Muster. Kensington, seine aufgesetzte Reue. Ansel Packer, im Türrahmen ihres Zimmers bei Miss Gemma. *Komm schon, Saff! Verzeih mir, bitte.*

In dieser Nacht träumte Saffy von Blue House. Sie lief barfuß durchs Restaurant. Ihre Fußsohlen waren nass und glitschig, blutrot. Rachel hatte eine Kaffeekanne in der Hand, ihr Gesicht löste sich von den Knochen wie damals bei dem Fuchs, die Augen herausgepickt, die Haut halb verwest. Blue saß mit Lila im Schneidersitz auf der morschen Veranda. Lila lebte, und die beiden kicherten, während sie auf dem abgesplitterten Holz Kränze aus Gänseblümchen flochten. Lila war tot, und Blue sah Saffy an, verwirrt und ausgezehrt wiegte sie die Knochen.

·

Zwei Tage bis zur Verhandlung. Saffy fühlte sich wie am Schreibtisch festgekettet, überwältigt von der E-Mail-Flut und ihrer Schlaflosigkeit. Der Besuch des Superintendent hatte alle aufgescheucht, Gerüchte über Entlassungen machten die Runde, die Trooper waren gestresst, aufsässig, unmotiviert. Als Saffys Handy piepste, schaute sie beiläufig aufs Display, weil sie sowieso nur Spam erwartete. Entsprechend elektrisiert war sie, als sie den Namen las. Wie lange hatte sie schon auf eine Nachricht von diesem Absender gewartet.

Die Agentur.

*Leider müssen wir Ihnen mitteilen …*

Nebel wallte in ihrem Hirn.

*Wir haben Ihren Vater Shaurya Singh ausfindig gemacht. Seit 2004 verstorben.*

Alles drehte sich. Saffy stolperte aus ihrem Büro, an ihren Kollegen vorbei, Corinne rief, *Captain? Alles okay?* Keine Luft. Hinaus auf den Parkplatz, wo bereits die Sonne unterging, der Himmel hatte sich rosa verfärbt. Als Saffy in der schwülen Hitze nach Atem rang, wusste sie auf einmal, wohin ihre Reise gehen würde.

Zurück an den Anfang.

·

Blue House war wie ein Leuchtturm in der Dunkelheit. In allen Fenstern brannte Licht, das Restaurant war eine Bühne. Von dort, wo Saffy parkte, die Scheinwerfer ausgeschaltet, konnte sie Rachel und Blue hinter der Theke arbeiten sehen. Ansel saß entspannt davor, eine Flasche Bier in der Hand.

Der Anblick versetzte Saffy einen Stich. Eine Motte kroch langsam über die Windschutzscheibe. Blue drängte sich hinter ihrer Mutter vorbei, um die Theke abzuwischen, Rachel hielt ein Weinglas ins Licht, Ansel verschränkte die Arme, er saß mit krummem Rücken auf dem Barhocker. Es hätte sich gut und gern um Vater, Mutter und Tochter handeln können, an einem Samstagabend, kurz bevor ihr Restaurant zumachte. Alle drei wirkten entspannt, ihre Bewegungen waren leicht und fließend, mit der beschwingten Eleganz einer Familie vollführt.

Allein der Gedanke brach ihr das Herz. Es könnte alles ganz harmlos sein. Es gab eine einfach Erklärung. Vielleicht wollte Ansel einfach dasselbe wie Saffy: endlich wissen, wohin man gehörte.

Ihr Vater war tot. *Verstorben.* Das einzige Foto von ihm, das sie je gesehen hatte, war nach dem Tod ihrer Mutter verschwunden, und jetzt empfand sie eine schmerzliche Sehnsucht danach. So viele Dinge würde sie nie erfahren. Wo ihr Vater aufgewachsen war, zu welchem Gott er gebetet, wie er sich gern gekleidet hatte. Welche Farbe seine Augen hatten, wie seine Stimme klang. Mit ihm hatte Saffy auch einen Teil von sich verloren.

Blue gestikulierte, Ansel lachte, den Kopf in den Nacken geworfen. Die Freude war deutlich sichtbar.

Sie hasste ihn dafür.

.

Saffy erwachte in ihrem Wagen. Morgennebel wallte in Schwaden über den See, die Dämmerung war angebrochen, in der Julihitze quollen schon die ersten Wolken. Sie hatte nicht vorgehabt, hier zu übernachten, konnte sich nicht mal mehr erinnern, eingeschlafen zu sein – die Erschöpfung der letzten Wochen hatte sie einfach überwältigt. Sie hatte Ansels Truck aus der Ausfahrt fahren sehen, danach waren im Restaurant die Lichter ausgegangen, hinter den Gardinen im ersten Stock hatte sich Blues Silhouette bewegt. Saffy hatte einen sauren Geschmack im Mund, ihre Zunge fühlte sich geschwollen an, die Augen waren verkrustet. Ihr Rücken war völlig verspannt.

Es war noch nicht mal sieben Uhr. Saffy fuhr einfach los, immer in Richtung Berge.

Der Wanderweg war vollkommen leer. Cathedral Rock, eine der Routen, die Rachel ihr empfohlen hatte. Saffy hatte nie verstanden, was am Wandern so toll sein sollte, aber diese Tour führte auf den beliebtesten Gipfel der Adirondacks, berühmt für den weiten Ausblick vom Brandschutzturm ganz oben. Saffy schnappte sich ihre Tasche mit der Plastikflasche Wasser und Proteinriegeln, die sie immer für lange Nächte im Büro vorrätig hatte. Sie trug Jeans und flache Schuhe, die schon schmutzig waren, bevor sie die erste Lichtung erreicht hatte.

Sie lief los. Folgte dem gewundenen Pfad, während die Sonne neben ihr über den Himmel wanderte, wie eine weiche Hand, die sie zärtlich wach streichelte. Minuten, Stunden, sie zählte nicht, hatte ihr Handy ausgeschaltet, um Akku zu sparen, höher hinauf, bis ihr die Waden brannten und der Schweiß über den Rücken in den Hosenbund lief. Sie lief, bis sie über der Baumgrenze war, dann folgte sie einem Grat, die Bergkette lag offen vor ihr. Der Brandschutzturm stand ganz oben auf dem Gipfel, er wirkte wackelig und zerbrechlich. Unter ihr lagen die gleichgültigen, sommergrünen Hügel der Adirondacks. Oben angekommen hielt sie sich am Geländer fest und ließ sich vom Wind durchs Haar wehen und den Schweiß trocknen.

Irgendwas an diesem Mädchen beschäftigte sie. Blue. Ein Gefühl, das sie nicht abschütteln konnte. Es war Neid, wie sie jetzt erkannte, als der Wind durch die Bäume rauschte, die in der Ferne winzig aussahen. Nur aus dem Privileg der Sicherheit heraus konnte man es wagen, einen Mann wie Ansel in sein Leben zu lassen. So arglos, dass sie ihm einfach vertraute. Nie hatte Saffy derartige Sicherheit gekannt. Diese Landschaft, wie sie gänzlich entblößt unter ihr lag, geradezu obszön in ihrer Schönheit, versetzte Saffy in Staunen. Schon von frühester Kindheit an hatte sie gewusst, dass jeder Mensch eine dunkle Seite hatte, manche kontrollierten sie nur besser als andere. Nur Wenige hielten sich für schlecht, und das war der erschreckendste Aspekt daran. Ja, die menschliche Seele hatte Abgründe, aber das Entsetzen überdauerte, weil böse Menschen sich für gut hielten.

Als Saffy wieder auf dem Wanderweg angelangt war, stand die sengende Sonne bereits hoch am Himmel. Ihr Magen knurrte, sie hatte einen Sonnenbrand auf den Schultern, und auf ihrer Mailbox befanden sich elf Nachrichten von Corinne.

*Captain, ruf mich zurück!*

*Es geht um Lawson.*

*Er ist tot.*

■

Selbstmord, erklärte Corinne Saffy am Telefon, während sie durch den Ort brauste. Der Anstaltsleiter hatte ihn in seiner Zelle gefunden, an seinem Laken aufgeknüpft.

Saffy ließ ihrer Wut freien Lauf. Sie war zornig, ja, aber das war nicht alles. So oft hatte sie das schon erlebt, wie sich diese Täter durchs System mogelten, ein System, das zu ihrem Vorteil ausgelegt war. Wie konnten sie die brutalsten Verbrechen begehen und dennoch glauben, ihnen stünde Freiheit zu, in welcher Form auch immer? An einer roten Ampel drei Straßen von Blue House entfernt dachte Saffy an Marjorie, mit blutverklebtem Haar auf den Küchenfliesen, während der Rauch aus dem Backofen quoll. Sie stellte sich Lawson vor, seine baumelnden Beine über der Koje.

Der Kreislauf war erbarmungslos. Unerträglich. Saffy wendete mitten auf der Straße, erinnerte sich an das, was sie einst zu Kristen gesagt hatte: Sie wollte das System von innen ändern.

■

Als Saffy Blue House betrat, stand das Mädchen allein hinter der Bar. Blue tippte auf ihrem Handy herum und trank dabei ein Glas Eiswasser, sie war offenbar gerade von ihrem Lauf zurückgekehrt, ihr Gesicht war gerötet, die Wangen vom Schweiß salzverkrustet. Das Geräusch der Tür ließ sie aufblicken, sie schnappte sich eine Speisekarte.

»Wie viele Personen?«

»Nur ich.«

Saffy setzte sich an die Bar und musterte sie. Goldblond in Joggingschuhen. Blues Haar war zu einem feuchten, wirren Pferdeschwanz gebunden, ihre Waden waren matschverkrustet. Im Profil erkannte Saffy Versatzstücke von Ansel, die gerade Nase, die katzenartigen Augen.

Saffy hielt ihre Dienstmarke hoch. Ein Geständnis. »New York State Police. Hol bitte deine Mutter.«

Als Rachel endlich aus der Küche trat, waren Saffy bereits erste Zweifel gekommen, und ihr war schlecht. Rachel hatte den Arm schützend um ihre Tochter gelegt, sie wirkte verwirrt und besorgt. Saffy wusste, wie unprofessionell sie sich gerade verhielt – was sie tat, war zwar nicht illegal, aber auch nicht besonders klug. Doch als

Blue sich nervös auf die Unterlippe biss, sah sie genauso aus wie in Saffys Traum, als sie einen Haufen Knochen in den Armen gehalten hatte.

»Können Sie mir sagen, in welchem Verhältnis Sie zu Ansel Packer stehen?«

»Worum geht es hier?«, fragte Rachel.

»Bitte, es ist wichtig, dass Sie meine Fragen beantworten. Warum ist er hier?«

»Er ist mein Onkel«, sagte Blue. »Dads Bruder. Wir haben erst letzten Monat von seiner Existenz erfahren, meine Großmutter hat sich verplappert. Mein Vater ist gestorben, ohne seine biologische Familie zu kennen, deswegen habe ich mich mit Ansel in Verbindung gesetzt. Ich fand, wir sollten ihn kennenlernen.«

»Was wollen Sie von ihm?«, fragte Saffy.

»Nichts«, erwiderte Blue langsam. »Er baut hinten eine neue Terrasse. Er ist … naja, Familie.«

Damit nahm sie Saffys Paranoia den Wind aus den Segeln. Wie einfach. Von Anfang an. Aber die Gefahr war damit nicht gebannt. Saffy dachte an das Bettlaken um Lawsons blauen, geschwollenen Hals.

Da platzte sie mit der ganzen Geschichte heraus, erging sich sogar in überflüssigen Details. Saffy erzählte ihnen von den Leichen, wie sie auf der Lichtung verteilt gewesen waren, als hätten sie noch im Tod versucht zu fliehen. Sie erzählte ihnen vom Ring, wie er an Jennys Finger geglitzert hatte. Sogar vom Fuchs erzählte sie, seine stinkenden, schleimigen Überreste in ihrem Bett. Rachels Miene verhärtete sich, und Blue war die Verzweiflung anzusehen. Als Saffy schließlich verstummte, herrschte langes, aufgeladenes Schweigen.

»Ich verstehe nicht ganz«, sagte Rachel schließlich. »Warum sitzt er nicht hinter Gittern? Warum hat man ihn nicht längst festgenommen?«

Saffy wusste, dass es viele Arten gab, Menschen zu verletzen.

»Kurz gesagt reichen die Beweise nicht aus«, sagte Saffy. »Ich habe Ihnen das alles zu Ihrer Sicherheit erzählt. Bitte, halten Sie sich von ihm fern.«

Mit diesen Worten ließ Saffy sie wie betäubt an der Bar zurück, Rachel mit ihrer Karte in der Hand. *Rufen Sie mich an, wenn Sie Hilfe brauchen.* Als Saffy das Restaurant verließ, wusste sie, dass sie dieses Bild nie vergessen würde: zwei Frauen, verletzt, aber lebendig. Hier gab es nichts mehr zu tun. So viele Jahre hatte sie Ansel Packer beobachtet, um herauszufinden, wie sein Schmerz sich gegen ihren eigenen ausmaß. Aber wie es schien hatte er gelernt, seine Vergangenheit zu begraben. Es war Zeit fürs Ausgraben.

■

In dieser Nacht schloss Saffy ihr Büro auf. Zwei Uhr morgens, im Gebäude herrschte Totenstille. Die Computer ragten schattenhaft aus dem Boden, blinkten im Schlaf, ihr Büro war stockfinster. Sie ertastete ihren Stuhl, und als sie sich ins Leder sinken ließ, überkam sie mit dem Gefühl der Autorität eine sofortig Ruhe. Sie hatte unprofessionell gehandelt, aber wenn sie schon nichts ausrichten konnte in diesem Job – der alles andere in ihrem Leben wegsaugte, der permanent zwischen himmelhoch jauchzend und zu Tode betrübt pendelte –, dann wollte sie wenigstens an anderer Stelle Dinge bewegen. Der Knoten in ihrem Hals war geplatzt, die alte Frage ging ihr wie ein Ohrwurm durchs Hirn: *Was willst du?*

Sie wollte Gutes bewirken, was auch immer das heißen mochte. Als ihr die heißen Tränen über die Wangen liefen, wünschte sie sich nur, dass allein der Versuch, etwas zu ändern, den Unterschied zwischen Gut und Böse bewirken mochte.

■

Es würde keine neue Verhandlung geben. An dem Montag, auf den sich Saffys Team so akribisch vorbereitet hatten, gab sie ihren Leuten frei. Statt auf der Arbeit zu erscheinen, die vielen Anrufe vom Büro des Superintendent und Lawsons Anwalt zu beantworten und sich der Presse zu stellen, besuchte Saffy den Friedhof.

Das Grab ihrer Mutter war ungepflegt. Saffy hatte Blumen dabei, aber der Anblick erfüllte sie mit Abscheu, das pralle Leben neben dem toten, moosgrauen Grabstein. Als sie im Gras kniete und die Blumen auf den für ewig in Granit gravierten Namen ihrer Mutter legte, konnte sie ihre Stimme hören, ein seltener Moment der Klarheit. *Du wirst es erkennen, Saffy. Die richtige Liebe wird dich bei lebendigem Leib verzehren.*

Rachel hatte angerufen, ihre Stimme klang zittrig, aber bestimmt. Sie habe Ansel weggeschickt, er solle nie wiederkommen. Sein Truck sei aus Tupper Lake verschwunden. *Wohin ist er gefahren?*, hatte Saffy gefragt. *Ich weiß es nicht*, hatte Rachel geantwortet. Das musste reichen. Sie hatte sich lang genug dieser Obsession hingegeben. Der Fall würde offen bleiben, ein ungelöstes Rätsel.

Saffy wusste, dass ihre Mutter recht gehabt hatte – es musste sich um eine Art Liebe gehandelt haben. Liebe, die verfolgt, die jagt. Am Grab ihrer Mutter, die Stirn an den rauen Stein gelehnt, fiel bei dieser Erkenntnis eine Last von ihr ab.

# 1 STUNDE

Ihre Zeugin ist da, sagt der Seelsorger.

Sechsundfünfzig Minuten, die Angst ist ein Ding mit lauter Löchern. Du warst träge, aber diese Worte erfüllen dich mit neuem Leben – alles wird leichter, deine Muskeln spannen sich an.

Blue, sagst du. Sie ist gekommen.

Sie ist mittlerweile älter. Sie will dich nicht sehen. Will nicht mit dir sprechen. Du wirst sie erst erblicken, wenn sie unter den Zuschauern sitzt – sieben Jahre sind vergangen seit jenem Sommer in Blue House. Für dich wird sie ewig sechzehn sein. Für dich wird Blue immer die Jugendliche im Restaurant sein, die ihre Daumen durch die Löcher in den Ärmeln ihres Sweatshirts steckt.

■

Es war kein großes Ereignis. Keine lebensverändernde Enthüllung. Wenn du jetzt an Blue House denkst, trifft dich diese einfache Erkenntnis wie ein Faustschlag: Dort hast du Trost gefunden.

Dort warst nur du, im hohen Gras mit Blue. Sie hat dir Fragen gestellt, über deine Arbeit, die Schule, deine Leibspeise als Kind. Sie erzählte dir Anekdoten von ihrem Vater, ein Mann, den du in diesen kurzen hellen Wochen kennenlerntest, durch eine Reihe von erzählten

Erinnerungen. Unvorstellbar, dass dieses Mädchen von dem Kind auf dem Farmboden abstammen sollte, ein Produkt der Tragödie, die dich jahrelang verfolgt hat. In ihrem Gesicht hast du Absolution gefunden.

Das Leben war leicht in Blue House. Du saßt an der Bar, während Rachel und Blue das Restaurant absperrten, und dann erzähltest du ihnen von deiner Kindheit in der Pflege, von Jenny, von deinem Buch. Deiner *Theorie*. Blue hat dir einen Teller selbstgebackenen Kuchen gebracht, der Apfel zerging dir süß auf der Zunge.

Angesichts dessen, was heute Abend geschehen wird, kommt dir die Wahrheit lächerlich vor. So einfach, so tragisch. Erst in Blue House hast du gemerkt, zu welchem Menschen du werden könntest. Es war flüchtig, ließ sich nicht fassen. So schrecklich unkompliziert.

In Blue House warst du frei.

■

Jetzt kommt deine Henkersmahlzeit.

Du sitzt auf dem Boden, den Rücken an die Koje gelehnt, das Tablett im Schoß: ein fettiges Schweinekotelett, ein Klacks Kartoffelbrei, ein Eckchen neongrüner Wackelpudding. Du durchtrennst das Fleisch mit der Gabelseite – es ist dasselbe Essen, das sie den Gefangenen mit niedriger Sicherheitsstufe im anderen Trakt der Walls Unit servieren. Nichts Besonderes. Die berüchtigte Henkersmahlzeit wird schon lange nicht mehr serviert, schon vor Jahren wurde sie abgeschafft, weil die Häftlinge immer übertriebenere Forderungen stellten, die der neue Anstaltsleiter nicht mehr erfüllen wollte. Das Fleisch zerfällt mühelos. Du spießt ein Stück auf, stopfst es dir in den Mund. Es schmeckt wie Gummi, versalzen, künstlich – beim Runterschlucken stellst du dir vor, wie es durch deinen Schlund in den Magen rutscht, wo es sich langsam auflöst, zusammen mit dem Foto. Was du jetzt isst, wird deinen Körper nicht mehr verlassen. Es wird sich wie deine Haut und deine Organe zersetzen, in einer billigen Kiste aus Kiefernholz, vom

Staat bezahlt, einen bis einen Meter fünfzig unter der Erde in einem anonymen Grab auf dem Friedhof am Ende der Straße.

Du würgst. Das war's. Es ist bereits vorbei.

Du hast deinen letzten Bissen verpasst.

.

Der Seelsorger kehrt zurück. Er sitzt vor deiner Zelle, den Stuhl hat er umgedreht, wie ein Lehrer, der cool sein will. In der Hand hält er eine ledergebundene Bibel, die er fast zwanghaft mit dem Daumen streichelt.

Ich kann Blue eine Botschaft von Ihnen übermitteln, sagt er. Möchten Sie ihr etwas mitteilen?

Du hast ihr nichts mehr zu sagen. Blue hat sie bereits gesehen, deine menschliche Seite. Deine *Theorie*, aufs Wesentliche verknappt. In dir existiert eine Galaxie der Möglichkeiten, ein Universum der Verheißung.

Wie können sie das tun?, fragst du.

Der Seelsorger verzieht schuldbewusst das Gesicht.

Wie können sie das wirklich durchziehen?

Ich weiß es nicht.

Das Mädchen da draußen, sagst du. Blue. Sie ist der lebende Beweis. Ich kann normal sein. Ich kann ein guter Mensch sein.

Natürlich können Sie ein guter Mensch sein, sagt der Seelsorger. Das kann jeder. Darum geht es nicht.

Der Seelsorger sieht unerträglich teigig aus. Fleischig, schwach. Du würdest ihn am liebsten an seiner Kartoffelfresse packen. Es gibt Wege, die Oberhand zu gewinnen: Du könntest ihn beschämen. Du könntest ihn überlisten. Du könntest dich gegens Zellengitter werfen, ihn mit deiner Kraft einschüchtern. Aber alles erscheint dir zu anstrengend. Dir bleibt noch nur noch eine Dreiviertelstunde, das Spiel ist aus.

Die Frage ist, wie Sie sich zu dem stellen, was Sie getan haben, sagt der Seelsorger. Die Frage ist, wie wir um Vergebung bitten.

Vergebung ist flüchtig. Wie ein warmer Sonnenfleck auf einem Teppich. Du würdest dich gern dort zusammenrollen und vorübergehend Trost finden, aber Vergebung ändert nichts. Vergebung bringt dich nicht zurück.

∎

Da kommt Jenny zu dir. Ein Geist, eine Schuldzuweisung. So zart.

Sie existiert jetzt in purer Essenz, in winzigen Details, täglichen Routinen, Alltagserinnerungen an ein Leben davor. Schmerzliche Sehnsucht nach dem alten Haus. Die Flanelllaken, die Jenny aus dem Kaufhaus mitbrachte, die Vorhänge über der Spüle, mit Spitze verziert. Der beigefarbene Teppich, der nie sauber aussah, der Fernseher auf seinem verstaubten Ständer. Du siehst sie förmlich vor dir, immer noch. Jenny, die im Schwesternkittel durch die Haustür kommt, sich das Salz von den Winterstiefel stampft.

Liebster?, ruft sie. Ich bin zu Hause!

Der Stoff, aus dem Jenny gemacht ist. Fruchtshampoo, Alkoholfahne. Du erinnerst dich daran, wie sie dich aufzog, deine Wangen umschlossen. Es ist okay, zu fühlen, sagte sie lachend, und das hat dich immer gereizt. Wenn du jetzt zurückgehen könntest, würdest du deine Hände auf ihre legen, die knubbelige Wärme ihrer Finger genießen, Jenny, der einzige Mensch, der es wagte, sich zwischen dich und die Welt zu stellen.

Bitte, würdest du flehen. Für dich würde ich alles fühlen.

Zeig mir nur, wie.

∎

Du erkennt die Linie, jetzt, im Rückblick. Die direkte Verbindung von Blue House zu Jenny.

Die Harrisons haben dich an einem Sonntagmorgen weggeschickt.

Blue und Rachel standen auf dem Parkplatz des Restaurants, die Arme verschränkt, spürbares Unbehagen im Blick. Geh und komm nie mehr zurück, haben sie gesagt. Du bist hier nicht mehr willkommen. Diese Worte hast du im Verlauf deines Lebens schon so oft gehört, aber dieses Mal, aus dem Mund der Harrisons, war es anders. Blue House hatte dich zum Strahlen gebracht, dich weicher gemacht, dir so viel gezeigt. Endlich warst du Teil einer Familie.

Aber Rachel klang bestimmt. Du wusstest nicht, was sie erfahren hatten und wie, nur dass es zu viel für sie war.

Als du in deinen Truck stiegst und vom Parkplatz fuhrst, juckten dir auf einmal ganz fürchterlich die Fingerspitzen. Alles verschwamm, drehte sich. Du sahst Rachel und Blue im Rückspiegel verschwinden, ihr Blick hat sich für immer in dein Gedächtnis gebrannt: Sie hatten Angst vor dir.

Du bist nach Texas gefahren. Es dauerte vier Tage. Nach Vermont zurückzukehren erschien dir unmöglich, nicht mal mehr ins Motel konntest du. Du hast alles in dem modrigen kleinen Zimmer zurückgelassen, deine Kleidung und dein Geld, deinen Rasierer und deine Zahnbürste, die Fotos von Blue House, die Blue dir geschenkt hatte, an einem bedeckten Morgen aufgenommen. Du fuhrst, leer und zornig, und fragtest dich, wie viel Schmerz du noch ertragen konntest. Die Verzweiflung breitete sich aus wie ein Parasit.

Es gab nur einen zuverlässigen Gedanken: Jenny. Ihre Form. Ihr Geruch. Ihr Atem am frühen Morgen, sauer auf dem Kissen. Du brauchtest das wie Sauerstoff. Wie naiv, wie kindisch zu glauben, dass Blue House je ihren Platz einnehmen könnte.

Du schliefst auf der Ladefläche des Trucks. Jede windumtoste Nacht hast du dich im Schlaf gewälzt, bis die Luftfeuchtigkeit stieg und grüne Highways zu Wüsten wurden.

Jenny hatte deine Nummer blockiert. Seit ihrem Auszug vor zehn Monaten hatte sie nur ein einziges Mal angerufen, um dich daran zu erinnern, die Scheidungspapiere zu unterschreiben, auf der anderen Leitung der Konferenzschaltung hatte hörbar ihr Anwalt geatmet.

Als du endlich in Houston eintrafst, hast du dir ein heruntergekommenes Motelzimmer gesucht und die nächste Bibliothek. Auf einem Computer zwischen den muffigen Bücherstapeln hast du ihren Namen in die Suchmaschine getippt – der Link auf ihr Facebook-Profil kam gleich als Erstes. Auf ihrem Profilbild trug Jenny eine Plastiksonnenbrille, ihre Schultern waren gebräunt und überraschend durchtrainiert. Jemand hatte sie erst vor ein paar Tagen markiert, auf einem Foto von drei auf einem Parkplatz stehenden Frauen. *Bethanys letzter Arbeitstag!*, lautete die Bildunterschrift. Auf einem Schild im Hintergrund waren die ersten vier Buchstaben des Krankenhausnamens erkennbar. Dank Google hast du rasch herausgefunden, dass die Klinik in einem Vorort lag. Nicht weit von deinem Motel. Das Herz pochte dir in der Brust. Dein Körper rückte sich zurecht, nahm eine vertraute Form an.

Hoffnung, scharf wie eine Messerklinge.

Am nächsten Morgen hast du im Auto gewartet, geduldig, vor der Notaufnahme. Dank Facebook wusstest du, dass Jenny das Haar jetzt in einem stylischen Bob trug, aber dass der ihr so gut stehen würde, hättest du nie gedacht. Die Frisur ließ ihr Gesicht schmaler und länglicher wirken. Jenny sah gut aus. Sie hielt eine Kaffeetasse in der einen Hand, das Handy in der anderen. Ihr Lachen hallte über den Parkplatz, drang bis zu dir durch. Vielleicht wären die Dinge anders verlaufen, wenn du es da einfach getan hättest, mitten am helllichten Tag mit ihr gesprochen, während die Leute durch die Drehtüren ein und aus gingen. Aber du warst zu neugierig.

Die Stunden vergingen, deine Geschichte blähte sich auf und erstickte in der Hitze. Du würdest alles wiedergutmachen – eine zweite Chance. Du würdest zurückkehren in das Haus mit den kirschroten Vorhängen, zu den fossilisierten Abenden auf dem Sofa. Als Jenny herauskam, glühte die Sonne pink auf den Asphalt, sie war in Begleitung eines Mannes. Er trug einen himmelblauen Kittel, sein kantiges Kinn war unrasiert. Er beugte sich vor und küsste Jenny langsam auf die Wange.

Ein Zornesblitz, rotglühend.

Nach einem langen Abschied, der dir den Magen umdrehte, nachdem der Mann in seinen Wagen gestiegen und davongefahren war, bist du Jenny durch ein Wohnviertel voller Einfamilienhäuser gefolgt, dann in eine kleinere Seitenstraße. Sie hielt vor einem gesichtslosen, modernen Apartmentblock, der sich durch nichts von all den anderen unterschied, pastellfarben, wie Buntstifte nebeneinander angeordnet. Jenny blieb auf dem Türabsatz stehen und kramte in der Tasche nach ihrem Schlüssel. Es war dieselbe Tasche, die sie immer dabei hatte, Kunstleder, das sich bereits abschälte. Du wusstest, dass sie darin ein paar zerknüllte Quittungen und diverse Lippenpflegestifte mit sich herumschleppte, an deren Rändern Krümel klebten.

In ihrem Apartment gingen die Lichter an. Draußen herrschte plötzlich Dunkelheit, als hätte jemand ein schwarzes Tuch ausgerollt. In diesen bebenden Minuten, bevor du ausstiegst, verfestigte sich alles. Der Daumen des Mannes an Jennys Wange. Der Schmerz, das Verlangen, die Scham – alles gerann, wurde ranzig.

Du hast am Knauf gedreht, gerüttelt. Verschlossen.

Also hast du gegen die Tür getreten, bis sie aufflog. Lauter, viel brachialer als geplant. Später wäre das ein wichtiger Punkt, Vorsatz, die Staatsanwaltschaft plädierte auf Einbruch, ein Kapitalverbrechen, für das in Texas die Todesstrafe verhängt werden konnte.

Doch in diesem Augenblick gab es nur Jenny. Sie stand in der offenen Marmorküche, mit dem Rücken zum Herd – Jennys Haus war blitzsauber. Sie hatte sich eine edle neue Espressomaschine gekauft, glänzend thronte sie auf der Granitarbeitsplatte, da waren frische Blumen in der Vase auf der Fensterbank. Unter dem Teekessel loderte die Gasflamme, im Hintergrund lief einer ihrer Lieblingssongs von Sheryl Crow. Dieser Song war so typisch für Jenny, so simpel, so sehnsüchtig und sentimental. Ein Kataklysmus. In diesem Moment war sie mehr als Jenny – sie war alle. Jede Frau, die dich je verlassen hatte.

Ansel, sagte sie, vor Angst zitternd. Als du die Tür eintratst, hatte Jenny sich mit einem Küchenmesser bewaffnet, blitzend und scharf, zu groß für ihre Hand.

So hattest du dir das nicht vorgestellt.

Jenny, wolltest du flehen. Jenny, ich bin's. Du wolltest die Jenny, die du wegen ihrer Geduld und ihrer Zuwendung auserwählt hattest, die Jenny, die sich im Bett umdrehte, um dich sanft aufs Schulterblatt zu küssen. Du wolltest Jenny, die glaubte, dass du über dich hinauswachsen könntest. Die Jenny, die dir ein Dasein geschenkt hatte, für das sich das Überleben lohnte.

Doch da war nur Terror, in dieser Küche.

Für den Bruchteil einer Sekunde hätte alles anders ausgehen können, vielleicht gab es Millionen alternativer Sekunden – hätte das Küchenmesser in ihrer Hand nicht aufgeblitzt –, wenn, wenn, wenn die Dinge anders verlaufen wären. Selbst als du dich auf sie gestürzt hast, als sie die Hände hob, zur Verteidigung, aber es sah aus, als wollte sie sich ergeben, war da diese schmerzliche Sehnsucht nach den alternativen Lebensvarianten, die Millisekunden voll endloser Möglichkeiten.

Sie war nur ein Mädchen. Du warst nur du.

■

Einunddreißig Minuten.

Du stehst stocksteif in der hintersten Ecke deiner Zelle. Der Seelsorger ist gegangen, du krachst mit der Nasenspitze gegen die Wand. Kühl, kiesig. Jede Berührung schmerzt, dein Körper liegt im Fieber.

Niemanden kümmert es. Niemand scheint zu verstehen, dass Vorsatz alles ändert. Von allen Fakten, die dich hierher gebracht haben, ist dies der wichtigste: Was in jener Nacht geschah, kam aus deinem tiefsten Inneren. Du hattest es nicht geplant oder vorher in deiner

Phantasie durchgespielt. Du bist nur einer vertrauten Kraft gefolgt. Die Diskrepanz zwischen deinem Begehren und deinen Handlungen sollte einen Unterschied bewirken. Es sollte eine Rolle spielen, dass du Jenny lieben wolltest oder es zumindest lernen. Du wolltest sie nicht töten.

# HAZEL
## 2012

Es gab keine *Beschwörung*.

Kein Blitz durchzuckte sie.

Als es geschah, faltete Hazel saubere Wäsche und im Hintergrund lief der Fernseher. Als sie Almas Schuluniform zusammenlegte, Luis' Boxershorts, ihre verschlissenen BHs, spürte sie nichts. Keinen markerschütternden Schmerzen, kein Aufflammen von Sorge. Sie knüllte Matties Socken zu kleinen bunten Bündeln zusammen, als im Fernsehen Werbung lief, ein Hometrainer, ein selbstreinigender Schwamm, Autoversicherung.

■

Am nächsten Morgen stand Hazel gebückt im Garten, in der Hand ein Büschel Wolfsmilch, als Luis auf die hintere Veranda trat. Er trug seine Sonntagsjogginghose und wedelte mit dem Handy in der Luft herum.

»Hazel«, sagte er, »deine Mom hat schon zigmal angerufen.«

Die Sorge brannte wie Säure, ihr Körper reagierte instinktiv. Ihre Mutter rief nie mehr als einmal an, wenn niemand abhob, hinterließ sie normalerweise eine fröhliche Nachricht auf dem Anrufbeantworter. Ihre Eltern wurden alt. Vielleicht war einer von ihnen gestürzt. Als sie ihre Mutter zurückrief, wischte sie sich mit dem Ärmel den

Schweiß von der Stirn. Ihre Mutter hob ab, doch statt einer Begrüßung stieß sie nur einen atemlosen Schluchzer aus.

»Mom«, flehte Hazel, während ihr entsetzlich flau wurde. »Mom, bitte, was ist passiert?«

»Oh, Schätzchen!«, hauchte ihre Mutter. »Es ist Jenny. Sie ist tot!«

Die Hälfte des Zimmers war verschwunden, Hazel konnte es nicht mehr sehen.

»Ansel. Sie haben ihn verhaftet. Sie war zu Hause in ihrer Wohnung … ein Küchenmesser …«

Hazel erkannte erst nach ein paar Sekunden, woher das Heulen kam, das auf einmal durch den Raum schallte. Es hatte sich aus ihrem Inneren Bahn gebrochen und war aus ihrer Kehle gewichen, ein Laut, der durch Mark und Bein ging, ein Schmerz, der tief in ihr geharrt hatte, bis seine Zeit gekommen war. Luis stand neben ihr, als sie neben dem Holzstapel auf der Veranda zusammenbrach. Die Stimme ihrer Mutter kam noch immer aus dem Handy, das sie irgendwo fallengelassen hatte. Hazel starrte auf das Spinnennetz am Bein des Gartenstuhls, griff nach dem seidigen, durchscheinenden Gespinst, in dessen Mitte bewegungslos eine tote Fliege hing.

Die Zeit verformte sich. Sie dehnte sich aus, verging. Der Morgen wurde zum Nachmittag, stotternde, dann ruckartig vorwärts springende, surreale Minuten, die Hazel wie aufgeblasene Ballons in der Kehle saßen. *Die Leiche*, sagte Luis am Telefon zu ihrem Vater. *Eine Festnahme.* Die Stunden vergingen, schockgefrostet, sinnlos.

Der einzige Mensch, mit dem Hazel über die Nachricht sprechen wollte, war Jenny. Jenny würde sich mit einem munteren *Hallo* melden, gut gelaunt, wie sie es in den letzten Monaten in Texas neuerdings immer war. *Ich habe jemanden kennengelernt*, hatte sie Hazel voller Enthusiasmus erzählt. *Er arbeitet als Pfleger in der Chirurgie und ist so süß. Er kocht für mich, wir schauen gemeinsam fern. Du wirst ihn kennenlernen, wenn du mich hier besuchst.* Hazel wollte sie mit Alma zu Thanksgiving besuchen, die Flüge waren schon gebucht. Jetzt dachte sie an Jennys Ohrläppchen, samtig weich. Ihre Fingernägel mit der rissigen Nagelhaut.

■

Trauer war ein Loch. Ein Tor ins Nichts. Trauer war eine so lange Wanderung, dass Hazel ihre Beine vergaß. Sie war der Schock des grellen Sonnenlichts. Aufblitzende Erinnerungen: Sandalen auf dem Gehweg, schläfrige Fahrten auf dem Rücksitz, lackierte Nägel auf dem Badezimmerboden. Trauer war Einsamkeit, so unermesslich groß wie ein ganzer Planet.

■

Vier Tage später stand Hazel in der Küche ihrer Eltern, umgeben von Aufläufen und fernem Stimmengemurmel. Der Nachmittag war vergangen, es herrschte trübe Nacht, als die Trauergäste eintrafen, alles schien in dichten Nebel gehüllt, weiße Schwaden über einem stillen Teich.

Hazel weigerte sich, Schwarz zu tragen. Stattdessen hatte sie aus dem hintersten Winkel ihres Kleiderschranks das Baumwollkleid herausgekramt, das ihre Eltern ihr vor so langer Zeit zu Weihnachten geschenkt hatten. Grau für sie, olivgrün für Jenny. Die Trauerfeier war unpersönlich ausgefallen, die Rede fast schon kränkend in ihrer Beliebigkeit. Hazel saß mit ihren Eltern auf der vordersten Bank in der Kirche, die sie zuvor vielleicht zweimal besucht hatten, und lauschte dem Pfarrer, der etwas Vages über Jennys hervorragenden Charakter schwurbelte. Pflichtbewusst war sie danach zum Friedhof marschiert, wo der Sarg langsam in die Erde gelassen wurde, während der Himmel mit Wolkenbruch drohte. Stunden später, das Programm noch immer fest in der schweißfeuchten Hand – ein gefalteter Handzettel, auf dem Jennys Foto prangte, in billigen Grautönen gedruckt: Jenny auf dem Sofa im Wohnzimmer, das Kinn auf beiden Händen abgestützt, ein strahlendes Lächeln im Gesicht, jung und voller Hoffnung. An Jennys

Finger blinkte dieser grässliche lilafarbene Ring, wie ein kokettes Augenzwinkern.

Luis brachte ihr einen weiteren Pappbecher mit Kaffee. »Wir können gehen, wenn du willst«, sagte er und legte ihr die Hand auf den Rücken.

Die versammelten Nachbarn glotzten. Tanten und Onkel umarmten Hazel mit mageren Spinnenarmen, murmelten Beileidsbekundungen. Die meisten waren aus Sensationsgier gekommen, Hazel wusste, so was Aufregendes war weder den Nachbarn in ihrer Sackgasse je passiert, noch den Kollegen und Kolleginnen ihres Vaters oder den Frauen aus dem Fitnesskurs ihrer Mutter. Zaghaft traten sie vor, einer nach dem anderen. *Herzliches Beileid.* Die Phrase, so aalglatt wie bedeutungslos.

»Bald«, sagte Hazel zu Luis. »Ich brauch noch ein bisschen.«

Im Chaos fiel es niemandem auf, dass Hazel durch die Haustür schlich.

Die plötzliche Stille da draußen schrillte ihr in den Ohren. Sie stieg in ihr Auto, gegenüber geparkt, weil die Einfahrt vollstand. Die umstehenden Häuser waren dunkel. Sie war so erleichtert, endlich allein zu sein, es war, als hätte sie sich aus einem traurigen Film hierher geflüchtet. Sie startete nicht den Motor, sondern saß nur da, genoss eine Weile die Ruhe, bevor sie sich vorbeugte und das Handschuhfach aufklappte.

Er lag noch dort. Wie sie gedacht hatte. Der verfluchte, elende Ring.

Nur zehn Monate zuvor hatte Hazel Jenny zum Flughafen gebracht – und ihre Schwester zum letzten Mal gesehen. Jetzt, da sie das Schmuckstück in der Hand hielt, stieg endlich Wut in ihr auf, zusammen mit einer Erinnerung, die sie seit Jahren verdrängt hatte: Ansel, der Jenny den Ring schenkte. Ansel, der draußen im Mondlicht in der Erde grub.

Hazel taumelte durchs Gartentor, der lilafarbene Ring funkelte, trieb sie an. Der Ahornbaum sah noch immer so aus, wie Hazel ihn im Kopf hatte, die Äste wie väterliche Arme ausgestreckt, um Trost zu spenden. Hazel umrundete den Stamm – in jenem Winter vor so vielen Jahren hatte sie Ansel von ihrem Zimmerfenster aus beobachtet, er hielt die Schaufel ihres Vaters in der Hand. Damals hatte sie sich eingeredet, es hätte sich um einen Traum gehandelt, doch als sie jetzt um den Stamm lief, war sie überzeugt, die genaue Stelle finden zu können.

Sie ging in die Hocke, spähte auf den Boden. Zum ersten Mal seit Tagen fühlte sie sich wach, und da entdeckte sie es: An einer Stelle war das Gras flachgetreten worden und nie nachgewachsen. Als Hazel die Schaufel ihres Vaters von der Garagenwand zog und den kalten Plastikgriff in den Händen hielt, wusste sie, dass es kein Traum gewesen war. Sie hatte Ansel hier draußen gesehen, im Schein des Wintermonds. Er hatte ein Loch gegraben.

Hazels Fingernägel waren schwarz vor Erde, als die Schaufel schließlich auf etwas Festes traf. Sie schaltete die Taschenlampe ihres Handys ein und leuchtete damit in die Grube. Es handelte sich um Jennys alte Schmuckschatulle aus Kunststoff, völlig wertloser Tand, den Jenny nie vermissen würde. Hazel befreite die Schatulle von Erde, schob sie sich umständlich unters Kleid und schlich damit zurück ins Haus.

Ihre Eltern hatten gerade erst renoviert, Hazels und Jennys früheres Kinderzimmer war jetzt ein Fitnessraum. Als Hazel die Tür aufschob, erwartete sie fast, an der Wand diverse Ballettschuhe zu entdecken, an Haken aufgehängt, darunter Jennys Kommode voller Make-up. Stattdessen roch es metallisch, nach Hanteln, die ihr Vater nie benutzte. Mitten im Zimmer stand ein Laufband, neben dem Fernseher lagen sauber aufgereiht einige DVDs mit Trainingsprogrammen. In der Ecke waren im Teppich immer noch die Abdrücke von Jennys altem Bett zu erkennen.

Hazel setzte sich aufs Laufband, strich über den Vinylboden. Eine Welle der Trauer überrollte sie, lief aus. Wie damals in ihrer Kindheit an der Küste von Nantucket, als sie in den Wellen gespielt hatten. *Wenn du eine Welle siehst, musst du dich entscheiden*, hatte Jenny bestimmt, wie immer gab sie die Anweisungen. *Entweder schwimmst du dagegen an, oder du reitest darauf an Land.*

Die Schatulle in ihrem Schoß war schmutzverkrustet. Sie wischte sie sauber, und als sie den Deckel hob, rieselten Erdkrümel auf den Teppich. Da war kein süßes Erinnern, nicht mal Nostalgie erfasste sie. Der darin aufbewahrte Schmuck gehörte nicht Jenny. Hazel hatte ihn noch nie zuvor gesehen. Eine perlenbesetzte Haarspange, ein Perlenarmband.

Sie war so enttäuscht. Luis würde wissen, was damit zu tun war, genau wie mit dem Loch in der Erde und den offenen Fragen. Hazel war erfüllt von der Ungerechtigkeit. Der Ausweglosigkeit.

Diese Geschichte gehörte nun ihr. Sie war Jenny widerfahren, aber auch Hazel, und sie würde sie für den Rest ihres Lebens auf unzählige Weise neu erzählen, formen und definieren, sie an die Wand pfeffern. Jahre müssten vergehen, bis sie sich ansatzweise daran gewöhnt hätte, in einer Welt ohne ihre Schwester zu leben, wenn so etwas überhaupt möglich war. Ihr Verlust war so unermesslich, dass sie ihn nie ganz begreifen konnte. Mit Ansel hatte sie sich nicht genauer beschäftigt, wenn die Wut sie in die Rippen stupste, schob sie sie beiseite und kämpfte sich weiter, wie eine Langstreckenschwimmerin. Um ihn ging es nicht. War es nie gegangen. Es schien verrückt, geradezu lächerlich, dass ein Mensch – Ansel, ein einzelner zutiefst durchschnittlicher Mann – einen so tiefen Abgrund aufgerissen haben sollte.

Hazel schloss die Augen und dachte nicht mehr an die Fitnessgeräte um sie herum. Verzweifelt wartete sie auf eine *Beschwörung*, doch das Einzige, das sie hörte, war das Gemurmel der Trauergäste von unten, und sie spürte die Ungerechtigkeit in jedem schaudernden Atemzug. Von jetzt an wäre nichts *Beschwörung* oder einfach alles, je nachdem, wie sie es betrachtete. Hazel war nicht mehr die Hälfte eines Ganzen, sondern das Ganze selbst. Eine Beschwörung war kein Zauberkunststück, keine Telepathie oder irgendein abgefahrenes Zwillingsphänomen. Jenny war weg, und ihre Verbindung so urzeitlich und flüchtig wie damals im Bauch ihrer Mutter. Biologisch. Unendlich. Oder einfach eine Erinnerung.

# SAFFY
## 2012

Als Saffy die Nachricht erhielt, musste sie an Jennys Hals denken. Die kleine Einbuchtung in ihrer Kehle, wie sie sich zusammengezogen hatte, als sie ihre Zigarette rauchte. Wie Jenny ausgesehen hatte, damals vor der Notaufnahme – als hätte sie irgendwie gewusst, wohin all das führen würde.

Corinne rief sie an, spät am Dienstag. Saffy lag auf dem Sofa, die Fallakten obszön auf dem Tisch aufgespreizt. Nach Lawsons Selbstmord hatte sich ihre Arbeitslast nicht verringert, an der Grenze gab es mehr Drogentote, und Kollegen vom Dezernat C hatten ihnen eine Leiche überlassen. Dem Job war es egal, ob ihr Fall in sich zusammengekracht war. Am Morgen nach dem geplanten ersten Verhandlungstag hatte sich Saffy einen XL-Kaffee geholt und war wieder an die Arbeit gegangen.

Während sie das eingehende Gespräch entgegennahm, klopfte sie sich die Popcornkrümel vom T-Shirt.

Es war Corinne. »Captain«, sagte sie mir ruhiger, professioneller Stimme. »Du solltest dich setzen.«

»Spuck's schon aus.«

»Jenny Fisk, aus dem Fall von 1990. Die Mordermittlung in Houston hat sie vor ein paar Tagen gefunden. Mehrere Stichverletzungen. Sie haben ihren Ex-Mann verhört, aber nicht genug Beweise, um ihn festzuhalten. Es ist dein Verdächtiger, Captain. Ansel Packer.«

Plötzlich verursachte ihr der Geruch von verbranntem Popcorn Übelkeit.

»Es tut mir leid«, sagte Corinne. »Ich weiß, das passt dir jetzt überhaupt nicht in …«

»Danke, Sergeant.«

Saffy legte auf.

Noch vor einer Woche hatte sie vor Blue House übernachtet. Vor einer Woche hatte sie vor Blue und Rachel gestanden und ihnen Dinge erzählt, die sie niemandem sonst anvertraut hatte. Eine billige Erleichterung, so tröstlich, die stolze Retterin zu sein – Blue, im selben Alter wie die anderen, aber lebendig, sonnenverbrannt, in ausgeblichenen Flipflops. Erst kamen Schuldgefühle, dann das Entsetzen. Ein Tropfen, gefolgt von einer Flut.

Saffy hatte niemanden gerettet.

■

Am darauffolgenden Abend stand die Frau auf ihrer Veranda.

Saffy hatte fettige Finger, sie marinierte gerade die Hühnerbrustfilets, die Kristen ihr aufgenötigt hatte. Draußen war es dunkel wie in einem Wald. Die Grillen zirpten rastlos. Saffy wischte sich die Hände mit Küchenpapier ab und schlurfte in Socken zur Tür.

Die Frau auf der Veranda hatte kurzes Haar. Ein großer Leberfleck zierte ihre linke Wange. Ihre Miene war wie eine offene Wunde, so verletzt. Saffy erkannte sie sofort: Sie sah aus wie Jenny Fisk auf dem Foto aus den Nachrichten. In der Todesanzeige der Lokalzeitung von Burlington hatte etwas von einer Zwillingsschwester gestanden.

»Verzeihung, dass ich Sie nach Feierabend hier zu Hause störe«, sagte die Frau. »Ich heiße Hazel Fisk. Ich … ähm … hab da was gefunden. Sergeant Caldwell schickt mich, sie meinte, das müssten Sie sehen.«

Saffy führte Hazel ins Wohnzimmer, wo gemütlich weiches Licht auf den Läufer fiel. Saffy musste sich beherrschen, Hazel nicht anzustarren, sie war das Ebenbild ihrer Schwester, wenn auch von der Trauer entstellt.

Hazel zog eine Tüte aus ihrer Tasche und drückte sie Saffy mit einer Erklärung in die Hand. Saffy ließ die darin enthaltene Schatulle aufschnappen und betrachtete den Inhalt, ohne ihn anzufassen. Was sie da sah, erfüllte sie mit schmerzlichem Bedauern. Sie hätte erleichtert sein können, vielleicht sogar Genugtuung verspüren. Sie hatte recht gehabt, die ganze Zeit. Aber als Saffy die Schmuckstücke inspizierte, empfand sie nur tiefe Traurigkeit. Er wirkte so klein, so verloren da auf dem Boden der Schatulle. Lilas Ring.

»Dieser Ring hier«, sagte Hazel, »den hat er Jenny am selben Abend gegeben, als ich ihn später im Garten graben gesehen hab. Der hat eine Verbindung zu diesem Schmuck, richtig?«

Saffy hätte ihr fast die Wahrheit gesagt. Was die Schmuckstücke bedeuteten. Auf perverse Weise ergab das alles einen Sinn. Ansel hatte Jenny den Ring gegeben und erst danach erkannt, dass die Schmuckstücke ihn überführen könnten, denn sie brachten ihn in Verbindung mit den toten Mädchen – also musste er den Rest schleunigst loswerden. Vielleicht war es auch etwas anderes gewesen, irgendeine komplexe psychologische Motivation, die Saffy nicht entschlüsseln wollte. Es war egal. Scham brannte in ihrer Kehle, verschloss ihr den Mund.

Sie hatte es die ganze Zeit gewusst. So viele Jahre hatte sie Jenny dabei zugeschaut, wie sie im Rückspiegel ihren Lippenstift nachzog, die Einkaufstüten aus dem Kofferraum hievte. Sie wusste, was Ansel anrichten konnte, aber sie hatte nicht eingegriffen. Saffy mochte Hazel nicht gestehen, wie sehr sie versagt hatte, schon jetzt musterte Hazel sie wie eine Schuldige, auch wenn in ihren Augen die nackte Trauer stand. Ihre Fehler würden für immer zwischen ihnen stehen, zu groß und folgenreich, um sie auszusprechen.

Saffy begleitete Hazel zurück zu ihrem Auto, verabschiedete sich mit Dank und einem Versprechen. Für Jenny würde sie ihr Bestes tun.

Als die Rücklichter in der Ferne blinkten und schließlich verschwanden, blieb Saffy in ihrer Auffahrt stehen, umgeben von schwirrenden Nachtinsekten. Die Konsequenzen wogen schwer, waren wie ein Schatten, den Saffy nicht abschütteln konnte. Da war dieser lähmende Gedanke: Was wäre wenn? Was, wenn sie Ansel nie gefolgt wäre? Wenn sie sich nie eingemischt, er einfach in Blue House geblieben wäre? Was, wenn Ansel einfach bei den Harrisons sein wollte, ohne böse Absichten?

∎

Die Mädchen kamen immer noch zu ihr. Sie waren jetzt älter, erwachsen. Sie waren Mütter, Reisende, Amateur-Bäckerinnen. Sie standen auf schlechte Serien, die Mets, die Gewinnerinnen der lokalen Pinball-Meisterschaften. Sie wanderten leidenschaftlich gern, gingen sonntags gern zum Brunch, waren Teil eines Karaoke-Trios, liebten Eiscreme, masturbierten vor dem Aufstehen, gaben legendäre Halloween-Partys.

Die ungelebten Möglichkeiten, Saffys ständige Begleiterinnen. Oft stellte sie sich Lila vor, die ihren geschwollenen Bauch streichelte, ihr drittes Kind, sie hoffte auf ein Mädchen. Ein Mädchen wäre verletzbarer, aber auch tiefgründiger. Stell dir vor, sagte Lila in Saffys Kopf. Es gab so vieles, das ein Mädchen sein konnte.

∎

Saffy stellte die Hähnchenfilets in den Kühlschrank und schüttete sich ein paar Frosties in eine Schüssel. Die Schatulle mit den Schmuckstücken stand wie ein Vorwurf auf dem Küchentresen. Sie klappte ihren Laptop auf, das einzige Licht in ihrer Küche. Es gab Morgenflüge nach Houston, sie buchte einen, dann rief sie Detective Rollins an.

Detective Andrea Rollins war eine von zwölf Polizistinnen einer inoffiziellen Gruppe, die sich wegen eines Zeitungsartikels mit dem Titel *Frauen im Polizeidienst: Der Siegeszug der weiblichen Ermittlerin-*

*nen* zusammengetan hatten. Saffy war neben Rollins und den anderen auf einem peinlich glamourösen Foto zu sehen gewesen – und in den darauffolgenden Monaten hatten die beiden sich immer wieder per Mail ausgetauscht, über Beschwerden, Sorgen und Theorien, die sonst niemand hören wollte. Andrea Rollins war leitende Ermittlerin beim Morddezernat in Houston.

»Captain Singh«, sagte Rollins und seufzte. »Sieht nicht gut aus.«

»Wer hat sie gefunden?«

»Ein neugieriger Nachbar, nur ein paar Stunden nach der Tat. Die Apartmenttür war zersplittert. Der Nachbar hatte einen weißen Pickup beobachtet, der am Straßenrand rumstand, die Überwachungskameras haben uns das Kennzeichen geliefert. Als wir Ansel Packer endlich zu fassen bekamen, hatte er die Sitze gereinigt und die Staatsgrenze schon lange hinter sich gelassen.

»Sie konnten ihn nicht festsetzen?«

»Die Mordwaffe ist schon lange verschwunden. Hätte er überall wegwerfen können. Wir haben es mit Fingerabdrücken versucht, aber er hat die Türgriffe abgewischt, alles. Haben ihm so richtig gedroht. Ich glaube, er wird nicht nochmal über die Staatsgrenze abhauen. Sein Motelzimmer wird rund um die Uhr observiert.«

»Rollins, ich stehe morgen Vormittag bei dir auf der Matte. Packer ist der Hauptverdächtige in einem meiner Altfälle, und ich habe gerade neue Beweise bekommen.«

Rollins stieß einen langen Pfiff aus. »Ich sprech mit dem Commander und schau mal, was ich machen kann.«

»Schick mir die Akte«, sagte Saffy. »Ich will ein Geständnis.«

■

Detective Rollins wartete am Gepäckband – eine elegante Frau mit lockigem Haar, ungeschminkt, die Erschöpfung in ihren hängenden Schultern unübersehbar. Als sie mit heulenden Sirenen über den glutheißen Texas Highway brausten, brachte Rollins Saffy auf den neu-esten Stand der Ermittlungen. Ansel Packer schwieg sich aus, er hatte komplett dichtgemacht. Der Commander war zwar nicht begeistert, aber mit seinem Latein am Ende. Er gab Saffy eine Stunde mit dem Verdächtigen.

Als endlose, verdörrte Felder vorbeizogen, dachte Saffy an die Er-innerung, die ihr nach dem Aufstehen gekommen war. So unschuldig, dass es sie fast erleichtert hatte: Miss Gemmas Haus, diese Haferkekse mit Rosinen. Saffy hatte diesen Tag mit geradezu schmerzhafter Klar-heit vor sich, wusste noch genau, wie der Zucker heruntergekrümelt war, weiß und altbacken in Kristens Hand. Wie Ansel geglaubt hatte, diese Kekse könnten ihn irgendwie zu einem von ihnen machen, den von ihm angerichteten Schaden wiedergutmachen. Saffy dachte noch über die Kekse nach, als sie von Detective Rollins durchs Houston Police Department geführt wurde und dem Commander die Hand schüttelte. Sie dachte an die Kekse, als sie erneut versprach, dass New York sich nicht in die Angelegenheiten von Houston einmischen würde, selbstverständlich gehöre der Verdächtige dem Commander und seinem Team in Texas, sie wolle nur ein Geständnis für den Mord an den Mädchen, für deren Familien.

Die Kekse waren der Beweis: Ansel Packer war zur Reue fähig. Sie zeigten Saffy, dass sein Hirn zu solchen Verrenkungen imstande war.

■

Das Verhörzimmer war grau und steril. Ansel hockte an einem Tisch, die Arme hingen schlaff neben seinem Körper herab. Saffy roch seine saure, abgestandene Fahne schon von der Tür – er saß schon seit über drei Stunden hier, die Ermittler hatten ihn systematisch auseinander-genommen. Ein kalter Metallstuhl, schief, ein permanenter tiefer Brummton auf einer unerträglichen Frequenz. Endlose, erniedri-gende Fragen. *Good cop, bad cop, good cop*. Rollins hatte erzählt, bis jetzt habe Packer nur um Wasser gebeten. Einmal sei er auf die Toilette gegangen. Er habe kein Interesse, mit ihnen zu sprechen. Saffy hatte erwartet, Ansel würde sich um Kopf und Kragen reden, Unschuld schwören, sich über die unfairen Anschuldigungen aufregen. Das hatte er tatsächlich auch getan, aber nur am Anfang, da hatte er sogar noch verkündet, er brauche keinen Anwalt. Jetzt aber war er müde, sein Blick war verschleiert, Körper und Geist ausgelaugt. Saffy hatte gedacht, bei seinem Anblick Schmerz, Wut oder Hass zu empfinden, aber da war nur träges, spätes Mitleid.

Saffy rückte ihren Stuhl gerade, zog die Jacke zurecht. Die Hände auf dem kalten Metall gefaltet, eine Geste der Geduld, ein subtiler Trost. Ansels Miene war blank, er zeigte keinerlei Gefühle. Das überraschte sie nicht, er erkannte sie offenbar nicht wieder.

»Also«, sagte sie, »reden wir über Jenny.«

Saffy wünschte, er würde Widerstand leisten oder spöttisch grinsen, sie auslachen. Sie wollte, dass er anbiss, sich provozieren ließe, seine Genialität zur Schau zu stellen. *Beweise es mir,* forderte Saffy ihn heraus. *Beweise mir, dass du das alles wert bist.* Sein Schweigen war dumm und enttäuschend. Sie musste an die Krimis im Fernsehen denken, die süchtig machten, aber ein irreführendes Bild vermittelten. In solchen Szenen kümmerten sich glamouröse Anwälte um attraktive Beschuldigte. Geniale Schurken, hochintelligente Psychopathen, die aus Spaß Schrecken verbreiteten, markante Gesichtszüge, hinter denen sich ihre intellektuelle Überlegenheit verbarg, die teuflischen Gedanken. Wie weit entfernt davon sich doch die Realität offenbarte: Ansel Packer war kein genialer Schurke. Er wirkte nicht mal besonders schlau. Dieser vermeintlich hochintelligente Psychopath, den Saffy so viele Jahre gejagt hatte, sah aus wie ein unscheinbarer Mann, alternd und apathisch, aufgeschwemmt, dumpf. Saffy wusste, dass manche Männer aus Wut töteten. Andere, weil sie sich gedemütigt fühlten, aus Hass oder irgendeinem fehlgeleiteten sexuellem Bedürfnis. Typen wie Ansel waren weder selten noch mysteriös. Er gehörte zu den simpelsten Tätern, die aus einer Mischung dieser Motive heraus handelten. Ein langweiliges Männlein, das getötet hatte, weil ihm danach war.

»Wer sind Sie überhaupt?«, fragte Ansel.

»New York State Police«, sagte Saffy.

Sie zeigte ihre Marke, gab ihm Gelegenheit, sie genauer in Augenschein zu nehmen.

»Warum sind Sie hier?«

»Was glaubst du denn?«

»Ich kann jederzeit gehen.«

»Klar«, sagte Saffy. »Aber ich habe dir was mitgebracht, was du sicher sehen willst.«

Sie hob die Aktentasche auf ihren Schoß und legte die Hand provozierend auf die Schnalle.

»Sparen Sie sich Ihre Spielchen«, sagte Ansel.

»Ich bin nicht den ganzen Weg hergekommen, um Spielchen zu spielen. Warum erzählst du mir nicht ein bisschen von Jenny? Sie war sicher eine gute Ehefrau.«

Ansel betrachtete seine Hände, vielleicht sollte das reumütig wirken. Er hatte immer noch die Kontrolle, seine Wut lag tief vergraben. Saffy würde lange schaufeln müssen.

»Sie war eine tolle Ehefrau«, sagte er.

»Bis sie dich verlassen hat.«

»Wir haben uns im Einvernehmen getrennt«, sagte er. »Sie hat eine neue Stelle in Texas gefunden. Ich habe ihr geraten, sie anzutreten.«

»Ihre Schwester erzählt aber was ganz anderes.«

Ansel schnaubte. »Hazel war schon immer eifersüchtig.«

»Eifersüchtig auf wen?«

»Auf mich und Jenny, auf alles, was wir hatten. Ich hätte ihr nie etwas angetan, das müssen Sie glauben.«

»Verstehe. Jenny war die Einzige, die eine für dich. Die einzige, die du je geliebt hast.«

»Ja.«

»Aber es gab noch andere Mädchen.«

Sie ließ ihn darüber nachdenken.

»Blue Harrison«, sagte sie nach einer Weile.

Plötzlich hellwach verschränkte Ansel die Arme vor der Brust.

»Woher wissen Sie das?«

»Hab in Blue House Mittag gegessen. Ich kenne Rachel, und Blue kenne ich auch. Ich weiß, dass du in Tupper Lake warst, dort in einem Motel in der Nähe übernachtet hast.«

»Sie brauchten Hilfe. Das Restaurant ist verschuldet. Ich habe ihre Terrasse repariert.«

»Was ich nicht verstehe«, sagte Saffy langsam. »Was wolltest du wirklich von den Harrisons?«

»Sie sind meine Familie«, erwiderte er.

»Das ist alles?«

»Das ist alles.«

Und da passierte es: Erkenntnis blitzte auf, erhellte seine erschöpfte Miene.

»Sie waren das«, flüsterte er. »Sie sind schuld daran, dass sie mich weggeschickt haben. Was haben Sie ihnen erzählt?«

»Du hast ihr nichts getan«, sagte Saffy. »Du hast Blue nichts getan.«

»Warum sollte ich ihr was tun?«

»Sie hat das richtige Alter.«

So dicht vor ihm konnte Saffy jede Pore auf Ansels Nase erkennen. Die Falten um seine Augen schienen sich zu vertiefen.

»Ich habe lange Zeit nach den Mädchen gesucht, weißt du«, sagte Saffy. »Izzy, Angela, Lila. Sie waren so alt wie wir, damals in der Schulzeit. Du erinnerst dich an Lila, nicht wahr? Weißt du noch, wie sie immer mitgesungen hat, wenn die *Jeffersons* im Fernsehen kamen?«

Er sah sie verwirrt an.

»Ach«, sagte Saffy. »Du erkennst mich tatsächlich nicht.«

Ihr Handy lag auf dem Tisch, bereit für den Einsatz. Sie tippte auf die Taste, und plötzlich erfüllte ein Song die sterilen Betonwände mit Leben. Der Gesang war hoch, schwebend. Nina Simones raue Stimme kroch in jeden Winkel des Raums. Saffy wartete auf den Moment des Wiedererkennens. Das Saxophon stöhnte, stammelte – *I put a spell on you*. Ansel blinzelte konzentriert.

»Wir waren noch jung. Elf oder zwölf«, sagte Saffy.

Treffer. Sichtlich beunruhigt rutschte Ansel auf seinem Stuhl herum, es sah aus, als würde er am liebsten fliehen, und da wusste Saffy, dass sie ihn an der Angel hatte. Sie ging ihm an die Substanz, woraus auch immer die bestehen mochte.

»Der Fuchs kam zuerst«, sagte sie. »Die Tiere, am Fluss bei Miss Gemmas Haus. Kannst du's mir beschreiben, Ansel? Ich möchte wissen, wie es sich angefühlt hat, ihnen Schmerzen zuzufügen.«

»Wie nichts.«

»Das erscheint mir unfair. Ich stelle mir vor, dass es sich gut anfühlt, ein Lebewesen zu töten. Dass es einem Erleichterung verschafft. Sich angenehm anfühlt. Wozu soll es sonst gut sein?«

»Man fühlt nichts. Überhaupt nichts.«

Der Song steigerte sich zum Höhepunkt, als Saffy in ihre Aktentasche griff.

»Du weißt, was das hier ist.«

Zuerst die Haarspange. Dann das Armband. Kleinere Erdklumpen hatten sich in der Spange verfangen und zwischen den milchweißen Perlen des Armbands. Ansel stand der Schweiß auf der Stirn. Er inspizierte die Stücke wie ein Archäologe seine Ausgrabung.

»Ich bin neugierig, Ansel«, fuhr Saffy fort. »Warum hast du die behalten? Zu welchem Zweck?«

»Ich habe keine Ahnung, was du …«

»Schon gut, du musst es mir nicht erklären. Ich erzähl's dir einfach. Du warst in jenem Jahr an Weihnachten bei Jennys Eltern. Da warst du siebzehn oder achtzehn, richtig? Hazel hat mir alles genau berichtet.

Ihre Eltern hatten dir ein nettes Geschenk besorgt, obwohl Jenny dir hoch und heilig versprochen hatte, dass das nicht passieren würde, und danach kamst du dir schäbig vor, warst verunsichert. Die Schmuckstücke hattest du schon seit Monaten mit dir rumgeschleppt, weil du die Erinnerung auskosten wolltest, den Moment, als du dich groß und wichtig gefühlt hattest. Du hast Jenny an diesem Abend den Ring präsentiert, um wieder diese Macht zu spüren. Erst danach hast du verstanden, was du getan hattest. Wenn irgendjemand den Ring erkennen würde, wärst du dran. Also bist du mitten in der Nacht aufgestanden und hast den Rest im Garten vergraben.«

»So war das nicht.«

»Wie war es dann?«

»Ich hab ihr den Ring gegeben, weil er wunderschön war. Ich wollte, dass sie ihn bekommt.«

»Aber du hast den anderen Mädchen diese Schmuckstücke weggenommen. Als du ihre Leichen im Wald abgelegt hast. Du hast sie ihnen als Souvenirs abgenommen, damit du deine entsetzlichen Taten im Kopf immer wieder durchspielen konntest.«

»Nein«, rief er. »Nein. Hör auf!«

»Du hast dich an der Erinnerung berauscht. Dich darin gesuhlt. Dir hat es Freude bereitet …«

»Stopp!«, brüllte er. Er bebte, keuchte. »Nichts davon hat mir Freude bereitet.«

Es war wie ein Blitz. Der Zusammenbruch war körperlich, ein intensives Schaudern, eine Reaktion, die Saffy von vielen Jahren in Verhörzimmern vertraut war. Seine Mauern bröckelten. Noch ein Ruck, und er würde brechen.

»Warum dann? Warum musstest du diese Schmuckstücke mitnehmen?«

Mit zitternden Fingern griff Ansel nach dem Armband. Er konnte sich nicht beherrschen, schob sich das feine Kettchen über das behaarte Handgelenk, bewunderte die edlen, elfenbeinfarbenen Perlen.

»Sie sollten mich beschützen.«

»Du hast diese Mädchen aus demselben Grund getötet, aus dem du auch Jenny umgebracht hast. Damit du dich nicht mehr klein fühlen musstest.«

»Nein«, entgegnete Ansel überraschend ruhig. »Du liegst falsch. Ich weiß nicht, warum ich sie getötet habe.«

Ansel strich zärtlich über die Perlen und redete, als wäre er in Trance. Seine Stimme klang fast kindlich. Die Einzelheiten fügten sich zu einer Geschichte zusammen. Das Aufnahmegerät lief.

Ansel Packer legte ein Geständnis ab.

◾

Als die Geschichte aus Ansel heraussprudelte, sah Saffy sie vor sich, als würde sie noch leben, Jenny, an jenem Abend.

Sie wäre sehr erschöpft gewesen. Sie hätte ihre Tasche auf dem Küchentresen abgestellt, das Licht eingeschaltet, Sheryl Crow aufgedreht. Es hätte niemand an die Tür gehämmert, das Küchenmesser wäre dort geblieben, wo es hingehörte, unberührt im Holzblock. Jenny hätte die Reste vom Vortag in die Mikrowelle gestellt und sie im Stehen am Tresen gegessen.

Danach hätte sie sich ein Bad eingelassen. Ein Spritzer Eukalyptusöl. Jenny hätte ihre Krankenhauskleidung ausgezogen und sich langsam reingesetzt, wäre untergetaucht, in die dampfende Wärme, ihre Muskeln hätten sich entspannt, der Alltag wäre von ihr abgefallen. Tiefer wäre sie ins Wasser gesunken, bis auch ihr Kopf abgetaucht wäre, ihr Puls ein Echo, sie hätte sich treiben lassen, das Geräusch ihres Herzschlags, magisch, so deutlich. Die köstliche Ruhe, dieses Wesen, ein Wunder. Die Zeit hätte stillgestanden.

◾

Die Ermittler kamen herbei. Sie zerrten Ansel vom Stuhl, legten ihm brutal die Handfesseln an. Wie er so dastand, mit den Händen hinter dem Rücken fixiert, wirkte er abgekämpft und klein, seine Miene fast entschuldigend.

Saffy erinnerte sich an damals, als sie bei Miss Gemma die Treppen vom Keller hinaufgestiegen war, Ansel dicht hinter ihr. Sein plumper Gang, ihre pochende Übelkeit. Sie hatte sich nach diesem kurzen Moment der Gefahr gesehnt. Liebe, hatte man ihr beigebracht, war erregend und schädlich, eine gefährliche Sucht, die sich jeder Logik entzog – Liebe war Angst, Liebe war Hände an der Kehle. Aber es gab auch Liebe ohne Schmerz. Sie dachte an Kristen und ihre Kinder, beim Plantschen in ihrem Gartenpool. Sie dachte an Corinne und ihre Frau, wie sie sich stolz an den Händen gehalten hatten, bei der Weihnachtsparty im Büro. Saffy hatte ihr Leben lang so intensiv über Schmerz nachgedacht, seine Bedeutung hinterfragt. Wieso hielt er sich so hartnäckig? Jahrelang hatte sie sich an sinnloser Gewalt abgearbeitet, als wollte sie sich beweisen, dass sie dagegen immun war. Was für eine Verschwendung, diese Jagd. Was für eine Enttäuschung. Jetzt hatte sie das große Rätsel endlich gelöst, die verhornte Stelle berührt, wo Ansels einst verletzt wurde, nur um zu erkennen, dass sein Schmerz nicht anders war als bei allen anderen. Der einzige Unterschied bestand darin, wie er damit umgegangen war.

»Saffy, warte.«

Ihr Name aus seinem Mund traf sie wie ein Messerstich.

»Hast du dich je gefragt, ob es ein alternatives Universum gibt?« Ansels Stimme brach, er wirkte verzweifelt, als die Polizisten ihn weiter stießen. »Eine andere Welt da draußen, wo wir beide ein anderes Leben führen? Wo wir vielleicht andere Entscheidungen getroffen haben?«

»Das frage ich mich dauernd«, flüsterte Saffy. »Aber es gibt nur diese eine Welt, Ansel. Nur diese eine.«

Sie führten ihn ab.

Im Verhörzimmer herrschte Totenstille, die Wände waren kühl, anonym. Saffys Enttäuschung scheuerte wie Sandpapier auf ihrer Haut. Sie empfand keinen Siegestriumph. Wenn sie über ein alternatives Leben nachdachte, musste sie auch an die Leben denken, die sie hätte retten können. Deshalb verwarf sie diesen Gedanken. Ab jetzt würde sie die verlockende andere Welt vergessen, es gab nur die eine, ein kurzer Ausschnitt der Wirklichkeit, voller Fehler, einzigartig. Sie musste einen Weg finden, darin zu leben.

# LAVENDER
## 2019

Das Amulett war alt. Verrostet, rötlich angelaufen. Wenn Lavender in die Tasche ihres Pullovers griff und es betastete, sich der scharfe Rand in ihre Handfläche grub, fühlte sie sich getröstet. Heute empfand sie die Kette weniger als Vorwurf denn als Hoffnungsträger. Oder vielleicht auch nur als Erinnerung an ihre Geschichte.

»Milch und Zucker?«, fragte das Mädchen.

Sie sieht aus wie die schönsten Zeilen eines Gedichts, dachte Lavender. Wie sie dort stand, mit der Kaffeekanne in der Hand, jede Bewegung eine Reihe von Buchstaben, die sich zu einem eleganten Reim fügten. Es fiel Lavender immer noch schwer zu glauben, dass sie tatsächlich existierte, und sie fürchtete, das Universum könnte sie jeden Moment wieder verschlucken.

Blue, ein Mädchen mit Sommersprossen auf den Wangen, nach einer strahlenden Farbe benannt. Blue, ein Gefühl, nicht ganz Traurigkeit.

▪

Das Restaurant war etwas Besonderes. Lavender spürte es sofort, schon beim Eintreten. Es war gemütlich, die Atmosphäre belebend – Harmony redete schon seit Jahren von Auren, und Lavender hatte das immer für esoterischen Quatsch gehalten, doch jetzt, da sie mit zitternden Fingern Zuckerwürfel in ihren Kaffee rührte, ergab das alles einen Sinn. Blue House schien warmes, bläuliches Licht auszustrahlen.

Lavender trank einen Schluck bitteren Kaffee. Als das Mädchen die Schürze abnahm und sie an einen alten Stuhl hängte, rumorte ihr Herz wie ein wildes Tier. Lavender hatte sich diese Szene so oft ausgemalt, es war fast, als hätte sie sie bereits erlebt – aber Blues Gesicht war immer verschwommen geblieben, abstrakt, eine Mischung aus Fotos von Ellis, den ihr bekannten Fotos von Blue als kleines Mädchen und ihrer Erinnerung an sie selbst mit dreiundzwanzig, so alt war Blue jetzt. Fast Frau, nicht mehr ganz Mädchen. Heute Morgen, beim ersten Treffen am Flughafen von Albany, hatte Lavender sie unverhohlen angestarrt, und auch beim Small Talk auf der Fahrt nach Tupper Lake immer wieder heimlich angesehen. Blue entsprach genau Lavenders Vorstellung – und war doch völlig anders. Wo Lavender ausgezehrt und brüsk wirkte, war Blue rund und warmherzig. Volle Lippen, hohe Wangenknochen. Ihre Jeans war eng an der Hüfte, am Knie aufgerissen, ein langer einzelner geflochtener Zopf lag ihr vorn über der Schulter. Sie trug mehrere Silberringe übereinander – Modeschmuck, den es an Straßenständen und in kleinen Läden gab –, und auf der Innenseite ihres Handgelenks prangte das kleine Tattoo eines Kolibris. Lavender wusste aus Briefen, dass Blue dieselbe Haarfarbe hatte wie sie, zartes Erdbeerblond, das im Sonnenlicht fast durchsichtig wirkte. Sie schließlich in echt vor sich zu sehen, war überwältigend gewesen. Auf dem Weg die kurvenreiche Bergstraße hinauf nach Tupper Lake hatte Lavender vor lauter Staunen einen Kloß im Hals bekommen.

Jetzt saß Blue ihr gegenüber am Tisch, so dicht vor ihr, dass Lavender die Wimpern ihrer Enkeltochter ausmachen konnte. Da überkam es sie einfach. Als Lavender in Tränen ausbrach, war es wie ein Gewitter, ein Wolkenbruch an einem Sommernachmittag.

∎

Begonnen hatte es mit einem Brief.

Der erste war vor einem Jahr eingetroffen. Lavender und Sunshine waren gerade ins Magnolia House gezogen, das Familienapartment mit der besten Küche in ganz Gentle Valley, denn die Frauen waren sich alle einig gewesen, dass Sunshine den guten, blitzenden Herd haben sollte. Sunshine, mit ihren aufgeworfenen roten Händen, die Lavender oft im Schlaf streichelte. Sunshine, die mit einem Hauch Zimt in ihren Leinsamen-Muffins eine ganze Unterhaltung führen konnte. Sunshine, die zärtlich Lavenders Hüfte berührte, als der Brief eintraf, einfach da, instinktiv tröstend.

*Liebe Lavender,*
*Sie kennen mich nicht, aber ich wollte mich trotzdem melden.*
*Mein Name ist Blue Harrison.*

Blue hatte die Adresse von ihrer Großmutter Cheryl bekommen. Die hatte sie jahrelang aufbewahrt und nach einer Unterhaltung über Ellis' Herkunftsfamilie nur zögerlich herausgerückt. Sollte Lavender Interesse haben, würde Blue sie gern näher kennenlernen. Sie hatte eine Telefonnummer und Mailadresse mitgeschickt.

Lavender hatte den Brief unter ihr Kissen geschoben und fast einen Monat lang dort liegen gelassen. Im Haus Sequoia gab es ein Telefon, aber Lavender war beim Telefonieren zu verkrampft und unerfahren. Vor dem Zubettgehen holte Sunshine oft den Laptop heraus, um Online-Fotos von ihrer Tochter Minnie zu betrachten. Minnie betrieb eine Bäckerei in Mendocino, hatte bereits ein Kind. Aber das Internet erschien Lavender fremd und kompliziert.

Also setzte sie sich mit einem Blatt Papier und ihrem Lieblingsstift an einen Tisch. So viele Jahre hatte sie Briefe verfasst, im Geiste.

Vorübungen für diesen Moment.

Sie schrieb über Gentle Valley. Über die Sonne, wie sie glühend orangefarben über den Hügeln aufging. Über die Rosmarinbüsche in

Sunshines Kräutergarten. Sie und Sunshine hatten den Grand Canyon gesehen, da war sie zum ersten Mal geflogen, und sie beschrieb Blue die roten Steilfelsen, die gewundenen Schluchten, wie ein mäandernder Fluss. Blue antwortete ihr mit ihren eigenen herzerwärmenden Anekdoten. Monate vergingen, Dutzende Briefe, und Lavender konnte sich Ellis vorstellen, seinen Bart, seine breiten Schultern, wie er zu einem Song aus dem Radio durch die Küche von Blue House getanzt war.

Lavender hatte den Vorschlag gemacht, ihn irgendwo mitten im Absatz versteckt, so diskret, dass man ihn leicht ignorieren konnte. Allein das Schreiben der Worte brachte die Schuldgefühle zurück, eine unausweichliche Welle der Scham.

*Weißt du etwas über meinen anderen Sohn, Ansel?*

Blues Antwort ließ Wochen auf sich warten. Und als Lavender sie las, verstand sie, dass ihre Enkeltochter ihr die Nachricht besonders schonend beibringen wollte. *Ansel war vor sieben Jahren eine Zeit lang bei uns in Blue House*, schrieb sie. *Ich kann dir mehr erzählen, wenn du es wirklich wissen willst. Aber ich muss dich warnen, es wird dir sehr wehtun.*

Es war mehr als Neugier. Lavender wusste, dass die Wahrheit ihr Frieden bringen würde, egal, wie schmerzhaft sie auch sein mochte. Nie zuvor hatte sie so nach Informationen gehungert. Es war ein Zeichen. Ihre Wunden waren vernarbt. Sie war fest verwurzelt. Sie war bereit.

*Das, was ich dir zu sagen habe, solltest du nicht in einem Brief lesen,* hatte Blue auf Lavenders Fragen geantwortet. *Ich habe eine Idee. Warum kommst du uns nicht besuchen in Blue House?* Die Frauen in Gentle Valley waren begeistert davon und hatten sofort Geld für die Reise gesammelt.

Jetzt betrachtete Lavender ihre Enkeltochter, während sie sprach. Ihre Satzmelodie hatte einen reizenden Klang. Sie war unverkrampft, extrovertiert. Als Blue ihren geflochtenen Zopf löste und sich mit den

Fingern durchs Haar kämmte, erfüllte der Duft von jugendlichem Deo den Raum. Sie plauderte über ihre kleine Wohnung in Brooklyn, das Restaurant, in dem sie kochte, ihre ehrenamtliche Arbeit im Tierheim. Lavender nickte ehrfürchtig. *Ich habe diesen Menschen erschaffen*, dachte sie, während Blue lebhaft gestikulierte. Diese kosmische Vergebung erschien ihr wie ein Wunder. Das erste zarte Grün nach einem langen Winter.

■

Nach dem Essen saßen sie auf der Terrasse. Zwischen den Dielenbrettern lagen Lichterketten, die jetzt funkelten. Die Nacht war schwül, Blumenduft erfüllte die Luft, während im Hintergrund der Geschirrspüler brummte. Rachel hatte Lavender bereits herzlich Gute Nacht gewünscht; Blues Mutter war tolerant, aber auch reserviert, sie hatte viel Geduld mit der Neugier ihrer Tochter.

»Findest du es seltsam, hier zu sein?«, fragte Blue.

Lavender, auf einem Liegestuhl, beugte sich vor. Sie spähte in den schattigen Garten, wo sich das Land zur Ruhe begeben hatte.

»Es ist leichter, als ich befürchtet hatte«, sagte Lavender.

»Manchmal spüre ich ihn noch, meinen Dad.«

»Das geht mir auch so.« Es stimmte. Manchmal war es, als konnte Lavender einen winzigen Teil von ihm erhaschen. Er steckte in den sorgfältig gerahmten Karten vom Adirondack-Gebirge, im strahlenden Blau des Hauses, in Blues blasser Wange.

»Ansel war auch hier, oder?«, fragte Lavender. »Er hat dich gefunden?«

Die Frage stand zwischen ihnen, blähte sich auf.

»Ich habe ihn gefunden«, sagte Blue schließlich. Sie pulte an ihren Nägeln herum, abgeplatzter Lack, muschelfarben. »Und zu uns eingeladen.«

»Ich bin bereit, mein Liebes. Was auch immer es ist, du kannst es mir sagen.«

»Du sollst wissen, dass ich mich sehr gefreut habe, ihn kennenzulernen. Er war glücklich hier. Er hat uns am Haus geholfen, einfach so. Abends, nach Feierabend, haben wir einen Mordsspaß gehabt. Es war leicht mit ihm. Fast, als hätte ich meinen Dad wieder. Manchmal, wenn ich daran denke, was er getan hat und wer er ist, fällt es mir immer noch schwer, das alles zu glauben.«

»Was?«

Schmerz überlief Blues Gesicht, sie wirkte, als wollte sie um Verzeihung bitten.

»Es tut mir so leid, dass ich dir das sagen muss.«

．

Die Nacht war eine offene Wunde. Doch das Herz schlug weiter. Die Bäume raunten ihre Trauer.

．

Lavender schlief schlecht. Sie träumte von unbekannten Frauen, Fremde in der Ferne, nackt und schreiend. Unten rumpelte der große Kühlschrank wie ein hungriger Magen. Blues Worte schwebten wie Plagegeister über dem unvertrauten Bett. Blue hatte Lavender nur die groben Fakten genannt, keine Einzelheiten, aber die Geschichte nahm schon jetzt alptraumhafte Züge an.

So was hätte sie sich nie vorstellen können. Sie kriegte das nicht zusammen, der kleine Junge aus ihrer Erinnerung und die Taten, die Blue ihr aufgelistet hatte. Sie konnte sich nicht vorstellen, wie er in seiner Zelle wartete, die Tage abzählte. Das Wort war unbegreiflich. *Hinrichtung.* Der Mann, zu dem ihr Kind herangewachsen war, war ihr völlig fremd. Ein verkümmerter Setzling.

Um der Enge ihres Bettes zu entfliehen, schlich sich Lavender hinaus auf den Flur. Der Morgen war noch nicht angebrochen. Blues Tür stand einen Spaltbreit offen, das Mondlicht schien schwach auf ihr Gesicht. Im Schlaf wirkte sie so friedlich, so bestürzend jung.

*Schenke dir täglich einen Moment*, hatte Harmony während der Gruppentherapie vorgeschlagen. *Einen einzigen Moment ohne Verantwortung.*

Wie viel Verantwortung kann ein Mensch tragen, fragte sich Lavender.

Sie glitt vor Blues Zimmer zu Boden. Es gab Menschen, die dem Grauen ins Gesicht sahen und danach einfach weitermarschierten. Sie taten dies bewusst. Lavender konnte nicht über das Grauen nachdenken. Blue atmete tief und regelmäßig, wie Ebbe und Flut. Da kam Lavender der Gedanke, dass Mutter sein ein offenes Konzept war, unendlich, ohne starren Rahmen. Mutter sein hieß auch, mit seinem Enkelkind zu atmen, gleichmäßig in der Finsternis.

■

Die restlichen Tage vergingen rasch, sie waren randvoll mit neuen Eindrücken und Erfahrungen. Arm in Arm unternahmen Lavender und Blue lange Spaziergänge um den See, benannten die Bäume. Blue zeigte Lavender ihre kleine Schatzsammlung: eine perfekte, runde Eichel, ein winziges mundgeblasenes Schaf aus Glas, einen Diamantenohrring mit zerbrochener Fassung, den sie im Central Park gefunden hatte. In diesen Objekten erkannte Lavender die Sanftheit ihrer Enkeltochter, ihre unverfälschte Fremdheit. Blue versprach, sie bald in Gentle Valley zu besuchen, wo sie Sunshines berühmten Zimtschnecken erwarten würde, wie Lavender ihr erklärte. Sie machten ein Selfie, Schläfe an Schläfe, grinsend, im Hintergrund die Berge.

An Lavenders letztem Abend in Blue House gesellte sich Rachel auf einen Whiskey zu ihnen an die Bar. Mit glasigen Augen, leicht angetrunken, erzählte Lavender ihre Geschichte. Blue und Rachel lauschten ihr konzentriert. Als sie ihnen alles anvertraute, was sie noch wusste – das Funkelnde wie das Hässliche, das Liebevolle wie das Brennende –, schien die Last ihrer Vergangenheit von ihr abzufallen. Die Jugend war ein Geschenk, dachte Lavender, denn sie besaß die Kraft, Lasten zu schultern.

»Ansel hatte diese Vorstellung«, sagte Blue, nachdem Rachel zu Bett gegangen war. »Er hat viel darüber geredet, dass da draußen andere Welten existieren könnten, wenn man nur einen winzigen Teil seiner Entscheidungen änderte. Das unendliche Universum oder so was. Ich frage mich manchmal, ob die Dinge anders verlaufen wären, wenn ich Ansel nie gefunden hätte. Und ihn nie hierher eingeladen.«

»Solche Fragen stelle ich mir auch«, sagte Lavender.

Das stimmte: Lavender dachte nicht mehr an das Farmhaus oder an Kalifornien oder an die Entscheidungen, die sie getroffen hatte, um sich zu retten. Aber sie würde sich immer fragen, was mit den Briefen gewesen wäre, die vielen tausend Briefe, die sie in Gedanken verfasst hatte. Lieber Ansel. Was wäre passiert, wenn sie nur einen davon abgeschickt hätte? Lavender fragte sich, ob sie etwas hätte ändern können. Ob ihr Kind einfach seine Mutter gebraucht hatte.

»Wann ist es soweit?«, fragte Lavender mit leicht erstickter Stimme. »Die Hinrichtung?«

»Nächsten Monat«, sagte Blue. »Wir sind noch ein bisschen in Kontakt geblieben. Er hat mich gebeten, als Zeugin zu kommen.«

»Und? Gehst du?«

»Ich glaube, ja.« Sie sah sich im Schankraum um, die gebleichten Tische, die aufragenden Stühle. Sie wirkte nachdenklich. »Letzte Woche habe ich ihm zurückgeschrieben. Ich habe zugesagt.«

»Warum?«

»Ich habe nur den guten Menschen gekannt«, sagte Blue. »Die Person, die er hätte sein können. Diese anderen Welten? Ich glaube, ich möchte sie irgendwie achten.«

»Das ist großherzig.«

Blue zuckte die Achseln. »Er gehört zur Familie. Ich finde, jemand sollte dort sein.«

»Stopp. Verzeihung«, sagte Lavender, ihre Kehle plötzlich wie zugeschnürt. »Ich will nichts mehr darüber wissen. Kein Datum. Ich will nicht warten.«

Lavender zog etwas aus der Tasche ihres Sweatshirts. Es war immer dort, das kleine Gewicht. Im trüben Licht wirkte das Amulett ihrer Mutter billig. Schäbig. In ein paar Stunden wäre Lavender wieder zu Hause. Sie würde das alles aufquellen, dann in sich zusammenfallen lassen. Sie würde wieder in ihren Alltag mit Sunshine zurückfinden, Blue nicht um weitere Einzelheiten bitten – Lavender würde alles tun, um zu überleben. Diese Sorge würde sie nicht tragen.

»Kannst du das hier mitnehmen?«

Blue nahm die Kette mit dem Amulett entgegen. Sorglos legte sie sie um, sie glänzte an ihrem Schlüsselbein. Es war wie ein Aufblitzen der Vergangenheit, dachte Lavender. Als würde sie in einen Spiegel schauen und darin sich selbst als junges Mädchen sehen, glitzernd, golden. So begnadet ungebrochen.

»Er wird nicht allein sein?«, fragte Lavender.

»Er wird nicht allein sein. Versprochen.«

Da erkannte Lavender, dass die Welt ein Ort der Vergebung war. Dass jeder Schrecken, den sie durchlebt oder ausgelöst hatte, mit solch tiefer Güte austariert werden konnte. Es wäre eine Tragödie, dachte sie – unmenschlich geradezu –, wenn man uns nur über das definierte, was wir hinterlassen.

# 18 MINUTEN

Jede Sekunde ist ein Jahr. Jede Sekunde ist dein Versagen, jede Sekunde ist der Rest deines Lebens. Jede Sekunde, verschwendet.

.

Wenn du jetzt an dein Geständnis denkst, brennt dir immer noch der Magen. Unfassbar, dass du diese Dinge laut ausgesprochen haben sollst.

Deine Anwältin hat halbherzig auf Zwang plädiert, aber dafür wirkte dein Geständnis zu natürlich. Mit Wucht hinausgeschleudert. Saffron Singh war eine Brücke. Eine gezogene Linie, ein Zeiger. Als sie das Perlenarmband aus dem Asservatenbeutel zog, als sie die perlenbesetzte Spange über den Tisch schob, brachte sie dich zurück zu diesen Nächten im Wald. Zurück zu den *Mädchen*. Als junger Mann hast du diese Schmuckstücke mit dir herumgetragen, locker in der Hosentasche oder auf dem Armaturenbrett deines Autos. Sie haben dich beruhigt. Am Tag, als du Jenny den Ring anstecktest – eine gedankenlose Spontanentscheidung –, hast du den Rest panisch verscharrt. Es war ein Schock, diese Gegenstände wiederzusehen, auf dem Tisch aufgereiht wie Leichen.

Dann der Song. Dein altes Lieblingslied. Du erinnertest dich an den Fuchs, halb verwest. Die Ironie: Dein inneres Kind hat dich hierhergeführt.

Nicht du hast die Geschichte erzählt, sondern der kleine Junge, der du einst gewesen bist. Er hat von dir Besitz ergriffen in diesem würdelosen Verhörzimmer, elf Jahre alt mit seinen großen Kulleraugen. Du hast geredet, um den kleinen Jungen glücklich zu machen. Du hast geredet, um ihn zu befreien. Als du selbst dein Schicksal besiegeltest, verursachte dieses Wissen einen köstlichen Schmerz. Es würde keine Erlösung geben.

■

Du hast den Seelsorger gebeten, nicht mehr zurückzukehren. Du wirst ihn bei der Hinrichtung sehen und kannst es nicht ertragen, noch sechzehn Minuten lang in sein gütiges Hängegesicht zu schauen. Jetzt allein in deiner Zelle, nimmst du dir ein letztes Mal deine Theorie vor. Du sortierst die staubgrauen Zettel in die richtige Reihenfolge, Seite für Seite – unfertig sieht das Manuskript aus, eine unverbundene Reihe von Abschweifungen.

Du wolltest über Gut und Böse schreiben. Über das Spektrum der Moral. Du wolltest diskutieren, jemand sollte dir zuhören. Jetzt denkst du an die Männer in der Polunski Unit, ihre hoffnungsvollen Schachzüge, ihre gehorteten Fotos, ihr Schluchzen und Stöhnen in der Nacht. Die Scham überkommt dich wie eine Welle: Deine Theorie sollte dich von ihnen unterscheiden. Sollte dich zu einem besonderen Menschen machen, besser, mehr.

Die Ironie ist unerträglich. Wenn du ans Multiversum glaubst, musst du auch Folgendes betrachten:

Du bist siebzehn, am Ende einer langen Auffahrt. Das erste *Mädchen* erscheint, ein Reh in deinem Scheinwerfer. Du bremst leicht, öffnest die Tür. Soll ich dich mitnehmen? Du wartest, bis sie eingestiegen ist. Du bist siebzehn, sitzt in der Nische im Diner, einen letzten Becher Kaffee in der Hand, versuchst du, den Mut aufzubringen, die

Kellnerin um ihre Nummer zu bitten. Du bist siebzehn, in der Menge auf dem Konzert – als das letzte *Mädchen* dir eine Zigarette anbietet, greifst du zu. Du rauchst sie bis auf den Filter. Du dankst ihr. Du gehst heim.

■

Zwölf Minuten. Die Wände kommen auf dich zu, engen dich ein. Du ziehst die Knie an die Brust und schickst ein schwaches Gebet gen Himmel. An Gott hast du nie geglaubt, aber jetzt wendest du dich an ihn, ein letzter, verzweifelter Versuch, halbherzig. Gott, wenn du da draußen irgendwo bist, wenn du mich hören kannst. Gott …

■

Du erinnerst dich an den Meteoritenschauer. Als du klein warst, vielleicht drei Jahre alt. Grashalme hatten sich durch deine Wolldecke gebohrt, und du starrtest mit kindlicher Ehrfurcht in den Himmel. Der Atem deiner Mutter roch sauer, aber auch süßlich, als wäre sie aus dem Schlaf geschreckt. Sie hielt dich fest, als Kometen über den Himmel schossen. Es ist ein Trost, zu wissen, dass du einst klein genug warst, um gehalten zu werden. Einst gab es nur wildes Gras und Staunen, die Welt drehte sich ganz normal unter dir.

■

Du weinst.

Gedankenlos, wortlos. Du weinst, als wäre es dein letzter Akt. Du weinst, als wärst du schon nicht mehr du selbst, als hätte das Schluchzen deinen Körper erfasst und ihn verwandelt. Du weinst um die Atemzüge, die du nicht mehr nehmen wirst, die Tagesanbrüche, wenn du nicht mehr in die Sonne blinzeln wirst, die langen Fahrten durch die Berge, die du nicht mehr unternehmen wirst, den Whiskey, der dir nicht mehr in der Kehle brennen wird. Sechsundvierzig Jahre hast du gelebt, und all das, wozu? Für diesen Moment.

Als es vorüber ist, richtest du dich auf. Du trocknest dir die Augen, rotzt auf den Boden, eine schleimige Pfütze. Den Blick auf die Wanduhr sparst du dir, aber du spürst die Sekunden verstreichen, so leicht fließen sie davon, hinaus aus diesem Raum. Diese Sekunden. Jede einzelne willst du festhalten, die Konsistenz deines Lebens spüren, während es reumütig davonschleicht.

■

Sie überraschen dich, aber sie sind unausweichlich, die Schritte auf dem Gang.

Es ist Zeit.

Irgendwie willst du dagegen ankämpfen. Du willst um dich treten und deinen Verlust rausschreien, aber es scheint dir zermürbend, schmerzhaft, sinnlos. Die Schritte werden lauter. Das Fixierteam. Sechs ausgebildete Männer kommen dich holen, jetzt. Natürlich hast du gewusst, dass dieser Moment kommen würde, aber du hättest nicht erwartet, dass er sich so trivial anfühlen würde, nur eine weitere verrinnende Sekunde, die sich mit den Abermillionen anderen deines kleinen, unwichtiges Lebens vereinigt.

Du hörst es. Das Klappern des Schicksals, gekommen, um dich zu hinwegzufegen.

Du hebst den Kopf.

# LAVENDER
## JETZT

Lavender beugt sich über die Waschschüssel. Ihre Knie sind nackt und staubig, wund vom schmutzigen Boden. Über dem Haus Sequoia hellt sich der Nachmittag auf. Drinnen waschen die Frauen ihr Mittagsgeschirr, kleine Zickereien mischen sich unter das Geklapper von Töpfen und Pfannen. Hinter dem Wäschekorb zeichnet sich die Bergkette gegen den Horizont ab, diesig zitronengelb im vollen Tageslicht. Am Fuß des Hügels bückt sich Sunshine mit ihrem breitkrempigen Hut über den Gemüsegarten. Lavender ist jetzt dreiundsechzig Jahre alt, sie glaubt nicht an Glück als reines, kategorisches Konzept. Doch sie glaubt an die Zukunft, kann sie jetzt sehen, wie sie sich luxuriös vor ihr von den Bergspitzen hinab ins Tal erstreckt, übers wogende Gras streicht. Sunshine zupft eine Zucchini vom Strauch, ihr Körper ist wie eine Landkarte, die Verwerfungen und Gipfel so akkurat verzeichnet.

Zuerst klingt der Laut ganz zart, kaum hörbar. Lavender richtet sich auf, fragt sich, ob er Einbildung war. Ein Heulen, Aufseufzen. Ein Tier, das in den Tiefen des Waldes verendet. Lavender erstarrt, die schaumbenetzten Arme über der Schüssel. Das Heulen schwillt an.

Irgendein Geschöpf leidet Qualen.

Sie neigt den Kopf.

Sie lauscht.

# SAFFY
## JETZT

Saffy tritt aus der Duschkabine. Der Spiegel ist angelaufen. Selbst in diesem vernebelten Zimmer spürt sie noch die Last der vergangenen Nacht. Ihre Trauerkleidung liegt auf dem Bett parat wie eine erschöpfte Person, die sich einfach darauf fallen gelassen hat. Dieses schwarze Kleid hat Saffy schon zigmal auf Beerdigungen getragen, das Haar zu einem strengen Knoten zurückgebunden. Heute wirkt es zu förmlich, zu offiziell.

Sie fragt sich abwesend, was Ansel jetzt macht. Seine Henkersmahlzeit verspeisen oder an die kahle graue Decke starren. Mögen seine Zelle kalt sein, seine Gedanken quälend, und möge er bereuen. Möge er Angst haben. Die sinkende Sonne scheint durch die Jalousien, und Saffy ist froh, dass Texas weit weg ist, dass er bald ganz woanders sein wird oder vielleicht nirgendwo.

■

Als Saffy sich die Haare föhnt, piepst ihr Handy.

Blue Harrison.

*Ich bin hier*, hat sie geschrieben. *Es geht gleich los.*

Saffy stattet Blue House immer noch gelegentliche Besuche ab. Sie bestellt Thunfischauflauf, plaudert mit Rachel an der Bar. Als Blue

Ansels Einladung zur Hinrichtung bekam, hatte sie Saffy im Büro angerufen. *Ich glaube, ich möchte hingehen*, hatte sie gesagt, so leise, fast ein Flüstern. *Ich glaube, ich möchte dort sein.*

Saffy war nicht sicher, warum Blue sie anrief, aber da lag ein Zittern in ihrer Stimme. Blue bat sie um Erlaubnis. Eine Art Anerkennung. Saffy erinnerte sich an Ansel, wie er als kleiner Junge gewesen war, verletzlich, ungefestigt, gebrochen, aber noch zu retten, seine Entscheidungen noch nicht getroffen. Ansel war böse, und deshalb würde er sterben, aber wie Blue wusste auch Saffy, dass das nicht alles war, was ihn ausmachte.

*Du solltest hingehen*, sagte Saffy. Im Hintergrund hörte sie die Espressomaschine zischen.

*Kommen Sie mit?*, fragte Blue.

Die Antwort war leicht. *Nein.*

∎

Die Andachtsfeier findet am Brunnen im Park bei der Highschool statt.

Bei Saffys Ankunft herrscht bereits samtschwarze Nacht, und sie sieht nur das Kerzenflackern am Rand der Wiese. Sie geht durchs hohe Gras auf die schemenhaften geduckten Figuren zu, vielleicht zwanzig Leute, ein versprengter Haufen, die Köpfe im schwachen Kerzenlicht gebeugt. Statt ihres Trauerkleids trägt Saffy einen langen blauen Rock mit Gänseblümchen. Sie entdeckt Kristen am Rand der Versammlung, sie hat die Arme verschränkt, die Aprilnacht ist kühl. Saffys Sandalen sind glitschig, nass vom Tau.

»Du bist gekommen«, sagt Kristen.

»Den haben wir für dich mitgenommen, Captain.« Kristens älterer Sohn hält ihr einen Strauß Lilien hin. Er ist mittlerweile fünfzehn, schlaksig und ungelenk. Saffy bedankt sich, die Plastikverpackung knistert, als sie ihn entgegennimmt.

Die Fotos im Großformat liegen in einem Blumenmeer, sie zeigen Izzy, Angela und Lila. Saffy erkennt viele der von Kerzen beleuchteten Gesichter, die sich rund um den Brunnen versammelt haben: Izzys Eltern sind gekommen, mit ihrer Schwester. Izzys kleiner Bruder war bei ihrem Verschwinden erst fünf, jetzt hält er ein kleines Bündel auf dem Arm, sein erstes Kind. Angelas Mutter ist von ihrer Gruppe umringt, sie winkt Saffy zu, gebeugt, gealtert. Zwanzig Jahre sind seit dem Fund ihrer Leichen vergangen, neunundzwanzig seit ihrem Verschwinden, und immer noch lauern Kameraleute am Rand der Versammlung, Reporter sind begierig, darüber zu berichten. Saffy kommt sich schäbig vor, die Wahrheit versetzt ihr kleine Stiche. Der Tod der Mädchen allein hätte keine Story hergegeben, keine Andachtsfeier, es hätte niemanden interessiert. Sie sind nur relevant wegen Ansel, weil Männer wie er die Menschen faszinieren.

Kristen drückt Saffy eine Kerze in die Hand. Der Wachs tropft ihr auf die Finger.

Es ist fast soweit. Tausend Meilen von hier entfernt wird der Gerechtigkeit Genüge getan – aber Gerechtigkeit, denkt Saffy, sollte mehr sein. Gerechtigkeit sollte ein Anker sein, eine Antwort. Sie fragt sich, wie das Konzept der Gerechtigkeit in die menschliche Psyche vorgedrungen ist, warum man glaubt, dass etwas so Komplexes qualifizierbar wäre, etwas, das man zumessen könnte. Gerechtigkeit fühlt sich nicht wie Wiedergutmachung an. Sie verschafft einem nicht mal Befriedigung. Saffy atmet die Bergluft ein, stellt sich die Nadel vor, in Ansels Arm gedrückt, in eine blaue Vene gestochen. Wie unnötig, denkt sie. Wie sinnlos. Das System ist niemandem gerecht geworden.

■

»Komm heute Abend mit zu uns«, sagt Kristen, als sich die Menge auflöst. »Du solltest nicht allein sein.«

Ihr Sohn sitzt bereits im Auto und stellt die Spiegel ein. Bis zur

Führerscheinprüfung muss er noch dreißig Stunden in Begleitung fahren. Kristens Ohrringe funkeln im Rückspiegel, ein Mitbringsel von Saffys Reise nach Rajasthan im vergangenen Jahr, goldene Tropfen mit Edelsteinen, die zum warmen Türkis ihrer Augen passen.

»Ich kann leider nicht«, sagt Saffy. »Muss arbeiten.«

Kristen grinst sarkastisch. Wir sind miteinander aufgewachsen, denkt Saffy. Wir kennen einander schon so lange, haben einen langen gemeinsamen Weg zurückgelegt, und unsere Freundschaft hat schon vieles überstanden. »Die Handbremse, mein Lieber«, sagt Kristen zu ihrem Sohn, während sie auf den Beifahrersitz sinkt. Ihre Stimme ist wie ein Wiegenlied, das Saffy durch die Nacht trägt.

■

Es ist schon spät, als Saffy im Büro eintrifft. Freitagabend, die meisten sind bereits gegangen. Nur Corinne ist noch da, sitzt gebeugt im Lichtkegel ihrer Schreibtischlampe.

»Captain«, sagt sie. »Was machst du hier?«

Corinne schaut auf die Wanduhr. Sie weiß, was heute Abend passiert, sie hat eine hervorragende Beobachtungsgabe. Einmal im Monat lädt Saffy sie und ihre Frau Melissa zu sich zum Essen ein, sie sitzen in der Küche und plaudern, während der Duft von Lachs oder selbstgemachter Pizza aus dem Ofen dringt. Beim letzten Mal hatte Corinnes Frau keinen Wein getrunken, sie wollten mithilfe von IVF ein Baby bekommen. Jetzt ist Saffy froh um ihre Krähenfüße und Lippenfalten. *Schau!*, möchte sie Corinne zurufen. *Du musst nicht alles haben. Du musst nur herausfinden, wie viel du brauchst.*

Fast hätte Saffy sich gesetzt, wäre in sich zusammengesackt und hätte den Kopf auf Corinnes kühler Tischplatte abgelegt. Fast gesteht sie ihr die Wahrheit: Sie kann nicht heimgehen, zurückkehren in ihr wunderbar stilles Haus. Meist ist Saffy froh, ihren Feierabend allein verbringen zu können, aber heute erlebt sie ihn nicht als Geschenk, sondern als Leere. *Warum suchst du dir keinen guten Mann? Du bist doch noch jung und hübsch.* Kensingtons Frau hatte sie so aufrichtig angesehen, und ihre geometrischen Ohrringe hatten zustimmend gefunkelt. Saffy hatte höflich gelächelt und sich gefragt, was diese Frau davon hat, so etwas zu sagen.

Das hier ist alles, was sie braucht. Der Kampf für das Gute. Nur der lohnt sich.

»Der Fall Jackson«, sagt Saffy zu Corinne. Ein Gefühl wie Hoffnung kitzelt ihr in der Kehle.

Saffy hat die Fallakten auf ihrem Bürotisch gestapelt. Als sie sich in ihrem Bürostuhl zurücklehnt und die Maus zum Leben erweckt, wackelt der Aktenturm bedenklich, und das weiße Licht vom Computer wirkt behaglich.

Der Fall Jackson wartet geduldig neben ihrer Tastatur.

Das Foto der lächelnden Tanisha Jackson ist an den Bericht geheftet. Sie ist vierzehn, ihr Haar geflochten, lilafarbene Perlen umspielen ihr Gesicht. Sie steht vor einem überwucherten Garten, im Hintergrund sind Ellbogen und Pappteller zu erkennen. Tanisha wird seit sechs Tagen vermisst. Es gibt nur wenige Hinweise: ein Lehrer mit einer nicht ganz sauberen Vergangenheit, ein Fremder mit einer Narbe auf der Wange, auf der Durchreise. Jetzt kommt es darauf an, alles gründlich zu überprüfen und wie ein Goldschürfer zu sieben, bis die Wahrheit ans Licht kommt. Saffy betrachtet die Sommersprossen auf Tanishas Wangen. Sie glaubt, das Mädchen lebt noch. Sie glaubt, dass sie die Verletzung überstehen wird, dass ein Verbrechen nicht immer zur Zerstörung führen muss. Nicht jedes Mädchen muss zu einer Toten werden.

Die Zeit zieht sich, Minuten werden zu Stunden. Saffy macht sich Notizen, klopft Beweise ab. Sie wird hier sitzen bleiben, bis der Morgen dämmert. Sie wird hier sitzen bleiben, bis sich etwas bewegt. Sie wird hier sitzen bleiben.

# HAZEL
## JETZT

Hazel steht am Rand des Motelpools. Er ist leer und voller Blätter, ein paar Plastikstühle stehen noch in der Gegend rum.

Hazels Mutter kommt herbei, fummelt mit ihrem Zimmerschlüssel herum. Sie hat sich für den Anlass aufgedonnert, trägt einen Hosenanzug aus den achtziger Jahren, die Schultern viel zu breit für ihre schmale Statur. Sie klappert auf schwarzen Pumps um den Pool herum. Hazel hat das Gefühl, ihr würde jemand die Luft abschnüren – es könnte die Schwüle sein oder dieser schlecht sitzende Hosenanzug oder die vertraute Reaktion ihrer Mutter, die immer einsetzt, wenn sie Hazel sieht. Ihr Blick bleibt kurz hängen, sie reißt die Augen auf. Da ist dieser flüchtige Hoffnungsschimmer, der umgehend in der Enttäuschung mündet. In diesem bodenlosen Sekundenbruchteil sieht ihre Mutter zwei Töchter. Hazel ist immer die falsche.

Eine beigefarbene Limousine fährt auf den Motelparkplatz, eine Frau mit Pudelfrisur kommt auf sie zu. Linda, sagt sie und schüttelt ihnen die Hand, ihre auf Hochglanz manikürten Nägel wirken geschmacklos. Linda ist Opfervertreterin des Texas Department of Criminal Justice. Sie wird sie zum Gefängnis fahren, aber erst müssen sie ein paar Papiere unterschreiben.

Seit Monaten hat Hazels Mutter ihrer Tochter freudige Erregung vorgespielt. *Ich werde erst wieder schlafen, Hazel, wenn ich gesehen habe, wie sie ihn auf dem Stuhl rösten.* Jennys Tod liegt schon Jahre zurück. Ihr Vater war nur sechs Monate danach an einem Herzinfarkt gestorben. *Da werden sie aber froh sein,* murmelte sie, als im Gerichtssaal Ansels Strafe verkündet wurde. Doch als Linda sich mit ihnen um den wasserfleckigen Tisch setzt und die Unterlagen ausbreitet wie einen Fächer, scheint ihrer Mutter plötzlich in sich zusammenzusacken, sie wirkt, als könnte ein Luftzug sie umpusten.

Linda liest den Bericht langsam vor. Eine Beschreibung der Tat – *als würden wir das je vergessen,* platzt Hazels Mutter hervor – und eine Übersicht über den Prozess der Hinrichtung. Das Abendprogramm, als würden sie ins Theater gehen. Ansel hat zwei Zeuginnen geladen, seine Anwältin und eine andere Frau, deren Namen Hazel noch nie gehört hat: Beatrice Harrison.

*Was soll das alles?,* möchte Hazel fragen. Man suggeriert ihnen, das die heutigen Ereignisse zu ihrem Wohl stattfinden. Für Jenny, für die Familien der anderen, eine verquaste Form der Entschädigung. Aber es ist alles falsch herum. Fast wie ein Geschenk für Ansel.

Er bekommt die Aufmerksamkeit. Er bekommt die Presse, den Diskurs, den sorgfältig reglementierten Prozess. Echte Bestrafung würde anders aussehen, das weiß Hazel ganz genau – eine echte Strafe wäre wie ein einsames, kolossales Nichts. Ein lebenslänglicher Aufenthalt in einem Männergefängnis, langsames Verwesen, während die Jahre vergehen. So lange, dass man irgendwann seinen Namen vergisst. Herzversagen oder ein Sturz in der Dusche, so ein gesichtsloser Tod, wie er ihn verdient. Stattdessen gestattet man Ansel einen würdevollen Opfertod. Märtyrerstatus. Hazel hat ein schlechtes Gewissen, sie ist eine Komplizin dieser Farce. Sie hat sie im Fernsehen angeschaut, die schier endlose Reihe von Schwarzen, von der Polizei erschossen, nachdem man sie wegen eines defekten Rücklichts angehalten hatte, wegen ein paar Gramm Gras ins Gefängnis geworfen, und sie weiß, dass es nicht reicht, ihren Kindern von der gesellschaftlichen Ungleichheit zu erzählen, über institutionelle Vorurteile, das vergiftete Rechtssystem dieses Landes. Sie bastelt Poster und marschiert durch Burlington, ruft im Sprechchor nach Gleichberechtigung. Sie bringt Alma diese Parolen bei, doch sie weiß: Es ist ein Privileg, sich vor laufender Kamera äußern zu dürfen. Es ist ein Privileg, wahrgenommen zu werden, seine letzten Worte in ein Mikrofon zu sprechen. Ansel wird der ehrfurchterregende Titel *Serienmörder* verliehen, der auf bizarre Weise primitive Erregung hervorruft. Bücher und Dokumentarfilme und dunkle Ecken im Internet. Scharenweise Frauen, gebannte Faszination.

Als Hazel ihrer Mutter beim Einsteigen hilft, schlägt ihr der Geruch von Lindas Wagen entgegen: Salzstangen und Lufterfrischer, und sie empfindet tiefe Hilflosigkeit. Unbehagen, wie ein in ihrem Bauch schlafendes Tier.

■

Das Gebäude ist aus rotem Backstein, wie es sich für staatliche Institutionen gehört. Kolonialstil, pompös. Hazel erinnert es an ein Gericht oder eine Vorstadt-Highschool. Sie hilft ihrer Mutter durchs imposante Eingangsportal.

Sie werden von einer ernst dreinblickenden Gruppe begrüßt. Das Trauma-Team, das Noteinsatzkommando, Bezeichnungen, die wie Wasser durch Hazels Verstand fließen. Der Anstaltsleiter ist ein vierschrötiger Mann, sein Händedruck feucht.

»Wie war die Reise?«, erkundigt er sich.

Hazels Kehle ist zu trocken für eine Antwort. Er zeigt auf eine Wanne, in die sie ihre Schuhe stellen muss, der Beton ist kühl unter ihren besockten Füßen. Das Gefängnis riecht nach Linoleum. Sie gehen durch die Sicherheitsschleuse, Strähnen lösen sich aus dem schütteren Haarknoten ihrer Mutter, danach folgen sie dem Leiter in einer düsteren Parade den Gang entlang zum Besucherzimmer. Farbenfrohe Stühle sind um einen sterilen Holztisch gruppiert.

»Wasser?«, fragt der Anstaltsleiter. »Kaffee?«

Hazel schüttelt den Kopf. Als er gegangen ist, hallt es im Zimmer. Hazel hört den bebenden Atem ihrer Mutter. *Du schaffst das*, will Hazel sie ermutigen. *Danach geht es dir besser, wenn das alles erst vorbei ist.* Aber aus ihrem Mund wären das leere Versprechungen, deshalb lauscht Hazel nur dem Sirren der Neonlampe, dem fernen Geklapper aus dem Gefängnis, das gedämpft durch die schwere Stahltür hereindringt. Sie hört die Männer. Ein fernes Jubeln, ein raues Lachen. Sie wartet.

.

Alma ist am diesem Morgen früh aufgestanden, um sich vor dem Abflug von Hazel zu verabschieden. Sie ist im Schlafanzug nach unten geschlappt und hat sich an die Rücheninsel gesetzt, während Hazel Kaffee für die Fahrt kochte. Auf Almas Wangen sind noch die Abdrücke von ihrem Kopfkissen zu sehen gewesen, ihr dunkles Haar war zu einem wirren Knoten gebunden, einzelne Strähnen sind ihr über die Schultern gefallen. Alma ist jetzt vierzehn, sie hat eine Zahnspange und zerrt ständig an den Trägern ihres neuen BHs herum, den sie noch gar nicht braucht. Vor der Schule verbringt sie zwanzig Minuten im Bad, um sich in eine völlig unnatürliche Form zu zwängen. Wenn sie lacht, schlägt sie sich verlegen die Hand vor den Mund.

*Geht es dir gut, Mom?*, hat sie gefragt, als sie ihr die Zuckerdose rüberschob.

*Ich schaff das schon, Herzchen.*

*Tante Jenny wäre stolz auf dich.* Alma lief rot an, schämte sich, weil sie so sentimental war. *Sie wäre stolz, weil du so tapfer bist.*

Hazel hat ihr die Wange getätschelt.

Sie weiß nicht, ob Jenny stolz gewesen wäre. In einer Variante bedenkt ihre Schwester sie mit einem süffisanten Grinsen. *Typisch Hazel!*, sagt sie und verdreht auf ihre unnachahmliche Weise die Augen. *Natürlich geht es hier wieder nur um dich.* In einer anderen

Variante ist sie froh, dass Hazel angetreten ist, ihr Double, ihre lebensechte Stellvertreterin. Und in der dritten Variante ist sie selbst hier, leibhaftig, sie und Hazel stehen in der Schlange, um sich einen Kaffee zu holen – Jenny wendet sich zu Hazel um, will wissen, was sie für sie bestellen soll. In dieser Variante sieht sie aus wie ein völlig neuer Mensch.

■

Der Anstaltsleiter kommt zurück ins Besucherzimmer, gefolgt von zwei Männern in Hemden. Sie setzen sich in die Ecke, nicken nur kurz, ihre Ausweise hängen an einem Band um ihren Hals.

Reporter.

Hazel mag keine Journalisten. In den Wochen nach Ansels Geständnis waren sie mit ihren Ü-Wagen angerückt, hatten direkt vor ihrem Haus geparkt und auf ihrem Rasen rumgelungert. Sie tauchten bei Luis auf der Arbeit auf, im Ballettstudio, sogar in Matts Kindergarten fielen sie ein, Kameraleute im Schlepptau. Sie lauerten Hazel vor dem Spielplatz auf – *Gehen Sie weg!*, hatte sie gekreischt, während die anderen Mütter ihre Kinder schnell weggeschoben hatten. *Bitte lassen Sie uns in Ruhe!*

Es ist ihnen nie um Jenny gegangen. Jenny ist uninteressant. Männer bringen ständig ihre Ex-Frauen um.

Es geht um die anderen Mädchen.

Die Frage lautet natürlich, warum? Aus dem Grund kommen die Reporter auch jetzt noch, halten Hazel ihre Mikrofone vors Gesicht, deshalb stehen seitenweise Artikel über Ansel in den Zeitungen. Er ist faszinierend. Ein nationales Phänomen. Es ist schockierend – richtig *fesselnd*, hatte jemand tatsächlich mal zu ihr gesagt –, dass ein scheinbar normaler Mensch solche Taten begehen kann. Warum hat er als Jugendlicher diese Mädchen umgebracht, dann niemanden mehr, und erst zwanzig Jahre später Jenny? Warum die Mädchen? Warum damals?

Hazel kann sich keine nichtigere Frage ausdenken. Natürlich tut es ihr wegen der Mädchen leid, für ihre Familien. Aber die Aufmerksamkeit, diese angeblich so große Frage ... sie versteht das nicht. Es ist doch egal, was Ansel gefühlt hat. Sein Schmerz ist irrelevant, er tangiert sie überhaupt nicht. Es ist unwichtig, warum er diese Mädchen getötet hat, und auch Jenny. Hazel glaubt, Menschen können böse sein, mehr nicht. Da draußen existieren unzählige Männer, die Frauen gern Schmerzen zufügen würden, aber die Leute halten Ansel Packer für was Besonderes, weil er es getan hat.

■

Die Toilette ist grellgrün erleuchtet.

Hazel steht gebeugt über dem Waschtisch und ringt nach Luft. Sie atmet langsam aus, um die Panik zu vertreiben. Dieser Raum geht ihr an die Substanz, sie hätte nicht herkommen sollen. Der Spiegel wird ihr heute kein freundliches Bild zurückwerfen.

Es passiert blitzartig, ein Aufflackern. Als Hazel aufschaut, erhascht sie einen Blick auf ihr Spiegelbild, ihr kurzes Haar, den tränenförmigen Leberfleck. Hazel wird nie mehr dieselbe sein: Jenny erscheint ihr wie ein Geist. Jennys Grinsen auf Hazels Mund. Sie verbirgt sich in Hazels Lidfalte, verweilt in der Vertiefung über ihrer Lippe.

Eine Toilettenspülung rauscht und reißt Hazel so abrupt aus der Trance, dass sie zurücktaumelt und sich an der scharfen Kante des Handtuchspenders stößt. Als die Kabinentür aufknarrt, steht da ein Mädchen. Sie mustert Hazel verwirrt, das Schweigen wird peinlich.

»Verzeihung ... ich ...«, stammelt das Mädchen schließlich. »Aber ... Sie sehen genauso aus wie sie.«

»Wie bitte?«

Das Mädchen streckt die Hand aus, als wollte sie Hazel begrüßen, aber ihr Arm hängt schlaff zwischen ihnen. Ein Tattoo blitzt auf, ein kleiner Vogel auf der Innenseite ihres Handgelenks. Sie ist straßenköterblond, Mitte zwanzig und sichtlich aufgelöst, obwohl in ihren Augen Neugier brennt.

»Ähm ... ich bin Blue?«, sagt sie wie eine Frage. »Es tut mir echt leid, ich hätte das wissen müssen. Er hat mir erzählt, dass Jenny eine Zwillingsschwester hat. Ich hätte ...«

»Sie kannten meine Schwester?«, fragt Hazel.

Blue schüttelt den Kopf. »Ich habe sie nie kennengelernt.«

Das Mädchen hat Ansels Augen. Zartes Grün, wie Moos im Frühsommer.

»Sie sind wegen Ansel hier, nicht wahr?«, fragt Hazel. »Seine Zeugin. Aber ... seine Tochter können Sie nicht sein.«

»Oh«, sagt Blue rasch. »Nein. Ich bin seine Nichte.«

»Ansel hat keine Familie«, sagt Hazel.

»Sein Bruder. Mein Dad.«

Hazel erinnert sich an das Weihnachtsfest vor vielen Jahren. Wie Ansels Miene weicher wurde, als er von seinem kleinen Bruder sprach. Eine Maske, vermutet Hazel jetzt, die absichtliche Inszenierung einer Tragödie, um Mitleid zu erhaschen. Vorsichtig schiebt sich Blue an ihr vorbei – sie dreht den Wasserhahn auf, pumpt Seife aus dem Spender. Hazel erkennt Ansel in Blues gerundeten Schultern, der Krümmung ihrer Nase. Wie fadenscheinig, diese Dinge, die sie einst für die Wahrheit gehalten hatte.

»Warum sind Sie hier?«, fragt Hazel. »Warum tun Sie das, für jemanden wie ihn?«

»Wenn ich ehrlich bin, weiß ich es selbst nicht genau«, sagt das Mädchen mit zitternder Stimme. »Ich glaube ... ja, auch schlechte Menschen empfinden Schmerz.«

Blue lässt ihre nassen Hände im Waschbecken abtropfen. In der Toilette hallt es. Während Hazel wartet, erkennt sie, dass auch dieses Mädchen verletzt ist. Anders als sie, aber trotzdem verletzt. Blue hebt die seifenverschmierten Finger. Schweigend sieht sie Hazel nach, spielt mit dem Amulett, das rostig und ein bisschen schäbig an einer Kette von ihrem Hals hängt.

.

Hazel stellt sich den Tod als langen Schlaf vor. So oft schon hat sie sich danach gesehnt. Sie glaubt nicht an Himmel und Hölle, obwohl vieles einfacher gewesen wäre, wenn sie an irgendwas glauben könnte. Als sie den Flur entlangstolpert, weg von Blue vor dem Spiegel, erkennt Hazel, wie dumm das alles ist. Wie absurd. Ein solcher Tod, steril, reglementiert, von Zuschauern durch eine Scheibe beobachtet, ist lediglich ein Tod. Es will ihr nicht in den Kopf, wieso das eine Strafe sein soll. Die Sinnlosigkeit trifft sie wie eine Abrissbirne, die ihr Haus einreißt. Hazel steht in den Trümmern, weiß nicht wohin. So nutzlos, reine Verschwendung.

Im Besucherzimmer trinkt Hazels Mutter Wasser aus einem Pappbecher. Der Anstaltsleiter läuft hin und her – als er Hazel sieht, macht er eine Kopfbewegung zum Ausgang. Die Reporter sammeln ihre Siebensachen ein, Hazel ergreift die knochige Hand ihrer Mutter.

»Sind Sie bereit?«, fragt der Anstaltsleiter.

.

Die Erinnerung kommt mit dem ersten zögerlichen Schritt. Als Hazel sich in die Prozession einreiht, mit pochendem Herzen den kahlen, leeren Gang entlanggeht, reißt sie sie aus der Lethargie.

*Komm schon, Hazel. Ich schwör's dir, die Aussicht ist genial!*

Hazel ist acht Jahre alt. Sie steht am Gartenzaun und blinzelt zu Jenny hinauf, die auf dem höchsten Ast des Ahornbaums sitzt. Sie dürfen da nicht hochklettern, zu gefährlich, hat ihre Mutter sie gewarnt. Von unten sieht Hazel Jennys Fußsohlen, schwarz vom Spielen auf dem Asphalt. Jenny beugt sich vor, streckt eine feuchte Hand aus, so selbstbewusst, es ist leicht, ihr zu vertrauen. Als Jenny sie am Handgelenk packt und auf den knarzenden Ast hinaufziehen will, tritt Hazel panisch gegen den Baumstamm, vor Angst ist ihr ganz schlecht. Aber dann findet Hazel ihr Gleichgewicht, ihre Beine schlenkern über dem Rasen, sie genießt den Rausch der Furchtlosigkeit.

*Schau nur!*, ruft Jenny strahlend.

Die Nachbarschaft, unter ihr ausgebreitet, laubgesprenkelt. Hazel blickt in Gärten, über Zäune, auf Dächer, durch glänzende Fenster. Der Horizont ist weit und zum ersten Mal unendlich. Jenny scheint zu wissen, was sie ihrer Schwester geschenkt hat, denn sie tätschelt Hazel voller Weisheit die Schulter.

*Von hier oben kannst du alles sehen*, sagt sie und deutet auf die Welt, die sich unter ihnen auseinandergefaltet hat. *Vom Anfang bis ganz zum Ende.*

∎

Der Zuschauerraum ist ein winziges Theater. Das Fenster hat einen Rahmen und Gitter, die beigefarbenen Vorhänge sind zugezogen. Es gibt keine Sitzplätze. Hazel führt ihre Mutter hinein, sie stehen unbehaglich mitten in der Betonzelle, die Reporter halten sich respektvoll im Hintergrund. Aus dem Raum hinter dem Vorhang dringt Rascheln und schwaches Gemurmel. Das Glucksen eines Infusionsbeutels. Das insistierende Piepsen eines Herztonmonitors.

Da erscheint Jenny, sie schwebt über allem. Als die Vorhänge auseinandergleiten, als Hazel auf die Bühne späht, ist dort Jenny.

Sie ist ein Duft, flüchtig. Ein Aufscheinen. Jenny ist in der Luft, die Hazels Lunge füllt, in ihrer stoisch geballten Faust. Als Hazel durch die Scheibe in die Hinrichtungskammer schaut, zwinkert ihr in ihrem Spiegelbild Jenny zu. Das, da ist Hazel sicher, ist das Wunder, eine Schwester zu haben. Das Wunder der Liebe. Der Tod ist grausam, ewig, unausweichlich, aber er bedeutet nicht das Ende. Jenny existiert in jedem Raum, den Hazel durchschreitet. Sie breitet sich aus, immer weiter, bis sie nirgendwo mehr ist – überall ist –, bis sie dort lebendig ist, wo Hazel sie hinträgt.

# 0

Jetzt ist es soweit.

Als die Schritte stoppen, betastest du deine Wange. Stoppel, vor-
stehende Knochen. Du willst dir die Rundung deines Kinns ins Gedächtnis brennen, die Form der Person, mit der du dein ganzes Leben
verbracht hast. Du bist nicht sicher, ob du deinen Körper verabscheust
oder ihn vermissen wirst, wenn er nicht mehr ist.

■

Die Wärter stehen vor deiner Zelle. Sechs Männer, gesichtslos, und
der Seelsorger, der Anstaltsleiter vom Haus des Todes und ein Glatz-
kopf von der Vollzugsleitung. Seine Stimme klingt gedämpft, weit weg,
als wärst du unter Wasser. Sie greifen durch die Gitter hindurch und
legen dir Handfesseln an.

Dein Herz ist eine Stange Dynamit. Wartet sinnlos auf die Explosion. Die Wärter schließen die Tür auf und fordern dich auf, heraus-
zukommen.

Der erste Schritt, der zweite. Du trittst vor.

Die Strecke von der Zelle bis zur Hinrichtungskammer ist entsetzlich kurz. Nicht mal fünf Meter lang. Du zählst jeden Schritt,
die Wärter flankieren dich rechts und links, als wärst du der Präsi-

dent der Vereinigten Staaten. Jede Sekunde zieht sich, wird unberechenbar.

Viel zu schnell bist du angekommen.

Die Hinrichtungskammer sieht genauso aus, wie du sie dir vorgestellt hast. Die verputzten Wände sind grün gestrichen, eine sieche Mintfarbe, die an Kaugummi erinnert. Hier riecht es anders: nach Krankenhaus und scharfen Chemikalien. Mitten in der Kammer steht die Pritsche. An den Seiten hängen Riemen herab, um dich an sämtlichen Gliedmaßen zu fixieren, wie bei einem mittelalterlichen Folterinstrument, und von der Decke hängt ein Mikrofon.

Wie verrückt, denkst du. Was für ein Wahnsinn. Die Regierung hat für dieses verherrlichte Todesmöbel bezahlt und es hier aufgestellt. Zwölf Menschen sind an diesem Morgen aufgestanden, haben ihre Uniformen angelegt, sind zur Arbeit gefahren, um diese absurde Handlung auszuführen. Die Bürger deines Landes zahlen Steuern, um diesen Laden am Laufen zu halten, die drei Substanzen zu finanzieren, die durch den Infusionsschlauch fließen werden. Deine Nachbarn, dein Postbote, dein Gemüsehändler, die alleinerziehende Mutter von gegenüber, alle sorgen mit ihrem Geld dafür, dass die Regierung dich genau auf diese Weise umbringen kann.

Sie lassen dir keine Zeit. Es geht alles zu schnell: Man bugsiert dich vorwärts, deine Beine verraten dich, sie legen sich brav auf die Pritsche. Rasches Hantieren, die Wärter schnallen dich fest, eine einstudierte Choreographie.

Nachdem alle Vorbereitungen erledigt sind, starrst du an die Decke, die Arme seitlich am Körper wie ein Kind, das einen Schneeengel machen will. Die Decke hat keine Risse. Die Decke hat keine Flecken. Du vermisst deinen Elefanten.

■

Eine Erinnerung. Du bist neun Jahre alt. Du bist auf dem Wohnzimmerboden in Miss Gemmas Haus, die Finger in den zottigen braunen Teppich gekrallt. Du sitzt mit den anderen Kindern im Kreis, eine aufgeschlagene Bibel auf dem Schoß. Ein hübsches, älteres Mädchen liest aus den Korintherbriefen, du hängst an ihren Lippen, die Worte interessieren dich nicht.

Was wissen wir über das Kreuz?, fragt Miss Gemma. Miss Gemma hat schwere Lider, ihr gefärbtes Haar bauscht sich wie ein Heiligenschein um ihren Kopf. Sie betastet das niedliche Kreuz in ihrem sonnenfleckigen Dekolleté.

Das Kreuz hilft uns, das Leid Jesu zu verstehen, sagt sie. Und seine Liebe.

■

Das Rasierwasser des Anstaltsleiters stinkt zum Himmel. Er kontrolliert die Riemen an der Pritsche. Die vom ärztlichen Dienst hantieren um dich herum, abgelenkt, es ist ihnen egal, ob du es bequem hast oder nicht. Der Seelsorger ist der Einzige, der sich um dich kümmert, er ahnt, dass du nicht reden willst, steht nur da wie ein Hund neben seinem Herrchen.

Du schaust weg, als sie dir die Infusion legen. In beide Arme. Die Einstiche spürst du, hörst die Flüssigkeit im Beutel glucksen. Die MTA nimmt die Einstellungen vor, du riechst sie, kein Parfüm, kein Deo, sondern der Geruch, den man wahrnehmen würde, wenn man ihr Haus beträte. Wie Gurken, mit einem dumpfen, modrigen Unterton. Eine Haarsträhne ist auf dein Hemd geflattert, direkt unter deiner Achsel, und sie hebt sich mit deinem Atem. Zart, weiblich, schwebend.

Da kommen dir die Namen, überraschend. So selten denkst du an sie als individuelle Personen, diese *Mädchen*, aber dieses Mal ist es anders. Sie sind einzeln, voneinander getrennt. Izzy, Angela, Lila, Jenny.

Alles okay soweit?, fragt die MTA.

Nein, sagst du.

Liegt es an der Infusion?, fragt sie.

Nein, sagst du.

Klappernden Schritts verlässt sie den Raum.

.

Ein Geräusch, hinter den Vorhängen. Schlurfende Schritte, sanftes Gemurmel.

Die Zeuginnen.

Bevor du dich mental darauf vorbereiten kannst, gleiten die Vorhänge zur Seite, und du bist nicht länger allein.

.

Auf der rechten Seite erscheint Jennys Mutter.

Sie ist mittlerweile gebeugt, alt, ihr Gesicht gezeichnet. Selbst während der Verhandlung hat sie nicht so drastisch ausgesehen. Aus dem Kragen ihres Blazers ragt ein Bild der Verwüstung, Tränen rinnen ihr stumm über die papierdünnen Wangen. Es ist klar, sie weint um Jenny, aber da ist noch mehr. Diese Frau kennt dich seit dreißig Jahren, und du erkennst ihr gebrochenes Mitleid. Jennys Mutter weint auch um dich.

Neben ihr steht Hazel, stocksteif. Sie hat dich genau im Visier, furchtlos und unbeirrbar. Du erinnerst dich daran, wie Hazel dich heimlich angesehen hat, damals im Wohnzimmer – wie scharf sie auf dich war. Jetzt lächelt sie nicht. Weint nicht. Sie hat ihren richtenden Blick direkt auf deine Hilflosigkeit gerichtet. Du erkennst mit Unbehagen, dass Jenny dich genauso angesehen hat. Von der Pritsche aus betrachtet wirkt Hazel genauso unerbittlich wie Jenny. Genauso unergründlich. Dein Arm zuckt unter dem Riemen, dein

Reflex eine grausame Erniedrigung. Du willst sie ein letztes Mal berühren.

Und da ist sie, auf der linken Seite.

Sie steht neben Tina, ihr erdbeerblondes Haar hochgesteckt. Ihr Körper hat sich ausgefüllt, sie ist gewachsen. Blue sieht aus wie ein Sommerabend. Wie in der Dämmerung durchs hohe Gras schlendern, wie zärtliche Finger, die dir das Haar aus den Augen streichen. Als du Blues sommersprossige Nase betrachtest, hörst du die Stimme deiner Mutter, deutlicher als je zuvor.

■

Die Sekunden verstreichen. Flüchtig erhaschst du dein Spiegelbild in der Scheibe, so war das nicht gedacht. Du bist durchsichtig inmitten der hier versammelten Menge. Bereits ein Geist, halb vergangen. Hohle Wangen, die Brille zu groß in deinem Gesicht. Entsetzt erkennst du in diesen letzten Augenblicken, dass du nur aussiehst wie du selbst.

Du bist ganz sicher. Trotz deiner verachtenswerten Taten offenbart sich der Beweis, hier, in den letzten Minuten deines Lebens. Du empfindest nicht dieselbe Liebe wie alle anderen. Deine Liebe ist gedämpft, feuchtklamm, weder bricht sie sich Bahn, noch platzt sie aus dir hervor. Aber es gibt auch für dich einen Platz in der Kategorie Person. Muss es geben. Die Menschen können dich entsorgen, aber sie können es nicht leugnen. Dein Herz pocht. Du hast schweißnasse Hände. Dein Körper will, will. Wie deutlich jetzt alles ist, das verschwendete Potenzial. Es gibt Gut, und es gibt Böse, diese Gegensätze existieren in jedem Menschen. Das Gute ist einfach alles, das die Erinnerung lohnt. Das Gute ist der Sinn. Das schlüpfrige Ding, dem du dein Leben lang hinterhergejagt bist.

■

Zuerst spürst du es in der Kehle, ein winziges Prickeln, ein Knoten. Etwas Vogelzartes ist in deinem Körper gefangen, es flattert, untröstlich.

Furcht.

Du schluckst es herein.

.

Die letzten Worte, sagt der Anstaltsleiter. Die Ärzte und der Seelsorger sind bereits gegangen, vermutlich warten sie irgendwo hinter dem verschmierten Spiegel. Die Kammer wirkt beengter, nur du und der Anstaltsleiter.

Das Mikrofon wird von der Decke heruntergelassen. Du hast dich nicht vorbereitet. Zehn Sekunden verstreichen, unerträglich zäh. Ausnahmsweise geht es nicht darum, ein Spiel abzuziehen. Es gibt niemanden zu unterdrücken, zu täuschen oder zu beeindrucken. Du hast deine Jahre mit kalkulierter Imitation verbracht, das nachgeahmt, was andere sagten, dachten, fühlten, und jetzt bist du müde. Das Mikrofon ist zu weit weg von der Pritsche, du bäumst dich gegen die Riemen, versuchst, dich aufzurichten.

»Ich verspreche, mich zu bessern«, sagst du, deine Stimme voller Reue. »Gebt mir noch ein letzte Chance.«

Es kommt keine Antwort. Nur die verlegen abgewandten Gesichter der Zuschauenden. Du wünscht dir eine Berührung, in diesem Moment, eine Hand, die deine halten möge. Du schauderst, ringst nach etwas Bedeutungsvollerem als Tränen.

Der Anstaltsleiter nimmt seine Brille ab.

Das berüchtigte Signal.

Jetzt.

.

Du betest. Du hoffst, im nächsten Leben als weicheres Wesen wiedergeboren zu werden. Dass du das angeborene Sehnen verstehen mögest, das ein Lebewesen ganz macht. Ein anmutiges Geschöpf. Ein Kolibri. Eine Taube.

■

Sie haben geschworen, dass du nichts spüren würdest. Sie haben geschworen, du würdest keinen Schmerz empfinden. Aber Todesangst verursacht Schmerzen – brüllende, glutheiße Schmerzen. Die Chemikalien, die sie dir durch den Körper jagen, deine Gliedmaßen, die wild gegen die Riemen zucken.

Nein, bettelst du.

Eine alles verschlingende Panik, als das Gift deinen Körper flutet.

Bitte tut es nicht.

■

Draußen geht das pralle Leben weiter. Die Sonne steht tief, verfärbt sich pink. Hohes Gras peitscht auf endlosen Weiden. Hier draußen duftet die Luft, nach Fichte und Fluss, nach Salz und Hortensien. Du siehst alles, ein Aufblitzen der perfekten Allwissenheit: die ganze Welt, die sich achtlos dreht, gleichgültig und strahlend und atemberaubend und grausam. Sie zwinkert dir zu, dann dreht sie sich weiter.

■

Als dir die Hände taub werden, dein Sichtfeld verschwimmt, scheint etwas aufzusteigen. Eine Last. Sie hebt sich von deiner Brust, schwebt durch den dunstigen Raum. Du willst die Hand ausstrecken, sie berühren, aber du kannst dich nicht bewegen. Die Last ist deine Dunkelheit, der Teil, der zieht. In diesem Bruchteil einer Sekunde, deinem Ende, verstehst du die Tragik und die Gnade. Du schaust ihm direkt ins Auge, dem Zentrum des rasenden Sturms. Abgetrennt von dir wirkt sie so klein. Ohnmächtig.

Es gibt einen kurzen Moment der Herrlichkeit, als du ohne die Last existierst, als du strahlst, ausbrichst. Voller Liebe. Das ist es, das weißt du. Das Gefühl, das dir gefehlt hat. In diesem verblassenden Moment füllt es dich aus, bis du fast platzt – die einzigartige, fulminante Großzügigkeit deines Lebens.

Ein letzter bebender Atemzug, ein letztes rasselndes Rauschen.

Eine weites, heilloses Ausholen. Mitreißend, zertrümmernd. Flammend, wunderbar.

Endlich.

# WOANDERS

In einer anderen Welt schlafen sie. Sie decken den Tisch oder joggen durch den Park, sie schauen Nachrichten oder helfen bei den Mathe-Hausaufgaben, sie legen bei der Arbeit eine Nachtschicht ein, gehen mit dem Hund Gassi, beseitigen büschelweise Haare aus dem Duschabflusssieb. In einer anderen Welt ist das ein normaler Abend für Izzy, Angela, Lila, Jenny. Aber sie leben nicht in jener Welt – und in dieser auch nicht.

■

So möchte Izzy Sanchez in Erinnerung bleiben:

Sie liegt auf dem Segelboot ihres Großvaters, lang ausgestreckt auf einem lilafarbenen Strandlaken. Ein strahlender Tag über Tampa, wie auf einer Kitschpostkarte. Ihre Schwester Selena hat sich mit Sonnenspray eingekleistert, Öl hat sich in ihrem Bauchnabel gesammelt, es duftet nach Kokosnuss. Izzys Finger sind klebrig, ihre Nägel gelb von der gerade geschälten Mandarine. Die Schale wirft sie über Bord, schaut ihr nach, wie sie hinter ihnen auf dem Wasser wippt. Eine Seekuh!, ruft ihr kleiner Bruder. Ihre Mutter umfasst ihn an der Hüfte, damit er nicht über Bord geht. *¡Ten cuidado, pequeño!* Izzys Hüftknochen stehen deutlich sichtbar unter ihrer Bikinihose hervor, ihre Finger duften nach Orange und Sonnencreme.

Nur wenige erinnern sich so an Izzy. Ihre Schwester Selena schafft es gelegentlich, aber nur, wenn sie am Schrecken vorbeidenken kann. Normalerweise bleibt Izzy – die wahre Izzy – hinter dem Schatten ihres Schicksals verborgen. Das Tragische daran ist, dass sie nicht mehr lebt, aber auch, dass sie ihm gehört. Dem Täter. Es gibt unzählige Momente in Izzys Leben, aber er hat sie sich alle einverleibt, so dass sie im kollektiven Gedächtnis nur im Zusammenhang mit den grausamen Sekunden ihrer Angst, ihres Schmerzes und der brutalen Konsequenz existiert.

Wo auch immer Izzy jetzt ist, sie würde gern Folgendes sagen: Bevor das alles geschah, hatte ich sonnenverbrannte Schultern, meine Haut war krebsrot, sie hat sich geschält. Ich habe sie in Fetzen abgezogen und ins Waschbecken geworfen. Ich hatte viele Gefühle, vor der Angst.

Ich habe in der Sonne eine Mandarine gegessen, und ich erzähle euch jetzt, wie sie geschmeckt hat.

■

Angela Meyer hätte siebenundzwanzig Länder bereist. Italien wäre ihr am liebsten gewesen – nicht annähernd so exotisch wie Malaysia oder Botswana oder Uruguay, aber sie wäre beeindruckt gewesen vom uralten Kern dieses Landes, von stolzen Traditionen umhütet. Sie wäre über das Kopfsteinpflaster von Florenz, Siena, Sorrent gelaufen und hätte weinbeseelt Eis von Plastiklöffeln geschleckt. Angela hätte mit ihrer Mutter an der Amalfiküste Urlaub gemacht. Sie hätte auf dem Balkon ihres Zimmers mit Meerblick Pasta Vongole bestellt und den Duft von Salz und Zitronenbäumen eingeatmet.

Am Ende ihrer Reise hätte Angela dem Reinigungspersonal zwanzig Prozent Trinkgeld gegeben. Diese jungen Frauen aus den umliegenden Orten hätten sich damit im gegenüberliegenden Club Tequila Shots gekauft, nicht an Angela gedacht, sondern nur an die schweißtreibende Hitze, das pulsierende Licht und den alles andere übertönenden Bass der Musik.

■

Lilas drittes Kind wäre doch ein Mädchen geworden.

Sie hätten sie Grace genannt.

Sie existiert nicht, aber wenn es sie gegeben hätte, wäre Grace die Direktorin des Columbus Zoo geworden. Sie wäre für achthundert Angestellte, zehntausend Tiere und ein riesiges Areal verantwortlich gewesen.

Graces Lieblingszögling wäre der Schneeleopard gewesen: ein schlankes, würdevolles Tier mit dichtem weißen Fell mit schwarzen Tupfern. An einem schwülheißen Juniabend nach Feierabend hätte Grace allein in der Wildkatzenabteilung gestanden, selbst die Reinigungskräfte wären bereits gegangen. Sie wäre zum Leopardengehege geschlendert, um das Tier zum Abschied noch einmal zu bewundern. Sie hätte am Eingang gestanden, vor dem hohen Zaun, voller Ehrfurcht vor den eleganten Bewegungen des Leoparden – mit großen gelben Augen hätte das Tier sie angesehen. Eine Einladung. Sie hätte die Futtertür aufgeschlossen und wäre mit pochendem Herzen einen Schritt vorgetreten, dann noch einen, weiter. Der Leopard hätte Grace beobachtet, während sie an der Wand zu Boden geglitten wäre, er hätte das Maul verzogen, es hätte wie ein Lächeln ausgesehen. Er wäre langsam auf sie zu geschlichen, hätte mit seiner Fleischfahne ihre ausgestreckte Hand beschnuppert. Dann hätte er sich an Grace gekuschelt, sie wären eingeschlafen.

Im Morgengrauen wäre Grace mit Fell im Mund erwacht, während der massive Kopf des Leoparden noch auf ihrem Knie geruht hätte. Sie hätte gedacht: wie sanft diese Welt doch ist. Wie zärtlich, diese Gnade.

■

Es hätte 6.552 Babys gegeben. Über einen Zeitraum von achtzehn Jahren hätten im Leib ihrer Mütter 6.552 Herzen geschlagen. 204 dieser Babys wären blau angelaufen auf die Welt gekommen und mit einem Schlag aufs Hinterteil ins Leben befördert worden. 81 wären gestorben. Aber 6.471 Säuglinge wären aus ihrer schützenden Höhle geglitten und hätten ihren ersten Atemzug getan, sie hätten in Jennys empfangenden Händen gezappelt und ihre Glieder gestreckt.

Für sie wäre Jenny nur ein verschwommener Fleck gewesen. Ihre Augen hätten sie nicht erkannt. Aber 6.471 Neugeborene hätten die tröstliche Berührung ihrer zart nach ersten Lebenszeichen tastenden und sie säubernden Finger gespürt, ihre Stimme gehört, wenn sie sie mit den immergleichen Worten in die schweißverklebten Arme ihrer Mütter gelegt hätte:

Willkommen, kleiner Mensch!, hätte sie ihnen zart in die winzigen Ohrmuscheln geflüstert.

Warte nur ab, es ist schön hier.

# DANKSAGUNG

Dieser Roman ist meiner Literaturagentin Dana Murphy gewidmet, weil es ihn ohne ihre großzügige Unterstützung nicht gegeben hätte. Dana hat in Zeiten meiner Selbstzweifel und Existenzängste immer an meine Arbeit geglaubt, sie hat mir mit klugem Rat, einer klaren Meinung, notwendiger Offenheit und feinsinnigem Verständnis für die Intention dieses Romans zur Seite gestanden. Ich kann mich glücklich schätzen, in ihr meine künstlerische Seelengefährtin und eine treue Freundin gefunden zu haben.

Bei meiner Lektorin Jessica Williams habe ich eine herzliche, kreative Heimat gefunden. Jessica hat auf Anhieb erkannt, wo das Herz dieses Romans schlägt, das Beste hervorgeholt und ins rechte Licht gesetzt. Ich bedanke mich bei ihr und bei Julia Elliott, die den Prozess bis zur Veröffentlichung dynamisch, erfreulich und außergewöhnlich bereichernd gestalteten.

Dank geht an Liate Stehlik für ihre Unterstützung, an Brittani Hilles und das Publicity Team von William Morrow für ihren Einsatz, an die Sales Force von HarperCollins für ihren beeindruckenden Enthusiasmus. Danke an Production Editor Jessica Rozler, Copyeditor Andrea Monagle und Sensitivity Reader Neha Patel. Danken möchte ich auch Dylan Simburger für seine Hilfe bei der Detailrecherche, den wunderbaren Damen von The Book Group und Jenny Meyer, die überzeugt war, dass dieser Roman auch international erfolgreich wäre. Danke Darian Lanzetta, Austin Denesuk, Dana Spector und dem restlichen Team bei CAA. Dank geht an Francesca Main und Phoenix Books, die für diesen Roman in Großbritannien eine Heimat gefunden haben.

Großer Dank geht auch an Michelle Brower, die mir die Gelegenheit verschaffte, als Literaturagentin zu arbeiten, ich wusste nicht, dass ich diesen Job brauchte und er mein Leben dermaßen bereichern würde. Dank geht auch an meine Kolleg*innen von Trellis Literary Management und an meine Kund*innen, die mir ihre Worte anvertraut haben.

Dank auch an meine unnachahmliche Writing Group hier in Seattle. Kim Fu, Danielle Mohlman und Lucy Tan, danke für euer offenes Ohr bei einer Tasse Kaffee. Danke auch an Caitlin Flynn für ihre treue Freundschaft und ihre Leidenschaft für alles rund um den Krimi. Dank geht an Mary Rourke und Janet Charbonnier vom Acorn Street Shop für ihre Geduld und Zeit (und die vielen Anekdoten). Danken möchte ich auch Dominick Scavelli und Janelle Chandler für ihre Hilfe hinter den Kulissen.

Ich bin sehr dankbar für die Freundinnen und Freunde, die mich auf diesem doch recht holprigen Weg begleitet haben: Carla Bruce-Eddings, Al Guillen, Maggie Honig, Abi Inman, Zack Knoll, Ida Knox, Ellen Kobori, Danielle Lazarin, Emily McDermott, Kaitlyn Lundeby Miller, Karthika Raja und viele mehr. Ihr wisst, wer gemeint ist.

Ohne meine geliebte Familie wäre ich nicht hier. Danke Arielle Kukafka, David Kukafka, Laurel Kukafka und Joshua Kukafka. Danke, Avi Rocklin, Talia und Zach Zalesne. Danke Shannon Duffy, Pete und Maddy Weiland, Lisa und Aidan Kaye und die gesamte Crew. Ich hab euch so lieb.

Dank geht auch an Tory Kamen, weil ist doch klar. An Hannah Neff, meine Älteste und Ewige. An Remy-Bear, den kleinsten, süßesten Jungen, meine stetige Freude und mein größtes Glück. Danke dir, geliebter Liam Weiland für dieses wunderbare Leben.